蒲 涛 等编著

ZHENGQUAN TOUZI
LILUN YU SHIJIAN

证券投资
理论与实践

化学工业出版社
·北京·

本书共分十二章，主要内容包括：总论，股票、债券与基金，证券价格和股票价格指数，金融衍生工具，波浪理论与实践，K线理论与实践，切线理论与实践，形态理论与实践，技术指标与实践，证券投资分析与实践，投资组合理论与实践，证券法规与实践。书中包含丰富的案例分析，便于读者学习和掌握各理论在实际投资中的应用。

本书可作为广大投资爱好者的参考书，也可作为普通高等院校经济管理类专业学生的教材。

图书在版编目（CIP）数据

证券投资理论与实践/蒲涛等编著． —北京：化学
工业出版社，2012.1
ISBN 978-7-122-13050-1

Ⅰ．证… Ⅱ．蒲… Ⅲ．证券投资 Ⅳ．F830.53

中国版本图书馆CIP数据核字（2011）第265552号

责任编辑：袁俊红 金 杰　　　　　　　　装帧设计：张 辉
责任校对：陶燕华

出版发行：化学工业出版社（北京市东城区青年湖南街13号　邮政编码100011）
印　　装：三河市延风印装厂
787mm×1092mm　1/16　印张16　字数372千字　2012年2月北京第1版第1次印刷

购书咨询：010-64518888（传真：010-64519686）　　售后服务：010-64518899
网　　址：http://www.cip.com.cn
凡购买本书，如有缺损质量问题，本社销售中心负责调换。

定　　价：35.00元

前　言

十年前，一个西南财经大学的校友对我说：炒股很容易，股价高卖低买。他说的是绝对真理，但股价什么时候高，什么时候低，这需要正确的判断。许多投资者往往因为无法做出正确的判断而亏损。为此，编者毫无保留地总结了自己多年来对我国证券的理论研究成果和成功投资经验，编写了本书。其主要目的就在于通过对证券投资理论和实践的研究和分析，给广大读者、特别是投资者以帮助。

我国证券市场发展迅速，上市公司从几家发展到两千多家，证券市场的快速发展为我国国民经济的发展和经济体制的改革筹集了大量资金，同时极大地改变了人们的投资理念：从投机逐步转变为投资，从短期投资逐步转变为长期投资。在我国的证券市场中，投资者对证券投资风险和收益的认识虽已经较为深刻，但有关证券投资方面的知识，特别是证券投资及证券法规方面的知识，仍有待加强。

随着我国证券市场逐步规范化和国际化，期货、权证、股指期货等新型投资工具的产生，以及人们可支配收入的不断增加，客观上需要不断地更新知识，特别是新的投资理论，新的投资分析工具等。因此，编者通过深入浅出的介绍，力求通俗易懂，利于投资者自学。

本书共分十二章，主要内容包括：总论，股票、债券与基金，证券价格和股票价格指数，金融衍生工具，波浪理论与实践，K线理论与实践，切线理论与实践，形态理论与实践，技术指标与实践，证券投资分析与实践，投资组合理论与实践，证券法规与实践。书中包含丰富的案例分析，便于读者学习和掌握各理论在实际投资中的应用。

本书第一～第三章、第六～第九章由蒲涛编写，第四章由庆伟、潘长城编写，第五章由邹光国、李林生、蒲涛编写，第十章由蒲涛、蒲适编写，第十一章由林红磊编写，第十二章由李世成编写。本书编写过程中得到亲人、朋友和学生们的大力支持，在此表示深深的谢意。

由于编者水平有限，难免有不妥之处，敬请读者批评指正。

编者
2012年1月

目 录

第三章　证券价格和股票价格指数

第四章　金融衍生工具

第五章　波浪理论与实践

第六章　K线理论与实践

第七章　切线理论与实践

第八章　形态理论与实践

第九章　技术指标与实践

第十章　证券投资分析与实践

第十一章　投资组合理论与实践

第十二章　证券法规与实践

第一章 总 论

　　学习本章的目的是理解证券的含义及其效用，了解证券市场的概念及特点、特征与分类，了解证券投资的产生与发展，了解证券投资的对象、内容与方法，了解证券市场的地位与功能。

第一节　证券概述

一、证券的概念

　　证券是各类财产所有权或债权凭证的通称，是用来证明证券持有人有权取得相应权益的凭证。证券包括股票、公债券、基金证券、票据、提单、保险单、存款单等不同形式。根据国家有关法规发行的证券是具有法律效力的。证券是一种信用凭证或金融工具，是商品经济和信用经济发展的产物。

　　债券就是一种信用凭证，无论是企业债券、金融债券还是国债券，都是发行主体为筹措资金而向投资者出具的、承诺到期还本付息的债权债务凭证。

　　股票，就是股份有限公司发行的用以证明股东的身份和权益，并据以获得股息和红利的凭证。

　　从筹资的角度看，股份制是一种特殊的信用形式，即通过信用将分散的资金集中起来使用。没有信用的发展，就难有大规模的集资，也不会有股票的发行与交易，股份制就难以形成。基金证券则是同时具有股票和债券的某些特征的证券。投资基金本身就是将分散的资金集中起来，委托专门的投资机构从事组合投资，基金持有人则对基金拥有财产所有权、收益分配权和剩余财产分配权。证券能定期领取利息或到期收回本金，且可以在证券市场上进行转让和流通。

二、证券的分类

　　证券分为证据证券、凭证证券和有价证券。

证据证券是指只是单纯地证明事实的文件，主要有借用证、证据（书面证明）等。在证据证券中，有一种具有特殊效力的证券，被称为"免责证券"，如提单即属此类。

凭证证券是指认定持证人是某种私权的合法权利者，证明对持证人所履行的义务是有效的文件。如存款单、借据、收据及定期存款存折等就属于这一类。凭证证券实际上是无价证券。虽然凭证证券也是代表所有权的凭证，但其不能让渡，不能真正独立地作为所有权证书来行使权利。如存款单就是消费寄存凭证，属单纯的凭证证券，不是有价证券，因为它没有可让渡性。

有价证券通常被分为三类，即货币证券，包括银行券、票据、支票等；资本证券，包括股票、公司债券等；财物证券，如货运单、提单、栈单等。有价证券本身没有价值，因为它不是劳动产品。但是由于它能给持有者带来一定的收益，所以它又有价格，可以在证券市场上自由买卖。

三、有价证券

（一）有价证券的概念

有价证券是一种具有一定票面金额，证明持券人有权按期取得一定收入，并可以自由转让和买卖的所有权或债权证书。人们通常所说的证券，指的就是有价证券。

有价证券不是劳动产品，自身并没有价值，只是它能为持有者带来一定的股息、红利或利息收入，可以在证券市场上自由买卖和流通。影响有价证券价格的因素很多，但主要因素则是预期利息收入和市场利率。因此，有价证券价格实际上是资本化的收入，是虚拟资本的一种形式，是筹措资金的重要手段。有价证券是市场经济和社会化大生产发展到一定阶段的产物。从资本主义经济发展历程来看，有价证券的正常交易能起到自发地分配货币资金的作用，通过有价证券，可以吸收暂时闲置的社会资金作为长期投资，分配到国民经济各部门，从而优化资源配置。

（二）有价证券的分类

1.按发行主体分类

发行主体不同可分为政府证券（公债券）、金融证券和公司证券。

（1）政府证券。政府证券即政府债券。它是指政府为筹措财政资金或建设资金，凭借信誉，采用信用方式，按照一定程序向投资者出具的一种债权债务凭证。政府债券又分为中央政府债券和地方政府债券，中央政府债券也称国债券。

（2）金融证券。金融证券是指商业银行及非银行金融机构为筹措信贷资金而向投资者发行的，承诺支付一定利息并到期偿还本金的一种有价证券。其主要包括金融债券、大额可转让定期存单等。

随着银行业务的不断拓展，尤其是20世纪60年代以来金融创新的不断深化，金融证券以其方便、灵活、高收益等优势，深受金融机构和广大投资者的欢迎。如金融债券的利率就可以比较灵活的安排，金融债券的付息方式也可以灵活多样，这使得它对投资者具有较强的吸引力；发行金融债券所筹集的资金，不必向中央银行缴存存款准备金，这又有利于商业银行充分地运用资金。

此外，对商业银行来说，由于金融债券具有明确的偿还期，到期之前一般不能提前还本付息，因而筹集的资金具有较强的稳定性；而对于金融债券的持有人来说，它又比其他一些金融资产具有更强的流动性，因为在二级市场比较发达的情况下，凭借商业银行的良好信誉，金融债券可以比较容易地在市场上转让。

（3）公司证券。公司证券是公司为筹措资金而发行的有价证券。公司证券包括的范围比较广泛，内容也比较复杂，但主要有股票、公司债券等。

2.按所体现内容分类

所体现内容不同可分为货币证券、资本证券和货物证券。

（1）货币证券。货币证券指的是可以用来代替货币使用的有价证券，是商业信用工具。货币证券在范围和功能上与商业票据基本相同，即货币证券的范围主要包括期票、汇票、支票和本票等，其功能则主要是用于单位之间的商品交易、劳务报酬的支付以及债权债务的清算等经济往来。

期票是指由债务人向债权人开出的，在约定期限支付款项的债务证书，是商品交易活动中通用的一种货币证券。期票到期，债务人必须按票面金额向持票人付款。期票在到期之前，经过债权人背书之后可以转让，也可以向银行申请贴现。

汇票是指由出票人签发的，委托付款人在见票时或者在指定日期无条件支付确定的金额给收款人或者持票人的票据。汇票在出票人开出时并不具有法律效力，经债务人或其委托银行签字或盖章后才能成为有效的有价证券。在金融市场开放的国家和地区，汇票经受票人背书后可以转让或向银行贴现。有些国家的银行和邮电局办理接受汇款人的委托签发汇票，由银行、邮电局或汇款人寄交收款人向指定付款的银行、邮电局领取款项，按出票人的不同，汇票分为银行汇票和商业汇票。

支票是指由出票人签发的，委托办理支票存款业务的银行或者其他金融机构在见票时无条件支付确定的金额给收款人或者持票人的票据。开立支票存款账户和领用支票，必须有可靠的资信，并存入一定的资金。支票可分为现金支票和转账支票。支票一经背书即可流通转让，具有通货作用，成为替代货币发挥流通手段和支付手段职能的信用流通工具。运用支票进行货币结算，可以减少现金的流通量，节约货币流通费用。

本票是指由出票人签发的，承诺自己在见票时无条件支付确定的金额给收款人或者持票人的票据。本票的出票人必须具有支付本票金额的可靠资金来源，并保证支付。根据出票人的不同，本票可分为商业本票和银行本票，但多为银行签发的银行本票。本票经背书后也可以流通转让。

（2）资本证券。资本证券是有价证券的主要形式，是指把资本投入企业或把资本贷给企业和国家的一种证书。资本证券主要包括股权证券和债权证券，狭义的有价证券通常仅指资本证券。

股权证券具体表现为股票和认股权证，债权证券则表现为各种债券。

资本证券的功能和作用与经济运行中的职能资本既有十分相似之处，即都能给其所有者带来盈利，也有非常明显的差别，资本证券并非实际资本，而是虚拟资本。它虽然也有价格，但自身却没有价值，形成的价格只是资本化的收入。资本证券是独立于实际资本之外的一种资本存在形式，间接地反映实际资本的运动状况。

一般来说，资本证券与实际资本在量上是不相同的，资本证券的价格总额总是大于实际资本额，因而它的变化并不能真实地反映实际资本额的变化。资本证券的活动可以促使财富的大量集中和资金的有效配置。

（3）货物证券。货物证券是对货物有提取权的证明，证明证券持有人可以凭单提取单据上所列明的货物。货物证券主要包括栈单、运货证书及提货单等。

3.按有价证券上市与否分类

有价证券上市与否可分为上市证券和非上市证券。

划分为上市证券和非上市证券的有价证券是有其特定对象的，一般只适用于股票和债券。

（1）上市证券。上市证券又称挂牌证券，指的是经证券主管机关批准，并在证券交易所注册登记，获得资格在交易所内进行公开买卖的有价证券。为了保护投资者利益，证券交易所对申请上市的公司都有一定的要求，按相关法律规定满足这些要求才准许上市。

发行股票或债券的公司要在证券交易所注册其证券，必须符合注册条件并遵守规章。证券交易所要求申请上市的公司提供的情况主要包括：申请上市的股票或债券的数额和市场价值，股东持有股票的情况，以及纳税前的收益和股利分配情况等。当上市公司不能满足证券交易所关于证券上市的条件时，交易所有取消该公司证券挂牌上市的权利。

证券上市可以扩大上市公司的社会影响，提高公司的名望和声誉，使其能以较为有利的条件筹集资本，扩大经济实力。证券交易的价格是竞价买卖形成的，对投资者来说，由于上市公司必须定期公布其经营及财务状况，因而有利于投资者作出正确的投资决策。挂牌上市为证券流通提供了一个连续性市场，证券在市场上的流通性越强，投资者就越愿意购买。

（2）非上市证券。非上市证券也称非挂牌证券、场外证券，是指未在证券交易所登记挂牌，由公司自行发行或推销的股票或债券。非上市证券不能在证券交易所内交易，但可以在交易所以外的"场外交易市场"进行交易，有的也可以在取得特惠权的交易所内进行交易。非上市证券由于是公司自行推销的，与上市证券相比，筹资成本较高，难以扩大公司的社会影响，也难以为公司赢得较高的社会声誉。

（三）有价证券的特征

有价证券具有偿还性、流动性、收益性和风险性四大特征。债券一般都规定有偿还期，股票和永久性债券的偿还期可视为无限长；流动性是指迅速变为货币而免受损失的性能，不同证券的变现能力有强有弱，有时差别很大；收益性是转让资金使用权的回报性能，收益率的高低依证券的品种及其运行方式的不同而有所区别；风险性是指本金遭受损失的可能性，包括静态风险和动态风险、信用风险和市场风险等。不同的证券种类，其风险程度大不相同。

四、有价证券的经济效用

我国证券市场的发展历史较短，但发展速度很快。在我国国民经济建设中，证券和证券市场发挥着越来越重要的作用。

1.发行证券是企业筹措资金的重要手段

企业从外部解决资金短缺主要有两条渠道：一是从银行贷款；二是发行有价证券。我国企业资金普遍偏紧，银行贷款压力很大，信贷资金来源与运用的矛盾十分突出，因此，发行有价证券（主要是股票和债券）有利于满足企业投资于机器、设备及厂房等固定资产上的长期资金需求。

2.证券和证券市场的发展有利于促进资金的合理流动，优化资源配置

证券和证券市场的这种作用是通过投资者和证券发行者两方面的行为发挥出来的。

从投资者的角度看，为了谋求其投资的保值与增值，必然十分关注投资对象的经营状况和财务状况。投资者之所以作出购买某家公司的证券的投资决策，是因为经过对投资对象的经营和财务状况进行分析后，认为这家公司能有效地运用资金，投资于该企业不仅股息或利息有保障，而且能随着企业经济效益的提高分享企业的经营成果。投资者这种经过分析判断后作出的投资决策，有利于社会资金流向高效率的产业和企业。

从证券发行者的角度看，通过发行有价证券筹集的资金如果得不到合理且有效的运用，发行的债券难以按期支付利息，就有可能被清盘；发行的股票不能支付或者支付的股利数额很小，股票的价格就会下跌，这样，企业用于扩大再生产的资金需要甚至用于维持简单再生产的资金需要都会得不到满足。在这种压力之下，企业只能加强内部管理，改善经营状况，以最少耗费生产出尽可能多的适销对路产品，既满足社会需要，又降低资源消耗和浪费，提高资金的使用效率。从整个社会的角度看，社会资源的配置就得到了优化。

3.证券和证券市场的发展有助于促进信用体系的发展与完善

在社会主义市场经济条件下，不但要发展间接融资方式，对于直接融资方式也应给予足够的重视。银行间接融资的一个重要原则，就是必须兼顾盈利性、流动性和安全性，为此必须实行资产负债比例管理，即资金的运用必须与资金的来源相适应。银行的资金来源多为活期存款，吸收的存款又要缴存存款准备金和留足自存准备，因而银行贷款以短期性的流动资金贷款为主，贷放资金的能力非常有限；企业运用直接融资方式发行有价证券，不但能满足其日益增长的资金需要，而且有助于我国信用体系的发展与完善。

4.证券和证券市场是国家实现产业政策，实行宏观调控的重要工具

有价证券便是国家干预经济生活的重要工具之一。西方发达国家财政收入占国内生产总值的比重近年来不断提高，一般在30%以上；中央财政收入占全部财政收入的比重也增加到了60%以上。这些国家还是滚动式推出品种多、规模大的国债债券，以满足政府干预经济生活的资金需要。

证券和证券市场对实现国家产业政策也发挥着重要作用。产业政策是国家制定的、利用多种手段、通过规划产业结构的目标、干预产业结构的形成等措施，最终实现国民经济各产业部门均衡发展的产业指导原则，也是指导投资者合理、正确投资的依据。投资者按照国家产业政策的要求进行投资，就能在国家实行的各种优惠政策的作用下取得较好的投资效益。因此，投资者也就会竞相购买那些国家产业政策鼓励的、发展前景广阔、社会经济效益高的产业部门发行的有价证券，向这些部门进行投资。这会使这些部门的发展得到充足的资金，从而使整个社会的产业结构不断向产业政策要求的方向变动。而那些不符合产业政策要求的部门和企业，由于其发展前景黯淡，社会经济效益不好，它们发行的有价证券必然遭受到投资者的冷遇，其正常运作的资金需求得不到满足，发展也会受到限制。

证券和证券市场还能发挥调控货币流通量的作用。货币流通量与货币流通必要量相适应是经济均衡发展的重要前提。货币流通量取决于货币供给量，决定货币供应量的因素有多种，这些因素都直接或间接地受市场上有价证券的数量及其流通状况的影响。

如果发行的有价证券数量多，流通状况好，则意味着大量的手持现金转化成了证券，从而可以减少流通中的现金量，降低现金漏损率和资金闲置系数。在公开市场上，如果中央银行大量抛售证券，则会减少流通中现金和存款的数量，从而减少货币供应量；反之，如果中央银行大量收购证券，则又会增加货币供应量。此外，有价证券还能影响流通中的货币结构。这主要是指中央银行运用货币政策，来改变货币在证券市场与商品市场的流通比例以及在不同地区的流通比例，进而改变货币的流通量。

第二节　证券市场

一、证券市场的特征与分类

1.证券市场的定义

证券市场是有价证券发行与流通以及与此相适应的组织与管理方式的总称。证券市场是资本市场的基础和主体，包括证券发行市场和证券流通市场。在发达的市场经济中，证券市场是市场体系的重要组成部分，不仅反映和调节货币资金的运动，而且对整个经济的运行具有重要影响。

2.证券市场的特征

与一般商品市场相比，证券市场具有以下几个方面的基本特征。

（1）对象方面。证券市场的交易对象是股票、债券等有价证券，而一般商品市场的交易对象是各种具有不同使用价值的商品。

（2）职能方面。证券市场上的股票、债券等具有多重职能：既可以用来筹措资金，解决资金短缺的问题；又可以用来投资，为投资者带来收益；也可以用于保值，以避免或减少物价上涨带来的货币贬值损失；还可以通过投机等技术性操作争取价差收益。而一般商品市场上的商品则只能满足人们的特定需要。

（3）价格方面。证券市场的证券价格，实质是所有权让渡的市场评价，或者说是预期收益的市场货币价格，与市场利率关系密切。而一般商品市场的商品价格，实质是商品价值的货币表现，取决于生产商品的社会必要劳动时间。

（4）风险方面。证券市场的风险较大，影响因素复杂，具有波动性和不可预测性。而一般商品市场的风险很小，实行的是等价交换原则，波动较小，市场前景具有较大的可测性。

3.证券市场的分类

证券市场的分类很多，最常见的有以下三种。

（1）按证券的性质不同，分为股票市场、债券市场和基金市场。

（2）按组织形式不同，分为场内市场和场外市场。场内市场指的是证券交易所；场外市场则主要指店头市场（柜台市场）以及第三市场、第四市场。

（3）按证券的运行过程和证券市场的具体任务不同分为证券发行市场和证券交易市场。

二、证券市场的产生与发展

1.证券市场的产生

证券市场是市场经济不断发展的产物。在简单商品经济条件下，由于社会分工不发达，生产力水平低下，因而信用制度落后。随着生产力的发展，社会分工日益复杂，商品经济日益社会化。日益扩大的生产需要，大大促进了信用制度的发展。商业信用、银行信用和国家信用等资金融通方式不断出现。各类信用形式的发展，又导致越来越多的信用工具的出现。

由于资金融通的需要，各类有价证券随着信用制度的发展而不断增加。但提供信用的人所提供的资金未必都是长期闲置的，有时为了急需资金，就必须保证所持有的有价证券具有一定的流动性，以便能出售换取现款。这样，各类有价证券的转让流通和买卖，就成为其存在和运用的必要条件。证券的发行和流通使得证券成为一种金融性商品，从而使证券市场的产生成为必然。

在资本主义发展初期的原始积累阶段，16世纪的西欧就已有了证券交易。当时的里昂、安特卫普已经有了证券交易所，最早在证券交易所进行交易的是国家债券。此后，随着资本主义经济的发展，所有权与经营权相分离的生产经营方式的出现，使股票、公司债券及不动产抵押债券依次进入有价证券交易的行列。在资本主义发展最早的英国，300多年前，被称为"股票经纪人"的商人就已在他们的主要市场——伦敦交易所从事证券市场的一些简单业务。1698年，即英格兰银行建立的4年以后，在英国已有大量的证券经纪人，"乔纳森咖啡馆"就是因有众多的经纪人在此交易而出名。1773年，英国的第一家证券交易所（现伦敦证券交易所的前身）在"乔纳森咖啡馆"成立，1802年获得英国政府的正式批准。它最初经营政府债券，以后是公司债券和矿山、运河股票。到19世纪中叶，一些非正式的地方性证券市场也在英国兴起，铁路股票盛行。美国的第一个证券交易所——费城证券交易所诞生于1790年。1792年5月17日，经营拍卖业务和其他行业的24名商人在纽约华尔街的一棵梧桐树下商定，每天在此从事证券（主要是股票）交易。1793年，一家名叫汤迪的咖啡馆在华尔街落成，于是露天的股票市场就移进咖啡馆经营，这就是纽约证券交易所最早的雏形。当时，纽约的证券交易所经营的全部是金融股票，其中银行股票10种，保险公司股票13种。后来，由于美国工业革命的影响，铁路股票、运输股票、矿山股票开始在市场上流通。

在我国，19世纪70年代以后，清政府洋务派兴办了一些企业。随着这些企业股份制的出现，中国企业的股票应运而生，随之而至的便是证券市场的产生。我国最早的证券交易市场，创立于清朝光绪末年上海外商组织的"上海股份公所"和"上海众业公所"。在这两个交易所买卖的证券，主要有外国企业股票、公司债券、南洋一带的橡胶股票、中国政府的金币公债以及外国在上海的行政机构发行的债券等，实际交易偏重于洋商的股票和橡胶股票两种。中国人自己创办的交易所在辛亥革命前还不多见。1912年以后，证券交易规模逐渐扩大。1919年，北京成立了证券交易所，上海成立"上海华商证券交易所"。

2.证券市场的早期发展

20世纪初，资本主义由自由竞争阶段过渡到垄断阶段。正是在这一过程中，证券市场以其独特的形式适应资本主义经济发展的需要，从而有效地促进了资本积累和资本集中，同时也使自身获得巨大发展。在这个时期，由于资本主义虚拟资本大量膨胀，整个证券业处于高速发展阶段，具体表现为有价证券的发行总额剧增。从1890～1900年发行额增加了近5倍。与此同时，有价证券的结构也发生了变化，在有价证券中占主要地位的已不是政府公债，而是公司股票和企业债券。据统计，1900～1913年发行的有价证券中，政府公债占有价证券发行总额的40%，公司债和各类股票则占60%。

1929～1933年，资本主义世界发生了严重的经济危机，危机的前兆就表现在股市的暴跌上，随之而来的"大萧条"使证券市场受到严重影响。危机过后，证券市场仍处于萧条之中。第二次世界大战爆发后，虽然各交战国由于战争需要发行了大量公债，但就整个证券市场而言，仍然处于不景气之中。

第二次世界大战结束后，欧美和日本经济的恢复和发展，以及各国的经济增长，大大地促进了证券市场的复苏和发展。20世纪70年代以后证券市场出现了高度繁荣的局面，证券市场的规模不断扩大，证券的交易也越来越活跃。

3.证券市场的发展趋势

（1）金融证券化。在整个金融市场中，证券的比例越来越大，比重迅速上升，而且上升的趋势还在继续。与此同时，居民储蓄结构也出现了证券化倾向。出于保值和增加收益的需要，人们将储蓄从银行存款转向证券投资。

（2）证券交易多样化。随着证券市场的逐步发展，有价证券的发行种类、数量以及范围不断扩大，交易形式日趋多样化。

（3）证券投资者法人化。自第二次世界大战以后，证券投资者有所变化。不仅社会公众个人认购证券，更重要的是，法人进行证券投资的比重日益上升。认购证券的法人，从过去主要是金融机构，扩大到各个行业，很多企业都设立了证券部或投资部。据估计，法人投资在世界各国证券市场上占一半左右。

（4）证券市场国际化。科学技术的发展推动了社会生产的国际化，也引导着资本投资的国际化。证券投资国际化已成为证券市场发展的主要趋势之一。

（5）证券市场自由化。从第二次世界大战后到20世纪70年代前，各国政府为了保护和扶持证券市场，采取了种种保护及限制措施，主要限制内容是：① 实行银行和证券业务分离制，禁止银行经营包括股票在内的证券业务，以避免资金雄厚的银行控制市场；② 实行委托买卖股票手续费最低限额制，目的是防止证券市场上的过度竞争。进入20世纪70年代以后，随着金融自由化的发展，以上措施越来越阻碍证券市场的发展，于是各国陆续废除限制条令，实行证券市场自由化，出现了银行、保险与证券合理的综合化趋势。

（6）证券投资交互化。社会化大生产和科学技术的发展，促进了银行业与工商业、国内证券市场和国际证券市场的相互融合，从而导致了证券投资的相互扩散和渗透。如美国洛克菲勒财团的主要金融机构——大通曼哈顿银行的股东中，有不少大公司参与持股，该银行与其他各行业的78家公司互有兼任董事的关系。

（7）证券市场的高科技化。现代科学技术的迅速发展，为证券市场的发展提供了技术条件。计算机从20世纪50年代下半期开始应用于证券市场，现在世界各主要证券市场已实现了计算机化，大大地提高了证券市场的运行效率。

第三节　证券市场体系与功能

一、证券市场体系

1.金融市场体系

金融市场是由各个子市场组成的。其包括：货币市场，如承兑贴现市场、拆借市场、短期政府债券市场；资本市场；如储蓄市场、证券市场（发行市场即一级市场、交易市场即二级市场）、长期信贷市场、保险市场、融资租赁市场；外汇市场；黄金市场等。

2.直接融资与间接融资

社会经济的发展，要求金融手段多样化和灵活化。在我国传统体制中，以金融间接融资为主，表现为以货币为主要金融工具，通过银行体系吸收社会存款，再对企业进行贷款的一种融资机制。间接融资方式的间接性表现为：在间接融资体系下，经济单位不能直接从社会上融资，只能通过银行体系得到资金。随着市场经济的发展，企业对资金的需求越来越多样化和市场化，间接融资已无法满足社会经济对资金融通的要求。

直接融资是以债券、股票为主要工具的一种融资运行机制。它的特点是经济单位直接从社会上吸收资金，筹措资金。在直接融资体系中，融资决策主体已转移到企业和居民身上。直接融资的功能在于补偿间接融资的不足，以适应社会经济发展变化的要求，最大可能地吸收社会游资，直接投资于社会经济建设中。它最大的特点是，在增加社会融资手段的同时，货币总量并没有相应扩大，社会资金总量在不同经济主体之间的流动将更趋于合理，并得到最大限度的利用。

间接融资是一种不稳固的资金供给，居民储蓄资金通过银行贷款流入社会经济活动领域，但又有可能随时兑换现金，进入消费领域，急剧减少投资资金。而以证券市场为主的直接融资从社会上直接吸收、筹措资金，在一定时间内不但占有资金使用权，而且排斥资金所有者在这一时期的索回权，如企业债券、国债等。股票形式则更是把投资于股票的资金永久地凝固在生产领域，转化成资本。

从间接融资与直接融资对社会资金的吸引力来说，直接融资的发展虽在间接融资之后，但发展很快，地位和作用也不断提高。在一国经济发展的初级阶段，一般都采取低利率政策，鼓励企业投资，促进经济发展。但低利率政策是一种强制性的措施，在没有其他投资和保值渠道，社会又存在通货膨胀的条件下，低利率的储蓄是一种奉献行为。而证券投资因风险性大和流动性差等因素，回报率要高于银行储蓄利率。在两者利率差别甚大的情况下，受高收益的引诱，资金就会源源不断地流向证券市场，直接融资的规模和作用范围因此而急剧增加。

二、证券市场的功能

证券市场是市场经济中一种高级的市场组织形态，是市场经济条件下资源合理配置的重要机制。世界经济发展的历史证明，它不仅可以推动本国经济的迅速发展，而且对国际经济的一体化和发展具有深远的影响。世界上不少证券市场活跃发达的地方已发展成为国际著名的金融中心。

（一）筹集资金

通常人们的闲置资金大多是以存款的形式存入银行以获取利息收入，银行再将这些集中起来的资金以贷款的形式贷给企业或其他经济主体。这种间接信用是最常见、最基本的筹资方式。但是，随着生产的不断发展和企业组织形式的变化，这种方式已不能充分满足经济发展的需要，必须开拓新的筹资方式和渠道，这就是发行有价证券，建立证券市场，通过直接信用方式筹集资金。

在证券市场上进行证券投资，一般都能获得高于银行存款利息的收益，且具有长期投资性质，所以能吸引众多的投资者。对于证券发行者来说，通过证券市场可以筹集到一笔可观的资金，利用这些资金，或补充自有资金的不足，或者开发新产品、上新项目，有利于迅速增强公司实力。这种在较短时间内迅速筹集到巨额资金，只有通过证券市场这个渠道才能实现。

（二）中央银行的宏观调控机制

从宏观经济角度看，证券市场不仅可以有效地筹集资金，而且还有资金"蓄水池"的作用和功能。各国中央银行正是通过证券市场这种"蓄水池"的功能来实现其对货币流通量的宏观调节，实现货币政策目标。

当社会投资规模过大，经济过热，货币供给量大大超过市场客观需要的货币量时，中央银行可以通过在证券市场上卖出有价证券（主要是政府债券），回笼货币，紧缩投资，平衡市场货币流通量，稳定币值；而当经济衰退，投资不足，市场因货币供给不足而呈现出萎缩状态时，中央银行则通过在证券市场上买进有价证券（主要是政府债券），增加货币投放，扩大投资，刺激经济增长。

（三）资源合理配置的场所

证券市场的产生与发展适应了商品经济发展的需要，同时也促进了社会化大生产的发展。现代大工业中产生的新兴产业，以及为工业服务的基础产业部门，都极大地提高了生产社会化程度和资本集中规模；而单个资本既难以筹集现代大工业所需要的巨额投资，也无力承担巨额投资所带来的风险。因此，资本社会化就成为现代大工业发展的核心问题。证券市场为资本所有者自由选择投资方向和投资对象提供了十分便利的活动舞台，资金需求者也冲破了自有资金的束缚和对银行等金融机构的绝对依赖，而在社会范围内广泛筹集资金。随着证券市场的发展，其对产业结构调整的作用大大加强，同时得到发展的产业结构又成为证券市场的经济载体，反过来促进证券市场的不断发展，形成良性循环。

产业结构变动，表现为产业部门的产值比重和就业比重的变化。一些产业部门的产值比重增大了，另一些产业部门的产值比重缩小了；一些产业部门的就业比重增大了，另一些部门的就业比重缩小了。从产业发展的角度讲，产业结构变动还表现为一些新产业部门的产生，并由此引起产业间的产值比重和就业比重的变化。在这些产业结构变动的背后，实质上是生产要素在产业部门间流动的问题。正是由于生产要素在产业部门间转移和流动，改变了产业间的能力结构，才使产业部门的产值比重和就业比重发生变化。因此，产业结构变动实质上是生产要素配置结构和产业部门生产能力结构的变动。产业结构变动的核心问题，就是生产要素的产业部门转移（包括增量和存量转移）和重新组合。然而，生产要素（特别是资产）的部门转移往往会受到两方面的障碍：一方面是资产实物形态的部门转移障碍，由于各产业部门生产的产品不同，其生产技术和生产工艺以及与此相适应的生产装备也不同，因而除了少数通用设备外，大部分专业性生产装备难以在产业部门间转移；另一方面是资产部门转移的进入障碍。这两方面的障碍大大降低了资产的流动性，影响了生产要素在产业部门间的转移和重组，从而对产业结构变动起着制约作用。

证券市场使生产要素在产业部门间转移的障碍得以消除，在证券市场中，企业产权已商品化、货币化、证券化，资产采取了有价证券的形式，可以在证券市场上自由买卖，这就使资产具有最大的流动性。因此，在市场经济条件下，生产要素产业部门间的转移和重组，其核心问题是资金的流动性。资金在产业部门间的流动和重新积聚，带动其他生产要素的产业部门转移和重组。

证券市场作为一种直接融资渠道，大大提高了资金流动性，为资金流动带动其他生产要素部门转移提供了广阔的可能性空间。证券市场与产业结构调整的关系，就在于它使资产证券化，从而使生产要素在产业部门中得以转移和重组。

（四）价格的统一

证券交易价格，由证券市场上通过证券需求者和证券供给者的竞争所反映的证券供求状况确定。

证券市场上，证券商不仅促成了买卖双方的成交，而且通过互相间的联系，促使整个证券市场成交迅速，而且价格统一，使资金需求者所需要的资金与资金供给者提供的资金，迅速找到出路。

证券市场中买卖双方的竞争，形成了均衡价格，其价格统一、定价合理，较之市场外的私下交易更为公开、公平、公正。

（五）国有企业转变机制的契机

证券市场的建立和发展，为国有企业转变机制提供了有利的契机，主要表现在以下三个方面。

1.企业产权结构

企业作为法人财产权代表介入证券市场，通过证券市场发行企业债券和股票，从企业外部直接筹集资金，改变了过去企业靠财政拨款和银行贷款的资金来源结构，既减轻了企业对吃国家财政和银行大锅饭的依赖，又可实现企业产权的多元化。

2.企业经营决策权

（1）发行证券种类决策。企业如果选择发行股票，则会首先涉及股份制改组，改变原有的所有制性质而成为一种联合所有制，同时筹集长期资本项目资金。

（2）证券期限长短决策。企业在发行企业债券时，要进行债券期限的决策，要考虑企业使用资金的期限和偿还能力。

（3）发行证券价格决策。企业在发行证券时，要考虑证券发行价格，一般是根据证券票面利率、银行同期存款利率、企业经营状况、预期收益、企业信誉、证券供求和市场其他证券发行价格等因素来确定。

（4）证券发行方式决策。证券发行方式有自营发行、委托代理发行、担保发行等多种方式。企业选择何种发行方式，一般取决于企业的特点，以达到降低成本和迅速筹集资金的目的。另外，企业证券发售的时机，一般要根据项目用款进度、社会公众认购能力和市场证券发行量等情况进行综合分析，选择最佳的发售时机，以便降低集资成本和提高资金使用效益。

（5）企业证券投资决策。首先要对国债券、金融债券、企业债券和股票进行选择；同时，企业根据自身可支配资金的期限长短，考虑证券投资收益率的高低，选择不同的证券进行投资组合。

3.企业规模和重组

证券市场的发展，拓展了企业的筹资渠道，企业通过发行债券和股票，以直接融资形式筹集资金，比银行贷款更具长期性和稳定性，因为债券的投资者在债券到期前不会向企业索回本金，股票的投资者也不可能退股。由于证券筹资不受社会财富增长的限制，只是改变资金各个经济主体的组合，因而能迅速地筹集到大笔资金，以满足新建企业和重大成套项目的资金需要。一些效益好的企业，通过组建股份制企业和证券市场投资，向其他企业控股或参股，可支配比自身资产更大的资产，取得资金运用上的放大效应和整体效应。因为这类企业聚集和发挥了多家企业的资金、技术、人才和设备的群体优势，通过内部的规划协调和专业化分化，围绕市场需要，发展名特优产品，迅速地扩大生产能力，进行大批量、专业化生产，达到适度的规模经济，降低了成本，提高了规模经济效益。

股票在证券市场上的流通，可以打破资产的凝固状态，使资产运动起来，形成一种合理的资产调整和生产要素的重组。因为证券市场的发展和产权的商品化，资产双重形式的存在，使得企业能够转让资产的实物形式或者贷出资产的价值形式。所以，证券市场的发展，能促进资产存量的调整和重组；同时，企业盈利现状和前景得以在证券市场的股票价格上较快地反映出来，为资源合理流动和重组提供了指示器，有助于资产由经济效益低的企业向经济效益高的企业转移，有助于产业结构趋于合理，有助于企业能在经济利益协调的基础上实现转让、合并、改组和重建。

三、证券市场的运行效率

1.证券市场的容延度

证券市场容延度是指证券市场的容量及广延度。

（1）证券市场容量分为绝对容量和相对容量。绝对容量是指证券市场的证券流量总额；而相对容量是绝对容量与国民生产净值或绝对容量与国民储蓄总额的比率。同时，证券市场容量还可以从深度和广度两方面来考察："深度"指证券市场以目前市价供应和吸收证券的能力；"广度"则指证券市场提供与吸收各种不同类别证券的能力。

（2）证券市场的广延度。表示证券市场在空间范围内的扩散程度。证券市场上各类子市场（股票市场、债券市场等）的细分、专门化程度、筹资者与投资者的数量与交易规模、以及金融中介机构的数量，都是构成证券市场广延度的重要内容。而且证券市场体系的辐射和扩散能力，也反映出证券市场功能的大小和市场本身的发达程度。不言而喻，证券市场的容量大，专业化程度高，市场交易频繁且规模大，市场体系的开发程度和吸引能力强，即意味着证券市场的运行具有较高的效率。

2. 证券市场的成熟度

证券市场成熟度是综合考核市场发育程度的重要指标，主要通过市场竞争度、市场有序度、市场运行机制的灵敏度，以及市场的操作成本等方面来反映。

（1）竞争度。竞争度主要是指从参与者的市场占有来衡量市场的垄断和竞争程度。证券市场的参与者主要是筹资者和投资者。不同筹资者的筹资数额和在筹资总量中所占的比重，以及不同投资者包括个人投资者与机构投资者的投资数额在证券投资总量上的比重，在很大程度上能够反映出证券市场的垄断和竞争程度。

（2）有序度。有序度主要是指受市场规律制约的市场运行的有序性。证券市场的有序性意味着市场运行中经济活动主体市场行为的标准化、规范化和合理化。因此，评价证券市场的秩序主要从以下两个方面进行：①市场环境的规范化、制度化；②经济活动主体对宏观调控和市场规范准则的接受程度和反映程度。

（3）运行机制的灵敏度。证券市场运行过程中，资金供求、利率和其他市场条件的变化能否及时、灵敏地反映出来，并迅速地得到调节与平衡，是衡量证券市场运行机制灵敏度的关键。

（4）操作成本。操作成本是指证券从发行到分配利息的全过程中所发生的费用，包括发行证券的手续费、证券交易的经纪人佣金与印花税、对股息征收的所得税等。

3. 证券市场的透明度

证券市场作为开放性市场，信息接收的容量及其传递速度是评价市场透明度的重要指标。证券市场透明度的高低，可以从信息流通速度、信息密集度以及信息传递的真实度和准确度中得到反映。证券市场透明度指标具体可量化为以下三类。

（1）信息传递速度。一般而言，证券市场越发达，其通信手段现代化程度和普及程度越高，信息传递速度也越快、越广。

（2）信息密集度。此即证券市场运行过程中的动态变化状况、程度、特征等，能否用精炼的文字、图表、数字、表格等形式，以最短的时间传递给信息需要者。

（3）信息传输的准确性及其抗干扰性。证券市场传播的信息来自不同方面、不同角度，真伪并存。证券市场的信息传导机制能否迅速地识别失真信号并及时剔除，以保证证券市场运行的稳定性，是衡量证券市场信息流通系统运行效率的关键。

4. 证券市场的调控度

证券市场的可控程度，主要表现在市场运行的稳定性和接受控制信号的反应灵敏度两个方面。

（1）稳定性。稳定性是指证券市场既不萧条也不因投机等因素而过于繁荣，呈稳步发展趋势，不会出现大起大落。

（2）接受控制信号的反应灵敏度。这主要是指中央银行货币政策的变动所引起的证券市场上货币供求关系变化的反应时效。证券市场运行的稳定性高，市场接受外部输入控制信号的反应能力强，也就意味着证券市场的可控程度强，证券市场成熟发达。

四、证券市场主体

1. 证券发行人

（1）政府，包括中央政府和地方政府。中央政府为弥补财政赤字或筹措经济建设所需要的资金，发行国库券、财政债券、国家重点建设债券等国家债券。地方政府为本地方公用事业的建设可发行地方政府债券。目前，我国已在上海、浙江、广东及深圳四地试点发行地方债券了。

（2）金融机构。金融机构可以发行金融债券，增加信贷资金来源。一般来说，金融债券是由国有商业银行、政策性银行以及非银行金融机构发行的，所筹集到的资金，全部用于特种贷款和政策性贷款，不得挪作他用。我国近年来，政策性银行发行金融债券主要为重点建设项目和进出口政策性贷款筹集资金。

（3）有限责任公司和国有独资公司。按《中华人民共和国公司法》（以下简称《公司法》）的规定，国有独资公司、两个以上的国有企业或其他国有投资主体投资设立的有限责任公司，可以发行公司债券募集资金。发行资格是：①有限责任公司的净资产额不低于人民币6000万元；②累计债券总额不超过公司净资产额的40%；③最近3年平均每年可分配利润足以支付公司债券1年的利息；④筹集的资金投向符合国家产业政策；⑤债券的利率不得超过国务院限定的利率水平。满足上述条件的有限责任公司和国有独资公司，可以申请发行公司债券。

（4）股份有限公司。股份有限公司是以投资入股的方式把分散的属于不同所有者的资本集为一体，统一经营使用，自负盈亏，按股分利的企业组织制度。按照《公司法》的规定，股份有限公司可以发行股票，股票可以流通，股东所持的股份可以自由转让；同时，股份有限公司也可以发行公司债券以筹集资金。可以看出，股份有限公司募集新资本的渠道比较宽。

2. 证券投资者

证券投资者是证券市场的资金供给者，也是金融工具的购买者。投资者的种类较多，既有个人投资者，也有机构（集团）投资者。投资者的目的也各不相同。有些意在长期投资，以获取高于银行利息的收益或意在参与股份公司的经营管理；有些则企图投机，通过买卖证券时机的选择，以赚取市场价差。

（1）个人。个人投资者是证券市场最广泛的投资者，具有分散性和流动性的特点。截至2007年6月末，A股开户数已达到1.1亿户，虽然每个个人投资者的投资能力有限，单个投资额不可能很大，但由于社会公众的广泛性，其集合总额是相当大的。

（2）企业（公司）。企业不仅是证券发行者，同时也是证券投资者。特别是当一个股份公司意欲吞并或控制其他公司股份时，就会购进其他公司的股票，这样该股份公司就成了另一家或几家公司的股票投资者，即股东。同样，企业也可以成为债券投资者。企业一般具有较大的购买力，企业的投资量远远大于个人的投资量。

（3）各类金融机构。无论是商业银行，还是各种非银行金融机构，作为专门从事金融业务的特殊企业，都愿意从购买证券中获取利润。各类金融机构的资金能力和特殊的经营地位，使其成为发行市场上的主要需求者。投资基金公司主要运作对象是债券和股票；证券公司、信托投资公司的证券部等证券经营机构，既可进行股票和债券的代理买卖，也可进行股票和债券的自营买卖；保险公司可在证券市场上对政府债券进行投资。

（4）基金。证券市场为各种公共基金提供了值得选择的投资场所。信托基金、退休基金、养老基金、年金基金等社会基金，可以通过购买证券主要是政府债券以达到保值、增值的目的。

（5）外国投资者。随着经济国际化趋势的不断发展，证券的发行与交易已超出了国界。外国的公司、金融机构、居民等可以购买别国发行的证券；或者本国发行公司通过跨国公司在境外发行证券，向外国个人或团体募集资金。

3.证券市场中介

证券市场的中介机构主要包括以下几种。

（1）证券承销商和证券经纪商，主要指证券公司（专业券商）和非银行金融机构的证券部（兼营券商）。

（2）证券交易所以及证券交易中心。

（3）具有证券律师资格的律师事务所。

（4）具有证券从业资格的会计师事务所或审计事务所。

（5）资产评估机构。

（6）证券评级机构。

（7）证券投资的咨询与服务机构。

4.自律性组织

自律性组织一般是指行业协会。证券市场的自律性组织发挥政府与证券经营机构之间的桥梁和纽带作用，促进证券业的发展，维护投资者和会员的合法权益，完善证券市场体系。我国证券业自律性机构有中国证券业协会和中国国债协会。

5.证券监管机构

现在世界各国证券监管体制中设置的机构，可分为专管证券的管理机构和兼管证券的管理机构两种形式，都具有对证券市场进行管理和监督的职能。

美国的证券管理体制采取设立专门管理证券机构的方式。美国联邦政府设有联邦证券管理委员会，具有监督执行美国证券交易法、信托法、投资公司法、投资顾问法和公共事业控股公司法的职能。在联邦政府的监督下，美国各州也有制定证券法的职权。同时，在政府监督下，证券交易所和证券商公会亦具有相当的自主权。这种联邦、各州和专业机构团体多层次的证券管理体制是美国证券管理的特点。

实行证券专门管理体制或类似这种体制的国家，还有加拿大、日本、菲律宾等国，但这些国家都结合本国的具体情况，在证券专门管理体制的基础上进行了不同程度的变动。

英国的证券管理体制传统上以证券交易所"自律"为主，政府并无专门的证券管理机构。成立于1997年的英国金融服务局，简称FSA，是英国金融监管的主要部门。FSA的成立，实际上标志着英国的金融（证券）监管架构发生了重要变化，由自律为主转变为自律基础上的相对集中监管。

以自律为主的国家目前还有荷兰、意大利、德国等国。

我国证券市场的监管机构是中国证券监督管理委员会。它是国务院直属的事业单位，对各省、市、自治区的证券机构实行垂直管理。

第四节 证券投资

一、证券投资的概念及特点

1.投资

投资是经济学的重要概念，它包括直接投资和间接投资两大方面。直接投资是指各个投资主体为在未来获得经济效益或社会效益而进行的实物资产购建活动，如国家、企业、个人出资建造机场、码头、工业厂房和购置生产所用的机械设备等。间接投资是指企业或个人用其积累起来的货币购买股票、债券等有价证券，借以获得收益的经济行为。

一切出于谋取预期经济收益为目的而垫付资金或实物的行为都可以看作是投资。

2.证券投资的概念

证券投资是指间接投资，即投资主体用其积累起来的货币购买股票、公司债券、公债等有价证券，借以获得收益的经济行为。它是一种长期信用活动，是投资的重要形式。证券投资属于非实物投资，投资者付出资金，购入的是有价证券，而不是机器、设备、黄金珠宝等实物。证券投资的收益一般包括股息、红利收益、资本收益、债息收益和投机收益。除了收益目标外，某些证券投资者的目标还可能是一些无形的收益，如取得对某一企业的控制权或管理权、提高自己的社会声望、改善自己企业资产负债结构等。

3.证券投资的特点

证券投资是一种特殊的投资活动，与一般意义上的投资相比，具有下述特点。

（1）高收益性。此指投资活动为投资者带来的盈利收入。高收益性是证券投资的主要特点之一。单位投资获得的收益越多，则说明投资的效果越好。当然，有些投资者（如一些大型企业）进行证券投资（如购买股票）的直接目标，可能是为了获得对别的企业的财产控制权和经营管理权，以利于其总体战略的实现，但其最终目标仍然是为了获利。对于大多数个人投资者而言，获得收益既是直接目标，也是最终目标。

（2）高风险性。此指投资活动为投资者带来的可能发生亏损的危险性。即投资主体购买各种有价证券而未能获得预期收益，甚至发生亏损的可能性。投资必然伴随着各种类型的风险，不同类型的证券，投资的风险也是不等的，有的证券投资的风险较大，有的则风险较小。总体而言，风险与收益并存。

（3）期限性。此指证券投资的期限，投资品种的不同，其期限不同。股票投资没有期限，债券投资是有期限的。

（4）变现性。此指证券持有者可以根据证券市场实际情况的变化和自身需求的变化，自由买卖有价证券。

二、证券投资与实业投资

证券投资与实业投资是两类不同性质的投资，是经济社会中重要的经济行为，对于企业扩大再生产和社会经济的发展有着极其重要的作用。

1.证券投资与实业投资的联系

（1）证券投资是实业投资活动进行到一定程度以后的产物。为了在短期内聚集起大量资金，股票这一信用工具走上历史舞台。随着人们进入高度发达的商品经济时代，以证券为工具的信用关系开始占据整个社会经济关系的主导地位，成为一种极为普遍的社会经济现象。

（2）实业投资是证券投资的基础。社会的发展是靠物质生产的发展来实现的，通过生产活动不断地创造出新的、比以往更多的价值。证券投资促进生产的作用，表现在通过发行证券可以使大批闲置资金能够流入生产领域。但是，如果全社会都去从事证券投资而置实业投资于不顾，证券投资就成了无本之木、无源之水。证券也会变得毫无价值。

2.证券投资与实业投资的区别

（1）投资者关注的对象不同。实业投资者关注的是企业本身，而证券投资者所关心的只是证券价格的涨跌及其对自己投资收益带来的影响。他们随时在估量证券发行者的实力，计算自己未来的收益，一旦发现某种证券前景不妙，或某个企业内部出现问题，他们会立刻抛出自己手中的该种证券以保护自己不受损失，而不会努力使企业改变状况。

（2）投资的独立程度不同。相对于实业投资来说，证券投资活动有着较强的独立性，投资者可以独立地依据自己的资金力量和市场行情行动，自己决定投资与否，投资多少，投资于什么证券和在什么时期投资，而很少受到其他客观条件的限制。实业投资则不同，投资者不仅要受资金实力和市场需求状况的限制，还要受到诸多因素如投资环境、行业壁垒、专业知识、经营能力、人员素质、协作条件等多方面的制约。显然，进行实业投资比进行证券投资困难得多。

（3）投资活动的工作内容不同。证券投资者的工作内容主要是收集各方面可能影响市场行情的信息。判断市场的发展趋势。实业投资者要进行市场调研，分析产品市场的现状与未来，研究国内各个不同市场和不同国家市场的特点，以及消费者的需求和偏好，研究国家的产业政策和其他经济政策，比较不同的投资方案，开辟融资渠道，选择筹资方案等。

（4）投资的回收方式和时间长度不同。实业投资者所投下的资金通常采用逐年折旧的方式回收，因此回收速度通常很慢。而证券投资者投下的资金通过采取卖出证券的方式便可回收。由于证券交易自身的特点，证券投资回收的时间通常较短。

（5）投资者承受风险的程度不同。一般来说，证券投资的风险通常比实业投资的风险要大，这是因为实业决策通常是在充分研究和分析了各种因素之后做出的。投资之后形成的是实物资产，因此相对而言风险程度较小。而对于证券投资者来说，由于企业内部信息很难外泄，投资者得到的信息是不充分的，加上证券市场容易受世界政治、经济以及文化的变动影响，与诸因素联动性十分强，特别是容易受心理预期左右，使得证券市场价格变化很快，如果判断失误，会产生严重亏损。所以证券投资比实业投资所承担的风险大得多。

三、证券投资与投机

投机起源于古代，伴随着剩余劳动产品的产生与增长，产品交换日趋发达，介入其中的中间商及其投机行为便应运而生。早期的投机以赚取地区差价为主要方式，不同区域对不同种类产品生产与需求的差别性，为投机者赚取买卖差价创造了条件。进入商品社会后，投机范围日趋广泛，它已伸展到生产、流通、金融等众多领域。

投机的含义就是把握时机赚取利润。在证券投资学中，投机的基本含义则是：在信息不充分的条件下做出投资决策，试图在证券市场的价格涨落中获利。而这种价格波动带来的获利时机同样赋予所有的社会公众，并未偏向某种特定的人，但事实上只有少数人把握住了这种机会。少数投机者之所以能够成功，不仅因为他们熟悉市场的习性，具有丰富的经验，准确的预见力和判断力，更主要的是具有承担风险的勇气。承担较大的风险，赚取高额利润就是投机者根本的信条。而对于大多数人来说，并不愿意承担更大的风险，他们往往偏重于通过资金、劳动力等生产要素的投入以图赚取正常利润的投资行为。

证券投资与投机的区别主要表现在以下几点。

1.对预测收益的估计不同

普通投资者进行证券投资时，较为重视基础价值分析，以此作为投资决策的依据；证券投机者不排斥这些方法，但更重视技术、图形和心理分析。普通投资者除关心证券价格涨落而带来的收益外，还关注股息、红利等日常收益；而证券投机者只关注证券价格涨落带来的利润，而对股息、红利等日常收益却不屑一顾。

2.所承担的风险程度不同

投资的收益与风险是成正比的。普通投资者对投资的安全性较为关注，主要购买那些股息和红利乃至价格相对稳定的证券，因而所承担的风险较小；投机者主要购买那些收益高而且极不稳定的证券，因而其所承担的风险较大。投机者既可能获得巨大的收益，也可能遭受巨大的损失。从总体上讲，投机者失败的概率要远远高于普通投资者。

3.对证券持有的时间不同

为了获得稳定的股息和红利，证券投资者对证券的持有时间一般较长；投机者则耐心较差，喜欢立竿见影，对证券持有时间较短。

证券投资与投机并没有本质上的区别，只是在程度上有差别。因此要把投资与投机完全区分开来是很困难的。

第五节　证券投资研究的对象、内容与方法

一、证券投资的研究对象及特点

证券投资的研究对象是证券投资的运行及证券市场规律。具体地讲，就是：证券投资者如何正确地选择证券投资工具；如何规范地参与证券市场运作；如何科学地进行证券投资决策分析；如何成功地使用证券投资策略与技巧；国家如何对证券投资活动进行规范管理等。从学科性质上讲，证券投资学具有下列特点。

1.证券投资是一门综合性科学

证券投资的综合科学性质主要反映在它以众多学科为基础和它涉及范围的广泛性。证券投资作为金融资产投资，它是整个国民经济运行的重要组成部分。股市是国民经济的晴雨表。因此，资本、利润、利息等概念是证券投资学研究问题所经常使用的基本范畴。证券市场是金融市场的一项重要组成部分。证券投资学研究的一个重要内容是证券市场运行，证券投资者的投资操作，所以必然涉及货币供应、市场利率及其变化对证券市场价格以及证券投资者收益的影响。证券投资者进行投资进而决定购买哪个企业的股票或债券，总要

进行调查了解，掌握其经营状况和财务状况，从而做出分析、判断。进行这些基础分析必须掌握一定的会计学知识。证券投资学研究问题时，除了进行一些定性分析外，还需要大量的定量分析，证券投资、市场分析、价值分析、技术分析、组合分析等内容都应采用统计、数学模型进行。因此，掌握经济学、金融学、会计学、统计学、数学等方法对证券投资是非常重要的。

2.证券投资是一门应用性科学

证券投资虽然也研究一些经济理论问题，但从学科内容的主要组成部分来看，它属于应用性较强的一门科学。证券投资学侧重于对经济事实、现象及经验进行分析和归纳，它所研究的主要内容是证券投资者所需要掌握的具体方法和技巧。即：如何选择证券投资工具；如何在证券市场上买卖证券；如何分析各种证券投资价值；如何对发行公司进行财务分析；如何使用各种技术方法分析证券市场的发展变化；如何科学地进行证券投资组合等，这些都是操作性很强的具体方法和基本技能。从这些内容可以看出，证券投资学是一门培养应用型专门人才的科学。

3.证券投资是一门以特殊方式研究经济关系的科学

证券投资属于金融投资范畴，进行金融投资必须以各种有价证券的存在和流通为条件，因而证券投资学所研究的运动规律是建立在金融活动基础之上的。金融资产是虚拟资产，金融资产的运动就是一种虚拟资本的运动，其运动有着自己一定的独立性。从量的角度看，社会上金融资产量的大小取决于证券发行量的大小和证券行市，而社会实际资产数量的大小取决于社会物质财富的生产能力和价格。从运动形态上看，证券投资基本上是见钱不见物的。金融资产的运动是以现实资产运动为根据的，由此也就决定了实际生产过程中所反映的一些生产关系也必然反映在证券投资活动当中。即使从证券投资小范围来看，证券发行所产生的债权关系、债务关系、所有权关系、利益分配关系，证券交易过程中所形成的委托关系、购销关系、信用关系等也都包含着较为复杂的社会经济关系。可见，证券投资学研究证券投资的运行，不可能离开研究现实社会形态中的种种社会关系。

二、证券投资研究的内容和方法

1.证券投资的研究内容

证券投资的研究内容是由其研究对象所决定的，它包括以下几项。

（1）证券投资的基本概念和范畴。证券投资过程中涉及许多重要的概念和范畴，如证券（股票、债券等）、证券投资、证券投资风险、证券投资收益等。明确这些概念和范畴，是研究证券投资的前提。

（2）证券投资的要素。证券投资活动离不开一定的条件或行为要素，证券投资者、证券投资工具、证券投资中介等是证券投资的实施要素。它们在证券投资过程中分别起着不同但又不可或缺的作用。研究这些要素，对于准确、全面、深入地说明和理解证券投资运动过程有着十分重要的作用。

（3）从事证券投资活动的空间。证券投资活动是在证券市场上进行的，而证券市场本身是一个相当庞杂的体系，它由许多分支组成，证券市场的不同部分具有不同的活动内容，并分别满足不同的证券投资需要。只有充分了解证券市场的组成框架、基本结构和运行机理，才能进入这一市场并有效地从事证券投资活动。

（4）证券投资的规则和程序。证券投资是按照一定的规则包括法规进行的。作为一种交易行为，它有特定的程序和步骤，制度规定是相当严密的。了解这些规则和程序，是从事证券投资的重要前提。

（5）证券投资的原则和内在要求。证券投资是一种高收益与高风险并存的经济行为。因此，安全、高效地进行证券投资，必须把握一些重要的原则和客观内在要求；按证券投资的客观要求行事，有助于避免证券投资中的盲目性，理性地入市操作，从而增加投资成功的可能性。

（6）证券投资的分析方法。这是证券投资学最重要的内容之一。证券投资分析方法大致上可分为基本分析与技术分析两大类，而这两类分析方法又分别包含了大量内容，只有努力掌握这些分析方法，投资者才有可能为正确地选择投资对象，把握市场趋势。

（7）证券投资的操作方法。证券投资的操作方法是指实际买卖证券时，在进行投资分析的基础上，根据市场状况和投资者自身情况、投资目的等选择的具体操作模式、策略与手法。它与证券投资分析有着相当密切的关系，它是在投资分析的基础上确定的，是对投资分析结果具体操作的反映。投资者个人的投资目的、条件乃至修养与气质也会在某种程度上决定其操作方法。

（8）证券投资中的风险与收益。风险与收益总是伴随着整个证券投资过程。实际上，实现风险最小化和收益最大化，正是证券投资者追求的目标。因此，研究证券投资中的风险与收益，自然成为证券投资学的核心问题之一。什么是证券投资风险和收益？它们的构成情况如何？怎样对证券投资中的风险与收益进行度量？如何实现收益最大化与风险最小化？如何优化基于规避风险目的的投资组合？凡此种种问题，证券投资学均需做出相应的回答。

2.证券投资的研究方法

证券投资是一门理论和应用并重的学科，要实现其研究目的并使这门学科不断发展，就必须坚持以下方法和要求。

（1）规范与实证分析并重，定性与定量分析结合的研究方法。证券投资学要解决繁杂的理论命题并得出科学的结论，不仅要大量地运用逻辑思维，进行各种理论抽象和规范分析，还必须高度地关注证券投资的实践，进行广泛的实证分析。证券投资中涉及大量的技术问题，分析、决策过程中不仅要考虑可能的制约因素，还必须尽可能弄清这些因素对证券投资的影响程度，而这些因素本身所具有的量化状态又可能决定证券投资收益与风险程度的差别。因此，证券投资学的各种结论的得出，都必须建立在定性分析与定量分析结合运用的基础之上。

（2）强调结论、观点的特定性及适用背景，而不刻意追求其普遍适用性或唯一性。证券投资实践中的情况十分复杂，变数很多，市场走势往往还要受到投机及其他某些人为因素的影响。因此，证券投资学中所给出的结论与观点也只能针对大多数情况或某些情况，有一定的适用范围。

（3）强调动态的全方位分析。证券投资学作为一门指导证券投资实践的学科，不仅要求完善其理论体系，更重要的是要告诉人们如何根据现象的现状和动态，判断事物发展的趋势，提高投资的成功率。

第二章　股票、债券与基金

学习本章的目的是掌握股票的含义、特征和交易费用，了解债券的偿还方式和投资基金的特点。

第一节　股票概述

一、股票

股票是一种有价证券，是股份有限公司公开发行的、用以证明投资者的股东身份和权益并据以获得股息和红利的凭证。股票一经发行，持有者即为发行股票的公司的股东，有权参与公司的决策，分享公司的利益，同时也要分担公司的责任和经营风险。股票一经认购，持有者不能以任何理由要求退还股本，只能通过证券市场将股票转让和出售。作为交易对象和抵押品，股票已成为金融市场上主要的、长期的信用工具。但实质上，股票只是代表股份资本所有权的证书，本身并没有任何价值，不是真实的资本，而是一种独立于实际资本之外的虚拟资本。

二、股票的法律性质

股票以法律形式确定了股份有限公司的自有资本以及公司与股东之间的经济关系，具有特定的法律意义。

1.反映财产权

股票是一种代表财产权的有价证券，代表着股东获取股份公司按规定分配股息和红利的请求权。虽然股票本身没有价值，但股票代表的请求权却可以用财产价值来衡量，因而可以在证券市场上买卖和转让。

股票所代表的财产权与股票是合为一体的，与股东是不可分离的。持有股票的人就是股东，出示股票才能行使财产请求权。股票一经转让，其包含的财产请求权也一并随之转移。在股份有限公司正常经营的状态下，股东行使股票的财产请求权所获得的收益是一种相对稳定长期的资本化收入。

2. 证明股东权

股票持有者作为股份有限公司的股东，对于公司及公司财产，享有独立的股东权。股东权是一种综合权利，包括出席股东大会、投票表决、任免公司管理人员等"共益权"，以及分取股息红利、认购新股、分配公司剩余财产等"自益权"。股票便是证明这些权利的法律凭证。法律确认并保护持有股票的投资者以股东的身份参与公司的经营管理决策，或者凭借手持的多数股票控制股份有限公司。公司必须依法服从股东权，执行股东大会的决策意志。

股票将股东与公司联结起来，形成相应的权利义务关系，这种关系不同于一般的所有权或债权关系。股东因拥有股票而享有股东权，却丧失了对其出资的直接支配权；股票虽能代表股东的地位和权利，但由于股票的可流通性，也就只能根据股票的股东权证明作用，通过在股票上署名或股票的持有者来认定股东身份，承认其股东权，因此股票是一种证权证券。

随着经济的发展，企业的资金需求不断扩大。在自身积累和银行贷款都难以满足资金需要的情况下，便可组建股份有限公司，通过发行股票筹措自有资金；社会成员要向公司投资，就可以购买其发行的股票，所投资金成为公司的法人财产，不能要求公司返还或退股。投资者购买股票后即为公司股东，有权获取股息和红利，有权参与公司的经营管理决策。股票便是这种投资和吸引投资的法律依据。

对发行者来说，股票是筹措自身资本的手段；对认购者来说，购买股票则是一种投资行为。股票就是用来证明这种筹资和投资行为的法律凭证。

股票是投入股份有限公司的资本份额的证券化，属于资本证券。一般说来，股票依股份有限公司的存续而存在。但是，股票又不同于投资本身。通过发行股票筹措资金而进行的投资，是股份有限公司用于生产和流通的实际资本；而股票则是进行股票投资的媒介，独立于实际资本之外，凭借它所代表的资本额和股东权益在股市上从事独立的价值运动。

三、股票的经济特征和市场特征

1. 收益性

股票的收益性指的是持有者凭其持有的股票，有权按公司章程从公司领取股息和红利，获取投资的收益的性能。认购股票就有权享有公司的收益，这既是股票认购者向公司投资的目的，也是公司发行股票的必备条件。

股票收益的大小取决于公司的经营状况和盈利水平。在一般情况下，从股票获得的收益要高于银行储蓄的利息收入，也要高于债券的利息收入。股票的收益性还表现在持有者利用股票可以获得价差收入和实现货币保值。也就是说，股票持有者可以通过低进高出赚取价差利润；或者在货币贬值时，股票会因为公司资产的增值而升值，或以低于市价的特价或无偿获取公司配发的新股而使股票持有者得到利益。

2. 风险性

股票的风险性是与股票的收益性相对应的。认购了股票，投资者既有可能获取较高的投资回报，同时也要承担较大的投资风险。

在市场经济活动中，由于多种不确定因素的影响，股票的收益就不是事先即已确定的固定数值，而是一个事先难以确定的动态数值，它要随公司的经营状况和盈利水平而波动，也要受到股票市场行情的影响。公司经营得越好，股票持有者获取的股息和红利就越多；公司经营不好，股票持有者分得的盈利就会减少，这样股票的市场价格就会下跌。因此股票的风险性是与收益性并存的，股东的收益与风险成正比，即风险大，收益也大。

3.稳定性

股票的稳定性包含两方面的内容：一是指股东与发行股票的公司之间存在稳定的经济关系；二是指通过发行股票筹集到的资金在公司有一个稳定的存续时间。

股票反映着股东与公司之间比较稳定的经济关系。投资者购买了股票就不能退股，股票与公司的存续期间相同。对认购者来说，只要其持有股票，公司股东的身份和股东权益就不能改变。同时，股票又代表着股东的永久性投资，他（她）只有在股票市场上转让股票才能收回本金。而对公司来说，股票则是筹集资金的主要手段。由于股票始终流通于股票交易市场而不能退出，因此，通过发行股票所筹集到的资金，在公司存续期间就是一笔稳定的自有资本。

4.流通性

流通性是股票的一个基本特征。在股票交易市场上，股票可以作为买卖对象或抵押品随时转让。股票转让，意味着转让者将其出资金额以股价的形式收回，而将股票所代表的股东身份及各种权益让渡给了受让者。

股票的流通性是商品交换的特殊形式。持有股票类似于持有特殊的商品，随时可以在股票市场兑现。股票的流通性促进了社会资金的有效利用和合理配置。

5.股份的伸缩性

股票所代表的股份既可以拆细，又可以合并和部分注销。股份的拆细，是指将原来的一股分为若干股。股份拆细并没有改变资本总额，只是增加了股份总量和股权总数。当公司利润增多或股票价格上涨后，投资者购入每手股票所需的资金增多，不利于股票的市场交易。在这种情况下，股份公司就可以采取分割股份的方式来降低单位股票的价格，以争取更多的投资者，扩大市场交易量。

股份的合并，即是将若干股股票合并成较少的几股或一股。股份合并一般是在股票面值过低时采用。公司实行股份合并主要出于如下原因：公司资本减少；公司合并；定向募集上市；或者使股票市价由于供应减少而促使股票价格回升。

股份的部分注销，即是股份公司利用自有资金在股票市场回购本公司股票，并将回购的本公司股票注销，以减少总股本，促使股票价格回升。

6.价格的波动性

股票在交易市场上作为交易对象，同其他商品一样，也有自己的市场行情和市场价格。股票价格的高低不仅与公司的经营状况和盈利水平紧密相关，而且与股票收益与市场利率之间的对比关系密切相关，此外，股票价格还会受到国内外政治、经济、社会以及投资者心理等诸多因素的影响。从这点看，股票价格的变动又与一般性商品的市场价格的变动不尽相同，大起大落是股票价格变动的基本特征。

股票在交易价格上所表现出的波动性，既是公司吸引社会公众积极进行股票投资的重要原因，也是公司改善经营管理，努力提高经济效益，增强公司竞争能力的一个重要的外部因素。

7.经营决策的参与性

根据有关法律的规定，股票的持有者即是发行股票的公司的股东，有权出席股东大会，选举公司的董事会，参与公司的经营决策。股票持有者的投资意志和经济利益通常是通过股东参与权的行使而实现的。

股东参与公司经营决策的权利大小，取决于其所持有的股份的多少。从实践看，只要股东持有的股票数额达到决策所需的实际多数时，就能成为公司的决策者。

股票所具有的经营决策的参与性，对于调动股东参与公司经营决策的积极性和创造性，对于建立一个制衡的、科学合理的企业运行和决策机制，具有十分重要的实践意义。

四、股票的类型

股份有限公司为了满足自身经营的需要，根据投资者的投资心理，发行多种多样的股票，每种股票所代表的股东地位和股东权利各不相同。按照不同的标准，股票主要有以下几种基本类型。

（一）普通股股票和优先股股票

按股票所代表的股东权利划分，股票可分为普通股股票和优先股股票。普通股股票是最普通也是最重要的股票种类；优先股股票是股份有限公司发行的具有收益分配和剩余财产分配优先权的股票。

（二）表决权股股票和无表决权股股票

按照股东是否对股份有限公司的经营管理享有表决权，可将股票划分为表决权股股票和无表决权股股票。

1.表决权股股票

这是指持有人对公司的经营管理享有表决权的股票。表决权股票具体又可以分为以下几种。

（1）普通表决权股股票，即每股股票只享有一票表决权，也称单权股股票。这类股票符合股东权一律平等原则，各国公司法均予以确认，故其适用范围广，发行量大。

（2）多数表决权股股票，即每股股票享有若干表决权的股票，也称多权股票。这种股票一般是股份有限公司向特定的股东发行的，如公司的董事会或监事会成员，其目的在于保证某些股东对公司的控制权，以限制公司外部的股东对公司的控制，或限制股票的外国持有者对本国产业的支配权。在现代公司制度中，对持有多数表决权股股票的股东的行为往往加以限制，有的国家甚至不允许发行多数表决权股股票。

（3）限制表决权股股票，即表决权受到法律和公司章程限制的股票。在股东所持股票达到一定数量后，其享有的表决票数将受到限制。限制的目的在于防止持有多数股票的少数股东利用多数表决权控制公司的经营，保护众多小股东的权益。

（4）有表决权优先股股票，这是优先股股票中的特例。持有这类股票的股东，可以参加股东大会，有权对规定范围内的公司事务行使表决权。

2.无表决权股股票

这是指根据法律或公司章程的规定，对股份有限公司的经营管理不享有表决权的股票；相应地，这类股票的持有者无权参与公司的经营管理，但仍可以参加股东大会。

在实践中，公司普遍发行表决权股股票，特殊情况下发行无表决权股股票。这类股票多限于优先股股票，特别是累积优先股股票，其实质是以收益分配和剩余资产清偿的优先权作为无表决权的补偿。发行无表决股股票的目的在于满足那些只为获取投资收益而不愿意参与公司经营管理的投资者的需要，从而加快资本的筹集和公司的设立，同时也有利于少数大股东对公司的控制。由于参与公司经营管理权是股东权的基本内容之一，是股东地位平等的体现，因此，有些国家的公司法明确规定不允许或有条件地允许存在无表决权股股票。

（三）记名股票和不记名股票

按照是否记载股东的姓名，股票可区分为记名股票和不记名股票。

1.记名股票

这是指将股东姓名记载在股票票面和股东名册的股票。认购记名股票，认购者的姓名不仅要载入股票票面，还要载入发行该股票的股份有限公司的股东名册。如果股票是归一人单独所有的单有股，就记载持有人的本名；如果股票是数人共同持有的共有股，则要记载各共有人的姓名；如果股票为国家机构或法人持有，则应记载国家、机构或法人的名称，不得另立户名，也不能仅记载法定代表人的姓名。

记名股票所代表的股东权益归属于记名股东，只有记名股东或其正式委托授权的代理人才能行使股东权。非经记名股东转让及股份有限公司过户的其他持有人，不得行使股东权。如果记名股票遗失，记名股东的资格和权利并不消失，仍可依照法定程序要求公司补发。

认购记名股票的款项可以一次缴足，也可以分次缴纳。一般说来，投资者在认购记名股票时应一次缴足股款，但是由于记名股票确定了公司与记名股东之间的特定关系，有时也可允许记名股东分次缴纳股款。

转让记名股票，必须依照法律和公司章程规定的程序进行，还要符合规定的转让条件。记名股票一般采用背书转让和交付股票，或者采取转让证书的形式，有的只要求交付股票。任何一种转让方式都必须由公司将受让的有关情况载人股东名册，办理股票过户登记手续，这样，受让人才取得记名股东的资格和权利。股份有限公司的股票一般可以自由转让，但记名股票的转让却往往受到限制，这些限制通常规定在公司章程中，限制的目的是为了维护公司和其他股东的利益。

多数国家的股份有限公司发行的股票可以记名，也可以不记名。但某些特定的股票，如董事资格股票、雇员股票、可赎回股票等，一般要求记名。

2.不记名股票

这是指股票票面不记载股东姓名的股票。与记名股票相比，这种股票只是存在记载姓名与否的差别，股东权的内容并没有变化。

不记名股票的权利属股票持有者所有。不记名股票股东资格的确认，不是以特定的姓名记载为依据，而是依据占有的事实，亦即持有股票的公民或法人就是股东，可以行使股东权，不必再以其他方式加以证明。

认购不记名股票必须一次性缴纳足额股款。不记名股票的转让比记名股票更方便、更自由，转让时不需要办理过户手续，只要交付股票，受让人即取得股东资格，其权利不会因转让人的权利缺陷而受影响。

在我国，股票虽然采取了无纸化的形式，但从理论上仍属于记名股票。

（四）有面值股股票和无面值股股票

按照有无票面价值划分，股票可分为有面值股股票和无面值股股票。

1.有面值股股票

这是指在股票票面上记载一定金额的股票，也称有面额股股票。早期的股票基本上都是有面值股股票，现代各国股份有限公司发行的股票仍以有面值的居多。对于有面值股股票的票面金额，很多国家的公司法都予以明确规定，限定了发行此类股票的最低票面金额，但也有些国家则不作规定。

有面值股股票的发行价格可以与股票票面金额相一致，法律上也允许以高于票面金额的价格，即溢价发行，但一般不允许以低于票面金额的价格折价发行。

股份有限公司增资发行有面值股股票时，可采取面值发行、时价发行和中间价发行等方法。面值发行，就是按股票票面标明的价值发行，这种方法在我国很少采用；时价发行就是按股票在市场上的实际买卖价格出售新股票，发行价格可能高出票面金额的几倍甚至十几倍，这种方法可以用较少的股票收取较多的资金，以充实自有资本；中间价发行就是由公司董事会根据股票的市场价格，在面值发行价格和时价发行价格之间确定发行价格出售新股票。

2.无面值股股票

这是指股票票面不记载金额的股票，也称无面额股股票。这类股票在票面上不标明固定的金额，但要表示其在公司资本金额中所占的比例，所以又被称作比例股股票。无面值股股票并不是说股票没有票面价值，只是由于公司经营状况不断变动，公司资产总额经常发生变化，股票的价值也随公司实际资产的增减而升降。

无面值股股票实质上与有面值股股票相同，都代表着股东对公司资本总额的投资比例，它们的股东享有同等的股东权。但由于票面形式上的差异，无面值股股票又有其特点，主要体现在以下几个方面。

（1）发行价格更为灵活和自由。无面值股股票没有票面金额的限制，其发行价格可以自由确定，还能随公司的经济效益而浮动。

（2）便于进行股份分割。这类股票没有票面金额的限制，可以顺利地分割股份，划分股东的权利与义务，计算盈余分配比例。由此，这类股票又被称为分权股票。

（3）具有更强的流通性。由于公司可以灵活地掌握无面值股股票的发行价格，适时地进行股票的分割，投资者也不会为票面金额所迷惑，而是在认购时认真计算股份的实际价值，所以，可以提高股票的流通数量和流通速度，具有更强的流通性。

我国至今没有发行过无面值股股票。

（五）流通股票和非流通股票

流通股票是指可以上市交易的股票，具有很好的流动性。在沪深证券交易所上市交易的公司中，绝大多数属于可流通的股票。

非流通股票是指不能上市流通的股票，仅是一种股权的证明，如我国2006年股改前股份制企业中法人股和国有股就属于这一类，非流通股在股改后经过一定时间转化为流通股，进入流通领域。现在，未经过股改的上市公司仅剩下12家。

（六）其他种类的股票

除了前面所述的几种类型股票以外，在实践中，还有以下几种类型的股票。

1.偿还股股票

这是指在发行时就确定偿还本金的股票。这种股票是公司为临时筹措资本而发行的，往往与优先股股票及后配股股票相同。偿还股股票对于发行股票的公司来说，除了分配股息之外，可以免除分红责任；对投资者来说，则能安全地收回投资成本。

根据选择权行使的不同，偿还股股票又可分为任意偿还股股票和义务偿还股股票。任意偿还股股票由公司行使选择权，无论股东的意愿如何，公司都可以在需要时还本收回股票；义务偿还股股票则由股东行使选择权，当股东请求公司偿还本金时，公司就有偿还的义务，即使公司经营不善，资金紧张，也要向股东支付本金。

2.库藏股票

这是指股份有限公司发行后又收回的股票，又称库存股票。这种股票可由公司在股票市场上买回，或由股东向公司赠送，也可由公司的债务人以认购这种股票抵缴所欠债务。库藏股票由公司存放在财务部门，并可随时再向公众发行。库藏股票不能领取股息，没有表决权，公司发行新股时没有优先认购权，公司清算时也无权分享资产。

公司之所以买入库藏股票，是因为：①特定时期公司资金需要量减少，或股息高于银行贷款利率而以贷款取代部分股本，或将股票再发给雇员当作红利；②公司股票价格下跌时购入，以维护股票的市场价格；③在与其他公司合并时保持足够的股数或防止被其他公司吞并或控制。

3.员工股股票

这是指公司向其员工发行的股票，也称员工保留股股票。在我国，这类股票称为内部职工股。发行这类股票的目的在于将职工的经济利益与公司的经营状况直接挂钩，以激发员工的工作热情，提高公司经营效率。这类股票可以将公司利润按股份无偿分配给公司职工，也可以按低于市场价格的价格卖给职工，还可以用一部分利润来缴付股票的股款。

4.储蓄股股票

这是指公司发行的无表决权的优先股股票。发行这类股票的股份有限公司必须是在证券交易所登记上市的公司。储蓄股股票除了不享有表决权之外，其他权利与普通股股票相同。储蓄股股东不得参加股东大会，也不列入表决计票之列。

一般说来，公司高层管理人员及其亲属不得持有储蓄股股票，公司也有权赎回储蓄股股票。

五、普通股股票

普通股股票是指每一股份对公司财产都拥有平等权益，即对股东享有的平等权利不加以特别限制，并能随股份有限公司利润的大小而分取相应红利的股票。

1.普通股股票的特征

（1）普通股股票是股份有限公司发行的最普通、最重要、发行量最大的股票种类。股份有限公司最初发行的大都是普通股股票，通过这类股票所筹集的资金通常是股份有限公司股本的基础。普通股股票的发行状况与公司的设立和发展密切相关。

（2）普通股股票是公司发行的标准化股票，其有效性与股份有限公司的存续期间相一致。股票的持有者是公司的基本股东，平等地享有股东权利。股东参与公司经营决策的权利，不会受到特别限制。当然，也不会赋予这些股东特别权利。

（3）普通股股票是风险最大的股票。尽管持有这类股票的股东有获取红利的权利，但红利收益是不确定的，要随公司经营状况和盈利水平波动，而且必须是在偿付了公司债务利息和优先股股东的股息之后才能分得。此外，受经济、社会、政治、文化及投资者心理等多种主、客观因素的影响，股票市场的交易价格也会经常大幅度波动，从而给投资者带来重大影响，投资者要承担较大的市场风险。

2.普通股股票的种类

根据股票发行公司的法律和经济地位、公众形象以及普通股股票的市场特征等的不同，普通股股票又有以下具体分类。

（1）蓝筹股股票。"蓝筹"是扑克牌赌博中所用的一种筹码。扑克筹码有蓝、红、白三色之分，蓝筹码所代表的数值最高。"蓝筹股"特指一些业绩优良稳定的大公司发行的普通股股票。这些大公司一般都是经营业绩和资信等级良好的优秀企业，具有强大的金融实力，其所发行的普通股股票收益稳定且优厚，投资者乐于认购和持有。同时，这些大公司在本行业、本部门占据重要的甚至是支配性的地位，其产品的市场占有率较高。当然，如果公司不再拥有上述优势，其股票也就不再是蓝筹股。

（2）成长性股票。这是指那些其销售额和收益额的增长幅度高于整个国家的经济及其所在行业增长水平的股份有限公司发行的股票。这些公司为了谋求进一步的发展，通常将公司盈余的大部分留作发展基金用于扩大再生产，只将小部分作为股息、红利分配。由于公司再生产能力强劲，随着公司的成长和发展，股票的价格也会上升，股东便能从中受益。

（3）周期性股票。这是指股票收益随商业周期而波动的公司所发行的股票。发行此类股票的主要有航空、机器制造和建筑材料等行业的股份有限公司。

周期性股票的特点是：在经济繁荣时，股份有限公司的利润增加，股票收益增加，股票价格也随之上升；在经济萧条时，公司利润减少，股票收益减少，股票价格也下跌。

（4）防守性股票。这是一种与周期性股票相对应的股票，是指在经济条件普遍恶化时，股息和红利要高于其他股票的平均收益的股票。这类股票的特点是：即使经济状况恶化，经济陷入衰退，股票的收益也具有稳定性。一般说来，公用事业、药品等行业的股份有限公司发行的股票就属此类。

（5）投机性股票。这是指那些自身价格很不稳定或其发行公司的前景很不确定的股票。基于这些不稳定、不确定因素，股票的价格在短时间内可有巨幅上涨，因而投机性很强，同时风险也很大。发行这类股票的股份有限公司往往是从事开发性、冒险性事业的公司。

投资性股票如果连年亏损或盈利前景黯淡，就将变成投资者所说的"垃圾股票"。

（6）A类普通股股票和B类普通股股票。这是指同一家公司发行的两种不同类型的普通股股票。A类股票和B类股票的区别，主要表现在股票面额和股票包含的股东权内容上。从面额看，A类股票的面额较大，而B类股票的面额通常只有A类股票的1/10；从股票包含的股东权内容看，通常是A类股票和B类股票均为一股一个表决权，也有A类股票仅有收益权却无表决权而B类股票则既有表决权又有收益权的情况。同一公司发行两种普通股股票，其目的在于既可以扩大筹资范围，又能保证某些控股公司用较少的投资来控制公司。

我国目前也有同一家股份有限公司同时发行A种股票和B种股票的情况。不过，我国的情况与这里所说的A类股票和B类股票不同。我国发行的A种股票，即人民币股票，指的是公司经过特定程序发行的、以人民币标明面值供中华人民共和国境内居民用人民币购买，并在境内证券交易所上市交易的股票。而B种股票即人民币特种股票，指的是在中国境内的股份有限公司经过特定程序发行的、以人民币标明面值，以人民币折合成外汇供境外居民及机构购买，在境内证券交易所上市交易的股票。A种普通股股票和B种普通股股票在票面面额和股权内容上都是一样的。

3.普通股股东享有的权利

持有普通股股票的股东，在公司中处于平等的法律地位，股东间的平等地位不会因为股东的信誉、身份、工作能力及财产状况等条件的差异而变化。在公司存续期间，股东都平等地享有下列权利，对此，法律不加以任何特别限制。

（1）公司经营决策的参与权。公司经营决策的参与权主要通过参加股东大会来行使。普通股股东有权出席股东大会，听取公司董事会的业务报告和财务报告，在股东大会上行使表决权和选举权，从而对公司的经营管理发表意见，选举出公司的董事会成员或监事会成员，有疑问时有权查阅公司的有关账册。如果发现董事违法失职或违反公司章程，损害公司利益，则有权诉诸法律。

普通股股东平等的经营决策的参与权体现在：每持有一股便有一票表决权，购买的股票份数不同，则股东享有的权利也大小不一，持有股票份额多的股东享有的表决权就多。股东可以直接出席股东大会来行使权利，也可以委托代理人出席股东大会代为行使表决权。在实践中，由于股东人数太多，不可能都直接参与公司的经营决策，对公司的经营实际上是由少数大股东直接决策的，他们只要根据公司章程规定的表决制度达到选举董事所需的一定比例的股票份额，就可以选派董事，通过这些董事及其选定的管理人来控制股份有限公司。

普通股股东在股东大会上可以采取多数投票制或者累积投票制来行使表决权。在多数投票制下，持有少数股票的股东的表决权没有实际意义；累积投票制下，股东的表决权则按其拥有的股票份数乘以待选董事人数来计算。无论怎样，少数大股东都可以通过经营参与权的行使来控制股份有限公司的经营。

（2）公司盈余分配权。公司盈余分配权是普通股股东经济利益的直接体现。普通股股东在股东大会审批了董事会的利润分配方案之后，有权从公司经营的净利润中分取股息和红利。

根据各国公司法的规定，公司经营净利润指的是公司利润总额在支付公司税款、弥补上年亏损、偿还到期债务、扣除法定公积金，以及支付优先股股息后的剩余部分。一般说来，股份有限公司的净利润并不全部分配给普通股股东，而是要保留一部分盈余用于增加公司资本的投入量，或用于维持未来收益分配的稳定性。

（3）剩余资产分配权。在股份有限公司破产或解散清算时，当公司资产满足了公司债权人的清偿权和优先股股东分配剩余资产的请求权后，普通股股东有权参与公司剩余资产的分配。普通股股东享有该项权利的大小，依其所持股票份额的多少而定。普通股股东只负有限责任，即当股份有限公司因经营不善而破产时，股东的责任以其所持股票的股份金额为限。

（4）认股优先权。这是指在股份有限公司为增加公司资本而决定增加发行新的普通股股票时，现有的普通股股东有优先认购权，以保持其在公司中股份权益的比例。股份有限公司增发新的普通股股票，可以采取两种方式：一是有偿增发，即股东以低于市价的价格优先认购新发的普通股股票；二是无偿增发，即股东可优先无偿得到新发的普通股股票。优先认购的股票份额都是按照普通股股东现在持有的股份占公司总股份的比例进行分配。如果以有偿增发的方式发行新的普通股股票，公司要向普通股股东发出"认股权证"，股东依据认股权证，可以在一定时期内以低于股票市价的价格认购新增发的普通股股票。

六、优先股股票

优先股股票是指由股份有限公司发行的、在分配公司收益和剩余资产方面比普通股股票具有优先权的股票。可见，优先股股票是相对于普通股股票而言的。

优先股股票是特别股股票的一种。特别股股票是股份有限公司为特定的目的而发行的股票，它所包含的股东权利不同于普通股股票。因此，凡权利内容不同于普通股股票的，均可统称为特别股股票。特别股股票中，最具有代表性的是优先股股票。

优先股股票的价格容易受到利率变动的影响，较少受到公司利润变动的影响，因此，优先股的价格增长潜力要低于普通股，波动幅度也要低于普通股股票。然而，优先股股东享有普通股股东不具有的优先分配权，因而，仍能受到投资者的欢迎。

1.优先股股票的基本特征

（1）约定股息率。优先股股票在发行时即已约定了固定的股息率，且股息率不受公司经营状况和盈利水平的影响。按照公司章程的规定，优先股股东可以优先于普通股股东向公司领取股息，所以，优先股股票的风险要小于普通股股票。不过，由于股息率固定，即使公司经营状况良好，优先股股东也不能分享公司利润增长所带来的额外利益。

（2）优先分派股息和清偿剩余资产。当公司利润不够支付全体股东的股息和红利时，优先股股东可以先于普通股股东分取股息；当公司因解散、破产等进行清算时，优先股股东又可先于普通股股东分取公司的剩余资产。

（3）表决权受到一定限制。优先股股东一般不享有公司经营参与权，即优先股股票不包含表决权，优先股股东无权过问公司的经营管理情况。然而，在涉及优先股股票所保障的股东权益时，如公司连续若干年不支付或无力支付优先股股息，或者公司要将一般优先股股票改为可转换优先股股票时，优先股股东享有相应的表决权。

（4）股票可由公司赎回。优先股股东不能要求退股，但却可以依照优先股股票上所附的赎回条款，由公司予以赎回。大多数优先股股票都附有赎回条款。发行可赎回优先股股票的公司赎回股票时，要在优先股价格的基础上适当加价，使优先股股票的赎回价格高于发行价格，从而使优先股股东从中得到一定的利益。

设立和发行优先股股票，对于股票发行公司来说，其意义在于能便于公司增发新股票，也有利于公司在需要时将优先股股票转换成普通股股票或公司债券，以减少公司的股息负担。而且，由于优先股股东一般没有表决权，这又可以避免公司经营决策权的分散。

对投资者来说，优先股股票的意义在于投资收益有保障，而且投资的收益率要高于国债、公司债券的收益率。

2. 优先股股票的种类

根据股票具体所包含的权利不同，优先股股票又有各种不同的类别。

（1）累积优先股股票和非累积优先股股票。累积优先股股票是一种常见的、发行范围非常广泛的优先股股票，指的是可以将以往年度内未支付的股息累积起来，由以后营业年度的盈利一起支付的优先股股票。它具有股息率固定，股息可以累积计算的特点。股份有限公司如果当年经营状况不佳，没有盈利而不能分派股息，或盈利不够支付全部优先股股息，公司就应对未分派的股息累积计算。在以后营业年度的利润增加时，累积优先股股东有权要求公司补付累积股息。

非累积优先股股票指的是按当年盈利分派股息，对累积下来的未足额的股息不予补付的优先股股票。该种股票虽然股息率固定，但只能在本营业年度盈利之内分派。公司本年度如有经营盈利，则股东可以优先于普通股股东分取股息；如果本年度的盈利不够支付全部优先股股息，所欠部分也不累积计算，也不在以后年度的营业盈利中予以补发。

对投资者来说，累积优先股股票比非累积优先股股票更有吸引力。因此，累积优先股股票发行量大，发行范围广，而非累积优先股股票发行量则相对较小。

（2）参加分配优先股股票和不参加分配优先股股票。参加分配优先股股票指的是那种不仅可以按规定分得当年的定额股息，而且还有权与普通股股东一起参加公司利润分配的优先股股票；也就是说，在股份有限公司的利润增加时，优先股股东除了按固定股息率取得股息之外，还可分得额外红利。根据优先股股东参与公司利润分配方式和比例的不同，参加分配优先股股票又可分为全部参加分配的优先股股票和部分参加分配的优先股股票。前者指的是在优先取得股息后，还有权与普通股股东共同等额分享本期剩余利润的优先股股票；后者指的则是股东有权按规定额度与普通股股东共同参加本期利润分配的优先股股票。

不参加分配优先股股票指的是只按规定股息率分取股息，不参加公司利润分配的优先股股票。持有这类股票的股东，无论公司的剩余利润有多少，除了领取固定股息外，不再参加利润分配。

（3）可转换优先股股票和不可转换优先股股票。可转换优先股股票是指持股人可以在特定条件下把优先股股票转换成普通股股票或公司债券的优先股股票。这类股票与普通股股票或公司债券有密切的联系，其价格易受普通股股票或公司债券价格的影响。

一般说来，这类股票都规定了转换的条件和转换的比例。转换比例事先根据优先股股票和普通股股票或公司债券的现行价格确定。持有这类股票的股东可以根据公司的经营状况和股市行情自行决定是否将其转换成普通股股票或公司债券。通常情况下，在公司前景和股市行情看好，盈利增加时，股东愿意按规定的条件和价格，将优先股股票换成普通股股票；在公司前景不明朗，盈利明显减少，支付股息有困难时，则会将优先股股票换成公司债券，这时，投资者就由公司股东变成了公司债权人。

不可转换优先股股票则是指不能转换成普通股股票或公司债券的优先股股票。

国际上目前较为流行的是可转换优先股股票，发行这种股票可以吸引更多的投资者。

（4）可赎回优先股股票和不可赎回优先股股票。可赎回优先股股票指的是股票发行公司可以按一定价格收回的优先股股票。

大多数优先股股票是可赎回的。可赎回优先股股票的赎回价格在股票上市的有关条款中即已规定，赎回价格一般是略高于票面价值。赎回股票的目的主要是为了减轻利息负担。

不可赎回优先股股票指的是股票发行公司无权从股票持有人手中赎回的优先股股票。

（5）股息可调优先股股票和股息不可调优先股股票。股息可调优先股股票指股息率可以调整的优先股股票。这种股票的股息率不是完全固定的，而是可以变化的。这种优先股股票是为适应近年来国际金融市场动荡不定，各种有价证券的价格和银行存款的利率经常波动的特点而产生的，其目的在于保护股东的权益。

股息不可调优先股股票，指的是股息率不能调整的优先股股票。实践中常见的优先股股票，一般都是股息不可调优先股股票。

七、我国目前的股票类型

我国目前的股票主要有三大类，即待流通股、流通股、外资股。

1.待流通股

待流通股又称国有股与法人股股票，即"大非"与"小非"。通过股改，国有股与法人股股票将成为流通股，到期即可流通。这样有利于国家控制和管理大型企业；不需要国家控制的中小企业，国有股到期后即可全部变现。在我国的上市公司中，绝大多数国有股股票均已通过股改转变为待流通股。大型国有企业如宝钢股份、中石化、中国联通、工商银行、中国银行等国有股转变为待流通股后，已无偿划拨给社会保险。现在，上市公司的待流通股已实现了全流通。企业法人以其依法可支配的资产向股份公司投资形成的股票，或者具有法人资格的事业单位或社会团体以国家允许用于经营的资产向股份公司投资所形成的股票，通过股改已转变为流通股。

2.流通股

流通股是指社会个人以个人财产投入公司形成的股份，即股份公司公开向社会募集发行的股票。以前的内部职工股股票均已转变为流通股。

3.外资股

外资股是指外国和我国香港、澳门、台湾地区投资者以购买人民币特种股票形式向股份公司投资形成的股份，它分为境内上市外资股和境外上市外资股两种形式。

（1）境内上市外资股。是指外国和我国香港、澳门、台湾地区投资者向我国股份公司投资所形成的股票。境内外资股又称为B种股票，是指以人民币标明面值、以外币认购、专供外国及我国香港、澳门、台湾地区的投资者买卖的股票，因此又称为人民币特种股票。国有股、法人股、公众股三种股票形式合称为A种股票，是由代表国有资产的部门或者机构、企业法人、事业单位和社会团体以及公民个人以人民币购买的，因此又称为人民币股票。境内外资股在境内上市，进行交易买卖。上海证券交易所（以下简称"上交所"）的B股以美元认购和买卖，深圳证券交易所（以下简称"深交所"）的B股以港币认购和买卖。

（2）境外上市外资股。它是境内公司发行的以人民币标明面值，供境外投资者用外币认购，在香港联合交易所上市的股票，如H股；另外，获纽约证券交易所批准上市的股票，如N股。

目前，几乎所有的外国公司都采用存托凭证（DR）形式，而非普通股的方式进入美国市场。存托凭证是一种以证书形式发行的可转让券，通常代表一家外国公司的已发行股票。

八、股票交易费用

我国的证券投资者在委托买卖证券时应支付各种费用和税收，这些费用分为证券商费用、交易场所费用和国家税收。目前，投资者在我国交易上交所和深交所挂牌的A股、基金、债券时，需缴纳的各项费用主要有：委托费、佣金、印花税、过户费等。

1.委托费
这笔费用主要用于支付通信等方面的开支。

2.佣金
这是投资者在委托买卖成交后所需支付给券商的费用。

3.印花税
投资者在买卖成交后支付给财税部门的税收。

4.过户费
这是指股票成交后，更换户名所需支付的费用。由于我国两家交易所不同的运作方式，上交所的股票采取的是"中央登记、统一托管"，所以此费用只在投资者进行上交所的股票、基金交易中才支付此费用，深交所的股票交易时无此费用。

5.转托管费
这是办理深交所的股票、基金转托管业务时所支付的费用。此费用按户计算，详见上交所和深交所证券交易费用表。

由于交易费用中的各项费用随时间变化会不断调整，所以交易费用是变动的。根据现在中国的交易费用看，它是世界交易费用最高的国家之一。所以，今后可能存在较大的下调空间。

我国的证券投资者在委托买卖证券时支付的各种费用和税收，是由计算机自动处理的，支付给券商的费用可以协商。

第二节　债券概述

一、债券

（一）债券的定义

债券是一种有价证券，是社会各类经济主体为筹措资金而向债券投资者出具的，并承诺按一定利率定期支付利息和到期偿还本金的债权债务凭证。债券的利息通常是事前确定的，所以，债券又被称为固定利息证券。

（二）债券的票面要素

1.债券的票面价值

（1）债券票面价值的币种，即债券以何种货币作为计量单位。币种的选择要依据债券的发行对象和实际需要来确定。若发行对象是国内有关经济实体，可选择本币作为债券价值的计量单位；若发行对象是国外有关经济实体，可选择债券发行地国家的货币或国际通用货币作为债券价值的计量单位。

（2）债券的票面金额。不同的票面金额，可以对债券的发行成本、发行数额和持有者的分布产生不同的影响。如果票面金额较小，就会促进小额投资者的购买，但可能会增加发行费用，加大发行的工作量；如果票面金额较大，债券则更多地被大额投资者持有，会降低发行费用，减轻发行工作量，但是可能会减少债券的发行量。

2.债券的价格

（1）债券的发行价格。债券的发行价格是指债券发行时确定的价格。债券的发行价格因其利率的计算和支付形式的不同，而有可能不等于债券的票面金额。如果利息支付采取的是贴现形式，则发行价格通常肯定低于面值；如果利息支付采取的是到期偿还，则发行价格通常等于面值。

（2）债券的交易价格。债券离开发行市场进入流通市场进行交易时，便会形成其交易价格。债券的交易价格随市场利率、债券供求关系和其他证券价格的变化而波动。

3.债券的偿还期限

债券的偿还期限指从债券发行日起至清偿本息之日止的时间，一般分为三类：偿还期限在1年或1年以内的，称为短期债券；偿还期限在1年以上10年以下的，称为中期债券；偿还期限在10年以上的，称为长期债券。债券偿还期限的长短，主要取决于以下几个因素。

（1）债务人对资金需求的时限。足够的偿还期限，有助于保证债务人在规定的时间内，有相应的资金作为偿还的来源，这既维护了发行者信誉，也便于发行者从容调配资金。

（2）未来市场利率的变化趋势。一般说来，如果市场利率趋于下降，则多发行短期债券；如果市场利率趋于上升，则多发行长期债券。这样可以减少因市场利率上升而引起筹资成本增大的风险。

（3）证券交易市场的发达程度。如果交易市场发达，债券变现力强，购买长期债券的投资者就多，发行长期债券就会有销路；反之，如果交易市场不发达，债券不能自由变现，投资者便会倾向于短期债券，长期债券就难有销路。

4.债券利率

债券利率即债券利息与债券票面价值的比率。例如，某种债券利率为10%，即表明每认购100元的债券，每年就可获得10元的利息。影响债券利率的因素主要有银行利率水平、发行者的资信状况、债券的偿还期限和资本市场资金的供求状况等。

（1）银行利率水平提高时，债券利率水平也要相应提高，以保证人们会去购买债券而不是把钱存入银行。

（2）发行者的资信状况好，债券的信用等级高，表明投资者承担的违约风险较低，作为债券投资风险补偿的债券利率也可以定得低些；反之，信用等级低的债券，则要通过提高债券利率来增加对投资者的吸引力。

（3）偿还期限长的债券，流动性差，变现能力弱，其利率水平可高一些；偿还期限短的债券，流动性好，变现力强，其利率水平可低一些。

（4）资本市场上资金充裕时，债券利率可低些；资本市场上资金短缺时，债券利率则要高一些。

（三）债券的性质和特征

债券作为一种债权债务凭证，与其他有价证券一样，也是一种虚拟资本，而非真实资本，它是经济运行中实际运用的真实资本的证书。从投资者的角度看，债券具有以下四个特征。

1.偿还性

偿还性指债券必须规定到期期限，由债务人按期向债权人支付利息并偿还本金。当然，也曾经有例外，如无期公债或永久性公债，这种公债不规定到期时间，债权人也不能要求清偿，只能按期支取利息。历史上，只有英、法等少数国家在战争期间为筹措军费而发行过这种公债。

2.流动性

流动性指债券能够迅速转变为货币而不会在价值上蒙受损失的一种能力。一般来说，如果一种债券在持有期内不能任意转换为货币，或者在转换成货币时需要付出较高成本，如较高的交易成本或较大的资本损失，这种债券的流动性就较低。高流动性的证券一般具有的特点是：①发行人具有及时履行各种义务的信誉；②偿还期短，因而市场利率的上升只能轻微地减少其价值。

3.安全性

债券安全性是相对于债券价格下跌的风险性而言的。一般来说具有高流动性的债券其安全性也较高，导致债券价格下跌的风险主要有以下两类。

（1）信用风险。此指债券发行人不能按时支付利息和偿还本金的风险。这主要是与发行者的资信与经营状况有关。信用等级高，信用风险就小。信用风险对于任何一个投资者来说都是存在的。

（2）市场风险。此即债券的市场价格因市场利率上升而跌落的风险。债券的市场价格与利率呈反方向变化。市场利率上升，债券价格下降；市场利率下降，债券价格上升。债券的偿还期（指到期之前的时期）越长，债券价格受市场利率波动的影响越大，随着债券到期日的临近，债券价格便趋近于实际价值。

4.收益性

（1）投资者在持有期内根据债券的规定，取得稳定的利息收入。

（2）投资者通过在市场上买卖债券，获得资本收益。这一点主要是通过对市场利率的预期来实现的。债券的偿还性、流动性、安全性与收益性之间存在着一定矛盾。

一种债券，很难同时协调好以上四个特征。如果某种债券流动性强，安全性高，人们便会争相购买，于是该种债券价格上涨，收益率降低；反之，如果某种债券的风险大，流动性差，购买者则少，债券价格低，其潜在收益率相对提高。对于投资者来说，可以根据自己的投资目的和财务状况，对债券进行合理的选择和组合。

二、债券的分类

对债券可以从各种不同的角度进行分类，并且随着人们融通资金需要的多样化和金融工具的创新，金融市场上不断会有各种新的债券形式产生。目前，债券的类型大体有以下几种。

（一）按发行主体分类

1. 政府债券

政府债券又可分为中央政府债券、地方政府债券和政府保证债券。政府债券是中央政府和地方政府发行公债时发给债券购买人的一种格式化的债权债务凭证。

2. 金融债券

这是由银行或非银行金融机构发行的债券。发行金融债券的金融机构，一般资金实力雄厚，资信度高，债券的利率要高于同期存款的利率水平。其期限一般为 $1 \sim 5$ 年，发行目的是为了筹措长期资金。

3. 公司债券

这是由公司发行并承诺在一定时期内还本付息的债权债务凭证。发行公司债券多是为了筹集长期资金，期限多为 $3 \sim 10$ 年。

4. 国际债券

这是由外国政府、外国法人或国际组织、机构发行的债券。它包括外国债券和欧洲债券两种形式。

（二）按偿还期限分类

按偿还期限分类，债券可以分为短期债券、中期债券、长期债券和永久债券。

各国对短、中、长期债券的期限划分不完全相同。一般的标准是：期限在1年或1年以下的为短期债券；期限在1年以上、10年以下的为中期债券；期限在10年以上的为长期债券。永久债券也叫无期债券，它不规定到期期限，持有人也不能要求清偿本金，但可以按期取得利息。永久债券一般仅限政府债券，而且是在不得已的情况下才发行。

（三）按计息的方式分类

1. 附息债券

这是指债券券面上附有各种息票的债券。息票上标明利息额、支付利息的期限和债券号码等内容。息票一般以6个月为一期。债券到期时，持有人从债券上剪下息票并据此领取利息。由于息票到期时可获得利息收入，因此附息债券也被看做是一种可以流通转让的金融工具。这种债券也称复利债券。

2. 贴现债券

贴现债券亦称贴水债券，是指券面上不附有息票，发行时按规定的折扣率，以低于票面价值的价格出售，到期按票面价值偿还本金的一种债券。贴现债券的发行价格与票面价值的差价即为贴现债券的利息。

3.单利债券

这是指债券利息的计算采用单利计算方法，即按本金只计一次利息，利不能生利。计息的公式为：

$$利息＝债券面额×年利率×期限$$

4.累进利率债券

这是指债券的利率按照债券的期限分为不同的等级，每一个时间段按相应利率计付利息，然后将几个分段的利息相加，便可得出该债券总的利息收入。

（四）按债券的利率浮动与否分类

1.固定利率债券

这是指债券利率在偿还期内不发生变化的债券。由于其利率不能变动，在偿还期内，通货膨胀率较高时，会有市场利率上升的风险。

2.浮动利率债券

这是指债券利率会在某种预先规定基准上定期调整的债券。作为基准的多是一些金融指数，也有以非金融指数作为基准的，如按照某种初级产品的价格。采取浮动利率形式，减少了持有者的利率风险，也有利于债券发行人按照短期利率筹集中长期的资金来源。

（五）按是否记名分类

1.记名债券

这是指在券面上注明债权人姓名，同时在发行公司的名册上作同样的登记。转让记名债券时，要在债券上背书和在公司名册上更换债权人姓名。债券投资者必须凭印鉴领取本息。它的优点是比较安全，但缺点是转让时手续复杂，流动性差。

2.不记名债券

这是指在券面上不须注明债权人姓名，也不在公司名册上登记。不记名债券在转让时无须背书和在发行公司的名册上更换债权人姓名，因此流动性强，但缺点是遗失或被毁损时，不能挂失和补发，安全性较差。

（六）按有无抵押担保分类

1.信用债券

信用债券也称无担保债券。它是指仅凭债务人的信用发行的，没有抵押品作担保的债券，一般包括政府债券和金融债券。少数信用良好的公司也可发行信用债券，但在发行时必须签订信托契约，对公司的有关行为进行约束限制，由受托的信托公司监督执行，以保障投资者的利益。

2.担保债券

这是指以抵押财产为担保而发行的债券。担保债券包括以下几种。

（1）抵押公司债券。这是以土地、房屋、机器、设备等不动产为抵押担保品而发行的债券，当债务人在债务到期不能按时偿还本息时，债券持有者有权变卖抵押品以收回本息。抵押公司债券是现代公司债券中最重要的一种。在实践中，可以将同一不动产作为抵押品而多次发行债券，并按发行顺序分为第一抵押债券和第二抵押债券。第一抵押债券对于抵押品有第一留置权；第二抵押债券对于抵押品有第二留置权，即在第一抵押债券清偿后，它可以用其余额偿付本息。所以，第一抵押又称优先抵押，第二抵押又称一般抵押。

（2）抵押信托债券。这是以公司拥有的其他有价证券，如股票和其他债券作为担保品而发行的债券。一般来说，发行这种债券的公司是一些合资附属机构，以总公司的证券作为担保。作为担保的有价证券通常委托信托人保管，当该公司不能按期清偿债务时，即由受托人处理其抵押的证券并代为偿债，以保护债权人的合法利益。

（3）承保债券。这是指由第三者担保偿还本息的债券，这种债券的担保人一般为非银行金融机构或有良好资信的大公司。

（七）按债券形态分类

1.实物债券

这是指债券的发行与购买是通过债券的实体来实现的，是看得见的有纸化的债券，且不记名。这种债券具有标准格式的券面。

2.凭证式债券

凭证式债券主要通过银行承销，各金融机构向企事业单位和个人推销债券，同时向买方开出收款凭证。这种凭证式债券可记名、可挂失，但不可上市流通，持有人可以到原购买网点办理提前兑付手续。

3.记账式债券

记账式债券没有实物形态的券面，而是在债券认购者的电脑账户中作一记录。它主要通过证券交易所来发行。投资者利用已有的"股票账户"通过交易所网络，按其欲购价格、数量购买，买入之后，债券数量自动过入客户的账户内。

三、债券的偿还方式

1.到期偿还债券

到期偿还债券指债券的本金是在偿还期满时进行偿还。这是绝大多数债券所采取的本金偿还方式。

2.期中偿还债券

期中偿还债券指债券在偿还期满之前，由债务人采取在交易市场上购回债券或者直接向债券持有人支付本金的方式，进行本金的偿还。期中偿还债券还可以分为以下三种。

（1）定时偿还。这是指自债券发行之日起经过一定时间的冻结期后，定期、定额的偿还债券的制度。定时偿还又有抽选偿还和买入注销两种方式。

（2）随时偿还。这是指债券发行日后经过一定的冻结期后，由债券发行人任意选择部分或全部债券进行偿还的方式。一般来说，采用这种方式有两个原因：一是债券发行人发行债券后，市场利率降低较大；二是债券发行人发行债券之后，有了剩余资金。

（3）买入偿还，也叫买入注销。它是指债券发行人通过债券交易市场将其已发行的债券买进予以注销的做法。一般来说，发债人可以在债券发行后至期满前这段时间内的任何时候进行买入方式的偿还。

3. 展期偿还债券

展期偿还指发债人在发行债券时规定，投资人有权决定在债券到期后继续按原定利率持有债券到某一个指定偿还日期或几个指定日期中的一个日期要求偿还的做法。这种偿还方法的采用往往市场利率看跌时，投资者才予以接受。

四、公债

（一）公债的定义和特点

公债，指的是政府为筹措财政资金，凭其信誉按照一定程序向投资者出具的、承诺在一定时期支付利息和到期偿还本金的一种格式化的债权债务凭证。它包括中央政府债（国债）和地方政府债，以中央政府债为主要部分。公债一般具有以下几个特点。

1. 自愿性

政府在发行公债时，不凭借权力强制投资者购买，投资者的购买行为完全是出于自愿的。

2. 安全性

由于公债是由中央政府发行的，中央政府是一国权利的象征，因此具有很高的信用地位，风险也最小。当然，利率也较一般债券要低。

3. 流动性

由于公债具有很高的信用地位，对投资者的吸引力很强，又容易变现。一般来说，国债市场，尤其是短期国债市场的流动性要高于其他同样期限的债券市场。

4. 免税待遇

大多数国家都规定，购买公债的投资者与购买其他有价证券的投资者相比，可以享受优惠的税收待遇，甚至免税。

5. 收益稳定

公债由于利息率固定，偿还期限固定，所以市场价格相对平稳，收益也就较为稳定。

由于公债具有较高的安全性和流动性等优点，深受投资者青睐，一般被广泛地用于各种抵押和保证行为中，并且是金融衍生工具的重要相关证券种类。此外，公债还是中央银行的主要交易品种，中央银行通过对公债的公开市场交易，实现对货币供应量的调节，进而实现宏观经济政策目标。

（二）中央政府债券（国家债券）

中央政府债券也称国家债券，简称国债。按不同的标准，国债可以分为以下不同的种类。

1. 按偿还期限划分

按偿还期限划分，可以将国债分为短期国债、中期国债和长期国债。各个国家确定短、中、长期的年限略有不同，如：美国把1年以内的国债称为短期国债，10年期以上的称为长期国债；日本称5～10年期的国债为长期国债，2～5年期的为中期国债；我国则将1年以内的国债称为短期国债，1～7年期的称为中期国债，7年期以上的称为长期国债。

2. 按国债用途划分

按发行国债的用途划分，可分为以下几种。

（1）战争国债。这是政府为筹集军费而发行的债券。战争时期，政府开支骤增，战争国债是较理想的筹资方式。

（2）赤字国债。在政府财政收支不平衡，出现财政赤字的情况下，可通过发行赤字国债来平衡财政收支。

（3）建设国债。这是政府为了投资于公路、铁路、桥梁、水利和能源等基础设施建设而发行的债券。

（4）特种国债。这是政府为了实施某种特殊政策而发行的国债。

3.按资金来源划分

按资金的来源划分，可分为以下几种。

（1）国内债。此即一国政府以本国货币为币种在国内金融市场上发行的国债。其投资者一般为国内的机构、企业和个人。

（2）国外债。此即一国政府以外国货币为单位，在国际金融市场上发行的债券。政府在国外发行的外币债券与国外一般借款，共同构成一个国家的外债。

4.按是否可以流通交易划分

按是否可以流通交易划分，可分为以下几种。

（1）可流通国债。此指国债可以在二级市场上交易。这种债券在一些国家的国债中占主要部分，如美国的可流通国债约占其国债总额的2/3。

（2）不可流通国债。此指在购买条款上规定不能在二级市场上进行买卖的国债。不可流通国债又可以分为投资者为私人的不可流通国债和投资者为机构的不可流通国债。当不可流通国债的发行对象以私人为主时，筹集的资金主要来自居民的储蓄，故此类债券可称为"政府储蓄债券"。一般投资于不可流通国债的机构主要是政府部门。

5.按债券发行本位划分

按债券发行本位划分，可分为以下几种。

（1）货币国债。这是指以货币计值亦以货币偿付本息的国债。市场经济比较发达的国家，通常发行货币国债。我们以上所提的分类主要是针对货币国债而言的。

（2）实物国债。这是指以货币计值、按事先议定的商品折价，用实物偿还本金的国债。这类债券通常是在通货膨胀率很高，币值极不稳定的情况下发行的。

（3）折实国债，又称折实公债。该种债券的募集和还本付息均以实物作为折算标准。购买时，按照每一单位实物的折合金额用货币购买；还本付息时，仍按付款时每一单位实物的折合金额用货币支付。它实际上是把国债面值与物价指数相挂钩，以增加国债的吸引力。

（三）地方政府债券

1.地方政府债券的发行主体

地方政府债券，即由有财政收入的地方政府或其他地方性公共机构发行的债券，是政府债券的一种形式。发行地方债券的目的是为当地市政建设，如交通、通信、住宅、教育、医院和污水处理系统等公共设施筹措资金。地方政府债券在我国尚不多见，在美国数量很多，这里仅以美国的该种债券为分析背景。

2.地方政府债券的分类

（1）一般责任债券。这是由州、市、镇或县政府发行，以发行者的征税能力作保证的一种政府债券。发行这种债券所筹措的资金往往用于修建高速公路、飞机场、公园以及市政设施等。一般说来，州比市、镇、县具有更大的征税能力，州通常以销售税、汽油税或公路使用税以及个人、公司所得税作为发行债券的保证。市、镇、县等地方政府的征税能力没有州政府大，因此通常是以财产税作为发行债券的保证。一般责任债券包括：①有限税款债券；②无限税款债券；③特别税赋债券。

（2）岁入债券。这是由地方有关机构发行的一种政府债券。这种债券或是为项目融资而发行；或是为企业融资而发行。债券发行者只以经营该项目本身的收益来偿还债务，而不是以地方政府的征税能力作保证。发行这类债券所筹措的资金，多用于修建桥梁、道路、医院、大学宿舍、下水道、电厂等。岁入债券由于没有地方政府的征税能力作担保，所以其风险性通常要比一般责任债券大，其息票利率一般也比一般责任债券要高。它主要包括以下几种。

① 工业发展债券。由地方市政当局发行，所筹资金用于建设一些私人投资者所不愿从事的工业项目，然后把它们出租给私人企业，承租企业交付的租金被用于偿还债券持有者的本金和利息。这实际上相当于承租企业以优惠的市政借款利率建设成一个新工厂，为承租企业节省了一大笔开支。

② 污染控制债券。它是由地方市政当局发行，债券发行收入用于建立污染控制设施，然后把它们出租给私人公司管理，私人公司交纳的租金用于支付债券持有者的本金和利息。

③ 住宅当局债券。由地方政府发行，债券收入用于建造住宅以出租给低收入阶层的居民使用，由此而获得的租金用于偿还债券的本金和利息。如果所获租金不足以还本付息，那么由该住宅开发部门代为偿还。

④ 医院债券。它是由州政府、州有关机构、地方政府、市立医院、卫生保健当局及非盈利性公司发行，债券收入用于建立新的医院，或提高现有医院的业务水平。

除此之外，还有航空公司债券、大专院校债券、资源恢复债券等。

（3）混合及特种责任债券。如某些市政债券尽管具有一般责任债券和岁入债券的一些特点，但也具有一种独特的结构，目的在于保证债券的本金和利息的安全性。

① 保险债券。它是由商业保险公司制定的保险政策和市政债券发行者的信用加以支持。如果发生违约，保险公司负责向债券持有者提供一定数额的款项，用于偿还本金和利息。

② 道义责任债券。它是由州所发行的一种债券。州立法机构作为法律上的权威机构，为了能够保证债券持有者的权益，必须筹集一笔在一般的税收收入之外的款项以应偿债之需要。

除此之外，还有信用证支持的债券、以新偿旧债券等。

3.地方政府债券的特点

与其他信用工具比，地方政府债券具有以下几个特点。

（1）免缴所得税。投资于地方政府债券的所得利息收入一般都免缴所得税。因此，对于息票利率相同的两种债券（一种为免税债券，另一种为纳税债券），免税债券所能带来的实际收入一般要大于纳税债券，尤其是对于一些高所得税率的投资者来说，免税债券更具有吸引力。但是，美国联邦政府有权对地方政府债券的利息征税。

（2）安全性高。地方政府债券被认为是除了国家债券外最安全的一种债券。一般来说，地方政府可以通过各种税收建立各种基金，实力均高于一般公司。另外，地方政府债券的投资项目往往都具有规模性和效益性，还债资金来源有保证。

（3）流动性强。地方政府债券信誉良好，安全可靠，因此债券持有人可以在需要的时候，在交易所内或在场外市场进行买进卖出，具有相当好的流动性。

（4）期限灵活。地方政府债券的期限有长、中、短三种期限选择，可以适应不同投资者的要求。

4.地方政府债券的税务风险

地方政府债券具有一定的免税特征。美国《1986年税收改革法案》通过以前，购买地方政府债券的利息收入一律免征联邦所得税。不仅如此，大多数州和地方政府对在本地范围内发行的地方政府债券，还免征购买者的州和地方所得税。该法案生效之后，情况出现了一些变化，有些债券可能会属于联邦所得税的征税范围之内。这些税制方面的变动就会影响到免税地方政府债券的收益。

免税地方政府债券可能会承担以下两方面的风险。

（1）所得税率降低的风险。所得税率越高，免税债券的价值越大。当所得税率下降时，该种债券的价格就会下跌。

（2）作为免税债券的地方政府债券，最终被宣布为纳税债券时，其免税优点消失，债券价值就会下降。

因此，免税地方政府债券具有与其他信用工具不同的税务风险，这是考虑地方政府债券时必须注意的问题。

五、金融债券

1.金融债券的定义

金融债券是由银行和非银行金融机构为筹措资金而发行的债务债权凭证。金融机构通过发行金融债券，有利于对资产和负债进行科学管理，实现资产和负债的最佳组合。

金融机构的业务主要包括负债业务和资产业务。金融机构的负债业务包括吸收存款、同业拆借、向中央银行借款、发行金融债券等。存款是银行的重要资金来源，但资金稳定性差，在经济动荡时，易发生挤兑；同业拆借和向中央银行借款，只能形成短期的资金来源。比较而言，发行金融债券期限灵活，并且在债券到期以前，债券持有人不能要求提前兑付，只能在流通市场上转让，资金稳定性好。因此，发行各种不同期限的金融债券，是金融机构筹措稳定资金来源的重要途径；并且有助于扩大长期投资性质的资产业务。

2.金融债券的特征

金融债券作为由银行和非银行金融机构发行的一种特种债券，具有以下几项特征。

（1）与公司债券相比，金融债券具有较高的安全性。由于金融机构在经济活动中有较大的影响力以及较特殊的地位，各国政府对于金融机构的运营都有严格的规定，并且制定了严格的金融稽核制度。

因此，金融机构的信用一般要高于非金融机构类公司。

（2）与银行存款相比，金融债券的盈利性比较高。金融债券的流动性要低于银行存款，因此，一般来说，金融债券的利率要高于同期银行存款。

在大多数西方国家，商业银行与其他金融机构同样采取股份公司的组织形式，故其发行的债券与公司债券一样，受同样的法律约束。日本则有所不同，其金融债券的管理受制于特别的规定。我国对于金融债券的发行和管理存在不同于公司债券的特殊规定。

六、公司债券

1.公司债券的定义

公司（企业）债券是股份制公司或企业发行的有价证券，是公司为筹措长期资金而发行的一种债务凭证，承诺在未来的特定日期，偿还本金并按照事先规定的利率支付利息。在西方国家，公司债券即企业债券；在我国，对各种所有制的企业发行的债券均称为企业债券。

对一个企业来说，可能会因为种种原因而需要筹措资金，包括筹建新项目、一般业务发展、购并其他企业或者弥补亏损。而当企业的自有资本金不能完全满足企业的资金需求时，就需要向外部筹资。企业向外部筹资主要有三个途径：发行股票、对外借款和发行债券。从企业的角度看，发行股票，对企业的要求较高，发行成本也较高，对二级市场有一定的要求；而向金融机构借款，获得的资金期限一般较短，资金的使用要受到债权人的干预，有时还有一定的附加条件；采用发行债券的方式筹集资金成本较低，对市场要求也低，同时筹集的资金期限长，数量大，资金使用自由，弥补了股票和借款方式筹资的不足，因此是许多公司偏好的一种筹资方式。

2.公司债券的特征

公司债券除了具有债券的一般性质外，与其他债券相比具有以下几项特征。

（1）风险性较大。公司债券的还款来源是公司的经营利润。如果公司经营不善，就会使投资者面临利息甚至是本金损失的风险。因此在发行公司债券时，对公司要进行严格的信用审查或进行财产抵押，以保护投资者的利益。

（2）收益率较高。投资于公司债券要承担较高的风险，其收益率也较高。公司债券正是因这一特征吸引了许多投资者。

（3）债券持有者比股票持有者有优先索取利息和优先要求补偿的权利。公司债券的持有人只是公司的债权人，不是股东，因而无权参与公司的经营管理。但是公司债券持有人比股东有优先的收益分配权，并且在公司破产清理时，有比股东优先收回本金的权利。

（4）对于部分公司债券来说，发行者与持有者之间可以相互给予一定的选择权。如在可转换债券中，发行者给予持有者将债券兑换成本公司股票的选择权；在可提前赎回的公司债券中，持有者给予发行者在到期日前提前偿还本金的选择权。当然，获得该种选择权的当事人必须向对方支付一定的费用。

3.公司债券的分类

现有的公司债券主要有以下几类。

（1）信用公司债券。这是指发行这种债券不需有实物作抵押，也不用找担保单位，只凭发行者的信誉作担保。一般而言，只有那些信誉卓著的大公司，才有资格发行信用公司债券。因为大公司实力雄厚，盈利多，知名度高，发行无担保公司债券也不妨碍债权人的权益。信用公司债券一般期限短，但利率较高。

（2）不动产抵押公司债券。这是指以实际不动产的留置权为担保的债券。若公司破产了，抵押债券的持有人可获得所抵押的财产（如房屋、地产、铁路等）的所有权，依法定程序有权行使其留置权，拍卖抵押物用以抵偿。

（3）证券抵押信托公司债券。这是指以公司的其他有价证券为担保发行的债券。作为担保的各种有价证券，通常委托信托银行保管，以保证债权人的利益。

（4）保证公司债券。这是指由第三者作为还本付息担保人的一种公司债券。也就是说第三者对发行公司发行的公司债券还本付息予以保证。担保人一般为公司的主管部门或银行。保证行为常见于子母公司，也就是由母公司对子公司发行的公司债券予以保证。一般来说投资者比较愿意购买保证公司债券。

（5）设备信托公司债券。这种债券由美国的若干铁路公司发行。债权人和受托人签订信托契约，债权人将所购置的设备由受托人代自己取得所有权，再由受托人和发行公司签订租赁契约，把设备租赁给发行公司，并由发行公司出具分期偿还的本票。发行公司将全部本息偿还后，才能取得设备的所有权。

（6）分期公司债券。这种债券规定在发行期限内的一定时间（如半年或一年）偿还债券的一部分，到预定年限终了，公司债券全部清偿，也就是分期偿还。

（7）收益公司债券。这是指以债券发行公司收益状况为条件而支付利息的公司债券。发行公司支付债券持有人的利息多少，要取决于发行公司的经营状况，公司经营获利就支付利息，否则就不支付利息。就获利方式而言，收益公司债券具有股票性质；就其最终到期还本而言，仍属于债券性质。

我们也可按如下几种标准对公司债券予以分类。

（1）按债券持有人是否参与公司利润分配分类。这种情况可将公司债券分为如下几类。

① 参与利润分配的公司债券：这种债券持有人除了可以获得预先规定的利息收入以外，还可以在一定程度上参加公司利润的分配。此种债券兼有债券和股票的性质，发行人大多是经营一般，声誉不太高的企业。

② 不参与利润分配的公司债券：债券持有人只能按照事先约定的利率获得利息，无权参加与公司利润的分配。它是公司债券的主要形式。

（2）按债券可否提前赎回分类。这种情况可将公司债券分为如下几类。

① 可提前赎回的公司债券：即发行者从持有者那里获得了一种期权，在债券到期前购回全部或部分债券。此种债券又分为必须定期赎回预定数额的债券和可以随时赎回任意数额乃至全部数额的债券两种。

② 不可提前赎回的公司债券：即一次到期的公司债券，该种公司债券在到期满时才能偿还本金和利息。

（3）按发行债券的目的分类。这种情况可将公司债券如下分类。

① 普通公司债券：这是以固定利率、固定期限为主要特征的债券。这是公司债券的主要形式，目的在于筹资以扩大公司的生产规模。

② 改组公司债券：是为清理公司债务而发行的债券，也叫以新换旧债券。此债券可以用旧公司债券兑换，也可以用现金购买。

③ 调整公司债券：指经营业绩不佳，存在债务信用危机的股份公司为防止破产并重整公司，经债权人同意，为换回原来较高利率的旧债券而发行的较低利率的新债券。

④ 延期公司债券：指公司在债券到期时无力归还，又不能发新债还旧债，在征得债权人同意后可延长期限的公司债券。其目的在于延长期限，暂时缓解财务困难。债券延期时可根据适当情况提高或降低利率。

（4）按发行人是否给予债券持有人选择权分类。这种情况可将公司债券如下分类。

① 附有选择权的公司债券：这是指在一些债券发行中，债券发行者给予持有者一定选择权，如可转换公司债券、有认股权证的公司债券和可退还公司债券。

② 不含有持有者选择权的债券：指在债券发行中，债券发行人未给债券持有者上述有关的权利；相应地，此种债券的价格比含有选择权的债券来说要低一些。

（5）按是否记名分类。这种情况可将公司债券如下分类。

① 记名公司债券：这是在债券上登记持有人姓名，支取本息时要凭印鉴领取，转让时必须在债券上背书，同时到发行公司登记的公司债券。

② 不记名公司债券：这是在债券上没有载明持有人姓名，还本付息时仅以债券为凭，转让时不需登记。此种公司债券的流动性要优于记名公司债券。

七、国际债券

国际债券是一国政府、金融机构、工商企业或国际性组织为筹措中长期资金，而在国外金融市场上发行的、以外国货币为面值的债券。国际债券的发行者与发行地点不属于同一国家，因此它的发行者与投资者分属于不同的国家。国际债券是一种在国际间直接融通资金的金融工具。

1. 发行国际债券的原因

一般来说，各国运用国际债券来筹集资金的主要目的有以下五个方面。

（1）用以弥补发行国政府财政赤字。对于一国政府来说，弥补财政赤字除了可以用发行国内债券的方式外，还可以通过发行国际债券的形式筹集资金，作为发行国内债券的补充。

（2）用以弥补发行国政府的国际收支逆差。发行国际债券所筹集的资金，在国际收支平衡表上表现为资本的流入，属于资本收入，因而有利于减少国际收支逆差。在1967～1968年的"石油危机"冲击中，许多西方工业国家都采用发行国际债券方式来弥补由于石油价格上涨而造成的国际收支逆差。

（3）用以为大型或特大型工程筹集建设资金。这主要由一些国际金融机构或公司集团组成的投资机构来发行。

（4）用以为一些大型的工商企业或跨国公司增加经营资本而筹措资金，从而增强其实力。

（5）用以为一些主要的国际金融组织筹措活动资金。例如，世界银行就曾多次发行外国债券，以筹措巨额资金，实施其开发计划。

2.国际债券的特点

国际债券与国内债券相比，有以下三方面的特点。

（1）资金来源比较广泛。国际债券是在国外金融市场上发行的，面对众多的国外投资者，因而市场潜力很大。

（2）期限长、数额大。采用国际债券方式筹措资金，与用国际贷款方式筹措资金相比，其期限长，数额大，而且债券所筹资金的使用不受投资者的干涉，也没有附加条件，并且通过国际债券方式筹资，有利于促使发行者负债结构的多样化。

（3）资金的安全性较高。在国际债券市场筹措资金，通常可得到一个主权国家以普通责任能力或"付款承诺"的保证，其安全性高，吸引力也大，因而有利于减轻或稳定还本付息的负担，有利于吸收中长期资金。

3.国际债券的种类

（1）外国债券。外国债券是一种传统的国际债券，是一国政府、公司企业、银行或非银行金融机构及国际性组织在另一国的债券市场上发行的债券。此种债券的票面金额、利息都以债券发行市场所在国家的货币表示。债券发行者属于一个国家，债券面值的货币和债券的发行地同属另一个国家。比如说，美国的扬基债券、日本的武士债券都是外国债券。目前，世界上主要的外国债券市场在美国、日本、瑞士和德国。一般来说，外国债券偿还期限长，所筹资金可以自由运用。但是，由于其发行会引起两国之间的资金流通，发行时一方面要受到本国外汇管理条例的制约，另一方面还要得到发行地所在国货币管理当局的批准，遵守当地的有关债券的管理规定，因此手续比较繁琐，限制也比较多。外国债券的发行方式主要有两种：公募发行与私募发行。公募债券发行后可以上市流通；私募债券被特定有限的投资者购买后，不能上市，或在一定时限内不能转让。目前，大多数的外国债券都是公募债券。

（2）欧洲债券。欧洲债券是由一国政府、金融机构、工商企业及国际性金融组织在另一国金融市场发行的，不以发行地所在国货币，而以另一种可以自由兑换的货币——标计面值的债券来发行。它的发行者属于一个国家，发行地属于另一个国家，而标计面值货币又属于第三个国家。当然，欧洲债券的面值货币，除了采用单独的货币外，还可以用综合性的货币单位，如用特别提款权（SDR）、欧洲货币单位（ECU）等。

欧洲债券自20世纪60年代产生以来，发展极其迅速。目前在国际债券市场上，欧洲债券所占的比例远大于外国债券所占的比例。欧洲债券具有吸引力的原因有以下六个方面。

① 欧洲债券市场不属于任何一个国家，债券发行者不需要向任何监督机关登记注册，可以回避许多限制，因此增加了其种类创新的自由度与吸引力。

② 欧洲债券市场是一个完全自由的市场，无利率管制，无发行额限制；其筹措的是境外货币资金，所以不受面值货币所在国法律的约束，市场容量大且自由灵活，能满足发行者的筹资要求。

③ 债券的发行是由几家大的跨国银行或国际银团组成的承销辛迪加负责办理，有时也可能组织一个庞大的认购集团，因此发行面广。同时，它的发行一般采用不经过官方批准的非正式方式，手续简便，费用较低。

④ 欧洲债券的利息收入通常免缴所得税，或不预先扣除借款国的税款；另外，欧洲债券是以不记名的形式发行，并可以保存在国外，可以使投资者逃避国内所得税。

⑤ 欧洲债券市场是一个极富活力的二级市场，债券种类繁多，货币选择性强，可以使债券持有人比较容易地转让债券以取得现金，或者在不同种类的债券之间进行选择，规避汇率和利率风险，因此其流动性较强。

⑥ 欧洲债券的发行者是各国政府、国际组织或一些大公司，它们的信用等级很高，因此安全可靠，而且收益率较高。

欧洲债券市场并不是个地理范围上的概念，它实际上包括了亚洲、中东地区的国际债券市场。欧洲债券有时也称"境外债券"。

4.我国的国际债券

我国是从1982年步入国际资本市场的。1982年1月，中国国际信托投资公司以私募方式在日本东京发行了100亿日元的日本武士债券。1984年11月，中国银行以公募方式在日本东京发行了10年期200亿日元的日本武士债券。两次债券发行标志着我国金融机构开始进入国际债券市场。2003年10月中国发行的10亿美元和4亿欧元全球债券被投资者争相抢购，原因是投资者热衷于购买新兴市场债券，并对亚洲国家经济前景持乐观预期。迄今，我国进入国际债券市场的主体主要有各商业银行、信托投资公司以及财政部。发行国际债券的币种有美元、日元等。在计息方式上，浮动利率与固定利率平分秋色。发行市场主要集中于日本、新加坡、英国、德国、瑞士和美国。

第三节 投资基金

一、投资基金的概念

投资基金，是指由基金发起人向社会公开发行的，表示持有人按其所持份额享有资产所有权、收益分配权和剩余资产分配权的凭证。

投资基金是一种利益共享、风险共担的集合投资形式。它通过发行基金证券，集中投资者的资金，由基金托管人托管，由基金管理人管理，主要从事股票、债券等金融工具的投资。

基金是一种有价证券。虽然它自身并没有价值，但它代表着证券持有人的资产所有权、收益分配权以及剩余财产分配权等诸多权益，因而也能在市场上进行交易，并在交易过程中形成自己的价格。作为有价证券，基金有着股票、债券共同的特征。

基金与股票、债券之间的区别包括以下几方面的内容。

1.权利关系不同

基金是由基金发起人发行的。如果基金是发起人按照契约形式发起的，则投资购买基金的持有人与发起人之间是一种契约关系；如果基金是按照公司形式发起的，则通常先要组成基金公司，由发起人组成董事会，由董事会决定基金的发起、设立、终止以及选择管理人和托管人等事项。证券持有人虽然也是公司的股东之一，但不参与基金的运用。发起人与管理人、托管人之间完全是一种信托契约关系。

2.投资者的经营管理权不同

通过发行股票筹集到的资金，完全可由发行股票的股份公司掌握和运用，股票持有人也有权参与公司的经营管理决策；通过发行债券筹集到的资金，也是由发行债券的公司自主支配。而投资基金的运作机制则有所不同。无论是哪种类型的基金，其发起人和投资人都不直接从事基金的运作，而是委托管理人营运。同时，投资基金信托又不同于个人信托。个人信托是单个投资者委托证券公司买卖证券，这种委托业务完全体现着投资者个人的意志，即完全按照投资者的指令买进或卖出。而投资基金信托则是一种集中信托，受托的管理人本着"受人之托，代人理财，忠实服务，科学运用"的精神，按照基金章程规定的投资限制，对该基金自主地加以运用，并保证投资者获得丰厚的收益。投资者只分享基金的盈利和分红，不干预基金的管理和操作。

3.风险和收益各不相同

投资基金是委托专门的投资机构进行分散组合投资，因而可以分散和降低投资风险。从风险程度上看，投资于基金的风险要小于对股票的投资，但大于对债券的投资。投资于基金的收益是不固定的，这一点不同于债券而类似于股票。从收益水平上看，基金的投资收益一般小于股票投资，但大于债券投资。因此，人们一般认为基金是一种风险低于股票、收益高于债券的有价证券。

4.存续时间不一致

每一种类型的投资基金都规定有一定的存续时间，期满即终止。这一点类似于债券。所不同的是，投资基金经持有人大会或基金公司董事会决议，可以提前终止，也可以期满后再延续。封闭式基金在存续期间不得随意增减基金份额，持有人只能通过交易市场买卖基金证券。从这一点看，投资于基金又类似于股票投资。与股票投资所不同的是，开放式基金可以随时增加或减少基金份额，持有人可以按基金的资产净值向公司要求申购或赎回其所持有的单位或股份。

二、投资基金的基本功能

投资基金的基本功能是汇集众多投资者的资金，交由专门的投资机构管理，根据设定的投资目标，由证券分析专家和投资专家具体操作运用，将资金分散投资于特定的资产组合，投资收益归原投资者所有。代理投资机构作为基金的管理者，只收取一定的服务费用。根据各国和地区的不同情况，投资基金的投资对象既可以是资本市场上的上市股票和债券，也可以是货币市场上的短期票据和银行间的同业拆借，还可以是金融期货、黄金、期权交易以及不动产等。

三、投资基金的分类

由于基金的数量不断增加，名目亦趋多样。但不管怎样变化，基本上都是仿效英美两国早期的基金投资制度发展起来的。这些基金可以分为契约型与公司型、封闭型与开放型、成长型与收益型三大类型。

1.契约型与公司型基金

（1）契约型基金。根据一定的信托契约原理组织起来的代理投资制度，也就是由委托者、受托者和受益者三方订立信托投资契约，由经理机构（委托者）根据契约运用信托财产进行投资，由受托者（信托公司或银行）负责保管信托财产，而投资成果则由投资者（受益者）享有的一种基金类型即为契约型基金。

契约型基金具体又可以分为两类：一类是单位型基金；另一类是基金型基金。单位型基金的设立是以某一特定货币总额单位为限来进行资金的筹集，并以此组成一个单独的基金来进行管理。某一特定货币总额的资金筹集工作结束后，投资者如果还要参加基金投资，就只能参加委托者设定的另一个单位的信托投资基金；这类基金的设定往往要规定一定的期限，每年分配一次收益，一旦期限终止，信托契约便告解除，并退回本金与收益。如果信托契约的期限未到，则不准解约，不能退回本金，也不得追加投资。单位型基金又可细分为固定型和半固定型两种。固定型基金是指基金按投资计划投资，所投资的证券资产经编定后，不论价格如何变化，只要证券发行公司不发生合并或撤销，基金经理公司就不得以出卖等方式任意改变已编定的证券资产。半固定型基金投资的证券资产经编定后，经理公司在一定的条件和范围之内，可以变更基金的资产内容。另一类是基金型基金。这类基金的筹资和投资活动没有进行一个单位与另一个单位互相独立的划分，而是综合为一个基金。这类基金有的有总金额限制，有的则没有。在期限设定上，又有15年和20年等的区别，而且期限可以再延长，所以实际上往往是无限期设定。基金的代理投资机构往往根据其投资持有的债券及股票的市场价格，计算出每一份受益凭证的净值，再加上管理费和手续费等因素，最后公布出受益凭证的买价和卖价。这样，原投资者既可以买价把受益凭证卖回给代理投资机构，以解除信托契约，抽回资金；也可以卖价从代理投资机构买入受益凭证，建立信托契约，进行投资。

（2）公司型基金。公司型基金是按照公司法组成，由以盈利为目的的股份有限公司进行营运的基金。投资者购买公司股份成为股东，股东大会选出董事、监事，董事、监事投票选出该公司的总经理，并选定某一投资管理公司来管理该公司的资产。这种基金股份的出售一般都委托专门的承销公司来进行。

公司型基金通常包括四个当事人：投资公司、管理公司、保管公司及承销公司。投资公司是公司型基金的主体，它以发行股票的方式筹措资金，其股东即为受益者，相当于契约型基金的受益凭证的持有者。管理公司在与投资公司订立管理契约之后，既要办理一切管理事务并收取管理报酬，又要为投资公司充当顾问，提供调查资料和服务。保管公司一般由投资公司指定的信托公司或银行充当。保管公司在与投资公司订立保管契约之后，负责保管投资的证券，并办理每日每股资产净值的核算，配发股息并办理过户手续等。保管公司收取保管报酬，与契约型基金的受托者大致相似。承销公司负责推销和回购公司股票。投资公司的股票首先由承销公司承销，再作次级分配给零销商，由零销商分售给投资大众。股东如果要退出基金而请求公司购回股票、返还资金时，也由承销公司办理。

2.封闭型与开放型基金

（1）封闭型基金。封闭型基金是通过投资者购买公司股份组成股份公司进行营运的。该公司发行的股票可以在证券交易所上市交易，其价格由市场决定。公司发行的股份数量固定不变，发行期满后基金就封闭起来，不再增加股份。投资者购买股票后不得退股，即不得要求基金公司购回股票，同时也不允许增加新投资。投资者若要想股票变现，就必须将股票拿到证券交易所去转让。

（2）开放型基金。与封闭型基金明显不同的是，开放型基金的投资公司原则上只发行一种股票（普通股），持股者可以根据市场状况和自己的投资决策，自行决定退股（即要求公司把自己持有的股票赎回），或是扩大在公司股份的持有比例；也就是说，公司的基金总额不是封闭的，而是可以追加的。因此有人又将其称为"追加型投资基金"。

3.成长型与收益型基金

（1）成长型基金。成长型基金是指主要投资于成长股票，追求资产长期稳定增长目标的投资基金。成长型股票是指中小型企业发行的，具有良好前景的股票，其价格预期增长速度要快于一般公司的股票或快于股票价格综合指数。发行这类股票的企业往往由于有新产品、产业前景良好和管理层锐意进取，因而其资本增长速度呈现出快于国民经济同行业增长速度的势头。成长型投资资金试图通过投资于这类企业的股票而获得长期稳定的收益。但这类股票损失本金的风险比较高，因此成长型投资基金被认为是风险程度较高的基金类型。总之，成长型投资基金注重的是追求收益的长期、最大增长，而不注意股份的本期收益或短期收益。

（2）收益型基金。收益型基金是指追求稳定的、最大的当期收入，而不强调资本的长期利得和成长。收益型投资基金通常选择能够带来现金收入的投资对象，如利息较高的债券、优先股和普通股，以及某些货币市场上的金融商品等。从总体上看，收益型投资基金安全性好，风险性较低，但获得巨额资本利得的可能性较小，适合于较保守的投资者。

四、投资基金的管理与托管

1.基金管理人

基金管理人对契约型基金而言也叫基金经理公司，是基金的经营机构，对公司型基金来说就叫基金管理公司。尽管称呼不同，但作为基金管理人，他们的职能是基本一致的，其主要业务就是负责基金的具体投资操作和日常管理，收取管理费作为业务收入。

2.基金托管人

基金托管人是指对基金投资操作进行监督、保管基金资产、确保基金证券持有人利益的金融机构。一般由基金公司指定银行或信托公司为基金托管人，签订保管契约，保管投资的证券，并办理每日每股资产净值的核算，配发股息和过户手续费。

我国的基金证券发展很快，迄今为止，已发行超过1033只基金，其发行规模达到3万亿元，这大大促进了我国证券市场的发展，由于QFII（合格的境外机构投资者）和QDII（合格的境内机构投资者）的推出，使我国的证券市场正逐步成为机构之间博弈的市场。

第四节　银行储蓄证券投资基金

自2007年年初开始，我国银行业将全面对外开放，外资银行将逐渐全面进入我国市场。面对越来越激烈的竞争，我国银行业必须与世界金融接轨，完善公开市场业务操作，加快金融创新步伐，创建新的金融产品，建立银行储蓄证券投资基金，是非常必要的，允许银行发展基金业务和设立基金公司是我国银行业应对挑战，推进金融改革的一项战略选择。

一、我国银行储蓄证券投资基金的资金来源和组建方法

1.资金来源

据中国人民银行统计资料，到2010年底，我国居民储蓄存款总额达30万亿元。银行设立证券投资基金，对投资者的风险偏好进行细分，将不同风险的投资转化为家庭容易接受的形式，可以满足我国居民日益多样化的投资需求。银行销售基金所动员的资金主要是现有银行存款的一部分，此外还有居民新增收入中未决定投资方向的资金等，在适当的条件下，也可吸引其他机构投资者参与。

2.组建步骤

根据我国的实际情况，我国银行设立证券投资基金可采用以下几个循序渐进的步骤。

（1）从银行储蓄存款中分出一部分来组建基金。各个银行根据储蓄情况来设立三只基金：用活期储蓄以及3个月、6个月的定期储蓄资金的1%～5%来设立短期投资基金；用一年、二年、三年的定期储蓄资金的1%～5%来设立中期投资基金；五年或以上的定期储蓄资金的1%～5%来设立长期投资基金。

（2）由储蓄存款组成的基金逐步过渡到银行销售基金，减少储蓄存款在基金中的比例，增加基金在公众中的销售。银行利用庞大的储蓄网点、丰富的客户资源、先进的网络设备、良好的信誉等软硬件条件来直接销售基金，有效地减少发行费，降低管理成本，推出针对性较强的基金品种，从而达到基金与储蓄存款分离，基金规模逐步扩大，基金品种日益丰富。

3.管理方式

我国银行设立的证券投资基金应按一定的组合比例来投资，基金设立初期应侧重于风险相对较小的货币市场和债券市场，兼顾风险较大且收益较高的股票市场，然后逐步加大对股票市场的参与。通过多样化的组合投资来分散资金运用风险，同时获得较高的收益，逐步拓宽银行业资金运用渠道，确保我国金融市场的稳定与繁荣。

在保证基金运行规范、透明的前提下，银行可采取在内部设立基金公司的方式，基金公司既隶属于银行又相对独立。银行不必新增多少投资或营业场所，只需对管理系统进行适当的改动，能以较低的成本逐步跨入混业经营的门槛，可以在短期内达到与外资银行在业务上的平起平坐，实现业务多元化。

银行基金需要专家进行理财，为此要培养大量的专业人员，提高从业人员素质。银行通过成立基金公司代理基金的承销、销售、托管方面积累经验，培养一批熟悉基金业务的人才；此外，银行有许多从事债券、外汇交易以及行业分析、债券投资分析方面的专业人才，他们在经过培训之后是完全能够掌握基金业务的；当然，也可以在社会上招募急需的专业人才。

二、对组建银行储蓄证券投资基金方案的评价

我国银行采用这种循序渐进的方式来设立证券投资基金，从传统业务逐步过渡到多种业务并进，易被人们接受，在确保我国金融稳定的同时，可以提升我国银行的竞争力，促进我国国民经济的健康发展。

1.组建银行储蓄证券投资基金能提高盈利能力，降低金融风险

由于我国居民收入不断增长，制度改革和经济转轨带来的不确定性加大，又因为投资渠道单一，股市低迷、风险大，难以使储蓄资金进入其他渠道，因此我国居民储蓄存款日渐增多。这为银行业提供了充足的信贷资金，但也把分散的社会风险集中起来，给银行和金融结构带来较大的风险。

若银行设立证券投资基金，必然会吸引更多的储户来投资于基金，从而对储蓄存款进行分流与引导。这虽与银行传统的资产业务形成冲突，但上述方案是从一种方式平稳地过渡到另一种方式，因而不会对我国银行的业务产生不良影响。

基金采用多样化的组合投资来降低风险，其营运的风险总是不断地在投资者之间分散、释放。这样就不会出现银行体系中的积累性风险和挤兑风险以及整个银行体系出现挤兑的"多米诺效应"。银行设立证券投资基金，可以提高我国金融资源的流动性，改善风险管理，从而有助于金融体系的稳健运营和经济的稳定发展。

我国银行目前利润来源较为狭窄，过分依赖于存贷款业务。这种情况下，如果企业的外部环境或内部环境发生了不利变化，就会使得有些企业效益不好，银行的贷款就不能及时足额收回，从而积聚大量不良资产。因此，银行有必要设立证券投资基金，这样可以为银行提供新的利润来源，可以降低不良资产比例，这对我国银行业是至关重要的。

2.组建银行储蓄证券投资基金能促进我国资本市场的良性发展

在我国资本市场中，债券市场的发展相对滞后，规模偏小。新设立的银行证券投资基金初期将侧重于债券市场，这将为我国债券市场带来新的发展机遇，为我国债券市场发展提供强大动力。银行在次级债券、金融债券和资产支持债券等领域有着巨大的优势，银行设立证券投资基金可以丰富目前的债券投资品种，国内的债券市场将会出现大发展的行情。

银行设立证券投资基金也会改变我国股票市场的长期低迷的状况。虽然银行设立基金并不是储蓄的直接入市，银行基金仍会有相当部分进入股票市场。通过代表投资者利益的基金，一方面可以用来"减持国有股"，逐步解决"国有股全流通"问题；另一方面可以用来改变上市公司的股权结构，使基金作为机构投资者参与上市公司治理，完善公司治理结构，提高经营业绩，有助于推动金融市场化，增强金融业运行的透明度。

银行设立证券投资基金会引发我国基金行业格局的巨大变化。目前，我国基金实力相差悬殊，大的基金公司管理的资产近1800亿元，小的基金公司管理的资产规模不足10亿元，有的甚至在负债经营。而许多大型的外资银行下设数十个基金公司，管理着数百只基金。2003年初，法国兴业银行集团和荷兰国际集团在中国的合资基金公司——华宝兴业基金和招商基金开业，一年后已各自管理近百亿元人民币的资产。我国银行已落后一步，必须奋起直追，设立证券投资基金，会从根本上提高基金行业的竞争力，加速基金业的发展进程。

可见，用上述方案组建的银行储蓄证券投资基金将改变我国资本市场疲弱的现状，促

进我国资本市场的良性发展。从资金流向看，首先银行投资基金流向证券市场，就会激活我国目前低迷的证券市场；然后资金由市场流向企业，解决我国企业资金短缺问题，促进企业的发展；当企业产生更大的效益时，又会有更多的资金流回银行，从而形成一种良性循环，即资金的流向是：银行→市场→企业→银行。

3.组建银行储蓄证券投资基金是对我国监管体制提出的挑战

由于基金业务是由监管，银行业务又是由中国人民银行和中国银行业监督管理委员会（以下简称"银监会"）监管，因此银行的基金业务，理应由这三家监管机构共同监管。上述方案的实施会对我国的监管机构提出更高的要求，但这是大势所趋，必须根据我国的国情妥善地加以解决。按照混业经营、分业监管的原则，中国证券监督管理委员会（以下简称"证监会"）、中国人民银行、银监会应该相互配合，对银行设立的基金在进入、运行、风险控制等方面进行严格监管，在银行及其所设立的基金之间设立防火墙，防止出现跨市场风险，维护投资者的权益，以保证我国的金融安全。

银行设立证券投资基金虽有助于促进我国资本市场的发展，但要使我国资本市场能长期繁荣稳定，我国银行业必须进行"银行再造"，完善股权结构，加强内部管理，改造业务流程，全面提升竞争力。只有这样，才能建立起适应社会主义市场经济体制要求的、健康高效的现代化金融体系。

第三章 证券价格和股票价格指数

学习本章的目的是了解储蓄行为、风险回避与资产选择，掌握股票价格指数的编制方法。

第一节 储蓄与投资

一、储蓄

投资者个人对收入的追求完全出于对消费享受的效用。任何一个人的消费行为并不受本期消费的局限，决定本期与将来消费效用的最大因素，是对今后可能获得收益的预期约束。由于收入流与消费流在时间上很难取得一致，本期消费与本期收入也不可能完全相等，所以，一定时期的储蓄就是该期所得减去该期消费后的余额，换句话说，储蓄实际上是为了将来消费而牺牲的本期消费。

储蓄不仅仅是所得的组合，而且还依赖于无差别曲线上表示的本期消费与未来期相对的偏好与利率水平。这样就很容易理解贷款市场的存在对人们消费效用变化及其方向的影响。

储蓄是所得减去消费后的余额，作为储蓄行为主体来说，牺牲本期消费的目的在于将来获得更多的消费。因此，储蓄者总是要把本期的储蓄资金用于各种各样的投资活动，如购买保险、债券和股票等有价证券。由于未来的不确定性，各种投资活动可能会产生损失，投资者总需承担一定风险。所以，不确定状态下储蓄行为主体在决定可储蓄的金额时，还必须作出储蓄资金如何运用的决策。

二、投资者储蓄行为的意义

在不确定性条件下，投资者的储蓄目的也是为了扩大将来所得增加消费，其投资的原则就是要获得与资产持有期相对应的收益，因此，投资者关心的是与各投资期限相适应的各种资产的收益率大小。例如，投资于债券或股票时，不仅仅考虑红利或利息的多少，而且还必须考虑伴随价格变化所产生的资本损益。

不同的资产其收益值是不相同的，投资者选择哪种资产，或者说喜好什么样的资产组合，完全依赖于投资者对风险的偏好，即投资标准的建立以收益和风险两个参数为尺度。

对风险的测度首先要考虑不确定性条件下投资者所面临的经济状况发生概率为多大？例如，设未来可能发生的情况只有两种：状况A（战争），状况B（和平），每种情况发生的概率都为1/2。如果可投资的证券为两种，证券Y未来是确定的，即无论是A状况还是B状况发生时都可获得5%的收益率。证券X虽然期望收益率为5%，但在状况B即和平条件下，收益率为12%，而一旦发生战争，其收益率就为0。

投资者如果以期望收益最大化为投资原则的话，由于两证券的期望收益值相等，因此，是选择证券X还是选择证券Y对该投资者来说是无差别的。如当证券X为6%时，投资者会买进X证券，卖出Y证券，从而引起X证券的市场价格上升，Y证券的市场价格下跌，结果获得的是期望（平均）收益率。但是，现实情况与这种结果存在一定出入，历史数据证明股票的收益比储蓄存款和债券的收益普遍要高，这说明大多数投资者偏好的是那些虽低于平均收益率但风险小的资产。

金融资产根据未来收益的确定性状况不同可分为风险资产和安全资产。安全资产主要是指在将来的状态中可能获得确定收益的资产，而风险资产则是指未来收益不确定的资产。例如，货币是安全资产，股票和债券是风险资产。另外，资产还可以分为可在市场上出售和不可在市场上出售的资产，可出售资产的典型代表就是有价证券。所以，有价证券一方面对将来所得拥有要求权，但另一方面，伴随着将来的不确定性也承担着一定风险。

证券投机是指利用将来预期价格的变化获得收益的行为。由于将来价格与现在价格在不同时点上的价格差是不确定的，因此，与投机相伴的就是风险。而证券、货币、土地等都是投机的对象。

第二节　风险回避与资产选择

一、期望效用理论

投资者根据将来的投资价值或资产价值的最佳状态来决定其投资资产选择，最佳投资决定的标准之一就是预期的投资价值或资产价值最大化。因此，投资者通常希望选择的是将来收益的期望值为最大的投资对象。如果现在有可供投资者选择的五种方案，如表3-1所示。假定投资期限为一年，而投资者只能选择一种方案的情况下，如投资者不考虑其他因素或条件，最简便的决定原则有两个：一是收益最大化；二是期望收益最大化。

由表3-1可知，A与B两方案为完全确定性投资方案，而C、D和E则为风险投资。这些情况是极为现实的，即投资者可以购买短期政府债券或将资金存入银行；同时，投资者还可以购买其他收益不确定的股票。

表3-1　各投资方案收益与风险

方案A		方案B		方案C		方案D		方案E	
收益	概率	收益	概率	收益	概率	收益	概率	收益	概率
5	1	6	1	−8	1/4	−4	1/4	−20	1/10
				16	1/2	8	1/2	0	6/10
				24	1/4	12	1/4	50	3/10

如果投资者进行选择，仅选择"安全"投资，即在方案A和B中选择，就比较简单。B能取得确定性收益显然高于A，所以，投资者选择方案B，这时所采用的原则就是最大收益准则。然而，现代投资活动中，投资者不仅要选择安全资产，而且还会选择风险投资，在这种情况下，对五种方案中的C、D、E方案，怎样运用最大期望收益准则方法进行抉择，是必须考虑的问题。

最大期望收益准则考虑了收益的全部情况，它以随机变量（收益）分布的加权平均值来表示其预期的收益，以所对应的概率表示其权数。例如上述方案C的期望收益为：

$$(1/4)\times(−8)+(1/2)\times16+(1/4)\times24=12$$

按上式计算五种方案的期望收益分别为：5、6、12、6、13，可见最大期望收益为13，所对应的方案为E。根据最大期望收益准则，最优方案就是E。但是，在不确定性条件下，各投资者在进行投资抉择时，不仅需考虑将来收益的期望值，而且也要考虑损失的可能性即风险。从最大期望收益准则看，虽然最优方案是E，但其风险也是最大的。由于投资者对风险的态度各异，因而对收益的确定性评价也会有很大的不同。期望收益最大化准则的特点就是指投资者不考虑对风险的评价。

期望效用是一种投资给投资者带来期望收益的满足程度。期望效用最大化原则是由投资者在不确定性条件下理性选择投资资产行为求导得出的相关准则，即投资者满足不确定性条件下理性原则的投资选择行为，是要使与收益相关的效用函数的数学期望值最大化。

由于投资者对收益风险的不同偏好，其期望效用也各不相同，对最优化抉择行为进行分析的理论就称之为期望效用理论。它构筑了不确定性条件下，反映各经济主体对风险不同态度的意识决定理论的基础。经济主体如果采取了合适的投资行为，那并不是证明该主体的未来财富或收益的期望值最大，而是期望效用的数学期望值最大。

二、期望效用与风险偏好

出于投资者对收益风险的不同偏好，其期望效用也各不相同；对此，常用效用函数来描述。

首先，投资者的资产额W越多，效用越大，投资者的效用函数是资产额的增函数。这时，投资者对风险的态度就随投资者的效用函数$U(W)$的形状变化而变动，如图3-1所示。图3-1中列举了三种类型的效用函数，它们都呈向右上方倾斜状态，随着资产额的增加各形态下的效用增加速度（边际效用）是不同的。其中：（a）表示边际效用递减时、伴随资产额的增加，效用的增加速度下降；（b）表示边际效用一定时，伴随资产额的增加，效用增加速度也常常是一定的；（c）表示边际效用递增时，伴随资产额的增加，效用的增加速度逐渐加速。

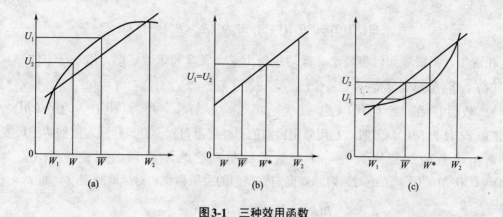

图3-1　三种效用函数

其次，投资者依据期望效用最大化的原则进行资产选择时，三种形态的效用函数表示投资者对风险的不同偏好。

如果投资者可利用的投资机会有两个：一个是确定能够获得 $\overline{W} = (W_1 + W_2)/2$ 的机会 I_1，概率为1/2；另一个是可获得 W_1 或 W_1 的机会 I_2，概率也为1/2。假定 I_1 和 I_2 的期望收益相等，但 I_1 和 I_2 的收益的期望效用值不同，这时由 I_1 得到的效用为 U_1，由 I_2 得到的效用为 U_2，且要获得与 I_2 的效用水平相同的效用时所需的实际资产额是 W^*。

在图3-1（a）中，由确定的 $\overline{W}$ 获得的效用比由不确定的 W^* 获得的效用高，即有 $U_1 > U_2$，所以，要获得与不确定 W 的相同效用水平所需要的确定资产额 W^* 就比 $\overline{W}$ 少；也就是说， $W^* - \overline{W}$ 是投资者为承担风险所要求的风险溢价收益，或者说是为回避风险所支付的保险费，这也是投资者选择风险资产的代价补偿。通常具有图3-1（a）的形态效用函数的投资者是风险回避者，风险容忍度越高的投资者所要求的风险溢价收益越大。

具有图3-1（b）的形态效用函数的投资者由确定的投资机会 I_1，和不确定的投资机会 I_2 所得到的效用是相等的，这表明投资者对于资产确实能否得到并不关心，只依据无差别期望收益的大小来决定其投资行为。这类投资者就是风险中立者。

具有图3-1（c）的形态效用函数的投资者，由不确定 W_2 得到的效用高于由确定的 W^* 得到的效用，其意义在于即使要付出 $W^* - \overline{W}$，也仍然选择风险大的资产，而具有这样特征的投资者就是风险偏好者。

三、风险资产回避度

对于不同的投资者来说，所要求的风险资产溢价是不同的；即风险溢价收益的大小取决于投资者对风险的回避度。这说明风险资产的收益率以及价格是由投资者的效用来决定的。因此，在对证券市场价格进行分析时，了解投资者对风险的回避程度就显得非常重要。

假定投资者期初投资额为 W_0，分别投资于风险资产和安全资产，且投资于风险资产的投资额为 A，安全资产的利息率为 R_f，当风险资产的收益率为 $\hat{R}_A$ 时，投资者的目的就是要使其期望效用最大化：

$$E[U(W)] = E\{U[(1+R_f)W_0 + (\hat{R}_A - R_f)A]\}$$

在这里，投资者如何将资产分散地投资于安全资产和风险资产，取决于 U 的形状和 W_0、R_f、$\hat{R}_A$ 的概率分布。

设 效 用 函 数 $U(W)$ 是 二 阶 可 微 方 程， 当 $U'(W) = \partial U(W)/\partial W > 0$，$U''(W) = \partial U^2(W)/\partial W^2 < 0$ 时，利用效用函数的弹性就可得到测度风险回避度的两把尺度。

效用函数的二阶导数与一阶导数的比值称之为绝对风险回避度 $R(A)$，即 $R(A) = |U''(W)/U'(W)|$；绝对风险回避度与资产额的乘积称作相对风险回避度，即：

$$R(R) = \{WU''(W)/U'(W)\}$$

$R(A)$ 是边际效用的相对变化率的绝对值。当 $R(A)$ 是 W_0 的增（减）函数时，伴随着 W_0 的增加（减少），向风险资产的投资额 A 将减少（增加），$R(A)$ 一定时，A 与 W_0 增加无关。

同样，$R(R)$ 是边际效用对资产额的弹性。当 $R(R)$ 是 W_0 的函数时，随着 W_0 的增加，投向风险资产的比率 $a = A/W_0$ 减少，$R(R)$ 一定时，a 一定，与 W_0 无关。

四、证券市场的有效性

（一）有效市场

证券市场的有效性是指与某种证券有关的所有信息都反映在其价格上；或者说，在一个有效的市场中，某种证券其真实价值的最佳估计是其当前的交易价格。

估价证券的经济价值有两种不同的分析方法。一种方法是通过分析证券价格的历史变化借以预测将来证券价格的变化，其分析的工具就是过去证券价格的图形，所以，把这种方法称为图形分析或技术分析。而另一种方法依赖于对上市公司的过去财务报表及其数据资料进行分析，通过运用各种公众所知晓的信息来寻找其价值被低估的股票，这种方法称之为基础分析法。

如果市场是有效的，那么，无论是技术分析，还是基础分析，都不可能在股市中找到"物美价廉"的股票。在有效市场中，对于某种证券的真实价值的最佳估计是当前市价，所以，重要的是怎样根据投资者个人的偏好来选择各种具有不同收益率的证券组合。

市场效率问题很大程度上带有个人的看法，对于大多数投资者而言，他们可能认为市场是有效的，因为他们所得到的许多消息都已经反映在股价之中；但对于另一些投资者而言，可能掌握还未反映在股价上的信息。所以，对于大多数投资者而言，市场又是无效的。

一般而言，所有的市场有效性检验都集中于测定股市价格随新的信息而调整的速度。没有人认为信息是没有价值的，但一旦信息为大众所掌握，就说明它被价格所反映，所以，普通投资者无法从中获益。然而，能从新的信息中得益的或许是少数总是走在大众之前的聪明的投资者，或许是内部人员，他们的交易事实上给我们创造了一个有效市场，由此，我们可以看到有效性不是严格定义的，而是具有不同程度的市场有效性。

如果所有信息都已反映于证券价格上，这样的市场即为有效市场。

1.弱效型市场

仅考虑证券价格在过去的变动对现时证券价格的影响，即所有有关过去的证券价格变动的信息都反映在现时的证券价格上，我们定义它为弱效型市场；也就是说，如果市场为弱效型市场，仅仅基于过去价格变动的图形分析，是不可能获得超常利润的。

2.中强效型市场

如果所有公开的信息都已反映在证券价格上，则称为中强效型市场；也即市场如果为中强效市场，则任何人都不可能通过公开的信息，如股价的变动、交易量、卖空数量以及公司的财务报告等获得超常利润。

3.强效型市场

如果所有信息包括未曾公开的信息都已经反映在股票的价格上，则称这样的市场为强效型市场；也就是说，如果市场为强效市场，即使是作为场内交易人员，已知某个公司的内部信息，也是毫无价值的。因为在强效市场中，该信息已反映在股价中。

（二）有效市场的条件

市场的有效性是指经过市场可以有效地分配资金。在不确定性不存在的情况下，能够满足完全竞争条件，就可以达到最佳的资金分配。这里的最佳是指任何人都不可以通过降低其他投资者的效用水准，来提高自己的效用的状态。而在不确定存在的条件下，即使是满足完全竞争条件，也只能达到有条件的资金分配的效率性。

实现资金分配效率性（即，达到市场有效）的第一个必要条件是合理价格的形成。资金分配的效率性是通过对市场的各证券进行正确评价，由此而形成合理的价格。在此，合理的价格是指由于正确地把握市场上所有可以利用的信息资料，对投资效率高的企业给予较高的评价；而对风险高的企业给予低的评价。这样，其价格就成了一个信号，资金大量地流向那些有较高评价的企业，而评价较低的企业资金就很难流动，结果资金朝着预期的方向分配。

从这一角度说，实现资金有效分配的首要条件是价格能够在瞬间且充分地反映全部信息，也就是说，在理想的市场上，价格具有正确导向资金分配的职能，不论是从资金筹集者来看，还是从资金供给者的投资来看，由于公正的价格就可以进行全社会所期望的资金的分配。所以，证券市场的效率性通常运用的定义就是信息的效率性。

实现资金分配效率性的第二个必要条件是，信息收集的成本、交易手续费、税金以及等待时间里阻碍市场完全性的广义交易成本不存在。

在现实的资本市场上，这些成本不存在的状况是根本没有的，实际上只能是使这些成本尽可能地减少，而使市场保持高效率状态。

综上所述，市场信息的效率性的意义是指与证券价格相关的信息能够准确地反映在价格上的状态。

正确地反映市场上一切可以利用的信息，是指价格完全正确地反映过去及现在的信息，至于将来所发生的价格变化则是由现在不可能获得的新信息所引起的。由于新的信息呈随机性，如果市场是有效的，那价格变化也是随机的。在价格呈随机性变化的基础上，要持续地获得超过平均收益的额外收益是不可能的。如果这些信息能够完全正确地反映在价格上，价格又呈随机性变动，所以，任何人都不可能得到额外收益，这种状态就是市场信息的效率性。

实现资金的最佳分配的必要条件之一是市场上所有买卖都能够顺利地进行。所谓交易成本的效率性是指为实现最佳资金的分配，买卖手续费、信息收集成本、税金以及至交易成立时止的等待时间等广义上的交易成本必须尽可能地小。20世纪20年代以来，虽然发行市场上的手续费有所减少，但流通市场的手续费却增加了，其原因就是各种证券管制促进了发行市场的竞争。

五、证券价格的决定因素

（一）股票价格的决定因素

1.收益理论与红利假说

股票价值的决定依赖于投资者对未来收益流的预期以及投资者所要求的股票收益率水平。股价决定理论从大的分类主要包括将股东收入的红利流作为未来收益的红利假说和企业利润流作为未来收益的收益理论。

根据最早由威廉姆斯（Willianms，1938）提出的红利假说，当设将来各期每股红利为 $D_T(T=1,2,3...)$。市场提供的红利折扣率为 K 时，如果永久地持有该股票，股票的现在价值就可由式（3-1）表示：

$$P_0 = \frac{d_1}{1+K} + \frac{d_2}{(1+K)^2} + \frac{d_3}{(1+K)^3} + \cdots \tag{3-1}$$

但如果在 t 时点，红利分配后就卖出，预期卖出价格为 P_t，股价的现在价值 P_0 就为：

$$P_0 = \sum_{T=1}^{t} \frac{d_T}{(1+K)^T} + \frac{p_t}{(1+K)^t} \tag{3-2}$$

即，卖出时的市场价值由于依赖于其后的红利流。公式为：

$$P_t = \frac{d_{t+1}}{(1+K)^{t+1}} + \frac{d_{t+2}}{(1+K)^{t+2}} + \cdots$$

所以，式（3-1）与式（3-2）是同值的。

哥登（Gordon，1959）从红利假说分析企业成长及红利政策时，求导出了股价决定模型：假定某企业是将利润的一部分作为红利支付给了股东，并将内部留存进行再投资而处于成长期的企业，如果每股的本期收益为 Y，内部留存率为 b，预期投资收益率为 r，未来处于长期增长期的企业的股价就为：

$$P_0 = \frac{Y(1-b)}{1+K} + \frac{Y(1-b)(1+br)}{(1+K)^2} + \frac{Y(1-b)(1+br)^2}{(1+K)^2} + \cdots \tag{3-3}$$

$$= \frac{Y(1-b)}{k-br}(K > br, 1 < b)$$

式（3-3）根据与内部留存相关的变化，表明红利政策对股票价格的影响效果。该结果说明如果内部留存率b独立于折扣率，预期投资收益率r等于折扣率时，股价也独立于内部留存率b。红利政策对股票价格的影响效果依赖于预期投资收益率和折扣率的相对大小。

不管预期收益率是否等于折扣率，只要折扣率是内部留存率的函数，股价都会受红利政策的影响。为了证明这一点，哥登模型中设定了两个假定条件：一是时间越长红利支付的不确定性越大；二是投资者都是风险回避者。在这些条件下，哥登求证了未来各期的红利折扣率K_T随着时间的推移越来越大，并且，由于留存率的提高扩大未来红利分配的比重，使各期折扣率的加权平均值K增大，所以，折扣率是内部留存的增函数，未来红利率的下降就引起股票价格的上升。

2.股票投资的收益与风险

风险溢价是证券投资中由于风险的存在，投资者所要求获得的投资收益率与零风险投资机会或安全资产收益率之间的差额，它等于证券的风险值乘以风险的市场价格。在市场均衡条件下，风险价格就是每增加一单位风险，投资者相应要求的收益的增加部分。如果已知企业未来收益流，决定股票价格的主要因素就是折扣率和预期收益率的水平，而决定折扣率水平的因素则是股票投资的风险大小。对于风险回避者来说，与期望收益相对应的风险越大，所要求获得的风险溢价补偿也越大，因此，风险越大的股票折扣率越高，风险越小的股票折扣率越低。

3.市场的不完全性

在完全竞争市场和风险回避者的理性行为基础上的市场，是理想的市场，现实的市场不可能充分满足这些假定条件，还有多种因素会影响股票的价格。

由于不同投资者对资本收益与本期收益的偏好不同、对利息与资本收益课税税率的不同以及个人投资者与企业在借入资金时存在利差等原因，会对企业的红利政策、投资者的偏好、资本成本、企业价值预期等方面产生影响，从而影响股票价格的变动。

（二）债券价格的决定因素

1.基本因素

债券是约定在投资期限中每期按一定比例支付利息到期还本付息的证券。债券价格等于以一定折扣率对未来所支付的利息和本金进行折扣后的价值。决定债券投资价值的基本原因包括每期支付的利息额、本金偿还额、折扣率水平及期限长短。债券的市场价值就是以市场收益率或市场利息率对未来债券价值进行折扣后的现在价值。

2.收益率的期限结构

假定未来收益率是确定的，市场满足完全竞争条件，投资者都是理性投资者，那么当投资的债券利率相同，投资金额也相同时，其投资的市场价值也完全相等。所以，一定期限内，无论是购入长期债券，还是购入短期债券，投资期末的本利合计都是相等的，因此，具有不同到期日的债券可以相互替代。由于不同债券距到期期限的长短不同，因而其收益率也不同；当债券的票面利率等其他条件一定时，收益率表现出与期限的密切相关性，由此构成的与不同期限相对应的收益率流就称之为债券的收益率期限结构。

3.违约风险

违约风险是指到期不能归还事先约定的本金及利息支付的风险。当其他条件一定时，违约风险越大的债券，投资者要求得到的风险溢价收益越大。利息率期限结构与违约风险之间的关系并不是一定的。违约风险大的债券，越接近到期日，本利不能偿还的风险越大；违约风险小的债券，越接近到期日，投资者对违约风险的预期随之缩小直至消除。

除上述因素以外，对债券价格起决定作用的还有制度方面的原因，如债券的提前偿还和税收结构等。债券的提前偿还对债券到期期限产生重要影响，将改变债券的收益率结构，而不同的税率结构也会影响到债券的投资价值，从而影响债券价格的决定。

第三节　股票价格指数

一、股票价格指数

股票价格指数，简称股价指数，是由金融服务机构编制，通过对股票市场上一些有代表性的公司发行的股票价格进行平均计算和动态对比后得出的数值。股票价格指数，是股市动态的综合反映。

编制股票价格指数的作用，在于综合考察股票市场的动态变化过程，反映股票市场的价格水平，为社会公众股票投资和合法的股票增值活动提供参考依据。为了帮助投资者实现投资目的，建立正常的、规范的投资环境，客观上需要一种能够综合反映股票市场整体价格水平及其发展变化的指标作决策依据。股票价格指数就是这样一种具有决策依据功能的指标。

二、股票价格平均数

编制股票价格指数，必须首先计算平均股价。平均股价也称股票价格平均数，是指股票市场全部股票或采样股票的平均价格，主要用来反映股票市场的价格水平。平均股价的计算方法，通常有以下几种。

1.简单算术平均法

简单算术平均法就是把市场全部股票或采样股票某一时点的价格加总，以简单算术平均所得的平均值即为平均股价。其计算公式为：

$$P = \Sigma P_i(1/n) \tag{3-4}$$

式中，P 为平均股价；P_i 为市场全部股票或某一时点第 i 种采样股票的价格；n 为股票样本数。

用简单算术平均法计算出的平均股价，有利于判断股票投资的获利情况，进而知道平均股价在利率体系中是偏高还是偏低。但是，它的缺陷也很明显，比如，没有考虑股票权数不同等因素的影响，不能反映股价的一般的、长期的变化，也容易受发行量或交易量较少的股票价格的涨落所左右，难以真实反映股市动态。

2.加权平均法

加权平均法就是考虑采样股票的发行量或交易量影响的一种计算方法。以发行量为权数的加权平均股价，等于采样股票的时价总额除以采样股票发行量；而以交易量为权数的加权平均股价，等于采样股票的成交总额除以采样股票交易量。计算公式为：

$$P = \Sigma P_i Q_i / \Sigma Q_i \qquad (3\text{-}5)$$

式中，Q_i 为第 i 种采样股票的交易量或发行量。

三、股票价格指数的编制方法

平均股价虽然能够反映股票市场的价格水平，但不能反映股价涨落的变动程度。因此，必须编制股票价格指数。

股价指数，是报告期的股价与某一基期相比较的相对变化指数。它的编制首先假定某一时点为基期，基期值为100（或为10，或为1000），然后用报告期股价与基期股价相比较而得出指数。其计算方法主要有以下几种。

1.简单算术平均法

计算出市场全部股票或采样股票个别价格指数，然后加总求其算术平均数即为简单算术平均法。

2.综合平均法

把基期和报告期的股价分别加总，再用报告期股价总额与基期股价总额相比较即为综合平均法。

3.几何平均法

把基期和报告期的股价分别计算几何平均数，即相乘后开 n 次方，再用报告期与基期的方根相比即为几何平均法。

4.加权综合法

简单算术平均法、综合平均法和几何平均法的综合采用，在计算股价指数时，都没有考虑各采样股票发行量或交易量对股票价格的影响。因而，需要用加权综合法来弥补其不足。

根据权数选择的不同，加权综合法计算股价指数的公式有以下几种。

（1）以基期交易量为权数。公式如下：

$$K_p = \Sigma P_1 Q_0 / \Sigma P_0 Q_0 \qquad (3\text{-}6)$$

（2）以报告期交易量或者发行量为权数。公式如下：

$$K_p = \Sigma P_1 Q_1 / \Sigma P_0 Q_1 \qquad (3\text{-}7)$$

其原理是英国经济学家费雪（Fisher）1922年在《指数编制法》一书中提出的，人们通常把这一公式称之为理想公式。选择不同时期的权数是一个较为复杂的问题。在指数的具体编制过程中，人们一般认为，以基期（价格或数量）为同度量因素（权数）的拉斯贝尔公式未能反映同度量因素的变化，而考虑周全的费雪理想公式，则计算过于繁琐并存在增资除权时的修正困难。

因此，世界各国多采用报告期（价格或数量）为同度量因素（权数）的派氏公式进行计算。

四、我国主要股票价格指数

1.上证综合指数

上证综合指数，全称为上海证券交易所股票价格综合指数。该指数的前身为上海静安指数，是由中国工商银行上海分行信托投资公司静安证券业务部于1987年11月2日开始编制的。而上证综合指数是上海证券交易所于1991年7月15日开始编制公布的，以1990年12月19日为基期，基期值为100，以全部的上市股票为样本，以股票发行量为权数。其具体计算办法是以计算日和基期的股票收盘价（如当日无成交，延用上一日收盘价）分别乘以发行股数，相加后求得计算日和基期市价总值，再相除后得股价指数。

随着上市股票品种的逐步丰富，上海证券交易所在上证综合指数的基础上，从1992年2月起分别公布A股指数和B股指数，1993年5月3日起正式公布工业、商业、房地产业、公用事业和综合五大类分类股价指数。

2.深证综合指数

深证综合指数，全称为深圳证券交易所股票价格综合指数，由深圳证券交易所于1991年4月4日开始编制发布，以1991年4月3日为基期，基期值为100，采用基期的总股本为权数。该指数以所有上市股票为采样股，若采样股的股本结构有所变动；则改用变动之日为新基日，并以新基数计算。

3.深证成分股指数

深证成分股指数，深圳证券交易所从1995年1月3日开始编制深证成分股指数并于同年2月20日对外发布。

（1）其编制方法如下。

第一，深证成分股指数是通过对深圳证交所所有上市公司进行考察，按一定标准选出一定数量有代表性的公司股票编制成分股指数，采用成分股的可流通股数作为权数，实施综合法进行编制。

第二，成分股指数为派氏加权价格指数，即以计算日成分股实际可流通A股数和可流通B股数作为权数进行加权计算。

第三，B股用上周外汇调剂市场的平均汇率将港币换算为人民币，用于计算综合指数，B股指数仍采用港币计算。

第四，每一交易日集合竞价结束后，用集合竞价产生的开盘价（无成交者取昨日收盘价）计算开盘指数，然后用连锁方法定时计算即时指数，直至收市。

深证成分股指数按照股票种类分A股指数和B股指数。A股指数按其所属行业划分，包括工业分类指数、商业分类指数、金融分类指数、地产分类指数、公用事业分类指数、综合企业分类指数6每个分类指数至少用三家成分股编制。

（2）选取成分股的一般原则如下。

第一，有一定上市交易时间。为了考察上市股票的市场表现和代表性，需要股票有一定的上市交易时间。新股上市之初交易不太稳定，最初一段时期内的数据应予以剔除。

第二，有一定上市规模。以每家公司一段时期内的平均总市值和平均可流通股市值作为衡量标准。

第三，交易活跃。

根据以上标准定出初步名单后，再结合公司股票在一段时间内的平均市盈率，公司的行业代表性及所属行业的发展前景，公司近年的财务状况、盈利纪录、发展前景及管理水平等进行细选。

（3）成分股样本及其调整。深圳证券交易所定期考察成分股的代表性，及时更换代表性降低的公司，选入更有代表性的公司。当然，变动不会太频繁，考察时间一般为每年的1月、5月和9月。从1995年1月3日至2007年8月28日，深圳证券交易所编制的成分股指数的样本股已经过数次调整。

（4）成分股指数的指数基日与基日指数。成分股指数及其分类指数的基日定为1994年7月20日。成分股指数的基日指数定为1000点。

（5）成分股指数的内容与发布编码。深圳证券交易所从1995年2月20日开始，以新证券挂牌方式从行情中实时发布成分股指数，成分股指数（不含分类指数）发布的编码为399001。

以上指数的发布内容包括前日收市、今日开市、最高指数、最低指数和实时指数。

4. 上证180指数

上证180指数是由上海证券交易所在原上证30指数（2002年6月28日为基期）基础上编制的，以在上海证券交易所上市的所有A股股票中选取最具市场代表性的180种样本股票为计算对象，并以流通股数为权数的加权综合股价指数，于2002年7月1日起公布，基期指数定为2000点。上证180指数以"点"为单位。

5. 上证50指数

上证50指数是由上海证券交易所编制，从上海证券交易所的上证180指数样本股股票中选取最具市场代表性的50种样本股票为计算对象，并以流通股数为权数的加权综合股价指数，以2004年1月1日为基期，基期指数定为1000点。上证50指数以"点"为单位。

选样方法是根据流通市值、成交金额对股票进行综合排名，原则上挑选排名前50位的股票组成样本，但市场表现异常并经专家委员会认定不宜作为样本的股票除外。上证50指数采用派氏加权方法，按照样本股的调整股本数为权数进行加权计算。

6. 沪深300指数

沪深300指数是指以在上海和深圳证券交易所上市的所有A股股票中选取最具市场代表性的300种样本股票为计算对象，并以流通股数为权数的加权综合股价指数，于2005年4月8日起公布，基期指数定为1000点。沪深300指数以"点"为单位。

五、我国主要股票价格指数的缺陷与指数的编制思路

目前国内的股价指数的缺陷主要在于：一是各指数计算时以上市公司发行的总股本数为权数，这直接影响了投资者对股市趋势的准确判断；二是各指数都是对样本范围内股票

的综合反映，这就使得一些局部的市场特征难以及时和充分地反映。通过对目前股价指数的分析研究，笔者认为新构建一个指数，更能准确地反映股市价格的变动趋势，它利于各类投资者的分析和判断，能充分发挥股价指数的功能，这对我国证券市场的发展和完善具有十分重要的现实意义。

股票价格指数是由证券交易所或金融服务机构编制的反映股票市场变动的一种指标。股价指数是投资者分析股市动态，拟定投资策略的重要参考依据，在我国同时存在沪、深两个证券交易所，人为地造成了股票市场的分割，虽然现在编制了沪深300指数，但还是未形成统一的股票价格指数体系，所以应尽快编制除沪深300指数以外的全国统一的股价指数，以便能够准确反映沪深两市的动态，逐步完善股票指数体系，促进我国证券市场的健康发展。

股价指数是反映股市走势的一个主要指标，对于股市投资者、分析者、上市公司乃至监管部门都具有重要意义。目前，我国股价指数的编制大致上可以分为两类：一是包括所有上市股票在内的综合指数，如上证综合指数和深圳综合指数；二是以部分上市股票为编制对象的深证成分股指数，如上证180指数、深证成分股指数和深证100等。在我国股市几十年的运行和发展中，沪深两市的综合指数和成分股指数都起到了一定的积极作用，是投资者和监管部门分析和预测股市走势的主要指标。但是，从准确反映股市走势的角度看，这些指数存在着一系列需要改进之处。

1. 目前股票指数编制的方法——上证综合指数和深证综合指数的编制

上证综合指数和深证综合指数的编制方法基本相同，都采用综合法，以报告期股票总股本为权数进行计算。以上证综合指数为例，其计算方法如下：

$$股价指数 = \frac{\sum_{i=1}^{n} P_i Q_i}{U} \times 100 \tag{3-8}$$

式中，P_i为样本个股的价格；Q_i为样本个股最新总股本；U为基日股票市价总值。

股价综合指数以最新总股本为权数，包括待流通股和流通股。指数基期定为100点。上证综合指数以1990年12月9日为基日，深证综合指数以1991年4月3日为基日，以现有所有上市的股票为样本。

以深证成分股指数为例，计算时以流通量为权数，以加权算术平均法计算。以深证成分股指数为例，其指数计算的公式为：

$$股价指数 = \frac{现时成分股总市值}{基日成分股总市值} \times 100 \tag{3-9}$$

即：

$$股价指数 = \frac{\sum_{i=1}^{n} P_i Q_i}{U} \times 100 \tag{3-10}$$

式中，P_i为上市个股的价格；Q_i为上市个股的流通量；U为基日股票市价总值。

深证成分指数与上证综合指数、深证综合指数不同之处有：权数不同、样本数不同、指数基期不同。上证综合指数、深证综合指数均包含B股的价格变动；而成分指数仅反映A股股票的价格变动。

2. 目前我国股票指数存在的缺陷

（1）综合指数将新上市股票在首日就计入在内，致使指数构成在新股上市的前后日发生不一致现象，从而缺乏连续性和可比性。

（2）综合指数由于将所有上市公司的流通股作为计算对象，所以，也将已亏损的上市公司股票纳入计算范畴，由此，这些亏损股的非理性价格进入了指数编制范畴，造成了股市平均市盈率等基础指标的虚高。

（3）在早期编制成分指数时，一些样本公司权重过大。随着同一产业部门中新公司上市或上市公司的经营业绩下落，这些样本公司在其产业部门中的代表性地位下降，由此，发生了权重大而代表程度低的矛盾；另一方面，随着股市中上市公司数量增加从而可流通股票的数额增加，已进入成分股范畴的样本公司股票占全部上市股票的比重明显降低，由此，发生了权重大而所占上市股票比例低的矛盾。

（4）样本股的频繁更换导致成分指数的连续性丧失。为了提高或维护成分指数的代表性，沪深证交所多次调整成分指数中的样本股。虽然样本股的适当调整可以体现其客观真实性，但样本股的更换频繁或更换范围太大，都将引致成分指数的连续性中断，由此将使成分指数失去可比性和连续分析的价值，给投资者和监管者分析股市动态带来误导。

（5）在主要强调综合指数的条件下，成分指数的分析效能明显降低。

沪深综合指数均以所有上市股票为编制对象，曾经有人强调中国股市的市盈率高于海外股市，拿沪深综合指数与道·琼斯工业股票指数、标准普尔指数、香港恒生指数等进行对比，这种比较反映了成分指数在我国股市中地位不高、代表性不强的状况。

3. 中国股指编制的思路

鉴于中国股市目前使用综合指数和成分指数存在着上述一系列不足之处，难以有效发挥度量股市走势的标尺功能，更难以成为股指期货的标的物并承担与此对应的投资对象职能。因此，探索股票指数编制的新思路，形成能够真实有效反映沪深股市整体走势的统一指数，势在必行。目前，国内外比较通用的行业分类标准大致可分为两大类：一，管理型行业分类标准；二，投资型的行业分类标准。国外比较有代表性的有GICS、MSCI和FTSE等行业分类标准。从股市实践看，借鉴摩根·斯坦利和标准普尔共同发布的全球行业分类标准（GICS），结合我国上市公司的实际情况，制定中国证券市场投资型行业统一分类标准，能更好地反映上市公司行业结构，为市场参与者分析研究提供更为可靠的根据。中国股指的编制原则：一是选择所有上市公司股票进行计算；二是计算时不采用权重法，这样避免了大盘股对指数的过度影响。权重过大的股票就会对指数产生调控作用，为人为地操纵股指走势提供了机会，从而不能真实反映股票市场的变动。在此基础上编制出中国指数、分类指数，形成中国指数的完整体系。选择指数计算有多种方法，不同的方法对投资者和监管者的使用来说，不仅意味着把握该方法的难易程度不同，而且意味着可能花费的成本也不同，因此，应尽力选择科学、简捷的计算方法，以避免人为因素造成的选择而导致的股指失真。

4. 中国股指的编制与计算

中国股指的编制应遵循以下几个程序：一，根据市场状况和不同的服务机构满足不同的投资者选取适当的编制方法；二，根据上市股票的总数确定选取的样本数，中国股指以全部上市股票为研究对象；三，确定基日，中国股指也是一种动态相对数，也是定基指数，任何股价指数都有基日，有了基日才能有一个比较的基准，一般选取股票市场稳定日的某一天为基日，且规定基日指数为100；四，为保证指数的连续性要求，对非市场因素引起的股价变动作相应修改时，对修正方法做出规定。

价格指数的主要作用是显示市场行情——"股价"的总变动，它着重反映的是股票市场涨跌的行情，强调的是敏感性。新的中国股指以沪深两市全部上市的股票为研究对象，在国内不考虑上市地点，不管是在上海或是深圳，都按统一的不加权方法计算，具有普遍性的特点，充分发挥了指数的功能。根据以上分析和研究，重新编制我国的股指对于中国股票市场指数体系的完善，对股指期货市场的发展具有十分重要的现实意义。

六、境外主要股票价格指数

1.道·琼斯股票价格平均指数

道·琼斯股票价格平均指数（以下简称"道指"）是国际上历史最悠久、最有影响又最为投资大众所熟悉的股价指数。早在1844年7月3日，道·琼斯公司的创始人根据美国的11种有代表性的股票编制股票价格平均指数，并发表于该公司的《每日通讯》上。以后该公司在编制股票价格平均指数时，采样股票种类和数目及编制方法都做过多次改变。《每日通讯》1889年也改为《华尔街日报》。目前，道指是以1928年10月1日为基期，基期指数为100，以后各期股票价格同基期相比算出的百分数，就成为各期的股价指数，以"点"来表示。道指由4组股价平均指数组成：30种工业股票价格平均指数、20种运输业股票价格平均指数、15种公用事业股票价格指数和综合前三组65种股票价格平均指数而得出的综合指数。其中，第一组30种工业股票价格平均指数，是纽约股票市场最有影响、最有代表性的股价指数，报刊上经常引用的道指，一般指的就是该组指数。

2.标准·普尔股票价格指数

它是由美国最大的证券研究机构标准·普尔公司编制发表的，用以反映美国股票市场行情变化的股价指数。

标准·普尔股票价格指数从1923年开始编制。最初的采样股票共233种。1957年采样股票扩大到500种：工业股票425种，铁路股票15种，公用事业股票60种。1976年7月1日又做了改动，采样股票仍为500种。其构成变为：工业股票400种，运输业股票20种，公用事业股票40种，金融业股票40种。

标准·普尔指数的计算方法是加权平均法，以1941～1943年间的平均市价总值为基期值，以10作为基期的指数值，以上市股票数为权数进行计算。该指数具有如下特点：①该指数500种采样股票，其市价总额约占纽约证券交易所所有股票价值的80%，有很广泛的代表性；②考虑了许多影响股价变动的因素，有很高的敏感性；③在股票分割等情况下，由于只是股份的增加，股票的市价总额并未发生变化，因此，在计算指数时不需要作调整；④能为投资者提供多达95类股票的价格指数。由于上述特点，标准·普尔指数在美国备受重视。美国商业部出版的《商情摘要》一直把它作为经济周期变化的12个先行指标之一。

3.纽约证券交易所股票价格指数

它是由纽约证券交易所编制的，是美国颇有影响的股价指数之一。该指数包括在纽约证券交易所上市的1570家公司的所有股票（1570种）。它除了有综合股价指数之外，还包括由1093种股票组成的工业股票价格指数，223种金融、投资、保险、不动产业等股票组成的金融业股票价格指数，189种股票组成的公用事业股票价格指数，65种股票组成的运输业股票价格指数。

该指数的计算方法和调整方法与标准·普尔指数相同，所不同的只是基期的确定时间和基期值。该指数的基期为1965年12月31日，基期指数为50。1966年开始计算公布，每半小时公布一次。

4.《金融时报》股票价格指数

它是由英国伦敦《金融时报》编制发表，反映伦敦证券交易所工业和其他行业的股票价格变动的指数。该指数以及时反映伦敦股票市场动态而闻名于世。该指数的采样股票分为三组：第一组在伦敦证券交易所上市的英国工业有代表性的30家大公司的30种股票；第二组和第三组分别由100种股票和500种股票组成，范围包括各行各业。该指数以1935年7月1日为基期，基期值为100。

5.日经股票价格指数

它是一种股票价格平均数，是由日本经济新闻社编制并公布，反映日本股票市场价格变动的股票价格平均数。其计算方法采用道·琼斯指数所用的修正法，基期为1950年9月7日。

按计算对象和采样数目不同，该指数分为以下两种。

（1）日经225种平均股价。其所选样本均为在东京证券交易所第一市场上市的股票，这些采样股票原则上是固定不变的。由于日经225种平均股价自1950年开始编制并一直延续下来，具有可比性和连续性，成为考察分析日本股票市场股价的长期演变及其趋势最常用、最可靠的指标。

（2）日经500种平均股价。1982年1月4日开始编制。该指数样本不是固定的，每年4月，根据前三个结算年度各股份有限公司的经营状况、股票成交量、市价总值等情况为基本条件，更换采样股票。日经500种平均股价，所选样本多，具有广泛的代表性，因而能比较全面、真实地反映日本股市行情的变化，还能反映日本产业结构的变动。

6.东证股票价格指数

它是东京证券交易所股票价格指数，由日本东京证券交易所编制公布，反映该证券交易所第一市场全部上市股票的价格指数。该指数1969年7月1日开始编制，采用加权平均法和基数修正法进行综合计算，以1968年1月4日为基期，基期指数值为100。

东证股票价格指数的计算对象分布面广泛，不仅包括上市条件高的第一市场的全部股票，而且还从第二市场中选取了300种股票作样本，代表性较强。在计算方法上，既考虑到权数的作用，同时采用了基数修正法，以及时适应市场变化，所以该指数又能正确、客观地反映日本股票市场的交易规模和股价的变动，具有较高的准确性和敏感性。

7.恒生股票价格指数

它是由香港恒生银行编制，反映香港股票市场股票价格变动的指数，也是香港股票市场历史最为悠久、影响最大的一种股价指数。1969年11月24日开始发布，基期为1964年7月31日，基期值为100，计算方法为修正加权综合法。

恒生指数的采样股票，是从香港上市公司中挑选出来的33家有代表性的大公司的股票，占香港上市股票总值的68.8%。这33种采样股票分为四大类：金融业股票4种，公用事业股票6种，房地产业股票9种，其他工商业包括航运业、酒店业等股票14种。计算过程是将33种股票按每天的收盘价乘以各自的发行股数为报告期的资本市值，再与基期的资本市值相比较，乘以100就得出当天股价指数。

第四章　金融衍生工具

学习本章的目的是了解金融衍生工具作用、期货技术分析的三要素、掌握期货技术和期权分析方法。

第一节　概述

一、衍生工具的发展历史

金融衍生工具派生于金融原生工具，尽管其产生的历史并不长，但却正在以惊人的速度迅猛发展，成为证券市场上的重要组成部分。广义地讲，衍生工具是指一种双边合约，其合约价格取决于或派生于原生商品（资产）的价格及其变化。因此，金融衍生工具是相对于金融原生工具而言的。

在金融市场上，按照一定方式派生的资产只要能满足客户的某种需要，这种衍生资产就会有市场，就可得到发展。就金融衍生工具的产生而言，均是在金融市场发展过程中逐渐产生并发展的；更确切地说，它们均是以现货交易工具为基础。然而，从金融衍生工具交易的原理看，它的产生基础却是商品期货。因此，追溯金融衍生工具的发展历史，离不开商品期货发展的历史。

商品期货是商品现货基础上发展起来的。商品期货合约的前身是现货远期合约。这是因为商品现货即期合约有其不可克服的弊端，即买卖不确定、价格失真以及不利于进行大宗商品交易等。尽管远期合约交易解决了即期合约交易中的不足，但作为一种商品交换方式来讲，并不能很好地适应商品经济和商品交换发展的需要。为了解决远期合约交易中的不足，客观上需要一种新的商品交换方式。经过不断实践和探索，在现货交易的基础上，期货交易就逐渐产生并发展起来了。

金融期货的交易产生于20世纪70年代。20世纪70年代以后，由于固定汇率制的解体，国际货币体系改为浮动汇率制，汇价变动取决于市场的供求规律。而这种汇价由于投机因素的影响，升降幅度很大，对从事对外贸易来讲，这又产生了一种新的价格风险。企业和金融机构为适应这种新的形势，管理好价格风险，同时也为得到一种新的保值手段，期货行业在经过长期酝酿和研究之后，又推出了一种新颖的合约——金融期货合约。金融期货最初就是从外汇期货和抵押证券做起的。1972年，美国芝加哥商品交易所（CME）首次推出包括英镑、加拿大元、联邦德国马克、法国法郎、日元和瑞士法郎在内的外汇期货合约交易。1975年10月，芝加哥期货交易所在政府有关部门的协助下，率先推出了第一张抵押证券期货合约。由于期货交易所引进了这两种金融期货，从而带动了一大批其他种类的金融工具，如美国的长期国库券、股票指数、市政债券指数等的期货交易。此后，英国、新加坡、香港等国家和地区也相继开展了金融期货交易。金融期货交易市场已成为金融市场的一个重要组成部分。

自从期货合约产生后，金融衍生工具的发展便层出不穷。首先，期权合约又以期货合约为基础，不断得到了发展，成为一种与期货合约并驾齐驱的金融衍生工具。从此，在金融衍生工具市场上，便相继出现了互换合约、认股权证、可转换债券、DR、商业派生债券、指数货币期权凭证、弹性远期合约等金融衍生工具。

二、衍生工具的分类

在金融衍生工具交易市场上，主要进行的业务有期货、期权、远期和互换。这些基本业务还可以进行组合，如互换期权就是互换和期权的组合。因此，从不同角度，用不同标准进行划分，可以将衍生工具分为不同种类。根据合约买方是否具有选择权，衍生工具可以分为远期类合约和期权类合约。前者的合约持有人有义务执行合约；后者的合约持有人则有权利执行合约，即该持有人可以根据当时的市场情况决定执行或放弃合约。按照合约的标准化程度，衍生工具又可以分为标准化合约和柜台交易合约两种。前者的合约条款明确了交易的品种、规格、数量、期限、交割地点，唯一可变的是价格；后者的合约条款是针对某一次具体的交易而设计的，通常在柜台前通过一对一的协商进行。下面将按照合约买方是否具有选择权对衍生工具的种类具体细分。

（一）远期类合约

假设，甲饲养肉牛，乙则在附近种玉米。每年秋天当玉米收获后，乙将玉米卖给甲，甲购买玉米来喂牛。为了保证交易公平，甲乙双方商定按照交割当天芝加哥交易所玉米的现货价格来进行支付。

玉米对于甲和乙都很重要。它既是乙主要的庄稼，同时又是甲养牛最主要的成本。甲希望玉米的价格降低。而整个夏天乙都在祈祷某些事件能够发生，比如俄罗斯意外地购买玉米，以使玉米的价格变得更高些。

因此，乙给甲提出一个建议："让我们现在为下一个秋季的玉米商定一个双方均可接受的价格，这样我们都不用为9月份时玉米的价格担忧了。我们只需关心自己的经营，因为双方都知道自己会在什么价位购买和出售玉米。"甲表示赞同，于是双方约定价格为每公斤0.5美元。我们把这一协议称为一个远期合约。称其为"合约"是因为它是买（甲）卖（乙）双方的一个协议；"远期"则是因为真正的交易将在今后进行。

这个办法虽然好，但假如俄罗斯人突然大批量购买玉米，使玉米价格上涨到每公斤1美元，那么乙会尽力地寻找机会不遵守上述协议；同样地，如果大丰收使玉米的价格跌到0.3美元，甲也会产生毁约动机。

还有一些因素可能使甲乙双方的远期合约难于实现。比如：一场冰雹可能会砸坏乙的庄稼；甲可能将养牛的生意出售，而新的买主并不受甲乙之间协议的约束；甲乙双方都可能破产。

期货合约则在保持远期合约大部分优点的同时，解决了远期合约的这些问题。期货合约实际上是经过变化的远期合约。

1. 远期合约

远期合约是最简单的一种衍生工具。买卖双方分别许诺在将来某一特定时间购买或出售某种商品，前者处于多方地位，后者处于空方地位。远期合约的特征在于，虽然实物分割在未来进行，但交割价格已在合约签订时即确定。决定交易价格的原则是：在合约签订的时刻，合约的价值对对方来讲都为零，所以，远期合约是免费进入的。

虽然合约的空方承担了在合约到期日向多方提供标的物（某种商品或金融资产）的义务，但是，空方并不一定需要目前就拥有这种商品。一个高效率的远期市场必须有一个具有高度流动性的基础市场作为前提，合约空方可以相信，在合约到期日能够以合理的价格从现货市场上购买来履行合约。或者，他（她）可于合约到期前就在二级市场上出售这份合约，从而免去实物交割的义务。然而，远期市场的缺点在于，它的二级市场很难发展起来，因为远期合约的条款是针对某一具体的买卖方而订立的，很难找到第二者正好愿意接受合约中的条件，或者说，二级市场的交易费用比较高。尽管如此，仍有不少远期合约的部位（包括多方和空方）还是在到期前就易手，这种交易大多是在场外进行，也有少数在交易所内进行交易。

2. 期货合约

期货合约是买卖双方就未来以某种价格交易某种商品或资产而签订的协议。期货合约是一种标准化合约，在期货合约中，交易的品种、规格、数量、期限、交割地点等都已标准化，唯一可变的是价格。这样，合约的流动性就大大增强，并且，即使是对交易商品缺乏知识的"非专家"也可参与其中。在期货合约中，虽然合约双方分别承诺了在到期日供货和付款，但只有不足5%的合约最终进行实物交割，大多数交易者在此之前就通过购买一份内容相同、方向相反的合约来对冲而避免实物交割。在少数的实物交割中，仍可以对交割商品的质量、交割地等作一些调整。

例如，在美国的长期国库券期货市场上，交易的品种是一种根本不存在的"概念债券"，是一种人为制造出来的，年息票率8%，到期日在15年以后的债券。真实债券可以按公式计算出来的转换系数折算成标准债券，并且卖方有权在许多允许的债券中按照当时市场价格选择廉价的债券进行交割。期货合约大多是在交易所内进行交易的，如芝加哥交易所（CBOT）、芝加哥商业交易所（CME）等。

期货合约大体上有以下几种划分方式。

（1）利率期货合约。利率期货合约大致可分为短期债券期货合约、中期债券期货合约、长期债券期货合约、商业票据期货合约、定期存单期货合约、房屋抵押债券期货合约等，其中以前三者最为常见。

（2）外汇期货合约。外汇期货合约是最早被使用的金融期货，过去十几年的交易历史中，其成交量一直稳定增长。在美国，近年来其成交量一直占全美期货总成交量的10%左右。外汇期货最常见的有：英国英镑、加拿大元、欧元、日元及瑞士法郎等。目前，在全球各交易所中，提供外汇期货合约的主要有三个：附属于芝加哥商品交易所的国际货币交易所（IMM），新加坡国际商品交易所（SIMEX）及伦敦国际金融货币交易所（LIFFE）。其中IMM的外汇期货合约占了全球90%以上的成交量。

（3）股票指数期货合约。股票指数期货合约是1982年2月在美国问世，目前已成为金融期货市场上很热门的一种合约，美国、英国、法国、日本、香港、澳大利亚及新加坡等国家和地区均有股票指数期货交易，其中以美国和日本的合约最为成功。

股票指数期货从本质上没有可供交割的实物，即股票指数期货合约采用的"现金交割"制度，在交割期限后，买卖双方以现金代替以往的商品办理交割。这是股票指数期货合约的重要特点；也就是说，投资者参与了股票市场而不必拥有一份真实股票，可以省去挑选股票的麻烦，但同样可以取得利润。股票指数期货合约的最大吸引力在于它的杠杆作用，因为它所需要的保证金一般只有10%，远远低于买卖股票时50%的保证金比率，这就使它有可能产生异乎寻常的吸引力。正是由于股票指数期货交易具有较大的投机性，各国证券管理部门对之一向采取保留的态度。

3.互换合约

互换交易的双方通过远期合约的形式约定在未来某一段时间内交换一系列的货币流量。被交换的货币流量可以是固定的，也可以按照基础资产的价格而调整。按照基础资产的种类，互换交易可以分为利率互换、货币互换、商品互换、股权互换等。例如，在货币互换中，两家公司分别借入两种货币的贷款，在期初互换这两笔数额相当的贷款，并约定在期末再换回。这种交易的原因是两家公司分别在不同的货币市场上具有比较优势但又需要另一种货币贷款，于是，互换交易的进行能给双方都带来好处。互换合约大多是非标准化的，可以根据客户之间的双方协商而定。但是，大多数互换还是通过银行或其他金融中介机构进行，因为个别客户要找到一个正好愿意接受本金大致相同、期限相同、方向相反的互换对手是十分困难的。事实上，金融机构还常常承担互换资产"仓储"的功能，即金融机构在与某一客户达成互换协议后，要过一段时间才能找到反方向互换的客户；或者，金融机构需要将一笔大额的互换转成几笔小额的反向互换。

（二）期权类合约

1.期权合约

期权合约是赋予合约持有人的一种选择权，而非强制性义务。这种交易起始于1973年，是从芝加哥交易所的股票期权开始的。目前，期权合约的资产已发展到股票指数、外汇、债务凭证和一般商品。

期权合约大致有两类，即，看涨期权和看跌期权。前者给予合约持有人在未来某时以事先约定的价格购买基础资产的权利，而后者则给予合约持有人以约定价格出售基础资产的权利。合约中的约定价格称为协定价或执行价。根据合约人执行期权的具体时间不同，可将期权合约区分为美式期权和欧式期权。美式期权可在合约到期前任何一天执行，而欧式期权则只能在到期日当日决定执行或放弃执行。显然，欧式期权要比美式期权容易分析，但目前在世界各地交易所中美式期权已占期权交易的一大半。

与远期合约和期货合约不同的是，期权合约中赋予了合约持有人一种执行或放弃履约的权利。也正是这一优越性使期权合约并不像远期合约和期货合约那样可"免费"进入，投资者购买期权合约时必须支付一定的保证金，无论是否执行合约，保证金都不退还。因此，保证金被看做是期权的价格。

2.利率上限与下限合约

利率上限是用来保护浮动利率借款人免受利率上涨的风险的。如果贷款利率超过了规定的上限，利率上限合约的提供者将向合约持有人补偿实际利率与利率上限的差额，从而保证合约持有人实际支付的净利率不会超过合约规定的上限。

【例4-1】有一笔100万美元的浮动利率贷款，利率上限为年利率12%，浮动利率每3个月调整一次。在贷款期间的某一个3个月内，贷款利率为年利率13%，那么，利率上涨合约的购买者将得到补偿2 500美元（100万美元×1/4×1%）。

相反，浮动利率贷款人可通过利率下限合约来避免未来利率下降的风险。

将上面两种合约组合起来，又形成一个新的衍生工具——利率上下限合约。投资者在买入一个利率上限合约的同时可出售一个利率下限合约，既可通过利率上限合约锁定利率成本，又可利用利率下限合约获得一定收入，从而降低购买利率上限合约的成本。

3.互换期权合约

互换期权合约给予合约持有人执行或放弃互换合约的权利。互换期权的基础资产是互换合约，因此，互换期权是一种二级衍生资产。互换期权适应于那些决定做互换但又不确定互换时间的投资者。例如，6个月的期权运用于2年的互换，就给了投资者在6个月内决定执行或放弃互换的权利。从一个借款人的角度将此互换期权与2年的利率上限作一比较可见，互换期权仅对2年中前6个月的利率不利变化进行了保护（最坏的结果就是放弃执行而损失保证金），而利率上限对2年内的利率上涨都给予了保护。

除上述两类衍生工具外，还有其他一系列衍生工具，本章第三节将予以详述。

三、衍生工具的功能

1.转移价格风险

现货市场的价格常常是短暂多变的，处于不断的波动之中，这给生产者和投资者带来了价格波动的风险。以期货交易为首的衍生工具的产生，就为投资者找到了一条比较理想的转移现货市场上价格风险的渠道。衍生工具的一个基本经济功能就是转移价格风险。这是通过"套期保值"来实现的，即利用现货市场和期货市场的价格差异，在现货市场上买进或卖出基础资产的同时或前后，在期货市场上卖出或买进相同数量的该商品的期货合约，从而在两个市场上之间建立起一种互相冲抵的机制，进而达到保值的目的。正是衍生工具市场具有转移价格波动风险的功能，才吸引了越来越多的投资者，也是其生命力之所在。

2.形成权威性价格

在市场经济中，价格信号应当真实、准确，如果价格信号失真，必然影响经营者的主动性和决策的正确性，打击投资者的积极性。现货市场的价格真实度较低，如果仅仅根据现货市场价格进行决策，则很难适应价格变动的方向。期货市场的建立和完善，可形成一种比较优良的价格形成机制，这是因为期货交易是在专门的期货交易所进行。期货交易所作为一种有组织的正规化的统一市场，它聚集了众多的买方和卖方，所有买方和卖方都能充分表达自己的愿望，所有的期货交易都是通过竞争的方式达成，从而使期货市场成为一个公开的自由竞争的市场，影响价格变化的各种因素都能在该市场上体现，由此形成的价格就能比较准确地反映基础资产的真实价格。

3.调控价格水平

期货交易价格能准确地反映市场价格水平，对未来市场供求变动具有预警作用。如果某一工具价格下跌，则反映其在市场上需求疲软；反之，则反映该工具的市场需求旺盛。投资者可根据不同工具的市场价格水平变化，选择自己的投资策略；同时，管理部门也可根据期货市场价格的变化，选择自己的调控策略。

4.提高资产管理质量

就投资者来讲，为了提高资产管理的质量，降低风险，提高收益，就必须进行资产组合管理。衍生工具的出现，为投资者提供了更多的选择机会和对象；同时，工商企业也可利用衍生工具达到优化资产组合的目的。例如，通过利率互换业务，就会使企业降低贷款成本，以实现资产组合最优化。

5.提高资信度

在衍生市场的交易中，交易对方的资信状况是交易成败的关键之一。资信评级低的公司很难找到愿意与他们交易的机构。但是，并非只有少数大公司才可进入衍生工具市场，因为该市场提供了制造"复合资信"的机制，即由母公司对子公司的一切借款予以担保，再经过评估机构的公关，子公司的资信级别会得到提高。此外，还有许多中小公司通过与大公司的互换等交易，也无形中提高了自己的信誉等级。

6.可使收入存量和流量发生转换

收入存量是指人们拥有财富的数量，而收入流量是指财富给人们带来的定期的收入或支出。收入的存量和流量给人们带来的效用是不同的。一般来讲，中年人对额外的收入流量的需要程度很低，而老年人则对收入的存量需要不高。从存量和流量的关系看，虽然有了存量才有流量，但两者却可以分离。黄金储蓄只有存量无流量。英国的永久性公债仅有流量而无存量，因为永远不还本付息，当然，如果将其在二级市场抛售，则流量可重新转为存量。

能够提供流量和存量之间转换的衍生金融工具是除息债券。它的基础资产是长期国债。除息债券将本金索取权和利息索取权一分为二，投资者既可保留利息索取权，又可出售本金索取权，这对老人来讲是一条很好的投资选择。

第二节　期货与期权

一、期货

1.金融期货与商品期货的区别与联系

商品期货交易市场的出现远早于金融期货交易市场。1967年，日本就已经开始进行稻谷的期货交易。在理论上，金融期货与商品期货一样，都期望能够得到保值，并且都具有价格发现和风险转移这两种经济功能。金融期货与商品期货的区别是：金融期货可被视为一种"无形"的期货市场，如汇率期货、股票指数期货等，交易只是按照约定的利率、汇率、指数点换算成货币单位进行结算，没有实物的交割。商品期货到期结算时，一般要进行实物商品的交割。从这一点来讲，金融期货的风险更大一些。

2.金融期货交易的参与者

在金融期货市场上，参与金融期货交易的主要有期货佣金商、经纪商代理人、保值者、套利者与投机者。他们都不是真正的投资者。

（1）期货佣金商。期货佣金商也称经纪商，是介于交易厅经纪商代理人与客户间的中间人。客户的期货业务一般是由经纪商代理人负责处理。但如果期货佣金商是交易所会员，也可以直接执行客户的委托。期货交易所的所有会员都是期货佣金商，但期货佣金商并不一定都是会员。

（2）经纪商代理人。经纪商代理人也称经纪人，是直接从事金融期货交易的个人，经纪商代理人通常受雇于期货佣金商、介绍经纪人等，或与他们联合，代他们寻求定单、客户或客户资金。经纪商代理人必须在期货交易委员会注册登记，并具有国家期货协会会员资格。

（3）保值者。保值者在美国主要是指证券商，他们通过买卖证券的差价，库存证券的资本利得，以及利用借入款来购买证券，以便用利息与储存成本的正利差来获得一定收入。

套期保值的定义：套期保值就是一个用来代替未来现货交易的期货交易。套期保值可分为空头套期保值和多头套期保值。

空头套期保值，适用于那些生产、存储、加工或分销某种现货商品的人。以下通过例4-2来说明。

【例4-2】某农民准备播种冬小麦，收获时间是第二年5月，即2001年5月。假设小麦的现价为\$3.85/蒲式耳，他希望锁定2001年小麦的出售价格。为了达到上述目的，他需要进行空头套期保值，如下所示。

利用小麦期货进行空头保值		
现货市场	**操作时间**	**期货市场**
小麦价格\$3.85蒲式耳	目前	出售小麦期货\$3.90/蒲式耳
出售小麦\$3.44蒲式耳	2001年5月	购买小麦期货\$3.49/蒲式耳
机会损失\$0.41/蒲式耳		盈利\$0.41/蒲式耳
	净盈亏为0	

2001年5月，该农民在获得\$3.44/蒲式耳小麦市价的同时，还在期货保值策略中获得了41美分的盈利，两者之和为\$3.85/蒲式耳，恰好是该农民所希望的价格。如果由于某种原因未能进行保值，则该农民只能获得\$3.44/蒲式耳的价格。

在例4-2中，现货市场上的亏损称为机会损失，因为它并不表示对该农民造成的实际亏损，而是表示与其他可能情况（比如在秋季出售现货小麦）相比，该农民少取得的收益。

多头套期保值，适用于那些允诺在将来提供某种现货商品进行交割的人，他们担心将来现货的价格上升。以下通过例4-3说明。

【例4-3】芝加哥粮食出口商A，于2001年2月1日签订了向伊拉克出售100万公斤玉米的合同，并定于3个月后进行交割。价格确定为2001年2月1日在芝加哥的价格：$2.85/蒲式耳。A可以在2001年2月1日购买玉米现货，存储3个月，然后进行交割。但是由于A没有仓库，所以转而购买玉米期货合约，如下所示。

利用玉米期货进行多头保值		
现货市场	**操作时间**	**期货市场**
玉米现价 $2.85/蒲式耳	2001年2月1日	购买玉米期货 $2.96/蒲式耳
购买玉米 $3.1/蒲式耳	3个月后	出售玉米期货 $3.21/蒲式耳
机会损失 $0.25/蒲式耳		盈利 $0.25/蒲式耳
	净盈亏为0	

3个月后，A以$3.10/蒲式耳的现价购买玉米运至伊拉克，但A在期货多头合约中的收益$0.25把成本降低到$2.85/蒲式耳，这正是A所能接受的价格。

汇率多头套期保值以例4-4、例4-5来进行说明。

【例4-4】订货商A 2001年底订购了价值125000瑞士法郎的纽扣（2002年后用欧元）。假设瑞士法郎当时的汇率为0.70，所以A的预期成本为（125000瑞士法郎×0.70=）$87500，并依据该成本确定了出售给客户的价格。为了使自己免受瑞士法郎在此期间升值的不利影响，A买入了一份瑞士法郎的期货合约（单位合约价值为125000瑞士法郎）。

6个星期后纽扣收到了，A在现货市场买入125000瑞士法郎用于进行支付，并同时将期货合约卖出。A很满意地发现，套期保值确实发挥了作用：虽然瑞士法郎的价格升至0.7324，但A买入瑞士法郎的实际汇率仍为0.70，因而A的实际交易成本也仍为87500美元。

这一完整的套期保值交易结果如下。

瑞士法郎期货多头套期保值		
现货汇率	**操作**	**期货汇率**
0.7000　当前	买入1SF	价格：0.7015
0.7324　6周后	卖出1SF	价格：0.7339
机会损失为0.0324		收益为0.0324

A在现货市场买入瑞士法郎的价格为每法郎73.24美分。但A在期货市场3.24美分的收益弥补了现货市场上增加的额外成本，使其买入瑞士法郎的实际价格为70美分，这正是A预期的支付金额。

如果A没有进行套期保值，就不会有抵消额，因此A买入现货瑞士法郎的成本就将为91550美元（125000×0.7324），要比预计的金额高4050美元；换一个角度来看，这也就意味着A在该笔交易中的利润将减少4050美元。

【例4-5】2001年1月，美国的甲公司刚在德国收购了一家制造眼镜的小公司。收购价格为400万马克。在谈判期间，假设马克的汇率为0.50，即收购价为200万美元（400万马克×0.50），这对该公司的董事会来说是一个可以接受的价格。出于税收方面的考虑，卖出者要求全部款项分4次支付，每季度支付100万马克，甲公司对此表示同意。2001年3月1日，甲公司进行了首次支付，这时马克的汇率仍为0.50，所以第一笔分期付款金额与甲的预计相同，为50万美元。

然而到2001年6月1日时，德国马克的汇率已升至0.54；因此甲公司第二次分期付款的金额为54万美元（100万马克×0.54），到同年9月1日，汇率进一步上升至0.59；因此甲公司的付款金额也上升为59万美元（100万马克×0.59）。2001年12月1日的分期付款为61万美元，表明当时的汇率为0.610。

到2001年12月份，甲公司的全部付款金额累计如下：

2001年3月1日支付	$500000
2001年6月1日支付	$540000
2001年9月1日支付	$590000
2001年12月1日支付	$610000
合计	$2240000

这样甲公司收购该公司的总成本就不再是200万美元，而是224万美元。其间相差的24万美元完全是由于汇率波动而造成的。以比预期价格高12%的价钱买入该公司，这对于甲公司来说是一个令人震惊的坏消息——对甲公司的董事会而言可能也是如此。

控制这一汇率风险的最保守的方法是甲公司同银行签订远期外汇买卖合约，交割日为每季度的支付日，每次的交易金额为100万马克。也可以利用期货市场来防范汇率风险。在本例中，甲公司可以通过买入马克期货合约来进行套期保值。下面让我们来计算一下。

首先要解决的问题是：甲公司需要多少份期货合约？为了得出答案，我们用需要进行套期保值的总金额（300万DM）除以单位期货合约价值（12.5万马克），等于24份期货合约。

接下来要解决的问题是：甲的套期保值合约需要在未来哪一个月份交割？甲可以买入24份远期交割的期货合约，并在12月最后一次付款结束后将其卖出。但这并不可取。因为交割时间较久的期货合约的基差风险也相对较大。而且，甲在这期间的汇率风险头寸并不是固定不变的。甲每进行一次支付，风险头寸就会减少一部分。从而使没有现货头寸为基础的期货合约数不断上涨，这本身就是一种纯粹的投机行为。因此必须选择另一种更好的方式。

应注意到付款时间安排与期货市场的时间周期相一致。如果甲公司买入2001年6月、9月和12月到期的马克期货合约各8份，其所面临的外汇风险就会完全得到规避。这种做法中最重要的一点是，每次随着现金的支付和到期期货合约的平仓，套期保值总金额也会相应自动减少（100万马克）。

计算结果的最简单方法是将这些交易视作三个彼此独立的套期保值，金额均为100万马克。第一笔交易的情况大致如下。

德国马克期货合约多头套期保值

现货汇率	操作时间	期货汇率
0.5000	2001 年 3 月 1 日	买入 8 份 2001 年 6 月马克合约，价格：0.5015
0.5400	2001 年 6 月 1 日	卖出 8 份 2001 年 6 月马克合约，价格：0.5415
机会损失为 0.0400		收益为 0.0400

该多头期货合约不需要进行实际交割；只需要在期货市场通过对冲交易即可平仓。买入的 100 万现货马克首先要甲公司在纽约的户头入账，然后再划转至德国卖主的账户。假定基差保持不变，甲按每马克 0.54 美分的现行汇率买入马克（不考虑交易成本），那么甲公司在现货方 400 个基本点的机会损失就可以完全被期货多头交易 400 个基本点的收益所弥补。因此甲公司买入马克的实际汇率仍为 0.50，甲公司在 6 月份的支出也正好与其原先的计划相一致，为 50 万美元（100 万马克×0.50）。

2001 年 8 份 6 月份期货合约的平仓也使套期保值总金额降低至 200 万马克（16 份合约×125000 马克），这正好与甲公司剩余的付款金额相同，所以甲的现货债务并没有超额保值。

下一次分期付款发生在 2001 年 9 月 1 日，如下所示。

现货汇率	操作时间	期货汇率
0.5000	2001 年 3 月 1 日	买入 8 份 2001 年 9 月马克合约，价格：0.5023
0.59	2001 年 9 月 1 日	卖出 8 份 2001 年 9 月马克合约，价格：0.5923
机会损失为 0.0900		收益为 0.0900

甲公司在现货市场中的机会损失再一次被期货市场中的收益所弥补；实际有效汇率仍为 0.50，因而甲公司在 2001 年 9 月 1 日的支出也仍是预期的 50 万美元。

在此次交易后，甲公司的债务只剩下 100 万马克，而剩余 8 份 2001 年 12 月到期的期货合约（每份 12.5 万马克）的总价值也恰好与甲公司的现货头寸相一致。

最后一次支付情况如下所示。

现货汇率	操作时间	期货汇率
0.5000	2001 年 3 月 1 日	买入 8 份 2001 年 12 月马克合约，价格：0.5034
0.61	2001 年 12 月 1 日	卖出 8 份 2001 年 12 月马克合约，价格：0.6134
机会损失为 0.1100		收益为 0.1100

在这次交易完成之后，甲公司的欠款已经全部付清，期货头寸也已全部平仓。即使在此期间市场汇率发生了极大的不利变动，由于进行了套期保值，甲公司收购该德国眼镜公司的总成本仍为 200 万美元，它与预期成本相同。

如果马克在上述期间内没有升值反而走弱，甲公司仍需支付 200 万美元。需要记住我们在前面所提到的：利用期货合约进行套期保值虽然可以避免由于现货价格发生不利变动而造成的损失，但同样也会使甲公司丧失由于价格出现有利变动而可能获得的收益。

汇率空头套期保值。以例4-6来进行说明。

【例4-6】美国J公司刚刚收到一笔向英国政府提供电脑的订单，需要在6个月后向英国政府交付200台电脑。英国政府同意支付总金额25万英镑（每台1250英镑）。假设当时英镑的汇率为1.74，即相当于每台电脑2175美元，这对于J公司来说是一个可以接受的价格。

J公司不能直接在账户中存入英镑，而必须首先将英镑兑换成美元。这就使该公司面临着汇率风险。如果在电脑运抵英国并收到货款之前，英镑价格下跌，该公司的实际收入就将减少。

J公司决定对这一外汇风险进行套期保值，于是在期货市场上卖出英镑期货合约。该公司需要进行保值的金额为25万英镑，这正好是单位期货合约价值（每份金额为62500英镑）的4倍，因此以1.78美元的价格卖出了4份英镑期货合约。6个月后，当电脑运抵英国时，英镑的现货价格下跌至1.68；不过，J公司实际收到的价格仍为每台电脑2175美元，如下所示。

英镑期货合约空头套期保值		
现货汇率	操作时间	期货汇率
$1.74	当前	卖出价格：$1.78
$1.68	6个月后	买入价格：$1.72
机会损失为$0.06		收益为$0.06

J公司出售电脑所收到的英镑可以在现货市场上按1.68美元/英镑的价格兑换成美元。加上期货空头交易每英镑6美分的收益，可以使J公司每英镑的实际收入达到1.74美元。该公司每台电脑的实际收入就为2175美元（1.74美元×250000÷200）。

如果英镑升值情况会如何呢？J公司能否获得意外收益？

答案是否定的。空头套期保值将由于锁定成本而无法获得任何额外收益，因为期货空头交易的损失将抵消现货市场的收益，如下所示。

英镑期货合约空头套期保值		
现货汇率	操作时间	期货汇率
$1.74	当前	卖出价格：$1.78
$1.82	6个月后	买入价格：$1.86
意外收益为$0.08		损失为$0.08

英镑的价值上升了8美分。但期货价格也上升了8美分。当你将现货收益和期货损失加总时，就会发现它们恰好相互抵消。J公司卖出每台计算机仍收到2175美元，即每英镑1.74美元，与其最初的预算相同。

在例4-6中，如果J公司没有进行空头套期保值，就不会有期货交易损失。该公司卖出每英镑就将收到1.82美元，而不是1.74美元，即每台电脑的实际价格为2275美元（$1.82×250000÷200），这样就获得了20000美元或4.5%的额外收益。那么这是否意味着套期保值不是一个好主意呢？当然不是。这只是一种事后的看法，并且价格上涨和下跌的概率是相同的。在事实发生后抱怨不该采取套期保值措施，就如同因为你还活着而后悔去年参加了人寿保险一样。而事实上，套期保值策略确实发挥了应有的作用，因为每台电脑2175美元的现货价格得到了保证。

（4）套利者。套利者指利用同一证券的现货期货两种价格的内在联系，以及同一证券期货在不同交割月份和不同市场上的价格之间的联系从事套期保值的投资者或投机者。他们通过同时在现货市场和期货市场进行数额相等、头寸相反的对冲交易，以盈补亏，求得稳定预期收益，从而获得一定盈利。

（5）投机者。投机者主要通过对市场价格趋势的预测，从事低价买入、高价卖出的"买空卖空"活动而赚取利润。当一个投机者买卖一份期货合约时，他（她）自愿地将自己暴露于价格变动的风险之中，其目的是为了在价格的变动中获利。我们通过例4-7～例4-10来进行说明。

【例4-7】

	保证金
某年5月15日买入一份同年12月份黄铜期货，价格 $105.25	1500美元
某年6月21日卖出一份同年12月份黄铜期货，价格 $111.70	
+$6.45	

每磅黄铜获得了6.45美分的盈利，该份合约总盈利为 $1612.50（6.45×250）扣除期货合约佣金后的余额。在短短5星期的时间内取得了相当于初始保证金（1500美元）107%的收益。但是，亏损起来也很迅速，见例4-8。

【例4-8】

	保证金
某年5月15日买入一份同年12月份黄铜期货，价格 $105.25	1500美元
某年6月21日卖出一份同年12月份黄铜期货，价格 $99.25	
−$6.00	

由于期货合约价格下降了6美分，该投机者损失了1500美元，相当于初始保证金的100%。

投机者的目标是：通过在期货价格上升时持有多头、在期货价格下降时持有空头来获利。

投机者还使用价差（Spread）策略。价差包括一长一短两个期货头寸。它们的标的物相同或具有经济上的相关性。因此，这两份期货合约的价格呈同向变动：一份合约的盈利被另一份合约的亏损所抵消。价差投机者的目的在于从两份合约价格差的变化中获利。投机者事实上并不关心期货的整个价格水平是否上移或下移，其只希望自己购买的期货合约的价格比出售的期货合约的价格上升得更多或下降得更少。价差投机者的目的在于从两份合约价格差的变化中获利。

最常见的价差交易是与小麦的收成相关的。如我们上面所谈到的，2001年5月份的小麦期货合约是收获前的最后一份小麦期货合约，2001年7月份的小麦期货合约是收获后的第一份小麦期货合约。因此，小麦将获得丰收的预期对2001年7月份合约价格的影响较2001年5月份合约大。

预期小麦将丰收的价差投机者就买入2001年5月份期货合约，卖出2001年7月份期货合约。在将来的某个时间，投机者再将两个合约都进行平仓以获得价差收益。

【例4-9】价差策略运作。

2001年5月小麦	操作时间	2001年7月小麦
买入 $3.85/蒲式耳	2001年2月	卖出 $3.80/蒲式耳
卖出 $4.20/蒲式耳	2001年4月	买入 $3.90/蒲式耳
盈利 +$0.35		亏损为 –$0.10
	净盈利为 +$0.25	

在例4-9中，我们在2001年2月建立价差策略，在2001年4月结清头寸。在这段时间中，小麦丰收的预期压低了2001年7月合约的价格，而2001年5月的合约则取得了较好的收益。就最终结果而言，由于所购买期货合约价格上升的幅度大于所出售的期货合约，所以该价差策略获利。价格上涨并不是价差策略获利的前提。假设在价差策略刚刚建立后，巴西和加拿大意外地宣布小麦取得大丰收，那么：

2001年5月小麦	操作时间	2001年7月小麦
买入 $3.85/蒲式耳	2001年2月	卖出 $3.80/蒲式耳
卖出 $3.35/蒲式耳	2001年4月	买入 $3.10/蒲式耳
盈利 –$0.50		亏损为 +$0.70
	净盈利为 +$0.20	

由于预期到小麦大量涌入，两份期货合约的价格都下降，多头方亏损，空头方则盈利。由于空头合约价格的下降超过了多头合约，所以该价差策略仍然获利。

当市场价格的移动与价差投机者的预测相反时，如突然遭灾，价差策略将亏损，见例4-10。

【例4-10】

2001年5月小麦	操作时间	2001年7月小麦
买入 $3.85/蒲式耳	2001年2月	卖出 $3.80/蒲式耳
卖出 $4.20/蒲式耳	2001年4月	买入 $4.25/蒲式耳
盈利 +$0.35		亏损为 –$0.45
	净盈利为 –$0.10	

尽管两份合约的价格都上升，但多头合约上升的幅度小于空头合约，因此产生了亏损。其他的价差策略的例子包括：小麦多头/玉米空头；活猪多头/猪肉空头；黄金多头/白银空头；肉牛多头/活猪空头；欧元多头/瑞士法郎空头等。

在每种情况下，两个期货合约标的物的价格都同向运动，这是价差策略的基本要求。白银多头/咖啡空头和肉牛多头/棉花空头则不是价差策略，因为两种标的物不具有经济上的相关性，因此其期货价格独立运动。

由于一方头寸的亏损可以用另一方头寸的盈利来抵消，所以价差策略的市场风险并不像纯粹的多头或空头那么大。价差策略的这一特点，再加上较低的保证金要求使得其对小交易商具有特别的吸引力。当然，我们也可以通过买卖许多合约的方法来建立一个大的价差策略，使自己承担的市场风险与纯粹的空头或多头头寸相等。

投机者的总体业绩如何？这取决于你指的是哪些投机者。一般而言，大约95%的个体投机者都是亏钱的。伊利诺伊大学的农业经济学家托马斯的一项研究更能说明问题。他分析了一家经纪公司一年内（1969）的462个投机交易账户，这些账户涉及各种商品的期货。在一年中，164个账户赚钱，298个账户亏钱；也就是说，亏钱人数是赚钱人数的近两倍。

典型的期货投机者应该是什么样子呢？有人在这方面也收集了一些资料。他应为男性，45岁，具有期货专业知识，至少在大学学习过4年，平均年收入超过75000美元。他倾向于做小量的交易（一次做一两份合约），并且不会持有期货头寸超过一个月。

3.金融期货合约的内容

一般来讲，一份标准的金融期货合约应包括以下内容。

（1）交易单位。这是交易所规定的每张期货合约所包含的交易数量。

（2）最小变动价位。这是期货交易所通常规定的最小变动价位，称为TICK。进行交易时每单位金融期货报价必须是它的倍数。

（3）每日价格最大波动限度。这是指每个交易日价格上下浮动的限额。它是以上一个交易日的收盘价为基准而制定的上限额和下限额。

（4）合约月份。这是交易所为集中交易量以提高流动性而规定的期货合约的月份。交割月中的某一日指定为交割日，不同的金融期货，其交割月份也不尽相同。

（5）交易时间。这是指交易所规定的各类金融期货的营业日和每一营业日内的具体交易时间。

（6）最后交易日。这是指期货合约规定的交割月的最后营业日或最后营业日以前的某一营业日。

（7）交割等级。这是指期货合约规定的金融期货商品进行实物交割时应具有的品质和要求。

（8）交割方式。这是指期货合约规定的金融期货商品进行实物交割所采取的结算方式。

4.股票指数期货

（1）股票指数期货。是指一种具有法律效力的金融期货合约，是由买卖双方协商同意在未来某一约定日之前，以既定价格交割某一金融商品的承诺。

股票指数期货兼具股票买卖和期货买卖的特点。一方面，买卖这种期货的人要承担股市价格波动的风险，波动幅度的大小要以指数来衡量；另一方面，参与股票指数期货交易的双方，必须依对股市涨跌的判断来做交易。看好后市者先买后卖，看淡后市者先卖后买。

（2）股票指数期货的产生。20世纪70年代以来，西方国家受石油危机的影响，经济不稳定，利率波动剧烈，和利率有关的债务凭证纷纷进入期货市场。特别是美国，1981年里根政府上台后，把通货膨胀看成是第一号大敌，实行强硬的紧缩政策，利率扶摇直上，给美国股票市场以沉重打击，股市狂跌使大小投资者目瞪口呆。为了适应新形势需要，1982年2月，美国密苏里州堪萨斯农产品交易所首先实行了一种新的股票期货业务——按1700种股票指数进行的期货合约，受到广大股民热烈欢迎，这是股票指数期货的雏形。两个月之后，芝加哥商品交易所推出标准普尔500种股票指数的期货合约，紧接着，芝加哥谷物交易所按著名的道·琼斯工业股票指数经营期货，从而出现了众多交易所争揽这项业务的激烈竞争场面。股票分析家认为这是股票交易中的一场革命，股票指数期货从此产生并在全球范围内迅猛发展。

（3）股票指数期货的特点。

① 是一种买空卖空的保证金买卖，本质是"以小博大"。做股票指数期货既存在大赚的可能，也存在大亏的危险，一旦当事人的预测与市场走势背道而驰时，大亏便会发生。如我国香港特别行政区刚设股票指数期货时，规定初期保证金为15000港元，保证金底线为7000港元，当股票指数的变化使得保证金下降至7000港元以下时，则需要客户补足保证金至15000港元的水平。然而，股市瞬息万变，当出现股市大幅波动、震荡时，可能会使保证金荡然无存。

② 股票指数期货合约的价格是按购买或出售时的有关指数数字成交的。每份合约的金额为指数数字的500倍，价格的升降按"点"计算，指数每升降一个点，合约的价格就升降500元。如当指数为100时，一个合约价格为50000元，指数升至101时，合约价格便升为50500元。

③ 股票指数期货交易用现金结算而不用实物结算。由于股票指数不是具体的股票实物，最后交割不可能用某种股票来完成，用现金办理交割就解决了指数期货无法用实物交割的困难。

股标指数期货交易不但不用实物，也无需付出全部合约的价值，只需付差额。例如，设成交后第一天的合约交割价值（股票指数数字）为76.00元，而最后交易日实际指数价值为74.50元，则在交割日期，合约价值的变动为（76.00-74.50）×500，即750元，做多头的需付出750元，做空头的可收进750元。

（4）股票指数期货的功能。

① 套期保值：股票价格指数是根据一组股票价格变动情况编制的，因此，在股票的现货市场与股票价格指数的期货市场做相反的操作就可以抵消风险。例如，手中持有股票就意味着做多头，在价格指数期货市场就应当做空头。如果手中股票发生了贬值，股票价格指数也会相应下跌，那么，在期货市场上买空的盈利就可以对冲掉现货市场卖出的亏损。具体的套期保值操作方法有出售股票指数期货合约的套期保值、购入股票指数期货合约的套期保值和发行股票的套期保值。

② 投机，可以分为以下三种情况。一是买入股票指数期货合约，即当投机者预期股票价格指数要上升，在低指数位将股票价格指数期货买入，待股票价格指数上升至投机者的预期点位时，再将股票价格指数期货卖出，以赚取买卖合约的价差。二是卖出股票价格指数合约，即投机者预期股票价格指数要下降，便先行卖出一张股票价格指数期货，当股票价格指数跌至其预期点位时，再买入一张股票价格指数期货，赚取差价收益。三是股票指数期货的套期图利。这是在一种期货合约上建立多头或空头"地位"，而在不同的合约月或

不同的指数合约市场建立空头或多头"地位"。这种合约可以是两种不同的交割月,如买进某年12月份合约和出售同一指数的同年3月份合约,这称为市场内套期图利,或同间套期图利。也可以发生在两个不同的市场,如买进某年9月份的价值线指数合约,而出售同年9月份的标准普尔指数合约,这称为市场间套期图利或"质量"套期图利。套期图利者关心的不是绝对的价格变动,而是相对的价格变动,试图从两种不同的期货合约上的不一致找到好处。

(5)股票指数期货操作实例。

多头套期保值。我们以例4-11来说明。

【例4-11】甲是一个成功的私人资产管理者,有50%以上的资产投资于A级普通股。甲根据经验得知,1亿美元资产组合的价值变动与纽约证交所(NYSE)综合指数的变动状况十分接近。假定目前是2011年2月1日,在该年5月份甲将从一个新客户那里获得500万美元现金,为了保持原有的资产分配比例,甲计划将其中的250万美元投资于股票。

问题在于,甲预计股票市场在此期间将呈大幅度上扬态势,而且其计划买入的股票将直接受到影响。

为了对潜在的机会损失进行套期保值,甲决定买入股票指数期货。由于甲的证券组合与纽约证交所指数有高度的正相关关系,于是甲使用纽约证交所指数期货合约。甲选择了2011年6月份到期的期货合约,因为与到期日更久的期货合约相比,该合约对当前的经济形势有更强的灵敏度(基差变动风险也相对较小),而且在甲收到现金之前不会到期。

为了计算需要买入多少份期货合约,必须首先确定期货合约的价值。这可以用期货价格乘以500美元得出。假设纽约证交所指数期货合约的价格为174000美元。这也就是2011年6月到期的纽约证交所指数期货合约的现值。用需要进行套期保值的股票金额(250万美元)除以17.4万美元,得14.37份期货合约。由于无法买入0.37份期货合约,因此甲决定买入14份合约。

事实证明甲对市场的预测是正确的。到2011年5月份,当甲收到250万美元现金时,股票市场正处在上升过程中。假设纽约证交所现货指数为366.70,6月份的期货指数为369.30。甲将股票投资计划付诸实施,并将14份2011年6月到期的NYSE指数期货合约卖出。交易结果如下。

NYSE指数期货合约多头套期保值

现货指数	操作时间	期货指数
NYSE指数:345.4	2011年3月1日	买入14份2011年6月期NYSE指数期货:348.00
NYSE指数:366.7	2011年5月	卖出14份2011年6月期NYSE指数期货:369.30
机会损失为21.30		收益为21.30

NYSE现货指数在此期间上涨了6%,假定甲计划买入的股票价格与该指数变动完全一致,而在2011年5月用250万美元现金买入的股票数量要比在2011年3月时买入少6%。不过,套期保值实际上抵补了购买力损失,因为甲在期货市场上获得了149000美元的收益(21.30×$500×14份合约)。

空头套期保值。我们以例4-12来说明。

【**例4-12**】John是美国东部一所主要大学的财务托管人。他管理的养老基金共计2600万美元，目前有约50%的资金投资于高质量普通股。

John并不相信股票投机技巧。他的目标是买入高质量股票并获得长期升值收益，而不是获取短期交易利润。不过，他已经逐渐适应了股票市场的波动，并在过去几周内得出结论：股票市场即将面临一波较大幅度的调整。

他目前有几种选择：①在股市风波中持股不动；②卖出一部分股票，暂时将收入以现金形式持有或投资于固定收益证券；③用空头股票指数期货合约对所持股票进行套期保值。

持股不动对John来说并不具有吸引力。因为这样不仅可能遭受较大程度的损失，还会让别人认为他没有对股市回调作出预测或对此不知所措。将部分股票卖出会扰乱其投资计划并产生较大数额的交易成本；并且如果他对股市的判断出现失误，就会面临无法挽回的形势：必须以更高的价格将原有股票买回。

John通过研究发现，他的股票组合总价值的变动与标准普尔（S&P）500种股票指数的变动十分接近，因此标准普尔（S&P）500股票指数期货可以提供有效的套期保值。通过期货合约套期保值可以使其持有的股票免受价格波动的影响。交易成本仅限于较低的期货佣金和交易保证金的机会损失。此外，他还可以在开仓时使用止损卖出委托，以便价格弱势得到一定程度显现后再开始实施套期保值。

于是John决定进行套期保值。但在此之前首先要解决以下两个问题。

① 需要多少份期货合约？

② 何时开始进行套期保值？

第一个问题很容易得出答案。标准普尔500指数期货合约的价值为500美元乘以指数，假设目前该指数为700.00，一份标准普尔500期货合约的价值就为（$500×700.00=）350000美元。John投资的股票价值占资产组合总值（2600万美元）的50%，即1300万美元。用1300万美元除以35万美元，得37，这也就是他为了对价值1300万美元的股票组合进行套期保值所需卖出的期货合约份数。

第二个问题的答案就不那么直接了，因为它需要对市场进行判断。启动套期保值的停损委托价位必须合理设定，既不能与目前价位差距过小，以免在价格发生暂时波动时就开始套期保值；又不能与目前价位差距过大，否则会在套期保值生效前遭受严重损失。在选择止损卖出委托价位水平时，技术分析是一种较好的辅助方法。

假定John实施了套期保值，并且他对事实的判断是正确的。整个股票市场在随后的6周内下跌了大约11%，其套期保值的结果如下：

如果没有采取套期保值，John的股票资产组合（用现货指数表示）在此期间将遭受约140万美元（77.00×$500×37）的短期损失。

标准普尔500期货合约空头套期保值

现货指数	操作时间	期货指数
700.00	目前	卖出37份期货合约：702.00
623.00	6周后	买入37份期货合约：625.00
损失为77.00		收益为77.00

由于在本例（例4-12）中没有基差变动，空头期货头寸的收益与在现货市场遭受的损失完全相同，他此时的未实现损失为0。如果John推断市场的下跌趋势即将结束，原来的上升趋势仍将持续，可以立即对空头期货头寸进行平仓，从而使其股票组合恢复到未保值状态。

5.上海期货交易所燃料油标准合约

上海期货交易所燃料油标准合约见表4-1所列。

表4-1　燃料油标准合约

交易品种	180CST燃料油
交易单位	10吨/手
报价单位	元（人民币）/吨
最小变动价位	1元/吨
每日价格最大波动限制	上一交易日结算价±5%
合约交割月份	1～12月（春节月份除外）
交易时间	上午9:00～11:30　下午1:30～3:00
最后交易日	合约交割月份前一月份的最后一个交易日
交割日期	最后交易日后连续五个工作日
交割等级	180CST燃料油（具体质量规定见附件）或质量优于该标准的其他燃料油。
交割地点	交易所指定交割地点
最低交易保证金	合约价值的8%
交易手续费	不高于成交金额的万分之二（含风险准备金）
交割方式	实物交割
交易代码	FU

合约附件：

（1）交割单位。

燃料油标准合约的交割单位为10手（100吨），交割数量必须是交割单位的整倍数。

（2）质量规定——上海期货交易所燃料油质量标准。

项目限度　检验方法

密度（15℃，kg/L）　　　　　　　　　不高于0.985 ASTM D1298

运动黏度（50℃，CST）　　　　　　　不高于180 ASTM D445

灰分（质量分数，%）　　　　　　　　不高于0.10 ASTM D482

残碳（质量分数，%）　　　　　　　　不高于14 ASTM D189

倾点（℃）　　　　　　　　　　　　　不高于24 ASTM D97

水分（体积分数，%）　　　　　　　　不高于0.5 ASTM D95

闪点（℃）　　　　　　　　　　　　　不低于66 ASTM D93

含硫（质量分数，%）　　　　　　　　不高于3.5 ASTM D4294/D1552

总机械杂质含量（质量分数，%）　　　不高于0.10 ASTM D4870

钒含量（PPM）　　　　　　　　　　　不高于150 ICP

（3）指定交割油库。

由交易所指定并另行公告。

对于建立我国原油期货市场，通过分析和研究认为其基本条件已经成熟，因此建立我国原油期货市场，对于我国石油生产企业和消费者，都具有十分重要的现实意义和深远的历史意义。

二、期权

1.概念

期权是指一种选择的权利或自由，可供选择之物和按规定价格有权出售或购买某一物品。期权交易就是一种权利的有偿使用。期权合约的购买者通过付出一笔较小的费用，便得到一种权利。这种权利，使购买者能以预先商议好的价格、数量和日期，向期权的卖方购买或出售某项金融资产。在金融市场中，期权交易实际上就是这种权利的交易。

2.产生和发展

历史上最早的期权交易是在公元前1200年，在古希腊和古腓尼基国，为了应付贸易上意外和突然的运货要求，交易者通常向船东支付一笔垫金或保证金，这样，在必要的时候可以要求得到额外的舱位，使运货时间得到了保证。

我们通过例4-13对期权加以说明。

【例4-13】假设甲刚调到华盛顿特区工作，先来找房子，而甲的家人仍留在成都。甲找到了理想的房子，价格是325000美元。考虑到房子可能在甲家人看到之前卖给别人，建筑商同意甲先付500美元，获得在10天内的任何时间以325000美元买入这所房子的优先权。

这样，甲就买入一项房屋期权。甲可以在10天之内执行期权，以325000美元的约定价格买入这所房子。如果甲不执行期权，期权将在10天后到期，建筑商将得到甲的500美元。

20世纪20年代，在纽约市金融区新街小饭店里产生了股票期权交易。每天清晨，一小批从事这种交易的经纪人来到饭店，利用附近的公用电话同客户联系，这很难做到买卖双方交易的平衡。经纪人往往经过千辛万苦的联系，也不一定能找到对手。想把合同脱手而找不到对手是常有的事。

1973年4月26日，芝加哥期权交易所宣告成立，出现了有利于大规模地进行期权交易的情况—期权合同标准化，买卖双方能在期权交易所直接见面，交易所中设立了交换机构等。日前，在美国还有好几个期权交易所。澳大利亚、英国等地也相继成立了期权交易所。期权交易的范围也十分广泛，其中以股票及股票指数期权交易最为流行。

3.期权交易与期货交易的区别

（1）交易的对象不同。期权交易的对象是一种权利，其最终结果不一定有实物的买卖；期货交易的对象是代表具体形态的金融资产的期货合约。

（2）期权合约所赋予买方的权利，在美国是合约期限内任何时候都可以行使，在西欧是到期日才能行使；而期货合约到期日前如不用相反的合约平仓，只有到期时才要求以实物交割。

（3）期权合约只对卖方有强迫性，当价格变动对买方不利时，买方可单方面放弃合约，任其作废；而期货合约的责任是双方的，对买方和卖方都有强迫性，如果没有平仓，到期必须由买方和卖方履行合约。

（4）期货交易的保证金只作为履约保证；而期权交易的期权费则是卖方的一笔固定收入，一旦合约成交，卖方就可以先收入一笔期权费。

（5）从理论上讲，期权交易的买方盈利无限而亏损有限，卖方盈利有限而亏损无限；在期货交易中，在合约到期前或平仓前，买方的盈亏和卖方的盈亏都随市场行情的变化而无限。

4.期权合约的构成要素

（1）买方。这是指购买期权的一方。

（2）卖方。这是指出售期权的一方。

（3）协定价格。协定价格也称基本价格或合同价，是期权买方与卖方商定的某项远期金融资产的交易价格。

（4）期权权利金。这是指价格期权费，是买方向卖方支付的费用。

（5）交易的金融资产的品种和数量。以股票为例，期权合约中规定的通常都是比较活跃的股票，每份合约协定股票的数量因地而异，在美国是100股，在澳大利亚是1 000股。

（6）期权的有效期。美式期权与欧式期权的有效期不同。

（7）通知日。在期权买方要求履行权利时，他必须在预先确定的到期日之前的某一天通知卖方，以便使卖方做好准备，这一天就是通知日，也称声明日。

（8）到期日。这是指期权合约有效期的终点，也称履行日或交割日。

5.期权交易的类型

（1）按性质分类。

① 看涨期权：又称延买期权，即买方有权以双方预先商定的价格，在预定商定的到期日之前买进某种金融商品的合约。投资者买进看涨期权，是因为其坚信价格会在合约期限内上升。如果投资者预测错误，则损失期权费。

② 看跌期权：又称延卖期权，即买方有权以双方预先商定的价格，在预先商定的到期日之前卖出某种金融商品的合约。投资者之所以买进看跌期权，是因为其坚信价格会在合约期限内下降。如果投资者预测错误，则损失期权费。

③ 双重期权：指期权买方有权以事先确定的成交价买入，也有权选择以这一成交价卖出商品的合约。它等同于某一成交价的看涨期权和看跌期权的组合。双重期权一般出现在以下场合：期权买方相信市场有大幅度波动，但又不能准确地判定市场是大幅度上升还是大幅度下降；而卖方则相信市场价格波动是狭窄的。对买方来说，在双重期权下可两头获利，所以，期权费也略高于前两者。

（2）按内容分类。

① 股票期权交易：指期权交易的买方和卖方经过协商之后，以买方支付一笔约定的期权费为代价，取得一种在一定期限内按协定价格购买或出售一定数额股票的权利。股票期权交易是历史上产生最早的期权交易。

② 即期外汇期权交易：指由交易双方按约定的汇价，就将来是否购买或出售某种外汇选择权而预先达成的合约。当汇率上浮时，买进看涨期权可以盈利；当汇率下浮时，买进看跌期权则可盈利。

③ 股票指数期权：1983年3月初，芝加哥期权交易商会发明了一种既不建立在任何指

数期货基础上，又不根据任何流行指数的指数期权——普尔100指数期权。紧接着，又陆续出现了纽约证券交易所综合指数期权、美国证券交易主要市场指数期权、价值线指数期权。由于股票指数期权能紧随股票市场，所以发展很快。

普尔100指数期权是一定时期内按协定价格购买或出售构成该指数的一揽子股票，它由普尔100股票指数中最热门股票构成。

普尔100指数期权行情——期权保险费，是以每股报价。如7月份看涨期权协定价格为180，保险费为9×3/8，实际期权费用即9×3/8×100=337.50美元，期权价格为180×100=18000美元。

股票指数期权是在股票指数期货期权基础上发展起来的。1982年股票指数期货合约期权上市后，交易者面临的风险可以预见，也可以限制（最大损失限于期权费），而且不必为外交保险费所累；但股票指数期货合约期权有一个重大缺陷，即在期权交易上赚的钱会被期货交易上的亏损冲抵，或反过来。为了克服这一困难，便创新了股票指数期权。

股票指数期权因没有任何期货基础，所以，在其期满时，若盈利，买主可向经纪人取得所得；若亏损，则须向经纪人如数补偿。盈亏计算方法是期满时指数数字减去协定价格，再乘以100。

期权的风险与收益：期权的收益是固定的期权费，而其风险是不固定的，从理论上说其风险是无限的。

第三节　认股权证与可转换公司债

一、认股权证

1.认股权证的概念

认股权证，常简称为许可证，是期权的一种形式，它准许其持有者按一定价格（认购价格）在一定时期内购买一定数量的普通股股票。认股权证有效时间一般比较长，可达数年之久，有些甚至没有期限，永远有效。

认股权证产生自公司发行债券或优先股时，为了吸引投资者来购买，每股债券（或优先股）附给一份认股权证。当发行债券时，因授予购买者另外可购买普通股的权利，利率可定得低一些，以节省举债成本。如果认股权证因股票价格上涨而增加价值，持有者可单独把它拿到市场上出售并获得盈利。持有者也可以按认股权证规定的认购价格向公司买进股票，然后以市价出售。这种情况是指当认股权证与债券分开时。对不可与债券分开的认股权证，则需要持有者把债券送到公司的代理机关，要求其将二者分开。

认股权证规定的认购价格如果高于股票市价，则其本身没有价值，它的价值只是来自股票的市场价格高于认购价格的差额。认股权证的有效时间越长，这种机会也就越多。认股权证不仅是投机性的，而且一般与投机公司相联系。以美国为例，1970年以前，认股权证仅在场外或其他地区性或全国性的交易所里进行，不在纽约股票交易所进行交易。1970年，当美国电话和电报公司发行的认股权证附在一系列无抵押债券上后，纽约股票交易所

（NYSE）才准许认股权证的交易，它准许资信较高的公司发行认股权证。

2.认股权证的价值

通常公司在发行认股权证时，总希望股票市价在将来高于认股权证的认购价格，吸引投资者来购买股票，所以，认购价格都定得比当时的市价高。这时，认股权证没有内在价值或理论价值。只有当认购价格低于股票市价时，它才开始具有价值。可用公式表示为：

$$V_m = (P_m - P_e)/N \qquad (4-1)$$

条件： $P_e < P_m$

式中，V_m 为认股权证价值；P_m 为普通股市场价格；P_e 为认购价格；N 为购买 1 股所需的认股权证数。

【例4-14】某公司发行一批认股权证，认购价格为 12 元/股，当该公司的股票价格市值为 15 元/股时，每份许可证的理论价值则为 3 元。由于投资者对股票的将来价格预期不同，在认股权证交易期间，其价格很少与理论价值一致。当多数投资者预期某公司股票价格上涨时，该公司的认股权证价格也会一路上涨，超过理论价值的部分称为"溢价"。在本例中，假设股价涨至 18 元，认股权证的价格涨至 20 元，则它的理论价格为 6 元（18 元–12元），而共溢价为 14 元（20 元–6 元）。人们之所以购买认股权证，甚至在某一时间内使认股权证的价格高于股票价格，还是因为人们认为该股票的价格日后会高于它的认股权证价格。

可见，认股权证的价格决定于股价与认购价格的相差程度、认股权证有效时间的长短和购买认股权证的杠杆效益。其实质是决定于人们对这种股票价格今后将如何变动的预测。认股权证的杠杆效益体现于股价上涨的幅度小于认股权证上涨的幅度时。如在例 4-14中，股价由 15 元升至 18 元，仅上涨了 20%，而认股权证价格由 12 元升至 20 元，却上涨了66.7%，大大高于股价上涨的比率。当股价和认股证价格都很低时，杠杆效益比较明显；当二者都增高时，杠杆效益逐渐消失。

二、可转换公司债

（一）可转换公司债的概念

可转换公司债也是期权的一种形式，和认股权证相同，持有者可以按一定价格在一定时间后获得一定数额的普通股票。它与认股权证的不同是，无需购买，而是将持有的债券按一定的比例去转换普通股票。一旦将债券转换成普通股，原有债券就不复存在，持有者在公司中的地位也发生了变化，由原来的债权人变为公司的所有者。

（二）可转换公司债的特点

可转换公司债的特点是可转换性。一个公司为集资而发行债券，可以发行正规的无抵押债券，也可以发行附有转换特性的无抵押债券，即可转换债券。如果是后者，在债券契约上须规定一份债券可以换多少普通股票。转换的方式可以用普通股票的价格来表示，叫做转换价格；也可以用普通股的股数来表示，称为转换比例。当用前者表示时，须规定被替换的普通股票每股的价格；当用后者表示时，须规定一份债券可转换普通股票多少股。一般规定转换比例较为直接，也便于计算。

可转换债券的期限，可与债券本身的期限一样，如债券的期限为10年，则其可转换的有效时间也为10年。有的可转换债券还规定，随着时间的延伸，转换的价格逐渐升高，转换的比例逐渐降低。目的是鼓励持有者尽早调换，以免受到损失，公司希望早日转换以减少债息的正常支付。

在债券没有转换之前，持有者具有双重身份，作为一种单纯的债券，可以按期得到应有的债息；同时，又能分享普通股股票增值所带来收益的潜在可能性。

（三）发行可转换公司债的原因

1.发行一般债券或普通股票的市场条件不利

当市场利率较高或股市疲软时，债券利率相应较高，股价较低，发行股票筹集的资金少。如果改为发行可转换债券，因其含有转换性质的好处，债息率可以定得比一般债券的低一些，既可减少利息支出，又可扩大销路。同时，一旦可转换债券持有者实行转换，又等于间接发行了普通股票，省去了当初发行的一笔费用。另外，持有者愿意转换股票，一般都是股价在升高，此时转换比当初价格比较低时发行股票可多得到一些资金。

2.减少资金支付

可转换债券的债息计入企业固定成本，免交公司所得税。转换成普通股后，虽然公司要支付股息，但却不是必需的，而是根据具体情况而定，既省去了一笔固定费用，又可灵活掌握支付数额。

3.法律限制

有些法律规定，普通股被禁止或被限制进入一些金融机构的证券组合。如果公司发行普通股票，就会失去这些顾客；如果发行可转换债券，则有可能吸引若干这类顾客把普通股票"夹带"进他们的证券组合中去。

（四）可转换公司债的优、缺点

1.优点

（1）进可攻、退可守。可转换公司债的价值随普通股价格的升降而增减，在股价未涨时，它是一个优级债券，持有者能按期得到债息收入，因受法律保护，不会拖欠。如果股价下跌，它的价值也相应减少，但如出卖，它还是作为债券而不是股票的身份出售，其价格不会低于同等质量、相同期限的普通债券的价格。倘若股价上涨，其价值亦随之上涨，这时持有者可以选择换成普通股票，享受股票增值并有可能股息提高。

（2）持有可转换债券可以和普通股一样向银行作担保品，取得借款。

（3）可以作为套头保值的手段。

（4）对金融机构和机构投资者，也可以借此享受普通股价增长的利益。

2.缺点

（1）可转换公司债的信誉等级低于不可转换债券。

（2）价格波动大，风险度较高。

（3）如果公司决定买回，投资者就得被迫转换或把债券出卖，当卖价低于买价时，就要遭受资本损失。

（4）容易受市场利率波动的影响。

其他衍生工具包括：商品派生债券和美国存股证。

商品派生债券的收益率与商品价格有关。例如，1986年标准石油公司发行了一种无息票折扣债券，许诺在1990年债券到期时不仅偿还1000美元的面值，并且届时如果市场油价超过25美元/桶，每超过1美元，债券持有人可得到170美元的超额收益。但最高的超额收益又被限定在2550美元（相当于原油单价为40美元/桶）。这种复合债券事实上是折扣债券与原油看涨期权以及商品价格上限合约的组合。商品派生债券的持有者的实得收益与发行公司的盈利息息相关，因为商品的市场价格是决定生产该商品的公司的盈利的关键因素。如果该商品价格上涨，公司境况改善，便有能力也愿意向它的持有人提供额外的收益。

美国存股证简称ADR，是指发行企业发行股票，然后将发行的股票存放在某家美国存证银行指定的发行企业所在国家内的存证账户上，美国存证银行获得这部分股票所代表的权益，并据此发行美国存股，代表美国存股所有权的单据叫做美国存股证，投资者最终持有的是美国存股证。美国存股证是美国机构投资者投资于境外企业股票的唯一途径。外国企业在美国公共市场上发行ADR可以有三个不同的级别。一级ADR发行起来最容易，企业只需填报F—6表且无须在证监会注册，但它只允许企业的股票在柜台交易市场交易，并无融资功能。二级ADR首先必须在美国的证券监管机构注册，且要填报F—6、20—F和6—K等表格，并提供符合《美国通用会计准则》（GAAP）的财务报表。二级ADR允许在公共市场挂牌交易，但仍不具有融资功能。三级ADR除满足以上条件外，还要具备一定的规模。但只有三级ADR才具有发行新股的融资功能。此外，还有一种私募ADR。很多外国企业都是先以私募ADR的形式进入，然后逐步升级，达到进军美国资本市场的目的。

第四节　股票期权激励模式

一、股票期权

股票期权是指公司授予激励对象在未来一定期限内以预先确定的行权价格和行权条件购买本公司一定数量股份的权利。激励对象可以在股票期权有效期内以预先确定的价格和条件购买上市公司一定数量的股份，也可以放弃该种权利。规定一定的行权条件，在满足行权条件的前提下，激励对象就可以按照股权激励计划中预先约定的确定的行权价格购买规定数量的公司股票，并从行权价格和行权日股票价格之间的价差获得收益。但是这样的股权激励方式，往往会出现一些问题，特别是在最近两年股市受全球经济危机等因素影响处于低迷状态下：2007年10月16日上证指数达到创纪录的6124点以后，中国股市开始进入下行阶段。2008年10月上证指数为1664点，相比2007年最高点6124点下跌了4460点。在目前这种股市行情之下，以往的股权激励模式很可能由于股价的下跌使得股票市场价格低于行权价格，激励对象只能放弃行权，不能获得行权收益，股权激励失效。这将极大地影响管理者的积极性，从而使企业生产经营活动受到直接或间接的消极影响。

二、股权激励模式与案例分析

（一）目前通行的股权激励模式

根据目前通行的这种股权激励模式，激励对象的行权收益可以表示为：

$$I = QP_1 - QP_0 \qquad (4\text{-}2)$$

式中，I为行权收益；Q为行权股票数；P_0为股票期权激励计划中约定的行权价格；P_1为行权时公司股票价格；QP_1为激励对象卖出股票所获得的收入；QP_0为激励对象要获得股票所付出的行权资金。

由式（4-2）可知，只有当$P_1 > P_0$时，行权收益$I > 0$，激励对象选择行权；当$P_1 \leqslant P_0$时，行权收益$I \leqslant 0$，激励对象不行权，股权激励失效。另外，由于股票期权激励计划中约定的行权价格P_0是一个常量，行权股票数Q也可以视为一个常量，所以行权收益I实际上是由行权时公司股票价格P_1唯一确定，而且行权收益I与公司股票价格P_1成正比，即P_1越大，I就越大。这就很可能导致激励对象为了获得更高的行权收益，操控公司股票价格。

（二）股权激励案例分析

2008年7月29日，浪潮软件发布公告：公司拟实施股票期权激励计划，公司拟授予激励对象600万份股票期权，占激励计划签署时浪潮软件股本总额18583.15万股的3.23%，行权价为7.06元；激励对象是担任公司部门经理、副经理职务及以上人员，技术、业务骨干；激励计划的股票来源是公司向激励对象定向发行股票；激励计划有效期为自股票期权授权日起四年。2008年7月29日，浪潮软件当日收盘价为6.45元/股。2008年10月18日，浪潮软件撤回了7月29日宣布拟实施的股票期权激励计划，而浪潮软件在这一天的前一个交易日即2008年10月17日的收盘价仅仅只有4.39元/股，比当初期权计划规定的行权价格7.06元低2.67元，低了37.82%。观察浪潮软件从2008年7月29日宣布拟实施股票期权激励计划开始到2008年10月18日撤回股票期权激励计划期间的股票收盘价格可以发现，没有一天的收盘价高于7.06元/股，即使是最高价也没有超过7.06元/股，这段时间内所有交易日的最高股价也只有7.00元/股。2009年3月31日浪潮软件收盘价为6.50元/股，仍然低于行权价格。所以股票期权激励计划即使不被撤回，浪潮软件的股票期权计划也不可能成功。

浪潮软件股权激励的失败，暴露了当前股权激励模式普遍存在的一个问题：当规定的行权价格低于股票的市场价格时，激励对象不会选择行权，股票期权计划就起不到应有的激励作用。在股权激励计划中规定一个确定的行权价格，这种行为有两方面的缺点。一方面在于如果市场价格低于行权价格，激励对象不行权，得不到行权收益，股权激励也就起不到应有的激励作用；另一方面，这种股权激励模式还会使得激励对象利用内幕消息抬高股价以套取巨额的行权收益。作为公司高层管理人员的激励对象，很容易利用信息优势以及他们在公司的权威和公众对他们的信任，制定所谓的公司扩张性发展计划，并大肆向外部宣布股票利好的信息，以达到在行权价格确定的条件下，尽可能地拉大股票市场价格和行权价格之间的差距，从而获取更丰厚的行权收益的目的。据上海证券交易所网站披露，仅在2006年8月28日至2007年1月17日期间共有5家公司高管董事存在违规股票套现行为，2006年股市行情大涨之际，有多家公司（恒升电子、南京医药、金发科技、山西焦化等）高管利用内幕信息高抛低吸，获利丰厚。

三、公司股票期权激励计划思路设计

由于规定一个确定的行权价格的股权激励模式存在以上弊端，这对公司和股票市场的稳定有很大的影响。因而，笔者对股票期权激励的方法，作了如下设计，详见表4-2所列。

表4-2　公司股权激励计划

拟实行股权激励股票占总股本比例	1%
股票来源	虚拟股票
支付激励对象所获行权收益的资金来源	设立股权激励专项准备金
支付形式	现金或支票
激励对象	公司经理、副经理及以上职务
行权有效期	自授权之日起5年之内
行权限制期	2年
行权条件	第一，激励对象在授权日起到行权日期间的每次绩效考核都合格。第二，$X > X_0$。其中，X为从授权日起到行权日止公司净利润年平均增长率，X_0为公司股票期权激励计划签署之前2年的净利润年平均增长率。如果$X_0 > 10\%$，行权条件为X大于X_0；如果$X_0 < 10\%$，行权条件为X大于10%。以上两个条件必须同时满足
行权价格	$Y = P(1-X)$ 式中，Y为行权价格；P为从授权日起到行权日前一个交易日止公司股票的平均收盘价，X为从授权日起到行权日止公司净利润年平均增长率
行权收益	$I = PQ - YQ$ 式中，I为行权收益；Q为行权股票数
退出机制	如果是正常离职，即劳动合同期满，不再续约的激励对象，或者是退休、经营性裁员、伤残、死亡，仍可根据股权计划享受股权；如果是非正常离职，即劳动合同未满，激励对象主动离职，则取消其行权资格

四、公司股权激励计划的特点

第一，公司股权激励计划中的行权价格不是事先约定的一个确定的常数，而是由从授权日起到行权日前一个交易日止公司股票的平均收盘价和从授权日起到行权日止公司的净利润年平均增长率两个因素共同决定的。这种不确定的行权价格能很好地避免当股票市场价格低于行权价格时所导致的股权激励失效；同时，也能比较好地避免激励对象利用内幕消息炒买炒卖及通过大肆向外部宣布股票利好的信息抬高股价以套取巨额的行权收益的现象出现。

第二，公司股权激励计划中的股票来源采取的是虚拟股票的形式。我国在以往实践中解决股票来源的方法主要有以下几个途径：①国有股股东现金分红购买股份预留，以此作为上市公司实施股票期权的股票储存；②由具有独立法人资格的职工持股会购买可流通股份作为实施股票期权计划的股份储备；③将预先设置的激励基金信托给信托机构，并明确约定信托资金用以解决股票来源问题；④上市公司从送股计划中切出一块作为实施股权激励的股票来源。由于我国《公司法》、《证券法》等相关法律法规中对股票来源都有比较多的限制约束性条件，股票来源问题一直是我国企业在设计股权激励实施方案时比较头疼的问题。采用虚拟股票作为股票来源，由于并不存在真实的股票，因而不会导致公司股权结构发生改变，能够确保其他股东的权益。采用虚拟股票作为股票来源，在很大程度上能很好地解决股票来源问题。

第三，在公司股权激励计划中，激励对象的行权收益决定因素不唯一。由表4-2可知：

$$Y=P(1-X) \tag{4-3}$$

$$I=PQ-YQ \tag{4-4}$$

所以激励对象行权所获收益可以最终表示为：

$$I=PQX \tag{4-5}$$

式中，I为行权收益；P为从授权日起到行权日前一个交易日止公司股票的平均收盘价；Q为行权股票数；X为从授权日起到行权日止公司的净利润年平均增长率。

由式（4-4）可知，由于行权股票数Q在一定程度上是一个比较确定的数值，可以把它视为一个常量。这样一来，激励对象行权所获收益I最终就由从授权日起到行权日前一个交易日止公司股票的平均收盘价P和从授权日起到行权日止公司净利润年平均增长率X这两个变量来确定。

第四，公司股权激励计划没有涉及激励对象行使股票期权的资金来源问题。只要满足行权条件，激励对象就可以直接从公司获得以现金或支票形式支付的行权收益，而不必经过筹措行权资金、购买股票、卖出股票这些过程，对激励对象能起到更好的激励作用。

公司股权激励的设计思路，以不确定的行权价格代替通行的确定的行权价格，以虚拟股票作为股票来源，在一定程度上解决了目前通行股票期权激励制度存在的问题，进一步完善和发展了股票期权激励制度，对我国企业实行股票期权激励计划具有十分重要的指导意义。

五、模式的改进

1.模式特点

行权价格是由从授权日起到行权日前一个交易日止公司股票的平均收盘价和从授权日

起到行权日止公司的净利润年平均增长率两个因素共同决定的。这种不确定的行权价格，基本可以避免当股票市场的股票价格低于行权价格时股权激励的失效。

股权激励的股票来源是虚拟股票形式。我国在以往实践中解决股票来源的方法主要有国有股股东现金分红购买股份预留，以此作为上市公司实施股票期权的股票储存；也可以由具有独立法人资格的职工持股会购买可流通股份作为实施股票期权计划的股份储备等方法。由于我国《公司法》、《证券法》等相关法律法规中对股票来源都有比较多的限制约束性条件，股票来源问题一直是制约我国企业股权激励的因素。采用虚拟股票作为股票来源，不会导致公司股权结构发生改变，能够确保其他股东的权益。在很大程度上能很好地解决股票来源问题。股权激励计划中的激励对象的行权收益决定因素由前述公式（4-3）、公式（4-4）决定，即激励对象行权所获收益可以最终表示为 I［见公式（4-5）］。

此模式的行权价格为：$Y=P(1-X)$，P 为从授权日起到行权日前一个交易日止公司股票平均收盘价。这里，P 值定义在我国这一新兴市场也存在股票市场的股票价格低于行权价格的问题。如果出现这种情况，可以采用的行权价格是以行权日前一个交易日公司股票的收盘价减去每股净资产后除以 2 再加上每股净资产作为确定的行权价格。

2. 模式行权条件分析

① 满足行权条件，采用行权价格公式（4-4），被激励对象可以行权并获得价差收益。

② 满足行权条件，采用行权价格公式（4-4），被激励对象不能通过行权获得价差收益时，可采用行权价格公式（4-5）。

浪潮软件，2008 年 7 月 29 日，浪潮软件拟实施股票期权激励计划，激励股票数量为 600 万股，行权价格为每股 7.06 元；2008 年 7 月 29 日，浪潮软件当日收盘价为 6.75 元/股。2008 年 10 月 28 日，浪潮软件撤回了 7 月 29 日宣布拟实施的股票期权激励计划，而浪潮软件在这一天的前一个交易日即 2008 年 10 月 27 日的收盘价只有 4.39 元/股，比当初期权计划规定的行权价格 7.06 元低 2.67 元，低了 37.82%。浪潮软件（600756）发布公告称：鉴于近期中国证监会出台了《股权激励有关事项备忘录 3 号》，《公司首期股票期权激励计划（草案）》需要进行相应调整，故公司决定撤回《公司首期股票期权激励计划》。如果是因为被激励对象不能通过行权获得收益，股票市场的股票价格低于行权价格，可以采用上述方法计算。

假设某公司四年后的每股净资产为 4 元，行权日前一个交易日公司股票的收盘价为 5 元，则行权价格为 4.5 元。

当然，我国股票市场是一个新兴市场，股票价格波动幅度较大，20 年来，股票价格跌破净资产的上市公司还是较少，即使跌破净资产，时间也较短，我国股票市场的长期趋势无疑是向上的，因此跌破净资产在今后的中国股票市场是小概率事件，采用这一新的股权激励计划才能起到应有的激励作用。

通过上述分析可知，在满足行权条件的情况之下，股票现价高于行权价格时，可以达到激励的目的；股票现价低于行权价格时，也可以达到激励的目的。因此，这一方法是上市公司较好的选择，采用这一公司股权激励计划，避免了现有股权激励计划的不足。这一新的方法完善和发展了股票期权激励模式及理论，对我国证券市场的发展，对上市公司股权激励计划的实施，具有十分重要的现实意义。

第五节　我国股指期货合约的标的物

采用沪深300指数作为标的物的股指期货在2010年4月16日推出。但是采用沪深300指数作为股指期货标的物存在较大问题：沪深300指数涨幅较大、机构较多，以它作为标的物的股指期货将直接导致机构投资者在高位双向做空，从而使股市大跌，这有可能给我国的证券市场带来不稳定因素。因此，更换股指期货标的物是十分重要和紧迫的，这对我国资本市场的发展具有极其重要的意义。

一、股价指数与股指期货标的物

1.我国现有股票价格指数

我国现有的股票价格指数包括如下几项。

（1）上证综合指数。

（2）深证综合指数。

（3）深证成分股指数。

（4）上证180指数。

（5）上证50指数。

（6）沪深300指数。

此外还有工业、商业、房地产业、公用事业和综合等分类股价指数。

2.股指期货及其标的物

股票指数期货是指一种具有法律效力的金融期货合约，是由买卖双方协商同意在未来某一约定日之前，以既定价格交割某一金融商品的承诺。股指期货标的物是以指数为基础的，因此，选择股指期货标的物指数是非常重要的。

二、我国现行股指期货标的物的不足

我国选用沪深300指数作为股指期货标的物，存在的主要不足是这300只股票价格不能客观的综合反映股票市场整体价格水平及其发展变化情况，不能为社会公众股票投资和合法的股票增值活动提供参考并作为决策依据。

沪深300指数于2005年4月8日正式发行，在渡过相对平稳的2005年后，从2006年10月～2007年10月节节攀升，涨幅超过330%。如果以沪深300指数的涨幅进行国际比较，2007年中国A股市场涨幅居全球股市之冠。沪深300指数中的股票大多都已大大超过当时的上证综合指数和深证成分指数水平，而在沪深股市中有30%左右的股票2007年10月底的价格刚刚达到2007年5月30日高点，处于4000点附近的价格水平，有50%以上的股票价格在大盘3000点以下水平，有的股票甚至还处于大盘1000多点的价位。

另外，沪深300指数中的300只股票，机构持股比例都相当大，据不完全统计，机构持股比例占总股本的70%左右。这直接导致了我国股市的泡沫现象，导致"二八"现象甚至"一九"现象的反复出现。这种持仓比例在股指期货推出后将给股票市场带来较大的波动和风险。

由于机构投资者持仓比例很大，以沪深300指数作为标的物的股指期货将产生极大的风险。股价暴涨和股指期货做多将导致机构的双赢；股价大幅上涨后，机构做空并卖出股票，这又为机构投资者构建了另一个双赢的平台。以上局面一旦形成，将使我国股市产生巨大波动，这种波动将可能导致股灾甚至整个金融市场的危机。到2011年11月29日，沪深300指数IF1201报收于2608点，上证综合指数报收于2412点，使广大中小投资者出现较大亏损。因此，重新构建股指期货标的物指数，是十分重要和紧迫的任务。

三、股指期货标的物重构——中国2600股票价格指数

1.股价指数编制方法与我国股市指数分析

股价指数的编制首先假定某一时点为基期，基期值为100（或为10，或为1000），然后用报告期股价与基期股价相比较而得出指数。其计算方法主要有以下几种。

一是计算出市场全部股票或采样股票个别价格指数，然后加总求其算术平均数。

二是把基期和报告期的股价分别加总，再用报告期股价总额与基期股价总额相比较。

三是把基期和报告期的股价分别计算几何平均数，即相乘后开n次方，再用报告期与基期的方根相比。

四是加权综合法，将各采样股票发行量或交易量对股票价格的影响考虑进去。根据权数选择的不同，加权综合法计算股价指数的公式为：

$$K_p = \sum P_1 Q_1 / \sum P_0 Q_1 \tag{4-6}$$

式中，P_1为报告期价格；Q_1为可流通股票数量；P_0为基期价格。

选择不同时期的权数是一个较为复杂的问题。在指数的具体编制过程中，一般认为，以基期（价格或数量）为同度量因素（权数）的拉斯贝尔公式未能反映同度量因素的变化，而考虑周全的费雪理想公式，则计算过于繁琐并存在增资除权时的修正困难。因此，世界各国多采用报告期（价格或数量）为同度量因素（权数）的派氏公式进行计算。

我国股市现有的指数上证综合指数、深证成分股指数、沪深300指数等都是根据派氏理论编制的，由于编制方法涉及总股本的权数，因此受总股本权重的影响而使指数产生很大失真。

在我国，股改前的上市公司国有股占总股本的比重很大，因此使用这种编制方法的初衷可能是国家和证券管理机构试图通过股指调控股市。然而在现阶段，由于股改后的国有股大部分是不流通的，真正控制股指及市场的是机构、基金及QFII（合格的境外机构投资者），因而其原有初衷在近一两年或是更长的时间内将不能实现。这使得国家无法控制证券市场，很容易出现暴涨暴跌的局面。同时，由于中国人民银行的公开市场业务还不完善，因此国家很难在短期内有效调控股市，政策利空如加息、提高存款准备金率等，其作用和效果也不大，这在近年来的沪深300指数走势中显而易见。

2.重构中国2600股票指数的方法

重新编制的方法是采用道·琼斯指数的计算方法，即不考虑权数影响，只反映所有股票价格的变得。道·琼斯股票指数是根据11种具有代表性的铁路公司的股票，采用算术平

均法编制而成。其基本计算公式为：股票价格平均指数等于入选股票的价格之和除以入选股票数量。这种计算方法在股票的除权、除息时，股票指数将发生不连续的现象。因此，1928年后的道·琼斯股票价格平均指数改用新的计算方法，在计点的股票除权或除息时采用连接技术，以保证股票指数的连续，从而使股票指数得到了完善，并逐渐推广到全世界。目前，道·琼斯股票价格平均指数共分四组：第一组是工业股票价格平均指数，它由30种有代表性的大工商业公司的股票组成；第二组是运输业股票价格平均指数，它包括20种有代表性的运输业公司的股票，即8家铁路运输公司、8家航空公司和4家公路货运公司；第三组是公用事业股票价格平均指数，由代表着美国公用事业的15家煤气公司和电力公司的股票组成；第四组是平均价格综合指数，它是综合前三组股票价格平均指数65种股票而得出的综合指数，这组综合指数虽然为优等股票提供了直接的股票市场状况，但现在通常引用的是第一组——工业股票价格平均指数。

我国则是利用所有股票的平均价格的变动来反映我国证券市场的股票涨跌情况，就形成了新的中国股票指数。这一指数的基本特点是：不受总股本权重的影响，机构和庄家很难控制；价格变动趋于平稳；更能够反映我国证券市场的变动。通过计算这一指数并以此作为我国股指期货标的物，将有效控制机构对指数的操控，大大抑制股指的大幅波动，消除我国股市的潜在风险。从某种角度上讲，这将消除"二八"以及"一九"现象，使所有投资者受益。因此，采用这一指数也是建设和谐社会、消除金融风险的基础。

重新编制的方法是采用采样股票可流通股票数量为权重计算，其基本公式为：

$$K_p = \sum P_1 Q_1 / \sum P_0 Q_1 \qquad (4\text{-}7)$$

式中，P_1 为报告期价格；Q_1 为可流通股票数量。

这一方法考虑了采样股票权重，而以可流通股票数量为权重计算的新的中国股票指数，也基本能反映我国股市的发展变动情况。从我国股市实际情况出发，笔者认为这一种方法更为适宜。

通过以上分析，我们可以得出以下结论。

第一，用沪深300指数作为股指期货标的物存在一定问题，很有必要对其做出修正。

第二，我国股指期货标的物的指数应该借鉴道·琼斯指数的计算方法，即不考虑权数影响，只反映所有股票价格的变化。

第三，我国股指期货标的物的指数如果考虑各采样股票权重，可以采用以可流通股票数量为权重计算。

通过计算新的中国2600股票指数（中国2600股票指数，是以沪深2011年11月全部上市公司2600家为基础计算的，随着时间的推移，中国2600股票指数中的2600这一数字也会随着上市公司数量的增加而增加），既可如实地反映证券市场的变动，又可抑制机构、庄家的投机行为，这对稳定股市，使其健康、有序、和谐的发展具有极大的现实意义及深远的历史意义。

第五章 波浪理论与实践

学习本章的目的是了解技术分析的定义和作用，了解波浪理论，掌握技术分析的理论基础，掌握价、量、时的关系。

第一节 技术分析的理论基础

一、技术分析的定义和作用

技术分析是证券投资分析的核心，目前，我国使用的各种方法都是从境外引入的，如指标法、切线法、形态类、K线法和波浪法等。技术分析是通过分析股票市场过去和目前的市场行为，对股票市场未来的价格变化趋势进行预测的研究活动。

技术分析是研究与分析，其目的就是预测股市未来的价格趋势。为达到这一目的所使用的手段是分析股票市场过去和现在的市场行为。市场行为包含的内容很多，主要有价格的高低，价格的变化，发生这些变化时伴随的成交量以及完成这些变化所经过的时间等。这里面，价格的变化是最重要的。对市场行为进行分析的各种方法组成了技术分析的各种类别。由市场行为得到的各种数据产生的图表是进行技术分析所要使用到的最为基本的东西，人们通过长期实践，总结经验，创造了很多从图表看到未来的方法，这些方法构成了技术分析这个大家庭。

每个投身股票市场的投资者的目的都是为了挣钱，把手里现有的钱变得更多，这就是所谓的资本的增值。股票市场向人们提供的增值方式有两种。一种是分红。他们侧重于对某个股票进行基本分析，关心股份公司的经营和效益。另一种增值的方式是取得差价，即低价买入高价卖出。投机者侧重的应该是技术分析，而不是基础分析。

低价买入高价卖出挣钱，高价买入低价卖出赔钱，高价和低价相差越大，挣得或赔得就越多，这是不言而喻的常识，每个人都知道这个道理。但是，在具体进行买卖时，对高价和低价的识别是难以正确把握的。对高价和低价的正确或近似正确的判断是成为股票市场中赢家必不可少的条件。

高价和低价的高低是相对的、局部的。这段时间的高价在下段时间可能是低价，这段时间的低价在下一阶段可能就是高价。以上证指数为例，1993年全年750点是谷底，而到了1994年4月以后，750点就是比较高的的天价了。

每个人都希望自己有一双能够看到未来的眼睛，使自己能够抓住每一次或者大部分机会，躲过每一次风险，成为股票市场的成功者。股票市场成功的关键实际上是把握机会，这在很大程度上靠个人的直觉和经验。为了获得这样的经验，学会技术分析的技巧是很重要的。

大行情出现前的天价和谷底，开始阶段表现出的现象并不引人注意。真正善于应用技术分析对股票市场进行分析的人，大部分都可以从不引人注目的蛛丝马迹中提前看到天价和谷底的到来，不足的是对天价和谷底只能知道个范围，不能看到准确的位置。正确应用技术分析，在某种程度上能够增加股票投资者的预见未来和对当前形势正确判断的能力，在投资者进行股票买入卖出决策时，提供相当有益的参考意见。仅凭直觉和运气是不够的，用科学的方法对自己当前的行为进行指导是至关重要的。

二、技术分析的理论基础——三大假设

技术分析的理论基础是基于三项合理的市场假设：市场行为涵盖一切信息；价格沿趋势移动；历史会重演。

1.市场行为涵盖一切信息

这一假设主要的思想是认为影响股票价格的每一个因素，包括内在的和外在的因素都反映在市场行为中，不必对影响股票价格的因素具体是什么给予过多的关心。如果不承认这一假设，技术分析所作的任何结论都是无效的，市场行为涵盖一切信息的假设，是进行技术分析的基础。

技术分析是从市场行为预测未来，如果市场行为没有包括所有的影响股票价格的因素，也就是说，对影响股票价格的因素考虑的只是局部而不是全部，这样得到的结论当然没有说服力。

这项假设是有一定合理性的。任何一个因素对股票市场的影响最终都必然体现在股票价格的变动上。如果某个消息一公布，股票价格同以前一样没有大的变动，这说明这个消息不是影响股票市场的因素。

如果有一天我们看到，价格向上跳空高开，成交量急剧增加，不用问，一定是出了什么利多的消息，具体是什么消息，完全没有必要过问，它已经体现在市场行为中了；反之，向下跳空，成交量大增，也一定出了什么利空消息。上述现象就是这个消息在股票市场行为中的反映。再比如，某一天，其他股票大多持平或下跌，唯有少数几支股票上涨。这时，我们自然要打听这几支股票出了什么好消息。这说明，我们已经意识到外部的消息已经在价格的变动和反常的趋势中得到了表现。外在的、内在的、基础的、政策的和心理的因素，以及能够影响股票价格的所有因素，都已经在市场的行为中得到了反映。作为技术分析人员，只关心这些因素对市场行为的影响效果，而不必关心具体导致这些变化的东西究竟是什么。

2.价格沿趋势移动

这项假设认为股票价格的变动是按一定规律进行的,股票价格有保持原来方向的惯性。正是如此,技术分析师们才花费大量心血,试图找出股票价格变动的规律。价格沿趋势移动,是进行技术分析最根本、最核心的因素。

一般说来,一段时间内股票价格一直是持续上涨或下跌,那么,今后一段时间,如果不出意外,股票价格也会按这一方向继续上涨或下跌,没有理由改变这一既定的运行方向。"顺势而为"是股票市场中的一条名言,如果没有调头的内部和外部因素,没有必要逆大势而为。

一个股票投资人之所以要卖掉手中的股票,是因为他认为目前的价格已经到顶,马上将会下跌,或者即使上涨,涨的幅度也较为有限。他的这种悲观的观点是不会立刻改变的。一小时前认为要跌,一小时后,在没有任何外在影响的情况下,就改变自己的看法是不多见的,也是不合情理的。这种悲观的观点会一直影响这个人,直到悲观的观点得到改变。众多的悲观者就会影响股价的趋势,使其继续下跌。这是第二条假设合理的又一理由。

否认了第二项假设,即认为即使没有外部因素影响,股票价格也可以改变原来的变动方向,技术分析就没有了确立的根本。试想,股票价格可以随意自己变化,像天上的鸟儿一样任意乱飞,没有任何规律可循,进行股票交易就如同押宝一样碰大运,技术分析还有存在的必要吗?

技术分析这个工具就是用来找出这些规律,对今后的股票买卖活动进行有效的指导。

3.历史会重演

市场中进行具体买卖的是人,是由人决定最终的操作行为。人不是机器,必然要受到人类心理学中某些理论的制约。一个人在某一场合,得到某种结果,那么,下一次碰到相同或相似的场合,这个人就认为会得到相同的结果。股市也一样,在某种情况下,按一种方法进行操作取得成功,那么以后遇到相同或相似的情况,就会按同一方法进行操作;如果前一次失败了,后面这一次就不会按前一次的方法操作。这种现象是前后进行比较而产生的,正所谓"一朝被蛇咬,十年怕井绳"。

股票市场的某个市场行为给投资人留在心中的遗憾和快乐是会永远影响股票投资人的。在进行技术分析时,一旦遇到与过去某一时期相同或相似的情况,应该与过去的结果比较。过去的结果是已知的,这个已知的结果应该是现在对未来作预测的参考。任何有用的东西都是经验的结晶,是经过许多场合检验而总结出来的。历史预示着未来,股票市场也不例外。

股票市场是个双方买卖的市场,价格的变动每时每刻都受供需关系的约束。股票价格上涨了,肯定是需求大于供给,也就是买的一定比卖的多;反之,股票价格下跌了,肯定是供给大于需求,也就是卖的一定比买的多。股票价格不断地变化以求达到买卖双方的平衡,股票价格的变动总是朝双方平衡的方向努力。达到暂时平衡后,遇外部力量的影响就会打破这种平衡,价格继续变动,以达到新的平衡。应该指出的是,这种外部的力量是无时不在的,区别只是大小的不同。人们往往只记住大的影响,而忽略一些小的影响。

对上述三大假设的合理性,不同的人有不同的看法。对于市场行为包括了一切信息的假设,有人提出质疑,市场行为反映的信息只体现在股票价格的变动之中,同原始的信息毕竟有差异,损失信息是必然的。正因为如此,在进行技术分析的同时,还应该适当进行一些基本分析和其他方面的分析，以弥补不足。再如，历史会重演吗？股票市场的市场行为是千变万化的，不可能有完全相同的情况重复出现，差异总是或多或少存在。在"历史会重演"的假定前提下，这些差异的大小一定会对投资决策的结果产生影响。

第二节 技术分析的三要素

一、价、量、时

市场行为最基本的表现是成交价、成交量和时间（即：价、量、时）。它们是技术分析的三大要素。过去和现在的成交价、成交量涵盖了过去和现在的市场行为。技术分析就是利用过去和现在的成交量、成交价资料，以图形分析和指标分析工具来解释、预测未来的市场走势。这里，成交价、成交量就成为技术分析的主要要素。在某一时点上的价和量反映的是买卖双方在这一时点上共同的市场行为，是双方的暂时平衡点，随着时间的变化，平衡会不断发生变化，这就是价量关系的变化。一般说来，买卖双方对价格的认同程度通过成交量的大小得到确认，认同程度大，成交量大；认同程度小，成交量小。双方的这种市场行为反映在价、量上就往往呈现出这样一种趋势规律：价增量增，价跌量减。根据这一趋势规律，当价格上升时，成交量不再增加，意味着价格得不到买方确认，价格的上升趋势就将会改变；反之，当价格下跌时，成交量萎缩到一定程度就不再萎缩，意味着卖方不再认同价格继续往下降了，价格下跌趋势就将会改变。成交价、成交量的这种规律关系是技术分析的合理性所在，因此，价、量是技术分析的基本要素，一切技术分析方法都是以价、量关系为研究对象的，目的就是分析、预测未来价格趋势，为投资决策提供服务。

二、成交量与价格趋势的关系

成交量与价格趋势会体现出以下几种关系。

（1）股价随着成交量的递增而上涨，为市场行情的正常特性，此种量增价涨关系，表示股价将继续上升。

（2）在某一波段的涨势中，股价随着递增的成交量而上涨，突破前一波的高点，创下新高价，继续上涨，然而此波段股价上涨的整个成交量水准却低于前一波段上涨的成交量水准，价创新高，量却没突破、创出新高，则此波段股价涨势令人怀疑，同时也是股价趋势潜在的反转信号。

（3）股价随着成交量的递减而回升，股价上涨，成交量却逐渐萎缩。成交量是股价上涨的动力，动力不足显示股价趋势潜在反转的信号。

（4）有时股价随着缓慢递增的成交量而逐渐上涨，渐渐地走势突然成为垂直上升的喷出阶段，成交量急剧增加，股价跃升暴涨。紧随着此波走势，继之而来的是成交量大幅度萎缩，同时股价急速下跌。这种现象表示涨势已到末期，上升乏力，走势力竭，显示出趋势反转的现象，如无量急跌，有庄家洗盘可能。

（5）在一波段的长期下跌形成谷底后股价回升，成交量并没有因股价上涨而递增，股价上涨欲振乏力，然后再度跌落至先前谷底附近，或高于谷底。当第二谷底的成交量低于第一谷底时，是股价上涨的信号。

（6）股价下跌，向下跌破股价形态趋势线或移动平均线，同时出现大成交量，是股价下跌的信号，强调趋势反转形成空头。

（7）股价下跌相当长的一段时间，出现恐慌卖出，随着日益扩大的成交量，股价大幅度下跌，同时恐慌卖出所创的低价，将不可能在极短时间内跌破。随着恐慌大量卖出之后，往往是（但并非永远是）空头市场的结束。

（8）当市场行情持续上涨很久，出现急剧增加的成交量，而股价却上涨乏力，在高位盘旋，无法再向上大幅上涨，显示股价在高位大幅震荡，卖压沉重，从而形成股价下跌的因素。股价连续下跌之后，在低档出现大成交量，股价却没有进一步下跌，价格仅小幅变动，表示可以买入。

（9）成交量作为价格形态的确认。在以后的形态学讲解中，如果没有成交量的确认，价格上的形态将是虚的，其可靠性也就差一些。

（10）成交量是股价的先行指标。关于价和量的趋势，一般说来，量是价的先行者。当量增时，价迟早会跟上来；当价增而量不增时，价迟早会掉下来。从这个意义上可以说，价是虚的，而只有量才是实的。特别是在一个投机市场中，机构大户打压、拉抬股价，投资者不能仅从价上来看，而要从量上去把握庄家操纵的成本，如此才能摸清庄家的策略，并最终获利。

三、时间和价格的关系

时间在决定价格的波动中起着不可低估的作用。很明显，价格从下降到结束下降开始上升之间的时间长短，与价格最终能否上升有密切的关系。

无论是熊市还是牛市，都要经过一段时间的延续才会结束，这是因为趋势是不会很快结束的。通过一定的方法弄清楚一个趋势其持续时间的长短，对于行情的正确研判是很有帮助的。

尽管在价格波动的图形中，每一次完整的趋势从开始到结束所经过的时间的长短是不一样的，但还是有一定规律可循。循环周期理论和波浪理论中的费波纳奇数列，对于寻找周期的长短是有一定帮助的。当然，要完全准确地搞清楚这一些周期的长短是件不容易的事情，要花大量的精力。随着实践活动的深入开展，相信会有一些新的结果和新的理论出现。

第三节　技术分析方法——波浪理论

一、技术分析方法的分类

在历史价、量资料基础上进行统计、数学计算、绘制图表，是技术分析的主要方法。

从这个意义上讲，技术分析方法可以有多种。这里介绍的仅仅是比较常用的一些技术分析方法，如指标法、切线法、形态类、K线法和波浪法等。

1.指标法

指标法全称应该是技术指标法。该方法考虑市场行为的各个方面，建立一个数学模型，给出数学上的处理方法，得到一个体现股票市场的某个方面内在实质的数据。这个数据叫指标值，指标值的具体数值和相互间关系，直接反映股市所处的状态，为操作行动提供指导的方向。指标反映的东西大多是从行情报表中直接看不到的。

目前，各国证券市场上各种名称的技术指标，数不胜数，至少在一千种以上。例如，相对强弱指标（RSI）、随机指标（KD指标）、趋向指标（DMl）、平滑异同平均线（MACD）、能量潮（OBV）、心理线、乖离率等。这些都是很著名的技术指标，在股市分析中常盛不衰。而且，随着时间的推移，新的技术指标还在不断涌现，不断充实和完善指标分析方法才是正确之举。

2.切线法

切线法是按一定方法和原则在由股票价格的数据所绘制的图表中画出一些直线，然后根据这些直线的情况推测股票价格的未来趋势。这些直线就叫切线。切线的作用主要是起支撑和压力的作用。支撑线和压力线的往后的延伸位置对价格的趋势起一定的制约作用。一般说来，股票价格在从下向上抬升的过程中，一触及压力线甚至远未触及到压力线，就会调头向下。同样，股票从上向下跌落的过程中，在支撑线附近就会转头向上。另外，如果触及切线后没有转向，而是继续向上或向下，这就叫突破；突破之后，这条切线仍然有实际作用，只是名称变了。原来的支撑线变成压力线，原来的压力线将变成支撑线。切线法分析股市主要是依据切线的这个特性。

切线的画法是最为重要的，画得好坏直接影响预测的结果。目前，画切线的方法有很多种，它们都是人们长期研究之后保留下来的精华。较为著名的有趋势线、通道线等，此外还有黄金分割线、甘氏线、角度线等。在实际应用中，人们从这些线上获益不少。

3.形态学法

形态学法是价格图表中根据过去一段时间走过的轨迹的形态预测股票价格未来趋势的方法。市场的行为包括一切信息。价格走过的形态是市场行为的重要部分，是股票市场对各种信息感受之后的具体表现，用价格图的轨迹或者说是形态来推测股票价格的将来是很有道理的。从价格轨迹的形态中，可以推测出股票市场处在一个什么样的大的环境之中，由此对买卖行为给予一定的指导。著名的形态有M头、W底、头肩顶底等十几种。

4.K线法

K线法侧重若干天K线的组合情况，推测股票市场多空双方力量的对比，进而判断股票市场多空双方谁占优势，这种优势是暂时的也是决定性的。K线图是进行各种技术分析的最重要的图表，将在后面详细介绍。单独一天的K线的形态有十几种，若干天K线的组合种类就无法数清了。人们经过不断地总结经验，发现了一些对股票买卖有指导意义的组合，而且新的组合正不断地被发现、被运用。K线是由日本人发明并在东亚地区流行起来，广大股票投资人进入股票市场后，进行技术分析时往往首先接触K线图。

同K线法几乎一样的棒线流行于欧美地区。棒线同K线的区别仅在画法上，组合应用的分析方法同K线是一样的，本书不再另外叙述。

5.波浪理论

通过对股票价格的长期观察，我们可以看出股票价格是上下波动的，像波浪一样，有波浪的峰和谷，波浪的能量是收敛的、衰减的。而在股票市场，不管股票价格是向上运动或向下运动，其能量都是发散的，逐步增强的。波浪理论告诉我们波浪的起点、终点、波峰、波谷。这一理论的研究对投资者具有十分重要的意义。下面我们将详解波浪理论。

二、波浪理论与方法

1.波浪理论形成

波浪理论的全称应该是艾略特波浪理论，是以美国人 R·N·艾略特（R.N.Elliott）的名字命名的一种技术分析理论。

波浪理论的形成经历了一个较为复杂的过程。最初是由艾略特首先发现并应用于证券市场，但是他的这些研究成果没有形成完整的体系，在艾略特在世的时候没有得到社会的广泛承认。直到20世纪70年代，柯林斯的专著《Wave Theory》出版后，波浪理论才正式登上证券市场技术分析的舞台。

波浪理论的形成经过了一个较长时间的过程。在艾略特之后，柯林斯之前，也有很多研究人员为波浪理论的建立作出了突出贡献。柯林斯正是总结了艾略特等人的研究结果，并在此基础上，逐步完善和发展了波浪理论。

2.波浪理论的基本思想

艾略特最初发明波浪理论是受到股价上涨下跌现象不断重复的启发，力图找出其上升和下降的规律。社会经济有一个经济周期的问题，股价的上涨和下跌也应该遵循周期发展的规律。不过股价波动的周期规律同经济发展的循环周期是不一样的，要复杂得多。

艾略特最初的波浪理论是以周期为基础的。他把股价变动分成时间长短不同的各种周期；并指出，在一个大周期之中可能存在小的周期，而小的周期又可以再细分成更小的周期，每个周期无论时间长短，都是以一种模式进行。这个模式就是要介绍的八个过程，即每个周期都是由上升（或下降）的五个过程和下降（或上升）的三个过程组成。这八个过程完结以后，我们才能说这个周期已经结束，将进入另一个周期。新的周期仍然遵循上述的模式。以上是艾略特波浪理论的最核心的内容，也是艾略特作为波浪理论的奠基人所做出的最为突出的贡献。

与波浪理论密切相关的除了经济周期以外，还有道氏理论和弗波纳奇数列。

在趋势介绍中，曾经涉及一些道氏理论的内容，但是没有明确地提出道氏理论。

道氏理论的主要思想是任何一种股价的移动都包括三种形式的移动：原始移动、次级移动和日常移动。这三种移动构成了所有形式的股价移动。原始移动决定的是大的趋势，次级移动决定的是在大趋势中的小趋势，日常移动则是在次级趋势中更小的趋势。

艾略特波浪理论的大部分理论是与道氏理论相吻合的。不过艾略特不仅找到了这些移动，而且还找到了这些移动发生的时间和位置，这是波浪理论较道氏理论更为优越的地方。道氏理论必须等到新的趋势确立以后才能发出行动的信号，而波浪理论可以明确地知道目前是处在上升（或下降）的尽头，或是处在上升（或下降）的中途，可以更明确地指导操作。

艾略特波浪理论中所用到的数字都是来自弗波纳奇数列。这个数列是数学上很著名的数列，它有很多特殊的性质。对这些数字的特殊性质，目前还没有数学上的严格解释，但这个数列的使用已经相当广泛了。

3. 循环周期理论的基本思想

价格的上下波动与每一次波动持续的时间长短有紧密的关系。很明显，价格不可能永远下降，也不可能永远上升。上升下降到一定的程度就会向相反的方向转变。

循环周期理论认为，价格的上升下降是有顺序的，并且会呈现周期性。例如，连续下降了若干天之后，一般有个反弹，连续上升了若干天之后应该有个回落。当然，不同的时期发生反向的时间间隔是不同的，不一定是一个固定的天数。

价格上升波动的周期性呈现的可能是长周期，也可能是短周期。长的可能达到数年，短的可能只有几天。正如经济发展的周期一样，每经过一定的时间，证券市场也会火爆一下，这实际上是证券市场周期性的表现。周期性在价格波动的表现上有多种形式。周期所用的时间单位可以是年、月、日和周。在实际操作中，以日和周较为常用，这是因为中国内地的证券市场起步较晚，从年和月上还看不出明显的周期性。

神奇数字弗波纳奇数列在循环周期理论中有很大的作用。有人认为，当时间达到某个神奇数字的时候，这一天附近是应该引起注意的，大的起落极有可能发生在这些日子里。

4. 波浪理论的主要原理

波浪理论考虑的因素主要是三个方面：第一，股价走势所形成的形态；第二，股价走势图中各个高点和低点所处的相对位置；第三，完成某个形态所经历的时间长短。其中，股价的形态是最重要的，它是指波浪的形状和构造，是波浪理论赖以生存的基础。

高点和低点所处的相对位置是波浪理论中各个浪的开始和结束位置。通过计算这些位置，可以弄清楚各个波浪之间的相互关系，确定股价的回撤点和将来股价可能达到的位置。

完成某个形态的时间可以预先知道某个大趋势的即将来临。波浪理论中各个波浪之间在时间上是相互联系的，用时间可以验证某个波浪形态是否已经形成。

以上三个方面可以简单地概括为：形态、比例和时间。这三个方面是波浪理论首先应考虑的，其中，以形态最为重要。

5. 波浪理论价格趋势的基本形态结构

艾略特认为证券市场应该遵循一定的周期周而复始地向前发展。股价的上下波动也是按照某种规律进行的。通过多年的实践，艾略特发现每一个周期（无论是上升还是下降）可以分成8个小的过程，这8个小过程一结束，一次大的行动就结束了，紧接着的是另一次大的行动。下面，以上升为例说明一下这8个小过程。图5-1是一个上升阶段的8个浪的全过程。

图5-1中，0～1是第一浪，1～2是第二浪，2～3是第三浪，3～4是第四浪，4～5是第五浪。这5浪中，第一、第三和第五浪称为上升主浪，而第二和第四浪称为是对第一和第三浪的调整浪。上述5浪完成后，紧接着会出现一个3浪的向下调整。这3浪是：5～a的a浪，a～b的b浪和b～c的c浪。

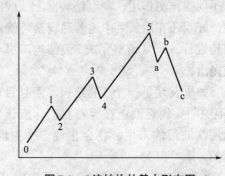

图5-1　8浪结构的基本形态图

考虑波浪理论必须弄清一个完整周期的规模大小，因为趋势是有层次的，每个层次的不同取法，可能会导致在使用波浪理论时发生混乱。但是，应该记住，无论研究的趋势是何种规模，是原始主要趋势还是日常小趋势，8浪的基本形态结构是不会变化的。

在图5-1中，我们可以认为0～5是一个大的上升趋势；而5～c，我们可以认为是一个大的下降趋势。如果我们认为这是2浪的话，那么c之后一定还会有上升的过程，只不过时间可能要等很长。这里的2浪只不过是一个大的8浪结构中的一部分。

6.浪的合并和浪的细分——波浪的层次

波浪理论考虑股价形态的跨度是可以随意而不受限制的。大到可以覆盖从有股票以来的全部时间跨度，小到可以只涉及数小时、数分钟的股价走势。

由于时间跨度的不同，在数8浪时，必然会涉及将一个大浪分成很多小浪和将很多小浪合并成一个大浪的问题，这就是每一个浪所处的层次的问题。

处于层次较低的几个浪可以合并成一个层次较高的大浪，而处于层次较高的一个浪又可以细分成几个层次较低的小浪。当然，层次的高低和大浪、小浪的地位是相对的。对比其他层次高的浪来说，它是小浪，而对层次比它低的浪来说，它又是大浪。

7.弗波纳奇数列与波浪的数目

弗波纳奇数列又称为大自然的数字，是意大利数学家弗波纳奇在13世纪时所发现的，为波浪理论、黄金分割等技术分析的数字基础。其本身属于一个简单的数列，背后却隐藏着无穷的奥妙，具有许多神奇之处，如一个数字同其后一个数字的比值，大致接近于0.618的黄金分割率，因此又称为神奇数字。由1、2、3开始，1加2为3，2加3为5，3加5为8，……直至无限。因此神奇数列包括下列数字：1、2、3、5、8、13、21、34、55、89、144、233、377、610、987、1597……直至无限。

目前无法提出有力的科学证据，证明股价波动周期与神奇数字存在绝对的关联，但现实市场中却确实存在相当多的例子，许多重要的头部与底部，其波动周期往往为8周、8月、13周、13月、21周、21月等，与神奇数字不谋而合。这一数列的出现不是偶然的，它是艾略特波浪理论的数学基础，正是在这一基础上，波浪理论才有了较快的发展。

8.波浪理论的应用

知道了一个大的周期运行全过程，我们就可以很方便地对大势进行预测。首先，我们要明确当前所处的位置，只要明确了目前的位置，按波浪理论所指明的各种浪的数目就会很方便地知道下一步该干什么。

要弄清楚目前的位置，最重要的是认真准确地识别3浪结构和5浪结构。这两种结构具有不同的预测作用。一组趋势向上（或向下）的5浪结构，通常可能是更高层次的波浪的1浪，好戏还在后头；中途若遇调整，就知道这一调整肯定不会以5浪的结构而只会以3浪的结构进行。一旦调整完成3浪结构，决不会再继续等下去，而是会立即采取行动——买入或抛出。

如果发现了一个5浪结构，而且目前处在这个5浪结构的末尾，就清楚地知道，一个3浪的回头调整浪正在等着我们，应该立即采取行动。如果这一个5浪结构同时又是更上一层次波浪的末尾，将会出现一个更深的更大规模的3浪结构，这时采取行动是非常必要的。

"上升5浪，下降3浪"的原理也可以用到熊市中，这时结论变成"下降5浪，上升3

浪"。不过，全世界的股市的指数和股价都是不断上升的，从开始时的100点，逐步上升到上千点甚至上万点，这样一来，把股市处于牛市看成股市的主流，把熊市看成股市的调整就成为一种习惯。正是由于这个原因，大多数的书籍在介绍波浪理论时，都以牛市为例。上升5浪，下降3浪，成了波浪理论的最核心的内容。读者们应注意避免出现错误，下降5浪，上升3浪，在调整过程中也经常出现。

波浪理论的主要内容如下。

（1）一个完整的上升或下降周期由8浪组成，其中5浪是主浪，3浪是调整浪。

（2）多个波浪可以合并成一个高层次的浪，一个波浪也可以细分成时间更短、层次更低的若干小浪。这就是所谓的浪中有浪。

（3）波浪的细分和合并应按一定的规则。

（4）完整周期波浪的数目与弗波纳奇数列有密切关系。

（5）所有的浪由两部分组成——主浪和调整浪，即任何一浪，要么是主浪，要么是调整浪。

9.波浪理论的不足

前面简单介绍了波浪理论的主要内容，从表面上看波浪理论会带来利益，但是波浪理论自身的构造存在众多的不足，如果过分机械、教条地应用波浪理论，肯定会招致失败。

波浪理论第一个也是最大的不足是应用上的困难，也就是学习上和掌握上的困难。波浪理论从理论上讲是8浪结构完成一个完整的过程。但是，主浪的变形和调整浪的变形会产生复杂多变的形态，波浪所处的层次又会产生大浪套小浪，浪中有浪的多层次形态，这些都会增加了应用者在具体数浪时发生偏差的机会。浪的层次确定和浪的起始点确认是应用波浪理论的两大难点。

波浪理论的第二个不足是，面对同一个形态，不同的人会产生不同的数法，而且都有道理，谁也说服不了谁。不同的数浪法产生的结果相差可能是很大的。

例如，一个下跌的浪可以被当成第二浪，也可能被当成a浪。如果是第二浪，那么，紧接而来的第三浪将是很诱人的。如果是a浪，那么，这之后的下跌可能是很深的。产生这种现象的原因主要是由以下两方面因素引起的。

第一，价格曲线的形态通常很少按5浪加3浪的8浪简单结构进行，对于不是这种规范结构的形态，不同的人有不同的处理，主观性很强。对有的小波动有些人可能不计入浪，有些人可能又计入浪。由于有延伸浪，5浪可能成为9浪。波浪在什么条件下可以延伸，什么条件下不可以延伸，没有明确的标准，用起来随心所欲，仁者见仁，智者见智。

第二，波浪理论中的大浪小浪是可以无限延伸的，长的可以几年，短的可以几天。上升可以无限地上升，下跌也可以无限制地下降，因为，总是可以认为目前的情况不是最后的浪。

波浪理论只考虑了价格形态上的因素，而忽视了成交量方面的影响，这给人为制造形状的人提供了机会。正如在形态学中的假突破一样，波浪理论中也可能造成一些形态让人上当。当然，这个不足是很多技术分析方法都有的。

在应用波浪理论时，我们会发现，当事情过去以后，回过头来观察已经走过的图形，用波浪理论的方法是可以很完美地将其划分出来的。但是，在形态形成过程中，对其进行波浪的划分是一件很困难的事情。

波浪理论从根本上说是一种主观的分析工具，这给我们增加了应用上的困难。在对波浪理论的了解不够深入之前，最好仅仅把它当成一种参考工具，而主要以别的技术分析方法为主。波浪理论已经存在了半个世纪而不被淘汰，说明它具有一些能给我们带来利益的优点。只要不懈地钻研波浪理论，经常实践和应用，一定能掌握波浪理论。

以上五类技术分析方法是从不同的方面理解和考虑股票市场。有些有相当坚实的理论基础，有的就没有很明确的理论基础，很难说清楚为什么；但都有一个共同的特点：这些方法都是经过股票市场实际考验最终没有被淘汰而被保留下来的，都是人类的经验、智慧和精华。而且，都以收益为相同的目标，彼此并不排斥，在使用上可以相互借鉴。

另外，随机漫步理论、相反理论也给我们很好的启示。随机漫步理论认为证券价格是随机的、无规律的，它受很多因素影响。但它的价格波动是有规律的，一般来说，它沿着价值上下波动，只是其幅度趋势不同。相反理论认为，大多数投资者看法和行动一致时，有可能是错误的，与众不同才能获得大的收益。

10.技术分析方法应用时应注意的问题

第一，技术分析必须与基本面的分析结合起来使用，才能提高其准确程度，单纯的技术分析是不全面的。我国的证券市场属于新兴证券市场，市场突发消息较频繁，人为操纵的因素较大，所以仅靠过去和现在的数据、图表去预测未来是不可靠的。但是，不能因为技术分析在突发事件的到来时预测受干扰就否定其功效。任何一种方法都有其适用范围，不能因某种场合方法不适就归谬于工具本身，弃之不用更是不可取。事实上，在中国的证券市场上，技术分析依然有非常高的预测成功率。成功的关键在于不能机械地使用技术分析，除了在实践中不断修正技术分析外，还必须结合基本面分析来使用技术分析。

第二，注意多种技术分析方法的综合使用，切忌片面地使用某一种技术分析结果。各种技术分析方法，均从不同的角度预测股票的市场行为，全面考虑技术分析各种方法对未来的预测，综合这些方法得到的结果，就能得出一个合理的多空双方力量对比的描述。实践证明，单独使用一种技术分析方法有相当的局限性和盲目性，如果每种方法得到同一结论，出错的可能性就很小，否则仅靠一种方法得到的结论出错的可能性就会大些。

第三，注意上市公司质的分析和信息分析。上市公司质的分析就是上市公司投资价值的分析，上市公司信息分析对投资者也是极为重要的。

第四节　波浪理论中浪的成因分析

一、波浪理论与供需关系

将一块石头抛入水中，水会掀起波浪，其波浪由大到小，能量逐步衰减。在波浪理论中，不论是上升8浪或者是下跌8浪，其第3浪均比第1浪大，它呈几何级数增长，上升或者下跌的能量是发散的，上升（下跌）的能量为什么不衰减？值得我们去深入的分析和研究。

技术分析的假设之一就是历史会重演。市场中进行具体买卖的是人，是由人决定最终的操作行为。而人的行为必然受到人类心理学中的某些理论的制约。一个人在某一场合，得到某种结果，那么，下一次碰到相同或相似的场合，这个人就认为会得到相同的结果。股市也是一样，在某种情况下，按一种方法进行操作取得成功，那么以后遇到相同或相似的情况，就会按同一方法进行操作；如果前一次失败了，后面这一次就不会按前一次方法进行操作。股票市场行为给投资人留在头脑中的阴影和快乐是会永远影响股票投资人的。在进行技术分析时，一旦遇到与过去某一时期相同或相似的情况，应该与过去结果比较。过去的结果是已知的，这个已知的结果应该是现在对未来作预测的参考。历史预示着未来，股票市场也不例外。

在这一假设的基础上，分析波浪理论可以看出，股票市场上的波浪不同于我们在现实中的所见到的水波，水波由于能量的不断减少，从而呈现出收敛的状态。艾略特的波浪理论，在股票这样一个双方买卖的市场中，其价格的变动每时每刻都受股票供需关系的约束。股票价格上涨了，肯定是股票需求大于供给，也就是买的一定比卖的多；反之，股票价格下跌了，肯定是股票供给大于需求，也就是卖的一定比买的多。股票价格不断地变化使得买卖双方的供需平衡。遇外部因素的影响，股票供需的这种平衡关系就会被打破，价格会继续变动，以达到新的平衡。在这种买卖双方的不断交易中，由于第三浪可以是第一浪的1.618倍，2.618倍……，从而形成了一个个具有发散性的波浪。然而，导致这种现象出现的真正原因则是羊群效应的结果。

二、波浪理论与羊群效应

在一群羊前面横放一根木棍，第一只羊跳了过去，第二只、第三只也会跟着跳过去；这时，把那根棍子撤走，后面的羊，走到这里，仍然像前面的羊一样，向上跳一下，尽管拦路的棍子已经不在了，这就是所谓的"羊群效应"也称"从众心理"。

经济学里经常用"羊群效应"来描述经济个体的从众跟风心理。羊群效应最早是股票投资中的一个术语，主要是指投资者在交易过程中存在学习与模仿现象，"有样学样"，盲目效仿别人，从而导致他们在某段时期内买卖相同的股票。

由于信息不充分，投资者很难对市场未来的不确定性作出合理的预期，往往是通过观察周围人群的行为而提取信息，在这种信息的不断传递中，许多人的信息将大致相同且彼此强化，从而产生的从众行为。"羊群效应"是由个人理性行为导致的集体的非理性行为的一种非线性机制。羊群行为是行为金融学领域中比较典型的一种现象，主流金融理论无法对之解释。羊群效应的出现一般在一个竞争非常激烈的行业上，而且这个行业上有一个领先者（领头羊）占据了主要的注意力，那么整个羊群就会不断模仿这个领头羊的一举一动，领头羊到哪里去"吃草"，其他的羊也去那里"淘金"。

三、资本市场的"羊群效应"

在资本市场上，"羊群效应"是指在一个投资群体中，单个投资者总是根据其他同类投资者的行动而行动，在他人买入时买入，在他人卖出时卖出。导致出现"羊群效应"还有其他一些因素，比如，一些投资者可能会认为同一群体中的其他人更具有信息优势。"羊群效应"也可能由系统机制引发。例如，当资产价格突然下跌造成亏损时，为了满足追加保证金的要求或者遵守交易规则的限制，一些投资者不得不将其持有的资产割仓卖出。在目前投资股票积极性大增的情况下，个人投资者能量迅速积聚，极易形成趋同性的羊群效应，追涨时信心百倍，蜂拥而至。大盘跳水时，恐慌心理也开始连锁反应，纷纷恐慌出逃，这样跳水时量能放大也属正常。几乎半数以上的第1浪，是属于营造底部型态的第一部分，第1浪是循环的开始，由于这段行情的上升出现在空头市场跌势后的反弹或者反转，买方力量并不强大，加上空头继续存在卖压，因此，在此类第1浪上升之后出现第2浪调整回落时，其回档的幅度往往很深，在通过第二浪的调整之后，当股市中的信息持有者作为领先者，率先买入时，由于市场上的羊群效应，多方力量逐渐强大，推动股价持续上涨，这段行情持续的时间与幅度，经常是最长的，市场投资者信心恢复，成交量大幅上升，尤其在突破第1浪的高点，回抽确认后，是最强烈的买进信号，这时经常出现突破信号，K线图形上的关卡，非常轻易地被穿破。因此，在羊群效应的作用下，波浪的走势会趋于发散，尤其是强烈上升的第三浪。

波浪理论中的第三浪比第一浪大，上升或者下跌的能量不但不衰减，反而会变得更强大，通过对"羊群效应"和波浪理论的深入分析，揭示出了波浪理论中第三浪具有发散性的原因，这一研究使波浪理论得到了进一步的完善。

第五节　案例分析

一、上证综合指数1999～2007年

以1999年"5.19"行情始，从一个大的波段来看，已构成一个较清晰的上升五浪和三个调整浪形态。简述如下。

（1）上升五浪。浪1047点（1999年5月19日）至1756点（1999年6月30日）上升709点；浪1756点（1999年6月30日）至1341点（1999年12月27日）回调415点，约60%；浪1341点（1999年12月27日）至2114点（2000年8月22日）上升773点；浪2114点（2001年8月22日）至1893点（2001年2月22日）回调221点，约30%；浪1893点（2001年2月22日）至2245点（2001年6月14日）上升352点，为第一浪的50%。

（2）三浪调整。上海股市自2001年6月14日见上升5浪的高点（即沪指的2245点）以后，开始了a浪调整，至2003年12月沪指最低下探1339点，回调906点，跌幅接近上海股市自1996年5月上升以来整体升幅的0.52倍。其后b浪反弹至2001年12月5日的1776点，升幅约为a浪下跌的0.382倍。b浪见顶后开始了c浪下跌，至2003年1月6日的1311点，之后进入了新一轮上升周期。

波浪理论对上证指数作了进一步的定性和定量的分析，目的在于阐述价格运动呈波浪进行的趋势运动，而且该趋势运动具有一定的规律性。因此，它对各个趋势运动的特点、性质和可能的运行目标方面的研究具有极大的前瞻性，是其他传统理论所无法替代的。自然的波动韵律是艾略特波浪理论的本质。波浪理论所揭示的波动规律是市场中主要常见的

股价进行结构的规律。对此，我们可以多加以利用，从而获取投资收益。

从2005年998点开始到2007年的6124点的牛市，正好构成了5浪上升的全过程，然后则是a、b、c 3浪下跌，这个底部绝对不是真正的底部。从1990年到2005年正好走出了一个上升5浪和下跌5浪的完美演绎，从此判断出我国股市已经经历了第一大浪和第二大浪的洗礼走出了2007年以来的第三大浪，那么现在所处的位置就是最复杂的第四大浪的阶段。可是从2005年开始的上升5浪非常有次序，结构很完美，从2007年开始的调整浪也非常漂亮，让人一看就知道是走到了第几浪的位置，那么从波浪理论上来说第三浪应该是最长的主升浪，第四浪是最复杂的调整浪，都不是一眼就可以看穿的，都是比较复杂的浪型，所以判断出从1990年到2005年这期间所走出的是一个完整的波浪轮回，从2005年开始的这波5000多点的牛市只是又一个轮回的开始，也就是说998点至6124点是第一大浪，6124点至今（3400点左右）为第二大浪。那么这个底部为：6124−998=5126。①5126×0.618=3167+998=4165，前一段时间在4200点附近正好有个较强支撑，这一支撑失守，大盘会在3561点；②5126×0.5=2563+998=3561或者会在2956点左右得到支撑；③5126×0.382=1958+998=2956。这是政府的心理底线，当大盘跌至此时，救市政策开始，但大盘并不理会救市政策，加之美国金融危机爆发，大盘暴跌至1700点以下。

二、上证综合指数2008 ～ 2020年

从上证综合指数月K线图可以看出，上证指数从100点上升到2007年10月31日的6124.04点，走出了一个上升第一浪的行情，第一个浪走出了一个延长浪的形态，历时15年。从2007年的10月31日的6124.04开始下降到2008年10月的1664.93点，是第二浪调整浪，历时一年。从2008年后，指数逐步形成第三上升浪。

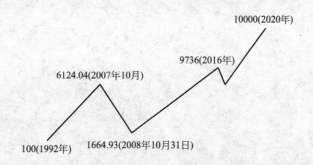

图5-2　上证综合指数走势预测图

如图5-2所示，根据波浪理论，第三浪可能是第1浪的1.618倍，我们可以预测第三浪的顶点为9736点，发生时间为2016年左右。另外，若第三浪是以延长浪的形式运行，则第五浪的升幅度与运行时间将于第一浪的升幅度和运行时间相同。若不完全相同，则极有可能以0.618倍的关系出现。由于现实中还没有完全形成第三浪，我们假设第三浪以延长浪的形式运行，则第五浪的顶点超过10000点是极有可能的，时间为2020年左右。

通过分析我国经济的发展速度可知，到2020年我国国内生产总值（GDP）将翻两番。根据GDP与股票价格的关系，上证综合指数到2020年将达到10000点左右。用波浪理论对

上证综合指数进行分析预测也表明，到2020年，上证综合指数也将达到10000点左右。这一结论指明了中国证券市场的发展方向，对广大中小投资者的投资与决策，具有十分重要的现实意义和深远的历史意义。

深圳成分股指数到2009年1月的浪型，19600.03点从理论上讲，我们认为也可以看成第一上升浪，从19600.03点调整到5577.23点可以看成第二浪，第三浪是主升浪，如果第三浪是第一上升浪的1.68倍，则第三主升浪应突破19600点并向32000点进军。

这是从理论上对上证综合指数和深圳成分股指数浪型的分析，应该看到的是，上证综合指数若干年后达到10000点左右，深圳成分股指数达到32000点左右，是毫不夸张的，这是历史的必然。

波浪理论作为分析股价走势的重要技术工具，其波浪的走势受到了整个国民经济大环境，即经济周期的影响。通过对美国近百年的道·琼斯工业指数走势和美国经济周期的分析可知，道·琼斯指数走势与美国经济周期是正相关的，而由于股票市场所特有的敏感性和预期性，使道·琼斯指数走势超前于美国经济周期。

第六章　K线理论与实践

学习本章的目的是了解K线的画法和主要形状，掌握K线组合分析方法。

第一节　K线的主要形状

一、K线

K线起源于日本，又称为日本线或蜡烛线。当时日本的K线只是用于米市交易。经过上百年的运用和变更，目前已经形成了一整套完美的K线分析理论。

K线是一条柱状的线条，由影线和实体组成。影线在实体上方的部分叫上影线，下方的部分叫下影线。实体分阴线和阳线两种，又称红（阳）线和黑（阴）线。

一条K线记录的是某一种股票一天的价格变动情况，将每天的K线按时间顺序排列在一起，就组成这支股票上市以来的每天的价格变动情况，这就叫日K线图。

价格的变动主要体现在四个价格上，即开盘价、最高价、最低价和收盘价。

开盘价是指每个交易日的第一笔成交的价格，这是传统的开盘价定义。由于存在机构庄家利用通信方式的优势，故意人为地造出一个不合实际的开盘价的弊端，目前沪深两市采用的是集合竞价的方式产生开盘价，这样就减少了传统意义上的开盘价的缺陷。

最高价和最低价是每个交易日中成交的股票中，成交价格最高的和最低的那个价格。它们反映当日股票价格的上下波动的幅度大小。最高价和最低价如果相差太大，说明当日股票市场交易活跃，买卖双方争执激烈。但是，同传统的开盘价一样，最高价和最低价也容易受到庄家大户的故意做市，造出一个脱离实际的最高价和最低价。

收盘价是指每个交易日的最后一笔成交的股票的成交价格，是多空双方经过一天的争斗最终达成的共识，也是供需双方当日最后的暂时平衡点，具有指明目前价格的非常重要的功能。四个价格中，收盘价是最重要的，很多技术分析方法只关心收盘价，而不理会其余三个。人们在说到目前某支股票的价格时，说的往往是收盘价。

如图6-1所示是两个常见的K线的形状。

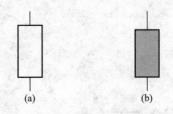

图6-1　K线的基本形态

图6-1中，中间的矩形长条叫实体，向上、向下伸出的两条细线叫上、下影线。如果开盘价高于收盘价，则实体为阴线或黑线，如图6-1（b）所示；反之，收盘价高于开盘价，则实体为阳线或红线如图6-1（a）。将四个价格的价位都在坐标纸上一一标出，然后即可画出K线。每个交易日的K线连续不断地拼连下去，就构成股票价格有史以来的每一天的交易情况的K线图，看起来一目了然。看见了K线图就会对过去和现在的股市有大致的了解。

二、K线的主要形状

除了图6-1所画的K线形状外，由于四个价格的不同取值，还会产生其他形状的K线，概括起来，有下面列出的六种（图6-2）。

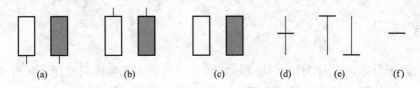

图6-2　K线的几种别的形状

（1）秃头阳线和秃头阴线。这是没有上影线的K线。当收盘价或开盘价正好与最高价相等时，就会出现这种K线。如图6-2（a）所示。

（2）光脚阳线和光脚阴线。这是没有下影线的K线。当收盘价或开盘价正好与最低价相等时，就会出现这种K线。如图6-2（b）所示。

（3）秃头光脚的阳线和阴线。这种K线没有上、下影线。当开盘价和收盘价分别与最高价和最低价中的一个相等时，就会出现这种K线。如图6-2（c）所示。

（4）十字形。当收盘价与开盘价相同时，就会出现这种K线，它的特点是没有实体。如图6-2（d）所示。

（5）T字形和倒T字形。在十字形的基础上，如果再加上秃头和光脚的条件，就会出现这两种K线。它们没有实体，而且没有上影线或者没有下影线，形状像英文字母T。如图6-2（e）所示。

（6）一字形。这是一种非常特别的形状，它的四个价格都一样。这种情况比较少见，只是理论上存在。在发行一个事先定好价格的股票时，会遇到这种情况。此外，在实行涨停板、跌停板的制度下，如果开盘后直接到涨、跌停板，也会出现这种情况。同十字形和T字形K线一样，没有实体。没有实体就无法区别是阴线还是阳线。如图6-2（f）所示。

除了日K线外，我们还可以画周K线和月K线，其画法与日K线几乎完全一样，区别只在四个价格的选择。周K线是指这一周的开盘价、这一周之内的最高价和最低价以及这一周的收盘价。月K线则是这一个月之内的四个价格。周K线和月K线的优点是看趋势和数周期比较好。

第二节 K线的组合应用

价格的变动是市场行为的表现，变动要受到政治、经济、心理等多方面因素的影响。市场的行为包括一切引起股票价格的变动原因。

市场的买方和卖方永远站在对立的两边，进行不断较量，一方胜利了，另一方一定失败。投资者为了使自己获得利益，必须准确地看出在未来的日子里双方究竟是谁占上风，以便使自己正确地投入到占优势的行列中。

K线图其实是将买卖双方这段时间以来实际较量的结果用图表表示出来的方法之一，从中能够看到买卖双方在争斗中力量的增加和减少、风向的转变，以及买卖双方对争斗结果的认同。

一、单独一根K线的解释

1.秃头光脚小阳线实体（图6-3）

图6-3 秃头光脚小阳线

如图6-3所示，表示的是价格上下波动的幅度很小，没有明显的趋势，说谁占优势还为时尚早。结合近期的K线的情况，可能有以下几种涵义。

（1）盘局时。这时说明多方稍占优势，大举向上突破的时机并不成熟，多方只是试探性地将价格向上缓慢地推升，后面结果怎样，心里没底，因为空方只是暂受挫。

（2）前一天是大涨，今天是再一次上涨。此时表明多方踊跃入场，大量买入，供需平衡受到严重的破坏，市场呈现高涨的浪潮。

（3）前一天大跌，今天再一次跌。此时表明多方正顽强抵抗当前出现的空方浪潮，但是抵抗并未取得明显的决定性战果，多方今后还将受到来自空方力量的考验，结果如何还很难说。

2.秃头光脚小阴线实体

如图6-4所示，这个K线与秃头光脚小阳线实体的涵义正好相反，只要将所述的内容中的涨改成跌，跌改成涨，多方换成空方，空方换成多方，买入换成卖出，就可以得到这种K线对市场的表现的内容。同样，结合近前的K线情况，它也分为三种涵义。

图6-4　秃头光脚小阴线

3.秃头光脚大阳线实体

如图6-5（a）所示，该K线说明市场波动很大，多空双方的争斗已经有了结果。长长的阳线表明，多方发挥了最大的力量，已经取得了决定性胜利，今后一段时间多方将掌握主动权。换句话说，今后讨论的问题将是还要继续上涨到什么地方，而不是要跌到什么地方。如果这条长阳线出现在一个盘局的末端，它所包含内容将更有说服力。

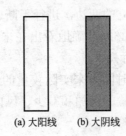

(a) 大阳线　　(b) 大阴线

图6-5　大阳线和大阴线

4.秃头光脚大阴线实体

如图6-5（b）所示，涵义正好同大阳线实体相反。现在是空方的市场，空方说了算。空方取得的优势的大小与大阳线实体相同。

5.光脚阳线

如图6-6（a）所示，是一种上升抵抗型K线。多方虽占优势，但不像大阳线实体中的优势那么大，受到了一些抵抗。多方优势的大小与上影线的长度有关，与实体的长度也有关。一般说来，上影线越长，实体越短，越不利于多方，也就是多方所占优势越小；上影线越短，实体越长，越有利于多方，也就是多方占的优势越大。

6.秃头阴线

如图6-6（b）所示为下降抵抗型。它所包括的内容正好与光脚阳线相反。将光脚阳线，中的上影线换成下影线，多方换成空方，这是一种下降抵抗型K线。空方虽占优势，但不像大阴线实体中的优势那么大，受到了一些抵抗。

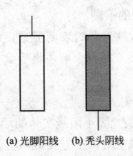

(a) 光脚阳线　　(b) 秃头阴线

图6-6　光脚阳线和秃头阴线

7.秃头阳线

如图6-7（a）所示，这是先跌后涨型。多方在开始失利的情况下，尽力充分地发挥力量，整个形势是多方占优。多方优势的大小与下影线和实体的长度有关。下影线和实体的长度越长，越有利于多方，也就是多方优势越大；下影线和实体长度越短，越不利于多方，也就是多方优势越小。

8.光脚阴线

如图6-7（b）所示，这是先涨后跌型。与秃头阳线相反，这是空方反败为胜的K线。空方的优势大小，与上影线和实体的长度有关。越长越有利于空方，空方优势越大；越短空方优势越小，越不利于空方。

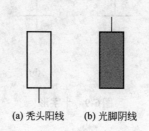

(a) 秃头阳线　　(b) 光脚阴线

图6-7　秃头阳线和光脚阴线

9.有上、下影线的阳线

如图6-8（a）所示，这是最为普遍的一种K线形状。这种形状说明多空双方争斗很激烈：双方一度都占据优势，把价格抬到了最高价和打到了最低价，但是，都被对方顽强地拉回，只是到了结尾时，多方才将优势勉强保住。

对多方与空方优势的衡量，主要依靠上下影线和实体的长度来确定。一般说来，上影线越长，下影线越短，实体越短，越有利于空方，空方暂时取得优势；上影线越短，下影线越长，实体越长，越有利于多方，多方暂时取得优势。上影线和下影线相比的结果，也影响多方和空方取得优势。上影线长于下影线，利于空方；反之，下影线长于上影线，利于多方。

10.有上、下影线的阴线

如图6-8（b）所示，这是另外一种同样极为普遍的一种K线形状。它的涵义与图6-8（a）中的K线类似，只是这种局面稍稍倾向于空方，因为，从图中可看出，在临近收尾空方稍微取得了优势。

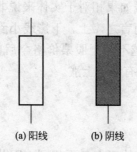

(a) 阳线　　　(b) 阴线

图6-8　有上下影线的阴阳线

11.十字形

如图6-9所示这是不容易出现的K线形状，不易分阴阳，画图时，与昨日收盘相比，若上涨，则为阳线（红线）；反之，就画成阴线（黑线）。十字形分为两种，一种上下影线很长，另一种上下影线较短。

上下影线较长的称为大十字形，表示多空争夺激烈；最后，回到原处，后市往往有变化。多空双方优势由上下影线的长度决定。

上下影线较短的称为小十字形。表明窄幅盘整，交易清淡，买卖不活跃。

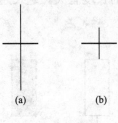

(a) (b)

图6-9　十字形

12.T字形和倒T字形

如图6-10所示，用前面关于上下影线的对多空双方优势的影响的叙述，可以很快得出如下结论。

（1）T字形是多方占优。下影线越长，优势越大。如图6-10（a）所示。

（2）倒T字形是空方占优。上影线越长，优势越大。如图6-10（b）所示。

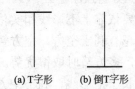

(a) T字形 (b) 倒T字形

图6-10　T字形和倒T字形

以上介绍了12种K线对市场行为的反映，内容很多，对于读者来说记忆起来可能比较困难。如下几点内容，将有助于读者的记忆和实际应用。

如果上影线相对于实体来说非常小，则可以等同于没有，也就是说，太短的上影线与秃头没有什么区别。同样，下影线如果相对于实体来说非常小，也可视为没有，即太短的下影线与光脚没有什么区别。总而言之，上、下影线小到一定程度，我们就可以视之为没有。指向一个方向的影线越长，越不利于股票价格今后向这个方向变动。阴线实体越长，越有利于下跌；阳线实体越长，越有利于上涨。

二、两根K线的组合

K线的阴阳、高低、上下影线的形态各不相同，因此由两根K线能够组成的组合也数不胜数。但是，K线组合中，有些组合具有典型意义，代表性较强，可以根据它们的含义推测出其他组合的含义。因此我们只需掌握几种特定的组合形态，然后举一反三，就可得知其他组合的含义。

无论是两根K线还是三根K线，都是以两根K线相对位置的高低和阴阳来推测行情的。将前一天的K线画出，然后，按这根K线将数据划分成五个区域（图6-11）。

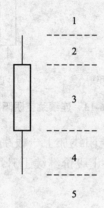

图6-11　K线区域划分

第二天的K线是进行行情判断的关键，简单地说，第二天多空双方争斗的区域越高，越有利于上涨；越低，越有利于下降，也就是从区域1到区域5是多方力量减少、空方力量增加的过程，以下是几种具有代表性的两根K线的组合情况，由它们的含义可以得知其他两根K线组合的含义。

（1）如图6-12所示，这是多空双方的一方已经取得决定性胜利，牢牢地掌握了主动权，今后将以取胜的一方为主要运动方向。图6-12中，图（a）是多方获胜，图（b）是空方获胜。第二根K线实体越长，超出前一根K线越多，则取胜一方的优势就越大。

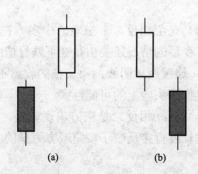

图6-12　一阴一阳与一阳一阴

（2）如图6-13所示，图（a）是一根阴线之后又一根跳空阴线，表明空方全面进攻已经开始。如果出现在高价附近，则下跌将开始，多方无力反抗。如果在长期下跌行情的尾端出现，则说明这是最后一跌，是逐步建仓的时候了。要是第二根阴线的下影线越长，则多方反攻的信号更强烈。

图6-13（b）正好与图6-13（a）相反。如果在长期上涨行情的尾端出现，则是最后一涨（缺口理论中把这叫做竭尽缺口），第二根阳线的上影线越长，越是要跌了。

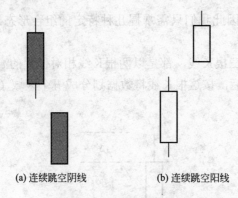

(a) 连续跳空阴线   (b) 连续跳空阳线

图6-13　连续跳空阴阳线

（3）如图6-14（a）所示，其中一阳线加上一根跳空的阴线，说明空方力量正在增强。若出现在高价位，说明空方有能力阻止股价继续上升。若出现在上涨途中，说明空方的力量还是不够，多方将进一步创新高。

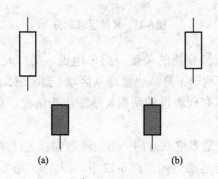

(a)   (b)

图6-14　跳空阴阳交替K线

图6-14（a）与图6-14（b）完全相反，多空双方中多方在低价位取得一定优势，改变了前一天的空方优势的局面。今后的情况还要由是在下跌行情的途中还是在低价位而定。

（4）如图6-15（b）所示，连续两根阴线，第二根的收盘不比第一根低。说明空方力量有限，多方出现暂时转机，股价回头向上的可能性大。

图6-15（a）与图6-15（b）正好相反。是空方出现转机，股价将向下调整一下。如前所述，两种情况中上下影线的长度直接反映了多空双方力量的大小程度。

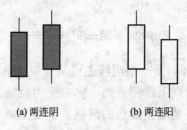

(a) 两连阴   (b) 两连阳

图6-15　两连阴和两连阳

（5）如图6-16（b）所示，一根阴线被一根阳线吞没，说明多方取胜，阳线的下影线越长，多方优势越明显越大。图（a）与图（b）正好相反，是空方掌握主动的局面，多方已经瓦解。

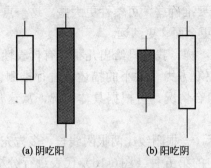

图6-16　阴吃阳和阳吃阴

（6）如图6-17（a）所示，一根阴线吞没一根阳线，空方显示了力量和决心，但收效不大，多方没有伤元气，可以随时发动进攻。图（b）与图（a）刚好相反，多方进攻了，但效果不大，空方还有相当实力。同样，第二根K线的上下影线的长度也是很重要的。

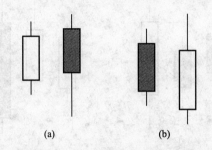

图6-17　多方反击成功与空方反击成功

（7）如图6-18（a）所示，一根阴线后的小阳线，说明多方抵抗了，但力量相当弱，很不起眼，空方将发起新一轮攻势。图（b）与图（a）正好相反，空方弱，多方将发起进攻进而创出新高。

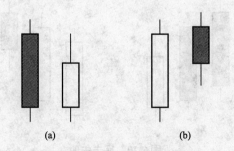

图6-18　多方进攻失败与空方进攻失败

三、三根K线的组合

两根K线的各种组合较多，三根K线的各种组合就更多了也更复杂。但是，我们在面对这两种情况时，考虑问题的方式是相同的，都是由最后一根K线相对于前面K线的相对位置来判断多空双方的实力大小。由于三根K线组合比两根K线组合多了一根K线，获得的信息就多些，得到的结论要准确些，可信性更大些。这一点完全可以理解，多一根总比少一根好，因为考虑的东西更全面、更深远。

同两根K线的组合情况一样，我们只给出几种具有代表性的三根K线组合的情况，分析它们的表达含义和对多空双方力量大小的描述，进行推测大势和次日的大致走向。这几种情况之外的三根K线组合情况，可根据具体情况，从这几种代表中选一个相近的进行预测。

（1）如图6-19（a）所示，一根阳线比两根阴线长，多方充分刺激股价上涨，空方已经失败。结合两根K线组合中的第五种（图6-16）代表进行分析，会发现两者有相类似的地方。

图6-19中，图（b）与图（a）正好相反，是空方一举改变局面的形势，空方因此而势头大增。

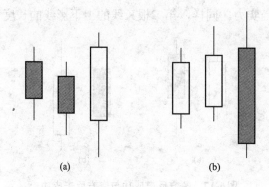

(a)　　　　　　　　　　(b)

图6-19　反击成功

（2）如图6-20（a）所示，为连续两根阴线之后出现一根短阳线，比第二根阴线低说明买方力量不大，这一次的反击已经失败，下一步是卖方发动新一轮攻势再创新低的势头。

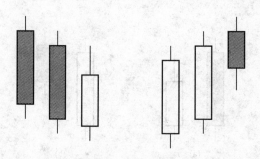

图6-20　反击失败

图6-20中图（b）与图（a）刚好相反，卖方力量不足，买方仍居主动地位。

（3）如图6-21（a）所示，为一长阴，两小阳，两阳比一阴短。表明多方虽顽强抵抗第一根K线的下跌形势，但收效甚微，下面即将来临的是空方的进攻开始。图（b）与图（a）相反，多方占据主动，空方力量已消耗过多，多方将等空方力尽展开反击。

（4）如图6-22（a）所示，一根阳线没有一根阴线长，多方力度不够，多方第三天再度进攻，突破上档压力，吃掉第一根阴线，后势将是以多方进攻为主，多方这次力度的大小将决定大方向。

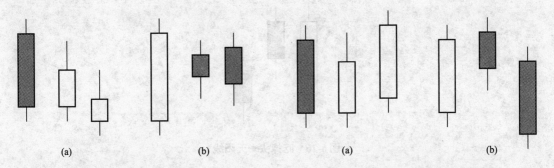

图6-21　反击两天失败　　　　　　图6-22　反击一天失败后再获优势

图6-22（b）中一根阴线没有一根阳线长，空方力度不够，空方第三天再度进攻，突破支撑，吃掉第一根阳线，后势将是以空方进攻为主，空方这次力度的大小将决定大方向。

（5）如图6-23所示，一根阴线比前一根阳线长，说明空方已占优，后一根阳线超过前一根阴线，说明多方力量较强，如后一根阳线未超过前一根阴线，后势将以空方占优。

（6）如图6-24所示，两阴夹一阳，第三根阴线比第二根阳线低，第四天空方将占优势。

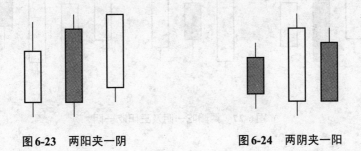

图6-23　两阳夹一阴　　　　　图6-24　两阴夹一阳

图6-24又分为以下三种情况。

① 如图6-25（a）所示，两阴比一阳短，说明多方优势还在，还握有主动权。

② 如图6-25（b）所示，两阴比一阳长，说明空方优势已确立。

③ 如图6-25（c）所示，四根K线中有三根阴线，说明空方进攻态势很明确。第四天是多方进攻，如第五天收阳，则后市多方占优；如再收阴，则后市空方占优。

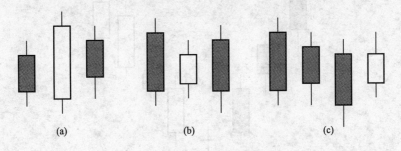

图6-25　两阴吃一阳及三阴吃一阳

（7）如图6-26所示，两阴吃掉头一天的一根阳线，空方的力量已经显示出很强大。

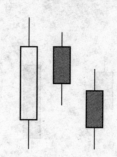

图6-26　吃掉头一天阳线

（8）如图6-27这是同图6-25刚好相反的图。

① 如图6-27（a）所示，空方优势。

② 如图6-27（b）所示，多方优势。

③ 如图6-27（c）所示，多方优势。

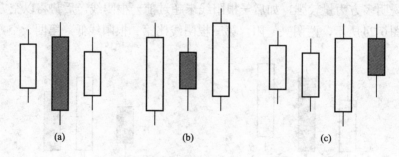

(a) (b) (c)

图6-27　两阳吃一阴及三阳吃一阴

四、十字星应用

1.底部十字星

股价长期下跌后出现十字星加大阳线，则底部形成，所以叫底部十字星，也叫希望之星，如图6-28所示。

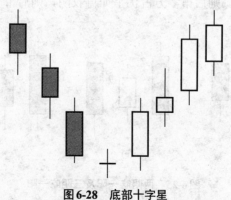

图6-28　底部十字星

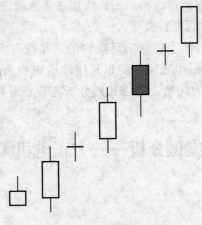

2. 上升中继十字星

股价长期上涨后出现十字星加阳线，即为上升中继十字星，如图6-29所示。

图6-29　上升中继十字星

3. 顶部十字星

股价长期上涨后出现十字星加大阴线，则顶部形成，所以叫顶部十字星，也叫黄昏之星，如图6-30所示。

4. 下降中继十字星

股价长期下跌后出现十字星加阴线，即为下降中继十字星，如图6-31所示。

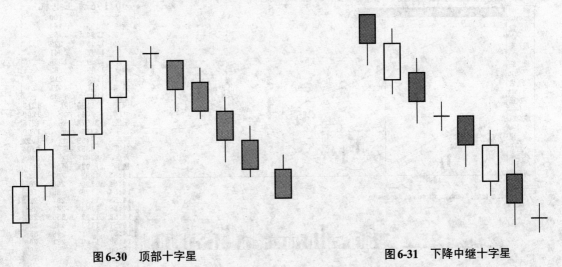

图6-30　顶部十字星

图6-31　下降中继十字星

五、应用K线组合应注意的问题

无论是一根K线，还是两根、三根以至多根K线，都是对多空双方斗争的一种描述，由它们的组合得到的结论都是相对的，不是绝对的。对股票买卖而言，结论只是一种建议和参考，也不是说今后要涨就一定涨，而是指今后要涨的概率比较大。

在应用中会发现运用不同种类的组合得到了不同的结论。有时应用一种组合得到明天会下跌的结论，但是实际没有下降，而是与事实相反的结果。这个时候的一个重要原则是尽量使用根数多的K线组合的结论，将新的K线加进来重新进行分析判断。一般说来，多根K线组合得到的结论正确的可能性要更大一些。

K线分析得出的结果在时间上的影响是短暂的，是没有突发事件影响下的分析结论。长期来看，每一个明显的顶部和底部都能以K线理论中找到解释，这些顶和底都满足K线理论中多空双方优势大小的判断。所以K线分析在投资分析中具有十分重要的作用。

第三节　案例分析——方正电机（002196）

一、日K线图分析

从方正电机（002196）的日K线图走势看，2008年11月4日是其转折点，11月5日放量涨停，收出大阳线，全天成交192.3万股，涨幅10.02%，股价为5.71元，换手率9.61%，这一大阳线宣告长期下跌和横盘整理的结束，从此进入上升通道，到2009年2月25日，仅仅3个月时间，创出12.75元的新高，涨幅超过100%。如图6-32所示。

图6-32　方正电机日K线图

二、周K线图分析

从方正电机（002196）的周K线图走势看，2008年11月3～7日是其转折点，本周收出大阳线，全周成交600.92万股，涨幅19%，股价从5.07元上涨到6.2元，换手率30.5%，这一周阳线宣告3周横盘整理的结束，从此进入上升通道。如图6-33所示。

图6-33　方正电机周K线图

三、月K线图分析

从方正电机（002196）的月K线图走势看，2008年3月是其转折点，本月收出大阴线，全月成交1356.50万股，跌幅25.65%，股价从23.57元下跌到17.1元，换手率67.82%，这一月阴宣告了暴跌走势的开始，产生了转折，短短8个月时间，股价从23.57元下跌到5.01元。如图6-34所示。

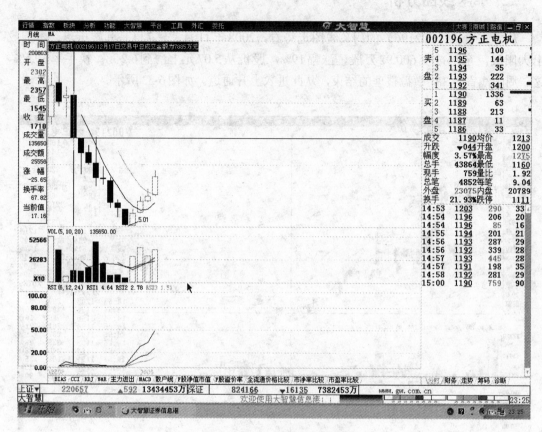

图6-34　方正电机月K线图

第七章 切线理论与实践

学习本章的目的是了解趋势的方向与类型，了解支撑线、压力线、趋势线、轨道线和黄金分割线，掌握几种常用线的分析方法。

"顺势而为，不逆势而动"，已经成为被广泛接受的炒股准则。要准确地把握形势，了解大势的发展方向，准确判断是上升还是下降，是暂时上升、马上就会下降，还是非暂时上升、不会马上下降，做到这一点是很困难的。大势的行动不是简单的上升下降，由于各种原因，在上升和下降的过程中一定有许多曲折，也就是说，上升的趋势中会有下降，下降的趋势中含有上升，这就给广大投资者在进行判断时造成很大的麻烦，往往容易在是暂时反弹或回落，还是彻底转势这个问题的判断上出现失误。从总的趋势认识着手，应用切线理论的一些方法，识别大势是继续维持原方向还是掉头反向这一问题是非常重要的。

第一节　趋势

一、趋势的定义

趋势就是股票价格的波动方向。若确定了一段上升或下降的趋势，则股价的波动必然朝着这个方向运动。上升的行情里，虽然也时有下降，但不影响上升的大方向，不断出现的新的高价会使偶尔出现的下降不值一提。下降行情里情况相反，不断出现的新低会使投资者情绪悲观，人心涣散。

技术分析的三大假设中的第二条明确说明价格的变化是有趋势的，没有特别的理由，价格将沿着这个趋势继续运动。这一点就说明趋势这个概念在技术分析中占有很重要的地位，是应该注意的核心问题。

一般说来，市场变动不是朝一个方向直来直去，中间肯定要有曲折，从图形上看就是一条曲折蜿蜒的折线，每个折点处就形成一个峰或谷。通过这些峰和谷的相对高度，可以看出趋势的方向。

二、趋势的方向

趋势的方向有三个：①上升方向；②下降方向；③水平方向，也就是无趋势方向。如图7-1所示。

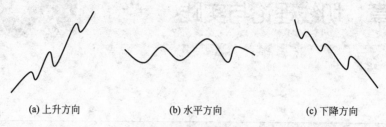

(a) 上升方向　　　　　(b) 水平方向　　　　　(c) 下降方向

图7-1　趋势的三种方向

如果图形中每个后面的峰和谷都高于前面的峰和谷，则趋势就是上升方向。这就是常说的"一底比一底高"或"底部抬高"。

如果图形中每个后面的峰和谷都低于前面的峰和谷，则趋势就是下降方向。这就是常说的"一顶比一顶低"或"顶部降低"。

如果图形中后面的峰和谷与前面的峰和谷相比，没有明显的高低之分，几乎呈水平延伸，这时的趋势就是水平方向。水平方向趋势是被大多数人忽视的一种方向，这种方向在市场上出现的概率是相当多的。就水平方向本身而言，也是极为重要的。大多数的技术分析方法，在对处于水平方向的市场进行分析时，都容易出错，或者说作用不大。这是因为此时的市场正处在供需平衡的状态，下一步朝哪个方向走是没有明显的规律可循的，可以向上也可以向下，因此预测市场朝何方运动是极为困难的，也是不明智的。

三、趋势的类型

按道氏理论的分类，趋势分为以下三个类型。

1. 主要趋势

主要趋势是指趋势的主要方向，是股票投资者极力要弄清楚的，了解了主要趋势才能做到顺势而为。主要趋势是股价波动的大方向，一般持续的时间比较长（这是技术分析中第二种假设所决定的）。

2. 次要趋势

次要趋势是在主要趋势的过程中进行的调整。如前所述，趋势不会是直来直去的，总有个局部的调整和回撤，次要趋势正是体现了这一论点。

3. 短暂趋势

短暂趋势是在次要趋势中进行的调整。短暂趋势与次要趋势的关系就如同次要趋势与主要趋势的关系一样。

这三种类型的趋势最大的区别是时间的长短和波动幅度的大小。有时为了更细地划分，三种类型可能还不够用，不过这无关大局，其他的类型只不过再对短暂趋势进行细分罢了（图7-2）。

图7-2　大趋势中包含小趋势

第二节　支撑线和压力线

如果趋势已经确认了，而且我们打算采取行动，例如我们已经认识到大牛市的来临，自然打算入市，这时就有个选择入市时机的问题。我们总是希望在涨势中途回落的最低点买入，这个回落的低点在哪里呢？要回答这个问题，当然没有绝对完美的答案，但是支撑线和压力线会给我们一定的帮助。

一、支撑线和压力线的作用

1.支撑线和压力线的定义

支撑线又称为抵抗线。当股价跌到某个价位附近时，股价停止下跌，甚至还有可能回升，这是因为多方在此时买入造成的。支撑线起阻止股价继续下跌的作用。这个起着阻止股价继续下跌或暂时阻止股价继续下跌的价格就是支撑线所在的位置。

压力线又称为阻力线。当股价上涨到某价位附近时，股价会停止上涨，甚至回落，这是因为空方在此抛出造成的。压力线起阻止股价继续上升的作用。这个起着阻止或暂时阻止股价继续上升的价位就是压力线所在的位置。

有些人往往产生这样的误解，认为只有在下跌行情中才有支撑线，只有在上升行情中才有压力线。其实，在下跌行情中也有压力线，在上升行情中也有支撑线。但是由于在下跌行情中人们最注重的是跌到什么地方是尽头，这样关心支撑线就多一些；在上升行情中人们更注重涨到什么地方是尽头，这样关心支撑线就多一些。

2.支撑线和压力线的作用

如前所述，支撑线和压力线阻止或暂时阻止股价向一个方向继续运动。我们知道股价的变动是有趋势的；要维持这种趋势，保持原来的变动方向，就必须冲破阻止其继续向前的障碍。比如说，要维持下跌行情，就必须突破支撑线的阻力和干扰，创造出新的低点；

要维持上升行情，就必须突破上升的压力线的阻力和干扰，创出新的高点。由此可见，支撑线和压力线迟早会有被突破的可能，它们不足以长久地阻止股价保持原来的变动方向，只不过是使之暂时停顿而已（图7-3）。

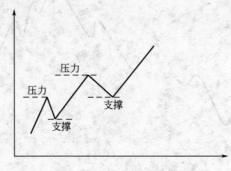

图7-3　支撑线和压力线

同时，支撑线和压力线又有彻底阻止股价按原方向变动的可能。当一个趋势终结了或者说走到尽头了，它就不可能创出新的低价和高价，这样支撑线和压力线就显得异常重要，是取得巨大利益的地方。

在上升趋势中，如果下一次未创出新高，即未突破压力线，这个上升趋势就已经处在很关键的位置了。如果再往后的股价又向下突破了这个上升趋势的支撑线，这就产生了一个趋势有变的强烈警告信号。这通常意味着，这一轮上升趋势已经结束，下一步很可能是下跌的过程。

同样，在下降趋势中，如果下一次未创新低，即未突破支撑线，这个下降趋势就已经处于很关键的位置。如果下一步股价向上突破了这次下降趋势的压力线，这就发出了这个下降趋势将要结束的强烈的信号，股价的下一步将是上升的趋势（图7-4）。

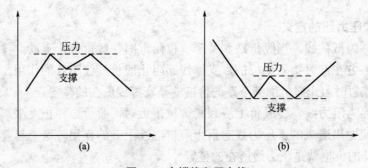

图7-4　支撑线和压力线

二、支撑线和压力线的相互转化

支撑线和压力线主要是从人的心理因素方面考虑的，两者的相互转化也是从心理角度方面考虑的。支撑线和压力线之所以能起支撑和压力作用，很大程度是由于心理因素方面的原因，这就是支撑线和压力线理论上的依据。当然，心理因素不是唯一的依据，还可以找到别的依据，但心理因素是主要的理论依据。

一个市场里无外乎三种人，即多头、空头和旁观者。旁观者又可分为持股者和持币者。假设股价在一个支撑区域停留了一段后开始向上移动。在此支撑区买入股票的多头们肯定认为自己对了，并对自己没有多买入些而感到后悔。在支撑区卖出股票的空头们这时也认识到自己弄错了，他们希望股价再跌回他们的卖出区域时，将他们原来卖出的股票补回来.而旁观者中的持股者的心情和多头相似，持币者的心情同空头相似。无论是这四种人中的哪一种，都有买入股票成为多头的愿望。

正是由于这四种人决定要在下一个买入的时机买入，所以才使价格稍一回落就会受到大家的关心，他们或早或晚会进入股市买入股票，这就使价格根本还未下降到原来的支撑位置，上述四种新的买入大军自然又会把价格推上去。在该支撑区发生的交易越多，就说明越多的股票投资者在这个支撑区有切身利益，这个支撑区就越重要。

再假设股价在一个支撑位置获得支撑后，停留了一段时间开始向下移动，而不是像前面假设的那样是向上移动。对于上升，由于每次回落都有更多的买入，因而产生新的支撑；而对于下降，跌破了该支撑，情况就截然相反。在该支撑区买入的多头都意识到自己错了，而没有买入的或卖出的空头都意识到自己对了。无论是多头还是空头，他们都有抛出股票、逃离目前市场的想法。一旦股价有些回升，尚未到达原来的支撑位，就会有一批股票抛压出来，再次将股价压低。

以上的分析过程对于压力线也同样适用，只不过结论正好相反。

这些分析的附带结果是支撑和压力地位的相互转化。如上所述，一个支撑如果被跌破，那么这个支撑将成为压力；同理，一个压力被突破，这个压力将成为支撑。这说明支撑和压力的角色不是一成不变的，而是可以改变的，条件是它被有效的足够强大的股价变动突破（图7-5）。

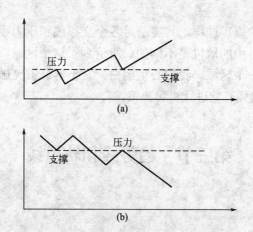

图7-5 支撑线和压力线地位的转换

支撑和压力的相互转化的重要依据是被突破。怎样才能算被突破呢？

用一个数字来严格区分突破和未突破是很困难的，没有一个明确的截然的分界线。

一般说来，穿过支撑或压力线越远，突破的结论越正确，越值得我们相信，越让我们认识到新的压力线和支撑线。有几个数字值得我们注意，3%、5%、10%和一些整数的价位。跌破这些数字，往往是改变看法的开始。3%、5%和10%，是对突破支撑线或压力线的幅度而言。

3%偏重于短线的支撑和压力区域，10%偏重于长线的支撑和压力区域，5%介于这两者之间。整数价位主要是针对人的心理状态而言，它更注重心理，而不是注重技术，4.99元与5.00元相差并不多，但4.99元给人的印象是跌破5元了，而5元还未跌破5元。

此外，突破的判断原则还有时间原则和收盘原则，这两种原则是以突破支撑线和压力线所持续的时间方面考虑的。很明显，瞬间的突破肯定不能算作是突破。目前，比较通用的是，收盘价突破支撑线和压力线三天以上，应该算成是突破。当然，还应该同上面的价格原则相结合。

三、支撑线和压力线的确认和修正

如前所述，每一条支撑线和压力线的确认都是人为进行的，主要是根据股价变动所画出的图表，有很大的人为因素。

一般来说，一个支撑线或压力线对当前影响的重要性有三个方面的考虑：一是股价在这个区域停留日的长短；二是股价在这个区域伴随的成交量大小；三是这个支撑区域或压力区域发生的时间距离当前这个时期的远近。很显然，股价停留的时间越长，伴随的成交量越大，离现在越近，则这个支撑或压力区域对当前的影响就越大，反之就越小。

上述三个方面是确认一个支撑或压力的重要识别手段。有时，由于股阶的变动，会发现原来确认的支撑或压力可能不真正具有支撑或压力的作用，比如说，不完全符合上面所述的三个方面。这时，就有一个对支撑线和压力线进行调整的问题，这就是支撑线和压力线的修正。

对支撑线和压力线的修正过程，其实是对各个支撑线和压力线的重要性的确认。每个支撑和压力在人们的心目中的地位是不同的。股价到了这个区域，我们心里清楚，它很有可能被突破，而到了另一个区域，我们心里明白，它不容易被突破。这为进行买入卖出提供了一些依据，不至于仅凭直觉进行买卖决策。

第三节　趋势线和轨道线

一、趋势线

1.趋势线的确认

趋势线是衡量价格的趋势，我们由趋势线的方向可以明确地看出股价的趋势。

在上升趋势中，将两个低点连成一条直线，就得到上升趋势线；在下降趋势中，将两个高点连成一条直线，就得到一条下降趋势线。如图7-6中的直线L。

由图7-6中看出上升趋势线起支撑作用，下降趋势线起压力作用，也就是说，上升趋势线是支撑线的一种，下降趋势线是压力线的一种。

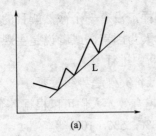 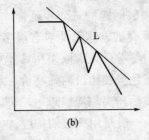

图7-6　趋势线

从图7-6中我们很容易画出趋势线，但这并不意味着趋势线已经被我们掌握了。我们画出一条直线后，有很多问题需要我们去解决。最迫切需要解决的问题是：我们画出的这条直线是否具有使用价值？以这条线作为我们今后预测股市的参考是否具有很高的准确性？

解决这个问题实际上是对用各种方法画出的趋势线进行挑选评判，最终保留一些确实有效的趋势线。也就是对趋势线进行筛选，去掉无用的，保留有用的。

要得到一条真正起作用的趋势线，要经多方面的验证才能最终确认，不合条件的一般应删除。首先，必须确实有趋势存在。也就是说，在上升趋势中，必须确认出两个依次上升的低点，在下降趋势中，必须确认两个依次下降的高点，才能确认趋势的存在，连接两个点的直线才有可能成为趋势线。其次，画出直线后，还应得到第三个点的验证才能确认这条趋势线是有效的。一般说来，所画出的直线被触及的次数越多，其作为趋势线的有效性越被得到确认，用它进行预测越准确有效。最后，这条直线延续的时间越长，就越具有有效性。

2.趋势线的作用

一条趋势线一经认可，下一个问题就是怎样使用这条趋势线来进行对股价的预测。一般来说，趋势线有以下两种作用。

（1）对价格今后的变动起约束作用，使价格总保持在这条趋势线的上方（上升趋势线）或下方（下降趋势线）。实际上，就是起支撑和压力作用。

（2）趋势线被突破后，就说明股价下一步的走势将要反转方向。越重要越有效的趋势线被突破，其转势的信号越强烈。被突破的趋势线原来所起的支撑和压力作用，现在将相互交换角色.即原来是支撑线的，现在将起压力作用，原来是压力线的，现在将起支撑作用（图7-7）。

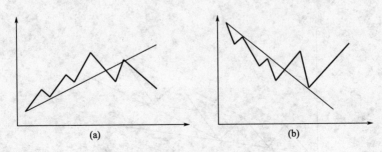

图7-7　趋势线被突破后起相反作用

3.趋势线的突破

应用趋势线最为关键的问题是怎样才算是对趋势线的突破，这个问题本质上是对第二节中支撑和压力的突破问题的进一步延伸。同样，没有一个截然醒目的数字告诉我们，这样算突破，那样不算突破。这里面包含很多的人为因素，或者说是主观成分。这里只提供几个判断是否有效的参考意见，以便在具体判断中进行考虑。

（1）收盘价突破趋势线比日内最高价、最低价突破趋势线重要。

（2）穿越趋势线后，离趋势线越远，突破越有效。人们可以根据各个股票的具体情况，自己制定一个界限，一般是用突破的幅度，如3%，5%，10%等。

（3）穿越趋势线后，在趋势线的另一方停留的时间越长，突破越有效。很显然，只在趋势线的另一方停留了一天，肯定不能算突破。至于多少天才算，这又是一个人为的选择问题，我们只能说至少两天。

二、轨道线

轨道线又称通道线或管道线，是基于趋势线的一种方法。在已经得到了趋势线后，通过第一个峰或谷可以作出这条趋势线的平行线，这条平行线就是轨道线。轨道线如图7-8所示。

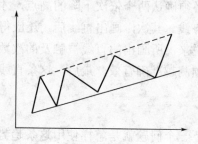

图7-8　轨道线

两条平行线组成一个轨道，这就是常说的上升和下降轨道。轨道的作用是限制股价的变动范围，让它不能变得太离谱。一个轨道一旦得到确认，那么价格将在这个轨道里变动。对上面的或下面的直线的突破将意味着有一个大的变化。

与突破趋势线不同，对轨道线的突破并不是趋势反向的开始，而是趋势加速的开始，即原来的趋势线的斜率将会增加，趋势线的方向将会更加陡峭。对轨道线的突破如图7-9所示。

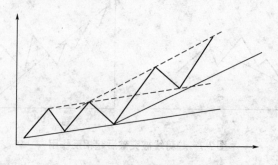

图7-9　趋势的加速

轨道线的另一个作用是提出趋势转向的警报。如果在一次波动中未触及到轨道线，离得很远就开始掉头，这往往是趋势将要改变的信号。它说明，市场已经没有力量继续维持原有的上升或下降的走势了。

轨道线和趋势线是相互合作的一对。很显然，先有趋势线，后有轨道线。趋势线比轨道线重要得多。趋势线可以独立存在，而轨道线则不能。

第四节　黄金分割线和百分比线

黄金分割线和百分比线是水平的直线（别的切线大多是斜的）。它们注重于支撑线和压力线所在的价位，而对什么时间达到这个价位不过多关心。很显然，斜的支撑线和压力线随着时间的向后移动，支撑位和压力位也要不断地变化。向上斜的切线价位会变高，向下斜的切线价位会变低。对水平切线来说，每个支撑位或压力位相对来说较为固定。为了弥补它们在时间上考虑的不周到，往往在画水平切线时多画几条，也就是说，同时提供好几条支撑线和压力线，并指望被提供的这几条中最终确有一条能起到支撑和压力的作用。为此，在应用水平切线的时候，应注意它们同其他切线的不同。水平切线中最终只有一条被确认是支撑线或压力线，这样，其他被提供的切线就不是支撑线和压力线，它们应当自动被取消，或者说在图形上消失，只保留那条被认可的切线。这条保留下来的切线就具有一般的支撑线或压力线所具有的全部特性和作用。

一、黄金分割线

黄金分割是一个古老而神奇的数学方法，数学上没有明确的解释，但在很多地方、很多时候都有意想不到的作用。画黄金分割线的第一步是记住如下若干个特殊数字。

0.191	0.382	0.618	0.809
1.919	1.382	1.618	1.809
2	2.618	2.809	4.236

这些数字中0.382和0.618最为重要，股价极为容易在由这两个数产生的黄金分割线处产生支撑和压力。画黄金分割线要找到上升行情结束调头向下的最高点，或者是下降行情结束调头向上的最低点。当然，我们知道这里的高点和低点都是指一定的范围，是局部的。只要能够确认一个趋势（无论是上升还是下降）已经结束或暂时结束，则这个趋势的转折点就可以作为进行黄金分割的点，从而画出黄金分割线。

在上升行情开始调头向下，在什么位置获得支撑呢？黄金分割提供的是如下几个价位，它们是由这次上涨的顶点价位分别乘上面所列特殊数字中的几个。假设这次上涨的顶点是10元，则：

8.09（10×0.809），6.18（10×0.618），5.00（10×0.5），3.82（10×0.382），1.19（10×0.191）

这几个价位极有可能成为支撑，其中6.18和3.82的可能性最大。

同理，在下降行情开始调头向上时，上涨到什么位置将遇到压力呢？黄金分割线提供的位置是这次下跌的底点价位乘上面的特殊数字。假设，这次下落的谷底价位为

10元，则：

11.91=10×1.191	21.91=10×2.191	13.82=10×1.382	23.82=10×2.382
15.00=10×1.5	26.18=10×2.618	16.18=10×1.618	28.09=10×2.809
18.09=10×1.809			

这些都将可能成为未来的压力位。其中13.82，15以及16.18成为压力线的可能性最大。图7-10是上证指数的实际例子。从图中可以看出，在0.5×2245=1122点形成有效的支撑。

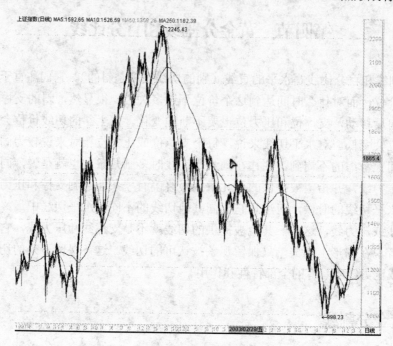

图7-10　黄金分割线

以上这种黄金分割在实际中被称为一个点的黄金分割，还有一种两个点的黄金分割。两个点的黄金分割是计算价格回撤深度的比较有效的工具，它的使用方法和计算思想同下面的百分比线类似，这里就不细谈了。

二、百分比线

百分比线考虑问题的出发点是人们的心理因素和一些整数的分界点。

当股价持续向上，涨到一定程度，肯定会遇到压力。遇到压力后，就要向下回落，回落的位置很重要。黄金分割提供了几个价位，百分比线也提供了几个价位。

以这次上涨开始的最低点和开始向下回撤的最高点两者之间的差，分别乘上几个特殊的百分比数，就可以得到未来支撑位可能出现的位置。

设低点是10元，高点是22元。这些百分比数一共10个，它们是：

1/8　　1/4　　3/8　　1/2　　5/8　　3/4　　7/8　　1　　1/3　　2/3

这里的百分比线中，1/2，1/3，2/3的这三条线最为重要。在很大程度上，1/2，1/3，2/3是人们的一种心理倾向。如果没有回落到1/3以下，就好像没有回落够似的；如果已经回落了2/3，人们自然会认为已经回落够了，因为传统的定胜负方法是三战二胜。

上面所列的10个特殊的数字都可以用百分比表示。之所以用上面的分数表示，是为了突出整数的习惯。

1/8=12.5%	1/4=25%
3/8=37.5%	1/2=50%
5/8=62.5%	3/4=75%
7/8=87.5%	1=100%
1/3=33.3%	2/3=66.6%

可以看出，这10个数字中有些很接近，如上例的3/8，2/3和5/8，在应用时，以1/3和2/3为主。

对于下降行情中的向上反弹，百分比线同样也适用。其方法与上升情况完全相同。

第五节 扇形原理、速度线和甘氏线

这三种切线的共同特点是找到一点（通常是下降的低点和上升的高点），然后以此点为基础，向后画出很多条射线（直线），这些直线就是未来可能成为支撑线和压力线的直线。

一、扇形原理

扇形线与趋势线有很紧密的联系，初看起来像趋势线的调整。扇形线丰富了趋势线的内容，明确给出了趋势反转（不是局部短暂的反弹和回落）的信号。

趋势要反转必须突破层层阻止突破的阻力。要反转向上，必须突破很多条压在头上的压力线；要反转向下，必须突破多条横在下面的支撑线。稍微的突破或短暂的突破都不能被认为是反转的开始，必须消除所有的阻止反转的力量，才能最终确认反转的来临。

技术分析的各种方法中，有很多关于如何判断反转的方法，扇形原理只是从一个特殊的角度来考虑反转的问题。实际应用时，应结合多种方法来判断反转是否来临，单纯用一种方法肯定是不行的。

扇形原理依据的是三次突破原则。在一个上升趋势中，先以两个低点画出上升趋势线后，如果价格向下回落，跌破了刚画的上升趋势线，则以新出现的低点与原来的第一个低点相连接，画出第二条上升趋势线。再往下，如果第二条趋势线又被向下突破，则同前面一样，用新的低点，与最初的低点相连接，画出第三条上升趋势线依次变得越来越平缓的这三条直线形如张开的扇子，扇形线和扇形原理由此而得名。对于下降趋势也可如法炮制，只是方向正好相反（图7-11）。

图中连续画出的三条直线一旦都被突破，它们的支撑和压力角色就会相互交换，这一点是符合支撑线和压力线的普遍规律的。

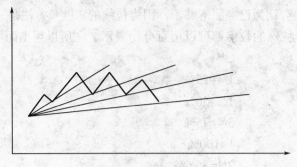

图 7-11　扇形线

二、速度线

同扇形原理考虑的问题一样，速度线也是用以判断趋势是否将要反转的。不过，速度线给出的是固定的直线，而扇形原理中的直线是随着股价的变动而变动的。另外，速度线又具有一些百分比线的思想。它是将每个上升或下降的幅度分成三等分进行处理，所以，有时我们又把速度线称为三分法。

速度线的画法如下。

首先，找到一个上升或下降过程的最高点和最低点（这一点同百分比线相同），然后，将高点和低点的垂直距离三等分。

第二步是连接高点（在下降趋势中）与1/3和2/3分界点，或低点（在上升趋势中）与1/3和2/3分界点，得到两条直线，这两条直线就是速度线（图7-12）。

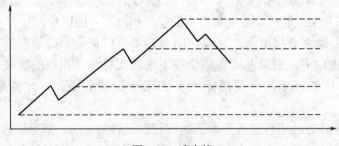

图 7-12　速度线

与其他切线不同，速度线有可能随时变动，一旦有了新高或新低，则速度线将随之发生变动，尤其是新高或新低与原来的高点或低点相距很远时更是如此，原来的速度线可以说完全没有作用。

速度线一旦被突破，其原来的支撑线和压力线的作用将相互变换位置，这也符合支撑线和压力线的一般规律。

速度线最为重要的功能是判断一个趋势是被暂时突破还是长久突破（转势），其基本的思想叙述如下。①在上升趋势的调整之中，如果向下折返的程度突破了位于上方的2/3速度线，则股价将试探下方的1/3速度线。如果1/3速度线被突破，则股价将一泻而下，预示这一轮上升的结束，也就是转势。②在下降趋势的调整中，如果向上反弹的程度突破了位于下方的2/3速度线，则股价将试探上方的1/3速度线。如果1/3速度线被突破，则股价将一路上行，标志这一轮下降的结束，股价进入上升趋势。

三、甘氏线

甘氏线分上升甘氏线和下降甘氏线两种，是由威廉·D·江恩（William D.Gann）创立的一套独特的方法.Gann是一位具有传奇色彩的股票技术分析大师，他的经验被后人总结为甘氏理论。甘氏线是指从一个点出发，依一定的角度，向后画出的多条直线。

图7-13为一幅甘氏线各个角度的直线图。在图中，每条直线都有支撑和压力的功能，但这里面最重要的是45°线、63.75°线和26.25°线，其余的角度虽然在股价的波动中也能起一些支撑和压力作用，但重要性都不大，都很容易被突破。

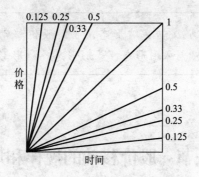

图7-13 甘氏线

具体画甘氏线的方法是首先找到一个点，然后以此点为中心按照图7-13所画的各条直线直接画到图上即可。被选择的点同大多数其他选点方法一样，一定是显著的高点或低点，如果刚被选中的点马上被创新的高点或低点取代，则甘氏线的选择也随之变更。

如果被选中的点是高点，则应画下降甘氏线，这些线将在未来的时间内起支撑和压力作用。如果被选中的点是低点，则应画上升甘氏线。这些线将在未来起支撑和压力作用。

第八章　形态理论与实践

　　学习本章的目的是掌握反转突破形态，了解股价移动的规律和两种形态类型，了解三角形态、矩形形态、喇叭形形态、菱形形态、旗形形态以及楔形形态。

第一节　股价移动的规律和形态

一、股价移动规律

　　K线理论注重短线的炒作，预测结果只适用于往后很短的时期，有时仅仅是一两天。为了弥补这种不足，我们将K线组成一条上下波动的曲线。这条曲线就是股价这段时间移动的轨迹，它比前面K线理论中的K线组合情况所包括的内容要全面得多。

　　这条曲线的上下波动实际上仍然是多空双方进行争斗的结果。不同时期多空双方力量对比的大小就决定了曲线是向上还是向下，这里的向上和向下其所延续的时间要比K线理论中所说的向上和向下的时间长得多。

　　形态理论这门重要的技术分析学问正是通过研究股价所走过的轨迹，分析和挖掘出曲线暗含的一些多空双方力量的对比结果，以指导投资者买卖股票决策。

　　股价的移动是由多空双方力量大小决定的。某一时期多方处于优势，股价将向上移动。相反，如果空方处于优势，则股价将向下移动。多空双方的一方占据优势的情况是多种多样的。如果某方只是稍强一点，股价向上（下）走不了多远就会遇到阻力。有的优势是决定性的，这种优势完全占据主动，对方几乎没有什么力量与之抗衡，股价向上（下）移动很快，没有任何力量可以阻挡。

　　股价移动的规律是完全按照多空双方力量对比大小和所占优势的大小而行动的。

　　一方的优势大，股价将向这一方移动。如果这种优势不足以摧毁另一方的抵抗，则股价还会回到原位（左右）。这是因为另一方只是暂时退却，随着这种优势影响的消失，另一方还会站出来收复失地。

再者，如果一方的优势足够大，足以摧毁另一方的抵抗，甚至把另一方的力量转变成本方的力量，则此时的股价将沿着优势一方的方向移动很远的距离，短时间内肯定不会回来，甚至于永远也不会回来。这是因为此时的情况发生了质变，多空双方原来的平衡位置发生了变化，已经向优势一方移动了。上一种情况的多空双方的平衡位置并未改变，所以，股价将会很快回到原来的位置。属于本方的力量将逐渐转移到对方。

例如，多方取得绝对优势（有一个绝好的利多消息），股价一路上扬，买入者蜂拥而至。随着价格的升高，将使买入者愈发紧张，同时，原来在低位买入的获利者也会获利了结，抛出股票。这两方面原因就会阻止价格无休止地上扬。

根据多空双方力量对比可能发生的变化，可以知道股价的移动应该遵循这样的规律：第一，股价应在多空双方取得均衡的位置上下来回波动；第二，原有的平衡被打破后，股价将寻找新的平衡位置。我们可以用下面的表示方法具体描述价格移动的规律：

持续整理，保持平衡——打破平衡——新的平衡户再打破平衡——再寻找新的平衡。

股价的移动就是按这一规律循环往复、不断地进行的。股市中的胜利者往往是在原来的平衡快要打破之前或者是在打破的过程中采取行动而获得收益的。原平衡已经打破，新的平衡已经找到，而这时才开始行动，就已经晚了。

二、股价移动的两种形态类型

股价的移动主要是保持平衡的持续整理和打破平衡的突破这两种过程。我们把股价曲线的形态分成两个大的类型：持续整理形态和反转突破形态。前者保持平衡，后者打破平衡。平衡的概念是相对的，股价只要在一个范围内变动，都属于保持了平衡。这样，这个范围的选择就成为判断平衡是否被打破的关键。

同支撑线、压力线被突破一样，平衡的被打破也有被认可的问题。刚打破一点，不能算真正打破。反转突破形态存在种种假突破的情况，这需要我们时刻牢记在心，毕竟假突破给我们造成的损失有时是很大的。

虽然对形态的类型进行了分类，但是有些形态是不容易区分其究竟属于哪一类的。例如，一个局部的三重顶底形态，在一个更大的范围内有可能被认为是矩形形态的一部分。一个三角形形态有时也可以被当成反转突破形态，尽管多数时候我们都把它当成持续整理形态。

第二节　反转突破形态

反转突破形态是我们应该花大力气研究的一类重要的形态。这里我们将分别介绍双重顶（底）、三重顶（底）、头肩顶（底）、圆弧顶（底）和 V 形（倒 V 形）五种反转形态。对这五种形态的正确识别和正确运用将使股票投资者受益匪浅。

一、双重顶和双重底

双重顶和双重底就是众所周知的M头和W底，这两种形态在实际的操作中出现得非常频繁。图8-1即是这两种形态的简单形状。

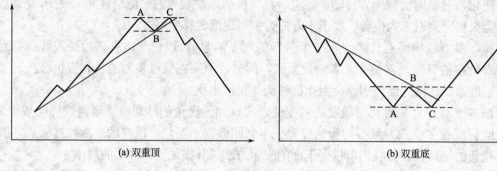

(a) 双重顶　　　　　　　　　　　　(b) 双重底

图8-1　双重顶和双重底形态

从图8-1中可以看出，双重顶或底——共出现两个顶或底，也就是两个相同高度的高点或低点。下面以M头为例说明一下双重顶形成的过程。

以图8-1（a）为例，在上升趋势过程的末期，股价在第一个高点——A点建立了新高点，之后进行正常的回落，受上升趋势线的支撑，这次回档将在B点附近停止。往后就是继续上升，但是力量不够，上升高度不足，在C点（与A点等高）遇到压力，股价向下，这样就形成A和C两个顶的形状。

M头形成以后，有以下两种可能的趋势。

第一，未突破B点的支撑位置，股价在A、B、C三点形成的狭窄范围内上下波动，演变成今后要介绍的矩形。

第二，突破B点的支撑位置继续向下，这种情况才是双重顶反转突破形态的真正出现。第一种情况只能说是一个潜在的双重顶反转突破形态出现了。

以B点作平行于A、C连线的平行线[图8-1（a）中的中间那条虚线]，就得到一条非常重要的直线——颈线，A、C连线是趋势线，颈线是与这条趋势线对应的轨道线，这条轨道线在这里起的是支撑作用。

一个真正的双重顶反转突破形态的出现，除了必要的两个相同高度的高点以外，还应该向下突破B点支撑。

突破颈线就是突破轨道线、突破支撑线，所以也有突破被认可的问题。有关支撑线压力线被突破的确认原则在这里都适用，最主要的是百分比原则和时间原则。前者要求突破到一定的百分比数，后者要求突破后至少是两日。

双重顶反转突破形态一旦得到确认，就可以用它进行对后市的预测。借助双重顶形态的测算功能，可知后市下跌的深度：

从突破点算起，股价将至少要跌到与形态高度相等的距离。

所谓的形态高度就是从A或C到B的垂直距离，亦即从顶点到颈线的垂直距离，如图8-1（a）所示，股价必须在B点之下的空间才能找到像样的支撑，它之前的支撑都不足取。

以上是以双重顶为例所进行的讲解。对于双重底形态，与双重顶有完全相似或者说完全相同的结果，只要将对双重顶的介绍反过来叙述就可以了。比如，向下改成向上，高点改成低点，支撑改成压力。如图8-1（b）所示。

二、头肩顶和头肩底

头肩顶和头肩底是实际的股价形态中出现得最多的形态，是最著名和最可靠的反转突破形态。图8-2是这两种形态的简单形式。

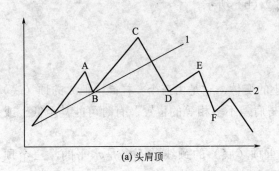
(a) 头肩顶

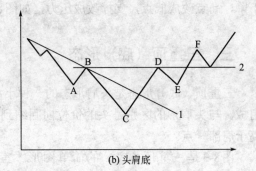
(b) 头肩底

图8-2　头肩顶和头肩底形态

从图8-2中看出，这种形态一共出现三个顶或底，也就是要出现三个局部高点或局部低点。中间的高点（低点）比另外两个都高（低），称为头，左右两个相对较低（高）的两个高点（低点）称为肩，这就是头肩形名称的由来。以下以头肩顶为例对头肩形进行介绍。

以图8-2（a）为例，在上升趋势中，不断升高的各个局部的高点和低点保持着上升的趋势，然后在某一个地方趋势的上涨势头将放慢。图8-2（a）中A和B还没有放慢的迹象，但在C和D点已经有了势头受阻的信号，说明这一轮上涨趋势可能已经出了问题。最后，股价走到了E和F点，这时反转向下的趋势已势不可挡。

这种头肩顶反转向下的道理与支撑和压力线的内容有密切关系。图8-2（a）中的直线1和直线2是两条明显的支撑线。

在C点和D点突破直线1说明上升趋势的势头已经遇到了阻力，E点和F点之间的突破则是趋势的转向。另外，E点的反弹高度没有超过C点，D点的回落高度已经低于A点，都是上升趋势出了问题的信号。图8-2（a）中的直线2其实就是头肩顶形态中极为重要的直线——颈线，我们已经知道，在头肩顶形态中，它是支撑线，起支撑作用。

头肩顶形态走到了E点并调头向下，只能说是原有的上升趋势已经转化成了横向延伸，还不能说已经反转向下了。只有当图形走到了F点，即股价向下突破了颈线，才能说头肩顶反转形态已经形成。

同大多数的突破一样，这里颈线的被突破也有一个被认可的问题。百分比原则和时间原则在这里都适用。

颈线突破，反转确认之后，股价下一步的大方向是下跌，而不是上涨或横盘。对于下跌深度的确定，我们可以借助头肩顶形态的测算功能：

从突破点算起，可以算出，股价将至少要跌到与形态高度相等的距离。

形态高度的测算方法是这样的，量出从头到颈线的距离[图8-2（a）中从C点向下至BD连线的高度]，这个高度就是头肩顶形态的形态高度。上述测算方法得到的股价下落的深度，是最近的目标，而价格的实际下落的位置还要根据很多其他因素来确定。

上述原则只是给出了一个思考和学习范围，对我们而言也只是有一定的指导作用。预计股价今后将跌到什么位置能止住或将要涨到什么位置而调头，永远是股票买卖者最关心的问题，但也是最不易回答的问题。

以上是以头肩顶为例对头肩形顶底形态进行了介绍。对头肩底而言，除了在成交量方面与头肩顶有所区别外，其余可以说与头肩顶一样，只是方向正好相反。例如，上升改成下降，高点改成低点，支撑改成压力，如图8-2（b）所示。

三、三重顶（底）形态

三重顶（底）形态是头肩形态的一种小小的变体，它是由三个一样高（低）的顶（底）组成。与头肩形的区别是头的价位向回缩到与肩差不多相等的位置，有时可能甚至低于或高于肩部一点。

图8-3是三重顶（底）的简单图形。三重顶（底）的颈线差不多是水平的，三个顶（底）也是差不多相等高度的。

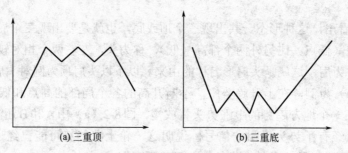

(a) 三重顶　　　　　　　　(b) 三重底

图8-3　三重顶（底）形态

应用和识别三重顶（底）主要是用识别头肩形的方法，直接应用头肩形的结论和应注意的事项。头肩形适用的情况三重顶（底）都适用，这是因为三重顶（底）从本质上说就是头肩形。有些文献甚至不把三重顶（底）单独看成一类形态，而直接纳入头肩形态。

与一般头肩形最大的区别是，三重顶（底）的颈线和顶（底）连线是水平的，这就使得三重顶（底）具有矩形的特征。比起头肩形来说，三重顶（底）更容易演变成持续形态，而不是反转形态。另外，如果三重顶（底）的三个顶（底）的高度依次从左到右是下降（上升）的，则三重顶（底）就演变成了直角三角形形态。这些都是我们在应用三重顶（底）时应该注意的地方。

四、圆弧顶（底）形态

将股价在一段时间的顶部高点用折线连起来，每一个局部的高点都考虑到，有时可能得到一条类似于圆弧的弧线，盖在股价之上，形成圆弧顶形态。将每个局部的低点连在一起，也能得到一条弧线，托在股价之下，形成圆弧底形态（图8-4）。

圆弧形又称为碟形、圆形、碗形等，这些称呼都很形象。不过应该提醒大家的是，图中的曲线不是数学意义上的圆，也不是抛物线，而仅仅是一条曲线。人们已经习惯于使用直线，在遇到图8-4中这样的顶（底）时，用直线显然就不够了，因为顶（底）的变化太频繁，一条直线应付不过来。

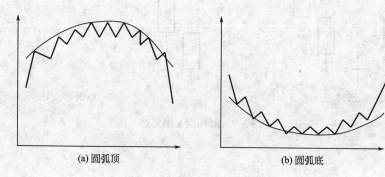

(a) 圆弧顶　　　　　　　　　　(b) 圆弧底

图8-4　圆弧顶（底）形态

圆弧形在实际中出现的机率较少，但是一旦出现则是绝好的机会，它的反转深度和高度是不可测的，这一点同前面几种形态有一定区别。

圆弧的形成过程与头肩形中的复合头肩形有相似的地方，只是圆弧形的各种顶或底没有明显的头肩的感觉。这些顶部（底部）的地位都差不多，没有明显的主次区分。

这种局面的形成在很大程度上是一些机构炒作股市的产物。机构手里有足够的股票，如果一次抛出太多，股价下跌太快，出货较为困难，所以只能一点点地往外抛，形成多次的来回拉锯，直到手中股票抛完。

同样，如果机构手里持有足够的资金，一下吃进得太多，股价上得太快，也不利于买入，也要慢慢地吃进。直到股价一点点地来往拉锯，往上接近圆弧缘时，才会用少量的资金一举往上提拉到一个很高的高度，因为这时股票大部分在机构大户手中，别人无法打压。

在识别圆弧形时，成交量也是很重要的。无论是圆弧顶还是圆弧底，在它们的形成过程中，成交量的过程都是两头多、中间少。越靠近顶或底成交量越少，到达顶或底时成交量达到最少（圆弧底在达到底部时，成交量可能突然大一些，之后恢复正常）。在突破后的一段，都有相当大的成交量。

圆弧形形成所花的时间越长，今后反转的力度就越强，越值得我们去相信这个圆弧形。

五、V形和倒V形形态

V形（倒V形）反转形态，其底（顶）只出现一次，没有试探底（顶）部的反复过程，它快速达到底（顶）部，产生拐点，迅速调头反转，形成V形（倒V形）形态，一般来说，V形（倒V形）形态的产生大多数是由于突发消息的产生引起的，如宏观政策变化、突发重大事件等（图8-5）。

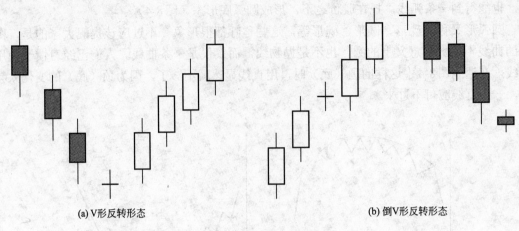

(a) V形反转形态　　　　　　　　　　　　　　　(b) 倒V形反转形态

图8-5　V形和倒V形形态

第三节　三角形态和矩形形态

一、三角形态

三角形态是属于一种持续整理形态。三角形态主要分为三种，即对称三角形态、上升三角形态和下降三角形态。第一种有时也称正三角形态，后两种合称直角三角形态。以下我们分别对这三种形态进行介绍。

1.对称三角形态

对称三角形态情况大多是发生在一个大趋势进行过程中，它表示原有的趋势暂时处于休整阶段，然后还要随着原趋势的方向继续行动。由此可见，见到对称三角形态后，今后走向最大的可能是原有的趋势方向。

图8-6是对称三角形态的一个简化的图形，这里的原有趋势是上升，所以，三角形态完成以后是突破向上。从图中可以看出，对称三角形态有两条聚拢的直线，上面直线的向下倾斜，起压力作用；下面的直线向上倾斜，起支撑作用。两直线的交点称为顶点。另外，对称三角形态要求至少应有4个转折点，图中的1～6，这6个点都是转折点。4个转折点的要求是必然的，因为每条直线的确定需要两个点，上下二条直线就至少要求有4个转折点。正如趋势线的确认要求第三点验证一样，对称三角形态一般应有6个转折点，这样，上下两条直线的支撑压力作用才能得到验证。

对称三角形态只是原有趋势运动的途中休整阶段，所以持续的时间不应该太长。持续时间如太长，保持原有趋势的能力就会下降。一般说来，突破上下两条直线的包围，继续沿原有既定的方向的时间要尽量早些，越靠近三角形的顶点，三角形的各种功能就越不明显，对买卖操作的指导意义就越不强。按照经验，突破的位置应在三角形的横向宽度1/2～3/4的某个点。三角形的横向宽度指的是图8-6中三角形顶点到虚线的距离。

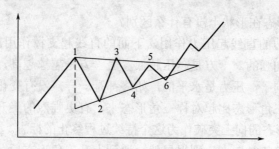

图8-6 对称三角形态

根据对称三角形态的特殊性，实际上可以预测股价向上或向下突破的时间区域，只要得到了上下两条直线就可以完成这项工作。可在图上根据两条直线找到顶点，然后，计算出三角形的横向宽度，标出1/2和3/4的位置。这样，这个区域就是股价未来可能要突破并保持原来趋势的位置。这对投资是很有指导意义的。不过这有个大前提，即，必须认定股价一定要突破这个三角形态。前述中，如果股价不在预定的位置突破三角形态，那么这个对称三角形态可能转化成别的形态，股价一直漂下去，直到顶点以外。

突破是真是假，这个老问题现在又遇到了。读者可以沿用以往的对策，按各自的喜好，采用百分比原则、日数原则或收盘原则均可。

对称三角形态被突破后，也有测算功能。以原有的趋势上升为例，这里介绍两种测算价位的方法。

方法一：如图8-7所示，从C点向上的带箭头的直线的高度，是未来股价至少要达到的高度。箭头直线长度与对称三角形态的高度（从突破点算起，股价至少要运动到与形态高度相等的距离）长度相等。

方法二：如图8-7所示，过1作平行于下边直线的平行线即图中的斜虚线，是股价今后至少要达到的位置。

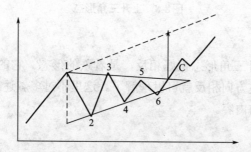

图8-7 三角形态的测算功能

从几何学上可以证明，用这两种方法得到的两个价位在绝大多数情况下是不相等的。方法一给出的是个固定的数字，方法二给出的是个不断变动的数字，到达虚线的时间越迟，价位就越高。这条虚线实际上是一条轨道线。方法一简单，易于操作和使用；方法二更多的是从轨道线方面考虑。

2.上升三角形态

上升三角形态是对称三角形的变形体。对称三角形态有上下两条直线，将上面的直线逐渐由向下倾斜变成水平方向就得到上升三角形态。除了上面的直线是水平的以外，上升三角形态同对称三角形态在形状上没有什么区别。

上升三角形态上边的直线起压力作用，下面的直线起支撑作用。在对称三角形态中，压力和支撑都是逐步加强的。一方是越压越低，另一方是越撑越高，看不出谁强谁弱。在上升三角形态中就不同了，压力是水平的，始终都是一样，没有变化，而支撑都是越撑越高。由此可见，上升三角形态比起对称三角形态来，有更强烈的上升意识，多方比空方更为积极。通常以三角形态的向上突破作为这个持续过程终止的标志。

如果股价原有的趋势是向上，则很显然，遇到上升三角形态后，几乎可以肯定今后是向上突破。一方面要保持原有的趋势，另一方面形态本身就有向上的愿望。这两方面的因素使股价很难逆大方向而动。

如果原有的趋势是下降，出现上升三角形态后，对于前后股价的趋势判断有些难度。一方要继续下降，保持原有的趋势；另一方要上涨，两方必然发生争斗。如果在下降趋势处于末期时（下降趋势持续了相当一段时间），出现上升三角形态还是以看涨为主。这样，上升三角形态就成了反转形态的底部。

上升三角形态被突破后，也有测算的功能，测算的方法同对称三角形态类似。图8-8是上升三角形态的简单图形表示，以及测算的方法。

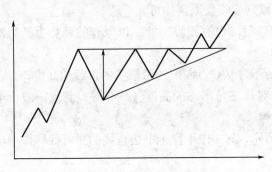

图8-8　上升三角形态

3.下降三角形态

下降三角形态同上升三角形态正好相反，是看跌的形态。它的基本内容同上升三角形态可以说完全相似，只要方向相反就可以理解了。这里不过多叙述，图8-9可以很明白地看出下降三角形态所包含的内容。

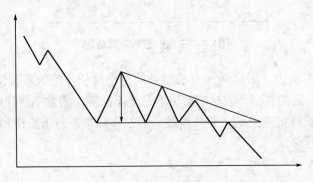

图8-9　下降三角形态

二、矩形形态

矩形又叫箱形，也是一种典型的整理形态。股票价格在两条横着的水平直线之间上下波动，上也上不去，下也下不来，作横向延伸的运动。

矩形形态在形成之初，多空双方全力投入，各不相让。空方在价格高上去后，在某个位置就抛压，多方在股价下跌后到某个价位就买入，时间一长就形成两条明显的上下界线。随着时间的推移，双方的战斗热情会逐步减弱，市场趋于平淡。

如果原来的趋势是上升，那么经过一段矩形整理后，会继续原来的趋势，多方会占优并采取主动，使股价向上突破矩形的上界。如果原来是下降趋势，则空方会采取行动，突破矩形形态的下界。图8-10即是矩形形态的简单图示。

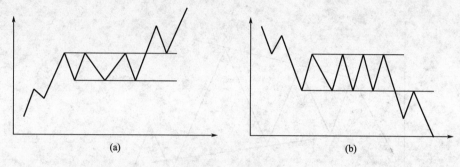

图8-10　矩形形态

从图8-10中可以看出，矩形形态在其形成的过程中极可能演变成三重顶（底）形态，这是应该注意的。正是由于对矩形形态的判断有这么一个容易出错的可能性，在面对矩形形态和三重顶（底）形态进行操作时，几乎一定要等到突破之后才能下结论，因为这两个形态今后的走势方向完全相反。一个是反转突破形态，要改变原来的趋势；一个是持续整理形态，要维持原来的趋势。

矩形形态被突破后，也具有测算意义，形态高度就是矩形的高度。面对突破后股价的反扑，矩形形态的上下界线同样具有阻止反扑的作用。

与别的大部分形态不同，矩形形态为我们提供了一些短线炒作的机会。如果在矩形形态形成的早期，能够预计到股价将进行矩形调整，那么，就可以在矩形形态的下界线附近买入，在矩形形态的上界线附近抛出，来回做几次短线的进出。如果矩形形态的上下界线相距较远，那么，这样短线的收益也是相当可观的。

第四节　喇叭形形态、菱形形态、旗形形态和楔形形态

一、喇叭形形态和菱形形态

喇叭形形态和菱形形态是三角形态的变形体，在实际中出现的次数不多；但是一旦出

现，则具备极为有用的指导作用。

这两种形态的共同之处是，大多出现在顶部，而且两者都是看跌。从这个意义上说，喇叭形形态和菱形形态又可以作为顶部反转突破的形态。更应注意的是，喇叭形形态和菱形形态在形态完成后，几乎总是下跌，所以就没有突破是否成立的问题，在形态形成的末期就可行动了。

1. 喇叭形形态

喇叭形形态的正确名称应该是扩大形形态或增大形形态，因为这种形态酷似一支喇叭，故得名。

这种形态其实也可以看成是一个对称三角形态倒转过来的结果，所以可以把它看做是三角形态的一个变形体。图8-11是喇叭形形态的简单表示。

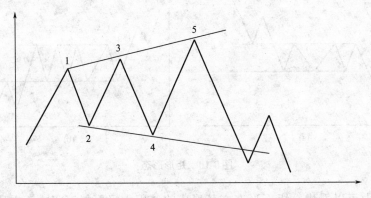

图8-11　喇叭形形态

从图8-11中看出，由于股价波动的幅度越来越大，形成了越来越高的三个高点，以及越来越低的两个低点。这说明当时的交易异常活跃，成交量日益放大，市场已失去控制，完全由参与交易的公众的情绪决定，在经过了剧烈的动荡之后，人们的热情会渐渐平静，远离这个市场，股价将逐步地往下运行。

三个高点和两个低点是喇叭形形态已经完成的标志。股票投资者应该在第三峰（图8-11中的5）调头向下时就抛出手中的股票，这在大多数情况下是正确的。

如果股价进一步跌破了第二个谷（图8-11中的4），则喇叭形形态完全得到确认，抛出股票更成为必然。

股价在喇叭形形态之后的下调过程中，肯定会遇到抵抗，这是喇叭形形态的特殊性。但是，只要抵抗高度不超过下跌高度的一半，股价下跌的势头还是应该继续的。

另外，通过喇叭形形态的喇叭上线（1—5）与水平线的夹角，以及喇叭下线（2—4）与水平线的夹角大小进行对比，可以看出：喇叭上线（1—5）与水平线的夹角大于喇叭下线（2—4）与水平线的夹角时，上涨概率较大，喇叭上线（1—5）与水平线的夹角小于喇叭下线（2—4）与水平线的夹角时，下跌概率较大。

如图8-12所示，当动态的倾斜角$\angle\alpha>\angle\beta$时，股价将会继续走高；当动态的倾斜角$\angle\alpha<\angle\beta$时，股价将会继续走低；这一研究给投资者提供了一种新的判别方法，它进一步完善了形态理论，对证券投资理论和指导投资者的实践都具有十分重要的意义。

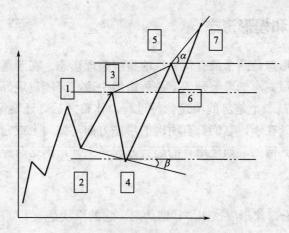

图8-12 喇叭形形态的动态倾斜角

2. 菱形形态

菱形形态的另一个名称叫钻石形形态，是另一种出现在顶部的看跌的形态。它比起上面的喇叭形形态来说，更有向下的愿望。它的前半部分类似于喇叭形，后半部分类似于对称三角形态。所以，菱形形态有对称三角形态保持原有趋势的特性。前半部分的喇叭形形态之后，趋势应该是下跌，后半部分的对称三角形态使这一下跌暂时推迟，但终究没能摆脱下跌的命运。由于对称三角形态的存在，菱形形态还具有测算股价下跌深度的功能。图8-13即是菱形形态的简单图示。

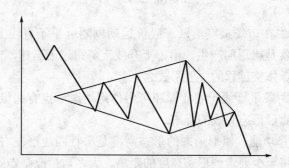

图8-13 菱形形态

菱形形态的形成过程的成交量是随价格的变化而变化的。开始是越来越大，然后是越来越小。

菱形形态的测算功能是以菱形的最宽处的高度为形态高度的。今后下跌的深度从突破点算起，至少下跌一个形态高度，这同大多数的测算方式是相同的。

识别菱形形态时应该注意以下几点。

第一，菱形形态有时也作为持续形态，不出现在顶部，而出现在下降趋势的中途，这时，它还是要保持原来的趋势方向；换句话说，这个菱形形态之后的走向仍是下降。

第二，菱形形态上（下）面两条直线的交点有可能并非正好是一个高（低）点。左、右两边的直线由各自找的两个点画出，两条直线在什么位置相交就不作要求了。

第三，技术分析中，形态理论中的菱形形态不是严格的几何意义上的菱形。

二、旗形形态和楔形形态

旗形形态和楔形形态是两个最有代表性的持续整理形态。在股票价格的曲线图上，这两种形态出现的频率最高，一段上升或下跌行情的中途，可能出现好几次这样的图形。旗形形态和楔形形态都是一个趋势的中途休整过程，休整之后，还要保持原来的趋势方向。这两种形态的特殊之处在于，它们都有明确的形态方向，如向上或向下，并且形态方向与原有的趋势方向相反。例如，如果原有的趋势方向是上升，则这两种形态的形态方向就是下降。

1.旗形形态

从几何学的观点看，旗形应该叫平行四边形，它的形状是一上倾或下倾的平行四边形。如图8-14所示。

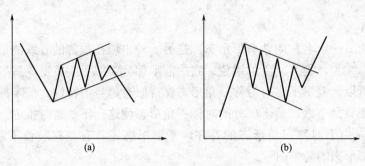

图8-14　旗形形态

旗形形态大多发生在市场极度活跃、股价运动剧烈近乎于直线上升或下降的情况下。这种剧烈运动的结果就是旗形的产生。由于上升或下降得过于迅速，市场必然会有所休整，旗形形态就是完成这一休整过程的主要形式之一。

旗形形态的上下两条平行线起着支撑和压力作用，这一点有些像轨道线。这两条平行线的某一条被突破是旗形形态完成的标志。

旗形形态也有测算功能。旗形形态的形态高度是平行四边形左右两条边的长度。旗形形态被突破后，股价将至少要走到形态高度的距离。大多数情况是走到旗杆高度的距离。

应用旗形形态时，应注意以下几点。

第一，旗形形态出现之前，一般应有一个旗杆，这是由于价格作直线运动形成的。

第二，旗形形态持续的时间不能太长。时间一长，它的保持原来趋势的能力将下降。经验告诉我们，应该短于三周。

第三，旗形形态形成之前和被突破之后，成交量都很大。在旗形形态的形成过程中，成交量从左向右逐渐减少。

2.楔形形态

如果将旗形形态中上倾或下倾的平行四边形变成上倾和下倾的三角形，我们就会得到楔形形态，如图8-15所示。

从图中看出三角形态的上下两条边都是朝着同一个方向倾斜，这与前面介绍的三角形态不同，楔形形态有明显的倾向。

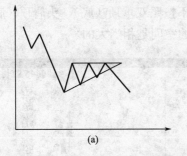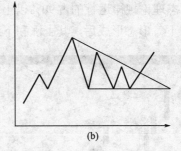

图8-15　楔形形态

同旗形形态和三角形态一样，楔形形态有保持原有趋势方向的功能，趋势的中途会遇到这种形态。

与旗形形态和三角形态稍微不同的地方是，楔形形态偶尔也可能出现在顶部或底部而作为反转形态。这种情况一定是发生在一个趋势经过了很长时间，接近尾声的时候。我们可以借助很多其他的技术分析方法，从时间上判断趋势是否可能接近尾声。尽管如此，当我们看到一个楔形形态后，首先还应把它当成中途的持续形态。

与旗形形态的另一个区别是，楔形形态的形成所花的时间要长一些。

在形成楔形形态的过程中，成交量是逐渐减少的。形成之前和突破之后，成交量都很大。

以上我们研究的形态是较为典型的和成熟的，而市场中的形态是千姿百态的，通过形态理论研究股价曲线的各种形态，发现股价的变动方向，对投资者是十分重要的。

第五节　案例分析

一、ST协和（600645）（现为ST中源）

2008年9月5日ST协和（600645）出现第一个肩点，当时价位为4.06元，8周后的2008年11月7日该股出现底点，价位为3.3元，2008年12月31日该股出现第二个肩点，价位为3.9元。由此可以判断头肩底出现，股票应该上涨。

自2009年1月5日，该股按头肩底的形态呈现向上走势，于2009年2月20日出现高点6.91元，从低点到高点的涨幅超过100%，如图8-16所示。

二、SST华新（000010）

2007年5月25日SST华新（000010）出现第一个顶点，当时价位为16.55元，2007年9月13日该股出现第二个顶点，价位为16.17元，然后下跌。形成双头形态。自2007年9月13日后，该股双头形态呈现向下走势，于2008年10月31日出现底点3.68元，从顶点到底点的跌幅达到80%，如图8-17所示。

通过对A股市场中1000只股票出现双重顶（底）、头肩顶（底）等形态的个股进行统计看出，按形态理论规律运行的占90%以上。不按照双重顶（底）、头肩顶（底）形态运行的只有10%以下，形态形成后，其上涨和下跌的空间是相当大的。

图8-16　ST中源K线图

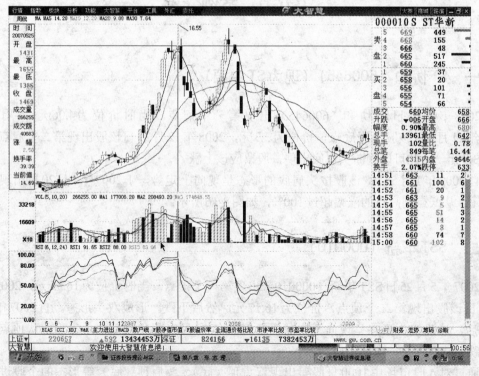

图8-17　SST华新K线图

第九章　技术指标与实践

　　学习本章的目的是了解指标及其作用，掌握各种指标的计算及分析方法。
　　技术指标法是技术分析中极为重要的分支。国际证券市场上各种各样的技术指标有千种以上，它们都有自己的拥护者，并在实际应用中取得一定的效果。我们在这里只介绍一些主要的技术指标。

第一节　技术指标概述

　　技术指标已深入到了每一个股票投资者的心里，进行股票操作的人都有一套自己惯用的技术指标体系。技术指标经过长期的检验，对正确判断股价走势有极大的帮助。

一、技术指标法的定义

　　按一定的方法对原始数据进行处理，将处理之后的结果制成图表，并据此对股市进行分析，这样的方法就是技术指标法。
　　原始数据指的是开盘价、最高价、最低价、收盘价、成交量和成交金额，有时还包括成交笔数。
　　对原始数据进行处理指的是将这些数据整理加工，而不同的处理方法就产生不同的技术指标。从这个意义上讲，有多少种技术指标，就会产生多少种处理原始数据的方法；反过来，有多少处理原始数据的方法，就会产生多少种技术指标，并最终都会在图表上得到体现。

二、产生技术指标的方法

　　从大的方面看，有两类产生技术指标的方法。第一类是按严格明确的数学公式，产生新的数据；这一类技术指标中极为广泛，较为著名的有KD指标、RSI指标、MA指标和动向指标等。第二类是没有明确的数学公式，只有处理数据方法的文字叙述。这一类指标相对较少。

三、技术指标的应用法则

技术分析的应用法则主要通过以下几方面进行。

（1）指标的背离。指标的背离是指指标的走向与股价走向不一致。

（2）指标的交叉。指标的交叉是指指标中的两条线发生了相交现象，常说的金叉和死叉就属这类情况。

（3）指标的高位或低位。高位或低位是指指标进入超买区或超卖区。

（4）指标的徘徊。指标的徘徊，是指指标处在进退都可的状态，没有对未来方向明确的判断。

（5）指标的转折。指标的转折是指指标的图形发生了调头，这种调头有时是一个趋势的结束和另一个趋势的开始。

（6）指标的盲点。指标无能为力的时候，即称为指标的盲点。

四、技术指标的本质

技术指标反映市场某方面的特征，通过数据资料，按一定的数学公式计算技术指标，反映股市的某一方面深层的内涵。这些内涵仅仅通过原始数据是很难看出来的，只有通过技术指标来描述。

定性认识股价走势的基本规律只是分析的一个方面，还必须进行定量分析。只有通过定性与定量分析，才能提高投资回报率。股价不断下跌后，总有一个触底反弹的时候，跌到什么程度可以买进，定性分析不能回答这一问题，因此学习技术指标就变得十分重要了。

五、技术指标法同其他技术分析方法的关系

由于技术指标种类繁多，所以需要考虑的方面就很多，人们能够想到的，几乎都能在技术指标中得到体现，这一点是其他技术分析方法无法比拟的。其他技术分析方法有一个共同点，那就是只重视价格，不重视成交量。如果单纯从技术的角度看，没有成交量的信息，其他方法也能正常运转，进行分析研究和预测。但是其效果与用技术指标分析相比略显不足。

在进行技术指标分析和判断时，也经常用到其他技术分析方法的基本结论。例如，在使用RSI等指标时，要用到形态学中的头肩形、颈线和双重顶（底）之类的结果以及切线理论中支撑线和压力线的分析手法。由此可以看出，全面学习技术分析的各种方法是很重要的。

六、应用技术指标应注意的问题

技术指标是工具，利用技术指标可以对股市进行预测。每种工具都有自己的适应范围

和适用的环境。工具的效果有时很差，有时就很好。人们在使用技术指标时，常犯的错误是机械地照搬结论，而不问这些结论成立的条件和可能发生的意外。所以，我们应尽量避免以盲目、绝对地相信技术指标，出了错误以后，又走向另一个极端，认为技术分析指标一点用也没有。每种指标都有自己的盲点，也就是指标失效的时候。在实际中应该不断地总结经验，并找到盲点所在。这对在技术指标的使用中少犯错误是很有益处的，遇到了某种技术指标失效，就把它搁置一边，去考虑别的技术指标。一般说来，众多的技术指标，在任何时候都会有几个能提供有益的指导和帮助。所以，全面掌握技术分析指标和方法是十分重要的，应了解每一种技术指标，并掌握四五个技术指标的计算及应用方法，再加以其他指标为辅。目前使用较为广泛的技术指标有KDJ，MACD，RSI，BOLL等四种，它们可作为重点掌握的指标。

第二节 移动平均线和平滑异同移动平均线

移动平均线和平滑异同移动平均线都是对原始的收盘价进行平滑之后的价格。

由于两个指标的产生过程类似，反映的是股价的同一方面的内容，所以，在操作手法上有很多相通的内容。

一、移动平均线（MA）

移动平均线计算方法就是求连续若干天的收盘价的算术平均。天数就是移动平均线的参数。5日的移动平均线常简称为5日线，即MA（5），同理还有10日线、30日线等概念。

1.移动平均线的特点

移动平均线的最基本的思想是消除偶然因素的影响，使波动的股价变得平滑，另外还有平均价格的含义，具有以下几个特点。

（1）追踪趋势。移动平均线能够表示股价的趋势方向，并追随这个趋势，不轻易放弃。如果从股价的走势图中能够找出上升或下降趋势线，那么，移动平均线的曲线将保持与趋势线方向一致，能消除股价在这个过程中出现的起伏。原始数据的股价图表不具备这个保持追踪趋势的特性。

（2）滞后性。在股价原有趋势发生反转时，由于移动平均线的追踪趋势的特性，移动平均线的行动往往过于迟缓，调头速度落后于大趋势。这是移动平均线的一个明显的缺点。等移动平均线发出反转信号时，股价调头的幅度已经很大了。

（3）稳定性。从移动平均线的计算方法可知道，要比较大地改变移动平均线的数值，无论是向上还是向下，都比较困难，必须当天的股价有很大的变动。因为移动平均线的变动不是一天的变动，而是几天的变动，一天的大变动通过几天一分，变动就会变小而显不出来。这种稳定性有优点，也有缺点，在应用时应多加注意，掌握好分寸。

（4）助涨、助跌性。当股价突破了移动平均线时，无论是向上突破还是向下突破，股价有继续向突破方向再走一程的愿望，这就是移动平均线的助涨、助跌性。

（5）支撑线和压力线的特性。由于移动平均线所具备的上述四个特性，使得它在股价走势中起支撑线和压力线的作用。移动平均线的被突破，实际上是支撑线和压力线的被突破，从这个意义上就很容易理解后面将介绍的葛兰维尔法则，即葛氏法则。

移动平均线的参数的选择可以加强移动平均线上述几方面的特性。参数选择得越大，上述的特性就越大。

比如，突破5日线和突破10日线的助涨助跌的力度完全不同，10日线比5日线的力度大，改过来较难一些。

使用移动平均线通常是对不同的参数同时使用，而不是仅用一个。各人对于不同参数的选择上有些差别，但都包括长期、中期和短期三类移动平均线。长、中、短是相对的，可以自己确定，如，5日、10日、20日、30日、120日、240日。

2.葛兰威尔法则

对于移动平均线的使用，经典的说法是葛兰威尔法则。该法则主要给出证券买卖信号，其基本内容主要有以下几项。

（1）买入信号。平均线从下降开始走平，股价从下上穿平均线；股价连续上升远离平均线，突然下跌，但在平均线附近再度上升；股价跌破平均线，并连续暴跌，远离平均线。

（2）卖出信号。平均线从上升开始走平，股价从上下穿平均线；股价连续下降远离平均线，突然上升，但在平均线附近再度下降；股价上穿平均线，并连续暴涨，远离平均线。

股价相对于移动平均线而言，实际上是短期移动平均线与长期移动平均线的关系。从这个意义上说，如果只面对两个不同参数的移动平均线，则可以将相对短期的移动平均线当成股价，将较长期的移动平均线当成移动平均线，这样，上述法则中股价相对于移动平均线的所有叙述，都可以换成短期股价相对于长期的移动平均线。换句话说，5日线与10日线的关系，可以看成是股价与10日线的关系。

股市中常说的死亡交叉和黄金交叉，实际上就是向上向下突破压力或支撑的问题。对于葛氏法则只要掌握了支撑和压力的思想就可以了。移动平均线只是作为支撑线和压力线，站在某均线之上，当然有利于上涨，但并不是说就一定会涨，压力线、支撑线也有被突破的时候。

二、平滑异同移动平均线（MACD）

1.平滑异同移动平均线的计算公式

平滑异同移动平均线由正负差（DIF）和异同平均数（DEA）两部分组成，当然，正负差是核心，异同平均数是辅助。这里我们先介绍正负差的计算方法。

正负差是快速平滑移动平均线与慢速平滑移动平均线的差，正负差的名称由此而来。快速和慢速的区别是进行指数平滑时采用的参数的大小不同，快速是短期的，慢速是长期的。以现在流行的参数12和26为例，对正负差的计算过程进行介绍。

快速平滑移动平均线（EMA）是12日的，计算公式为：

$$今日EMA(12) = \frac{2}{12+1} \times 今日收盘价 + \frac{11}{12+1} \times 昨日EMA(12)$$

慢速平滑移动平均线（EMA）是26日的，计算公式为：

$$今日EMA(26)=\frac{2}{26+1}\times 今日收盘价+\frac{25}{26+1}\times 昨日EMA(26)$$

以上两个公式是指数平滑的公式，平滑因子分别为13和27。如果选其他系数，则可照此法办理。

$$DIF=EMA(12)-EMA(26)$$

有了正负差之后，平滑异同移动平均线的核心就有了，单独的正负差也能进行行情预测。但为了使信号更可靠，我们引入了另一个指标——异同平均数。异同平均数是正负差的移动平均，也就是连续数日的正负差的算术平均。这样，异同平均数本身又有了个参数，那就是作为算术平均的正负差的个数，即天数。对正负差做移动平均就像对收盘价移动平均一样，是为了消除偶然因素的影响，使结论更可靠。

此外，在分析软件上还有一个指标叫柱状线（BAR）。

$$BAR = 2\times(DIF-DEA)$$

2.平滑异同移动平均线的应用法则

利用平滑异同移动平均线进行行情预测，主要是从以下两个方面进行。

（1）从正负差和异同平均数的取值和这两者之间的相对取值对行情进行预测。其应用法则如下。

① 正负差和异同平均数均为正值时，属多头市场。正负差向上突破异同平均数是买入信号；正负差向下跌破异同平均数只能认为是回落，作获利了结。

② 正负差和异同平均数均为负值时，属空头市场。正负差向下突破异同平均数是卖出信号。

正负差是正值，说明短期的比长期的平滑移动平均线高，这类似于5日线在10日线之上，所以是多头市场，正负差与异同平均数的关系就如同股价与移动平均线的关系一样，正负差的上升和下降，进一步又是股价的上升和下降信号。上述的操作原则是从这方面考虑的。

（2）利用正负差的曲线形状，利用形态进行行情分析。主要是采用指标背离原则。这个原则是技术指标中经常使用的，具体的叙述是：如果正负差的走向与股价走向相背离，则此时是采取行动的信号。至于是卖出还是买入要依正负差的上升和下降而定。

平滑异同移动平均数的优点是去掉了移动平均线产生的频繁出现的买入卖出信号，使发出信号的要求加大和限制增加，避免假信号的出现，用起来比移动平均线更有把握。但其缺点同移动平均线一样，在股市没有明显趋势而进入盘整时，失误的时候极多。另外，对未来股价的上升和下降的深度不能进行有效分析。在实际操作时，可以直接观察红（黑）柱状线，在红（黑）柱状线收敛（由长变短）时，卖出（买入），可以取得较好的投资回报。

三、均线系统中的切线买卖法

1.均线、假设与切线

均线系统中的切线买卖法是笔者通过二十年理论和实践经验的总结，得出的原创成果之一。均线实际上是移动平均线的简称。由于该指标是反映价格运行价格趋势的重要指标，其运行趋势一旦形成，将在一段时间内继续保持，趋势运行所形成的高点或低点又分别具有阻挡或支撑作用，因此均线指标所在的点位往往是十分重要的支撑或阻力位，这就提供了买进或卖出的有利时机，均线系统的价值也正在于此。现以5日均线为例进行分析。5日均线就是股票价格前5天的收盘价之和再除以5天形成5日均点，逐项递推移动，然后依次连接就形成5日均线。

从几何上讲，切线指的是一条刚好触碰到曲线上某一点的直线。更准确地说，当切线经过曲线上的某点（即切点）时，切线的方向与曲线上该点的方向是相同的。切线斜率的变化能很好的反应曲线的变化趋势。我们假设：①股票的5日均线连续；②均线上每一点的切线唯一。

由波浪理论可知，股票的价格总是"一涨一跌"。因此近似地把股票的5日均线看成一个正弦函数（本文以波浪理论的2，3，4浪为例进行分析）：$f(x) = \sin x (-\pi < x < \pi)$，其图像如图9-1所示。

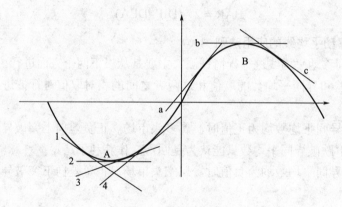

图9-1　均线的切线

图9-1中：A点为波浪理论中第二浪的低点，B点为第三浪的高点；1为A点左邻域内一条斜率为负的切线，2是一条交于A点的斜率为0的切线，3、4是两条在A右邻域内斜率为正的切线；a是最高点B的左邻域内的一条斜率为正的切线，b是一条和B点相切斜率为0的切线，c是B右邻域内一条斜率为负的切线。

2.买入点分析

要在股票市场上获利，最基本的一条就是要买在一个价格的相对低点。如图9-1所示：均线上价格的最低点在A点，在A点有以下三个基本特征。

① 在A点左边的一个区域内五日线的切线斜率为一个负数而且越来越小。其代表的意义为空方力量大于多方力量，但是多方力量较以前有所增强，一旦多方力量超过空方力量股票价格就会上涨。

② 在A点上，其切线是一条水平线。

③ 在A点的右边某个邻域内所有切线的斜率都是正数，而且会越来越大。这代表了多方力量较之空方力量越来越大。由前面的分析可以知道均线是代表价格的一个未来走势，均线到了A点时就应该注意股票，当均线开始上升时，就是买入股票的最佳时机。

3.卖出点分析

在上面的分析中讨论了买入点的确定,但是股票只有一个好的买入点还是不行的。必须要"买低卖高"才有利可图。从图9-1中可以直观地看出来B点为价格的最高点,即是波浪理论中的第一、三、五浪的最高点,此时为最佳的卖出点。相应地,可以看出B点的一些特征。

① B点左边的切线的斜率逐渐变小,这是因为,一方面股票价格不可能无限的上涨,当价格高于价值时就会向股票的价值靠拢;另一方面,在这一次的上涨中已经有不少人获利,这些人会出售自己的股票使得市场上该股票的空方力量增大,价格上涨越来越慢。

②B点上,其切线为一条水平线。

③ 在B点右边的部分,由于空方力量的增强,股票价格会开始下降,在图9-1中表现为右边邻域的切线都是一些向右下方倾斜的,而且这些切线的斜率会越来越大。类似于买入点的分析,卖出点相应地是在B点左边的接近B点的位置上。

4.切线买卖方法的不足及修正

均线的时滞性使得均线并不能准确、敏感地反应价格的变化。因此,在均线的最低点,如图9-1中的A点,并不是价格的最低点,这个点的形成是价格已经止跌上涨一小段时间后才能形成。价格真正的最低点则是均线的斜率由大变小,并很接近A点的左邻域内的某个点。同样,B点也可以得出价格的最高点是在B点左边的某个点上。

没有哪一种技术分析方法可以全面、完美地分析股票的价格和走势。因此,在分析时应该结合多种分析方法。用切线和均线分析也一样在使用时可以佐以K线及K线组合理论来确定价格的最低点。当切线的斜率最来越小,并且结合K线判断价格将会上升时就是一个最佳的买入点。

由以上两方面分析可以看出,在股票价格变化的次波动中,最佳的买入点是在A点左边的某个点,最佳的卖出点是在B点右边的某个点。但是在实际中会有很多干扰因素,所以人们不可能总是在一个最低点买入,在一个最高点卖出。真正有意义的是如何在一个次低点买入,而在一个次高点卖出。结合上述分析买入点应该是以A点为中心的一个小区域内。同样,卖出点也是在B点为中心的一个邻域内。风险规避者可能选择更为保守的操作手法,可以选择在A点右边的某个点买入,即,当股票五日均线一直向下直到价格停止向下,并出现一个明显的向上的趋势的时候就买入。相反,股票的卖出也只能是选择在B点右边的某个点。

四、切线买卖法在均线系统中的应用

1.工商银行（601398）

如图9-2所示,为工商银行在2011年2月23日到2011年3月14日的一个日K线图,其中白线为五日均线,黄色的线为在最高点和最低点附近的一些切线。明显地可以看出在均线的最低是在2011年的2月28日的K线处达到,可以在2011年的2月27日或26日买入,也可以在29日或者30日买入,因为此处的切线1的斜率要远大于2的斜率。最高点是图中2011年3月10日的K线处达到。但是在2011年3月9日均线的斜率有一个明显的变化。此处可以知道价格上涨越来越慢,空方力量增大。此时为最佳的卖出点。如果结合K线理论：十字星的第二天可能收出阴线，在2011年3月10日下午2时30分后卖出，也可以卖到一个次高点。

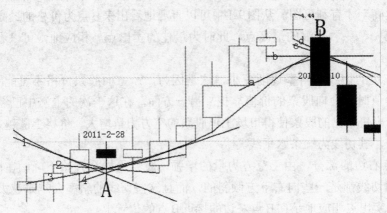

图9-2　工商银行——均线的切线买点A和卖点B

2. 山东黄金（600547）

如图9-3所示为山东黄金2011年1月24日到2011年3月3日的一个日K线图。类似于3.1中工商银行的分析可以得出结论：买入点为A点附近；卖出点在B点附近。

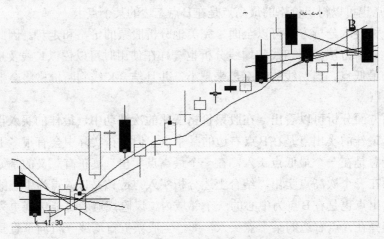

图9-3　山东黄金——均线的切线买点A和卖点B

第三节　威廉指标和随机指标

威廉指标和随机指标是股市中较为重要的两个指标，最早起源于期货市场，并受到广泛注意。两指标被引入股票市场后，也给广大股票投资者带来巨大的收益。目前，这两个指标已经成为中国股市广泛使用的指标之一。

一、威廉指标（WMS）

这个指标是由拉里·威廉（Larry Williams）于1973年首创的，最初是用在期货市场。

威廉指标反映的是市场处于超买还是超卖状态。

1.威廉指标的计算公式和物理意义

威廉指标的计算公式为：

$$WMS(n) = \frac{H_n - C_t}{H_n - L_n} \times 100\%$$

(9-1)

式中，C_t为当天的收盘价；H_n和L_n为最近n日内（包括当天）出现的最高价和最低价。

由式（9-1）可知，威廉指标有一个参数，那就是选择日数n。威廉指标表示的含义是当天的收盘价在过去的一段日子的价格变动范围内所处的相对位置。如果威廉指标的值较大，则当天的价格处在相对较高的位置，要提防回落；如果威廉指标的值较小，则说明当天的价格处在相对较低的位置，要提防反弹；威廉指标取值居中，在50%左右，则当天价格上下的可能性都有。

2.威廉指标的参数选择和应用法则

在威廉指标出现的初期，人们认为市场出现一次循环周期大约是4周，那么取周期的前半部分或后半部分，就一定能包含这次循环的最高值或最低点。这样，威廉指标选的参数只要是2周，则这2周之内的H_n或L_n，至少有一个成为天花板或地板。这对应用威廉指标进行研判行情很有帮助。

基于上述理由，威廉指标的选择参数应该是循环周期的一半。中国股市的循环周期目前还没有明确的结果，在应用威廉指标时，还是可以多选择几个参数试试。

威廉指标的操作法则也是从以下两方面考虑。

（1）从威廉指标的绝对取值方面考虑。式（9-1）告诉我们，威廉指标的取值介于0%～100%之间，以50%为中轴将其分为上下两个区域。当威廉指标高于80%，即处于超买状态，行情即将见顶，应当考虑卖出；当威廉指标低于20%，即处于超卖状态，行情即将见底，应当考虑买入。

这里80%和20%只是经验数字，不是绝对的，有些个别的股票可能要比80%大，也可能比20%小。不同的情况会产生不同的买进线和抛出线，读者要根据具体情况，在实战中不断摸索。有一点应该说明，由于投机心理，买进线普遍比20%低，卖出线普遍比80%高。

（2）从威廉指标的曲线形状考虑。这里只介绍背离原则以及撞顶和底次数的原则：

① 在威廉指标进入高位后，一般要回头，如果这时股价还继续上升，这就产生背离，是出货的信号；

② 在威廉指标进入低位后，一般要反弹，如果这时股价还继续下降，这就产生背离，是买进的信号；

③ 威廉指标连续几次撞顶（底），局部形成双重或多重顶（底），则是出货（进货）的信号。

二、随机指标（KDJ）

KDJ指标的中文名称是随机指数，是由乔治·莱恩（George Lane）首创的，最早也是用于期货市场。

1.KD指标的计算公式和理论上的依据

产生KD以前，先产生未成熟随机值RSV（Row Stochastic Value），计算公式为：

$$\text{RSV}(n) = \frac{C_t - L_n}{H_n - L_n} \times 100\% \tag{9-2}$$

从式（9-2）中可以看出，RSV实际上就是威廉指标，可能是这两者产生的途径不同，各自取了不同的名字。

对RSV（WMS）进行指数平滑，就得到K指标：

今日K值=2/3×昨日K值+1/3×今日RSV

式中，1/3是平滑因子，可以选择其他数据，不过目前已经约定俗成，一般固定为1/3。

对K值进行指数平滑，就得到D指标：

今日D值=2/3×昨日K值+1/3×今日K值

式中，1/3为平滑因子，可以选择其他数据，但同样已成约定为1/3。

KD是在威廉指标的基础上发展起来的，所以KD就具有威廉指标的一些特性和应用原理。在上涨趋势中，收盘价一般是接近天花板；相反，在下降趋势中，收盘价接近地板。在反映股市价格变化时，WMS%最快，K其次，D最慢。在使用KD指标时，我们往往称K指标为快指标，D指标为慢指标。K指标反应敏捷，但容易出错；D指标反应稍慢，但稳重可靠。

在介绍KD时，往往还附带了一个指标，计算公式为：

J=3D–2K

其实，J=D+2（D–K）可见J是D加上一个修正值。J的实质是反映D和D与K的差值。在实际应用时，一般是将J值为超买、超卖指标进行使用。当J值超过100，被认为是超买；当J值低于0，被认为是超卖。此外，J还有其他计算公式。

2.KD指标应用法则

KD指标是三条曲线，在应用时主要从四个方面进行考虑：KD取值的绝对数字；KD曲线的形态；KD指标的交叉；KD指标的背离。

（1）从KD的取值方面考虑。KD的取值范围都是0%～100%，将其划分为几个区域：超买区、超卖区、徘徊区。按流行的划分法：80%以上为超买区；20%以下为超卖区；其余为徘徊区。

根据这种划分，KD超过80%就应该考虑卖出了，低于20%就应该考虑买入了。这种操作是很简单的，同时又很容易出错，完全按这种方法进行操作很容易招致损失。大多数对KD指标了解不深的使用者，以为KD指标的操作就限于此，对KD指标的作用产生误解。

应该说明的是上述对0%～100%的划分只是一个应用KD指标的初步，仅仅是信号。真正作出买卖的决定还必须从其他方面考虑。

（2）从KD指标曲线的形态方面考虑。当KD指标在较高或较低的位置形成了头肩形和多重顶（底）时，是采取行动的信号。注意，这些形态一定要在较高位置或较低位置出现，位置越高或越低，结论越可靠，越正确。操作时可按形态学方面的原则进行。

对于KD的曲线也可以画趋势线，以明确KD的趋势。在KD的曲线图中仍然可以引进支撑和压力的概念。某一条支撑线和压力线的被突破，也是采取行动的信号。

（3）从KD指标的交叉方面考虑K与D的关系就如同股价与MA的关系一样，也有死亡交叉和黄金交叉的问题，不过这里的交叉的应用很复杂，还附带很多其他条件。下面以K从下向上与D交叉为例对这个交叉问题进行介绍。

K上穿D是黄金交叉，只是买入信号。是否应该买入，还要具备以下条件。

① 黄金交叉的位置应该比较低，是在超卖区的位置，越低越好。

② 与D相交的次数。有时在低位，K、D要来回交叉好几次。交叉的次数以2次为最少，越多越好。

③ 交叉点相对于KD线低点的位置，这就是常说的"右侧相交"原则。K是在D已经抬头向上时才同D相交，比D还在下降时与之相交要可靠得多；换句话说，右侧相交比左侧相交好。

满足了上述条件，买入就放心一些。少满足一条，买入的风险就多一些。但是，如果要求每个条件都满足，尽管比较安全，但也会损失和错过很多机会。

对于K从上向下穿破D的死亡交叉，也有类似的结果，读者不妨自己试试，这里就不重复了。

（4）从KD指标的背离方面考虑。简单地说，背离就是走势的不一致。在KD处于高位或低位时，如果出现与股价走向的背离，则是采取行动的信号。当KD处在高位，并形成两个依次向下的峰，而此时股价还在一直上涨，这叫顶背离，是卖出的信号；与之相反，KD处在低位，并形成一底比一底低，而股价还继续下跌，这构成底背离，是买入信号。

第四节　相对强弱指标和布林线

相对强弱指标RSI是与KD指标齐名的常用技术指标。相对强弱指标以一特定的时期内股价的变动情况推测价格未来的变动方向，并根据股价涨跌幅度显示市场的强弱。布林线（BOLL）也是常用技术指标，它主要反映股价波动的区间，对投资者具有重要意义。

一、相对强弱指标（RSI）

1.RSI计算公式

天数是参数，即考虑的时期的长度，一般有5日、9日、14日等。这里的5日与移动平均线中的5日线截然不同。下面以14日为例具体介绍相对强弱指标（14）的计算方法，其余参数的计算方法与此相同。

先找到包括当天在内的连续14天的收盘价，用每一天的收盘价减去上一天的收盘价，会得到14个数字。这14个数字中有正（比上一天高）有负（比上一天低）。

A=14个数字中正数之和

B=14个数字中负数之和×（−1）

A和B都是正数。这样，就可以算出相对强弱指标（14）：

$$RSI(14) = \frac{A}{A+B} \times 100\% \qquad (9-3)$$

式中，A为14天中股价向上波动的大小；B为向下波动的大小；$A+B$为股价总的波动大小。

相对强弱指标实际上是表示向上波动的幅度占总波动的百分比，如果占的比例大就是强市，否则就是弱市。

很显然，相对强弱指标的计算只涉及收盘价，并且可以选择不同的参数。相对强弱指标的取值介于0%～100%之间。

2.相对强弱指标的应用法则

（1）不同参数的两条或多条相对强弱指标曲线的联合使用。同移动平均线一样，天数越多的相对强弱指标考虑的时间范围越大，结论越可靠，但速度慢。

参数小的相对强弱指标我们称为短期相对强弱指标；参数大的我们称之为长期相对强弱指标。这样，两条不同参数的相对强弱指标曲线的联合使用法则可以完全照搬移动平均线中的两条移动平均线的使用法则。即：

① 短期相对强弱指标>长期相对强弱指标，则属多头市场；

② 短期相对强弱指标<长期相对强弱指标，则属空头市场。

当然，这两条法则只是参考，不能完全照此操作。

（2）根据相对强弱指标取值的大小判断行情。将100分成四个区域，根据相对强弱指标的取值落入的区域进行操作。分划区域的方法如表9-1所示。

表9-1　强弱区域的划分

*RSI*值	市场特征	投资操作
80～100	极强	卖出
50～80	强	买入
20～50	弱	卖出
0～20	极弱	买入

极强与强的分界线和极弱与弱的分界线是不明确的，这两个区域之间不能画一条截然分明的分界线，这条分界线实际上是一个区域。在大量的技术分析书籍中看到的30%，70%或者15%及85%，实际上就是对这条分界线的大致描述。

应该说明的是，这个分界线位置的确定与以下两个因素有关。

第一，与相对强弱指标的参数有关。不同的参数，其区域的划分就不同。一般而言，参数越大，分界线离中心线50%就越近，离100%和0%就越远。

第二，与选择股票本身有关。不同的股票，由于其活跃程度不同，相对强弱指标所能达到的强弱程度也不同。一般而言，越活跃的股票，分界线的位置离50%就应该越远，越不活跃的股票分界线离50%就越近。

随着相对强弱指标取值的从上到下，应该采取的行动是这样一个顺序：卖出——买入——卖出——买入。市场是强市，要买入，但是强过了头就该抛出了。

（3）从相对强弱指标的曲线形状上判断行情。当相对强弱指标在较高或较低的位置形成头肩形和多重顶（底），是采取行动的信号。切切记住，这些形态一定要出现在较高位置和较低位置，离50%越远越好，越远则结论越可信，出错的可能就越小。形态学中有关这类形状的操作原则，这里都适用。

与形态学紧密联系的趋势线在这里也有用武之地。相对强弱指标在一波一波的上升和下降中，也会提供画趋势线的机会。这些起着支撑线和压力线作用的切线一旦被突破，就是采取行动的信号。

（4）从相对强弱指标与股价的背离方面判断行情。相对强弱指标处于高位，并形成一峰比一峰低的两个峰，而此时，股价却对应的是一峰比一峰高，这叫顶背离。股价这一涨是最后的衰竭动作（如果出现跳空就是最后缺口），这是比较强烈的卖出信号。与这种情况相反的是底背离。相对强弱指标在低位形成两个依次上升的谷底，而股价还在下降，这是最后一跌或者说是接近最后一跌，是可以开始建仓的信号。

（5）极高的相对强弱指标值和极低相对强弱指标值。当相对强弱指标处在极高和极低位时，可以不考虑别的因素而单方面采取行动。比如说上证指数的相对强弱指标如果达到了95%以上，则必须出货；相对强弱指标如果低于5%，则一定买进。当然，这里的95%和5%是可能变化的，它与相对强弱指标的参数有关，与选择的股票有关。

二、布林线（BOLL）

布林线是根据统计学中的标准差原理设计出来的一种非常实用的技术指标。用其英文缩写BOLL来简称该指标。它由三条轨道线组成，其中上下两条线分别可以看成是价格的压力线和支撑线，在两条线之间是一条价格平均线，一般情况价格线在由上下轨道组成的带状区间游走，而且随价格的变化而自动调整轨道的位置。当波带变窄时，激烈的价格波动有可能随即产生；若高低点穿越带边线时，立刻又回到波带内，则会有回档产生。

布林线的主要功能有四个：①可以指示支撑和压力位置；②可以显示超买、超卖；③可以指示趋势；④具备通道功能。

布林线的计算方法是：它由三条线组成，在中间线的通常为20天平均线，而在上下的两条线则分别为上轨压力线和下轨支撑线，算法是首先计出过去20日收市价的标准差，通常再乘2得出2倍标准差，上轨压力线为20天平均线加2倍标准差，下轨支撑线线则为20天平均线减2倍标准差。

其实，利用布林线指标选股主要是观察布林线指标开口的大小，对那些开口逐渐变小的股票就要多加留意了。因为布林线指标开口逐渐变小代表股价的涨跌幅度逐渐变小，多空双方力量趋于一致，股价将会选择方向突破，而且开口越小，股价突破的力度就越大。

在选定布林线指标开口较小的股票后，先不要急于买进，因为布林线指标只告诉我们这些股票随时会突破，但却没有告诉我们股价突破的方向。如果符合以下几个条件，则股票向上突破的可能性较大：第一，上市公司的基本面要好，这样主力在拉抬时，才能吸引大量的跟风盘；第二，在K线图上，股价最好站在250日、120日、60日、30日和10日均线上；第三，要看当前股价所处的位置，最好选择股价在相对底部的股票，对那些在高位横盘或上升和下降途中横盘的股票要加倍小心。

在机构博弈时代，由于机构间的争斗，市场出现快速急跌探底，往往给投资者极好的波段抄底的时机，打地道战的良机。布林线下轨具有与生俱来的超卖特性可辅助抄底，但股价自高位冲击布林线下轨往往是见顶转轨向下的信号，故投资者在运用下轨抄底时，对于撞轨的短线反弹还是中线波段抄底的意义必须明确，而且对于股价处于底部、中部、高位必须区别对待。捕捉股市较大机会所要求的市场条件有以下几项。

（1）布林线（BOLL）不连续跌破下轨则不出手。

（2）不见"冰点"（"冰点"指出现两次及更多底背离状态）不出手。资金短期冷却过快，即会出现"冰点"，是中短线超卖信号，股价出现多次底背离后，可视为较为可靠的中期反转上涨信号。

（3）调整时间不够不出手。

（4）市场不出现群体恐慌性抛售高潮不出手买入。在抛售高潮中，股价在长期盘跌的基础上，突然急剧坠落；与此同时，成交量也急速放大，中小投资者迫于大额亏损与难以战胜的恐慌而大举斩仓，成交量底部突然膨胀为最大的特征。

另外，由于技术指标太多，这里我们不多阐述。

第五节　案例分析

一、KDJ分析

通过图9-4可以看出：三一重工（600031）在KDJ指标金叉时买入，死叉时卖出，可获得短线收入。通过KDJ指标的背离情况买入卖出，也同样可获得短线收入。

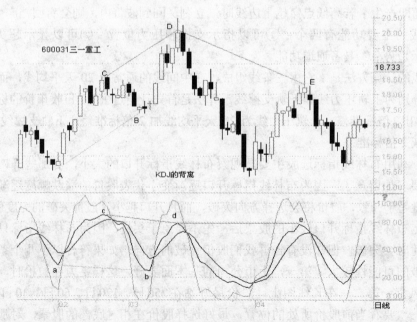

图9-4　三一重工（600031）

笔者通过对深发展A41只股票在日线图中KDJ曲线的顶背离与底背离情况，以及顶背离出现后股票下跌的概率，底背离出现后股票上涨的概率进行了统计分析，得出以下研究结论。

顶背离出现后股票下跌的概率大约是90%，底背离出现后股票上涨的概率大约是88%。因此，顶背离现象一般是股价将高位反转的信号，表明股价中短期内即将下跌，是卖出的信号；而底背离现象一般是股价将低位反转的信号，表明股价中短期内即将上涨，是买入的信号。

同时，根据深发A等41只股票在日线图中KDJ金叉和死叉情况，以及死叉出现后股票下跌的概率，金叉出现后股票上涨的概率进行了统计分析，可以得到以下结论。

① KDJ在不同位置交叉时涨跌的概率大不相同，高位死叉下跌的概率达到88%，中位死叉下跌的概率也达到85%，而低位金叉上涨的概率也达到了83%，因此当KDJ将出现这些交叉时，应早做打算。高位金叉和低位死叉出现的可能性较小，其买卖信号不够明朗。

由于KDJ交叉在时间方面的滞后性，利用交叉点买卖股票是不够准确的，到交叉点时行情已过1～2天，而机会转瞬即逝，因此投资者在应用KDJ的交叉时要小心谨慎。当K、D、J同时从低位向上掉头时，说明股价将进入短线强势拉升行情，投资者可短线买入股票或持股待涨。当K、D、J从高位同时向下运动时，说明股价的下跌趋势已经形成，投资者说明股价的短期上涨行情可能结束，投资者应卖出股票或持币观望。

② KDJ背离的准确性非常高，在投资时可多加利用。与其他技术指标的背离现象分析一样，KDJ的背离中，顶背离的分析准确性要高于底背离。当股价在高位，KDJ在高位出现顶背离时，可以认为股价即将反转向下，投资者可及时卖出股票；而股价在低位，KDJ也在低位出现底背离时，一般投资者可做战略建仓或做短期投资。

③ 要多种分析方法相结合。如当KDJ指标曲线图形形成头肩顶（底）形态、双重顶（底）形态（即M头、W底）及三重顶（底）等形态时，也可以按照形态理论的分析方法加以分析。KDJ指标曲线也可以画趋势线、压力线和支撑线等。

在股票KDJ交叉的分析中，可以看出交叉点与股价的最高点和最低点相比在时间上有一种滞后性。通过对41只股票的各个交叉点落后于股价最高点和最低点的时间进行统计分析后，可以得出：平均每次交叉落后1.5天左右，大多数交叉点落后1天或2天，最多时交叉点要落后4天。

另外，要考虑成交量等其他因素以及利用MACD，RSI等其他指标来综合分析，也可对不同周期的KDJ指标进行分析。

二、BOLL 分析

通过BOLL指标可以看出，浪潮软件（600756）的股价正面临向上突破，一旦有效突破，该股后市有较大上升空间。如图9-5所示。

三、RSI 分析

通过RSI指标可以看出，浪潮软件（600756）的股价正面临向上突破，一旦有效突破，该股后市有较大上升空间。如果所有指标和分析都具有这一结论，则推断成立。如图9-6所示。

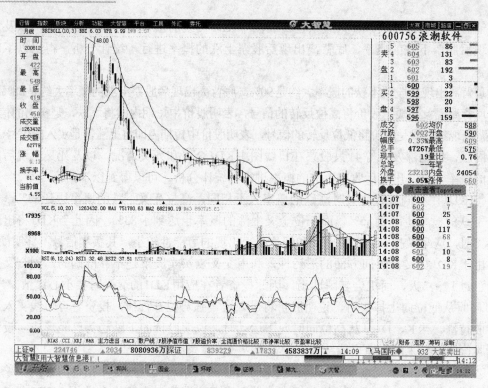

图9-5　浪潮软件（600756）BOLL指标

注：资料来源——大智慧。

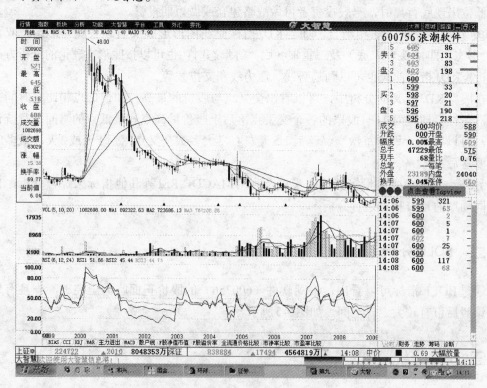

图9-6　浪潮软件（600756）RSI指标

注：资料来源——大智慧。

第十章　证券投资分析与实践

学习本章的目的是了解基本因素和技术因素，了解宏观经济运行与证券投资的关系，掌握宏观经济政策与证券投资的改选及分析方法。

第一节　股票市场价格的影响因素

价差收益是证券投资收益的主要组成部分。证券投资的成功决定于对有价证券未来价格走势的正确判断，而影响有价证券价格的因素是多方面的，人们只有在对这些因素进行综合分析的基础上，才能正确预测证券价格的变动，进而确定购买的证券品种以及买进卖出的时机。

一、股票价格的影响因素

人们持有股票，是为了从中获得收益。从理论上讲，股票的价格等于未来各期收益按一定的市场利率折成的现值。股票的分红派息率越高，股票的价格就越高。因此，股票投资的收益是股票价值的基础，上市公司的盈利能力与股票内含的资产价值构成股票的内在价值。正像商品的价格围绕其价值上下波动一样，股票的市场价格正是围绕着由每股未来收益与每股资产净值所构成的内在价值上下波动的。

股份公司的收益是一个未来的不确定值，因而按照资产标价的一般原理，股票价格的形成是投资者对未来收益的预期和联系于收益实现的风险的预期。预期收益由公司的盈利能力与经营状况而定，它只能等待未来去证实。这就使股票的价格因每个投资者对未来收益的期望不同而产生很大的波动，股票投资的风险也正在于此。而公司的资产实力则是公司增强盈利能力和抗御风险能力的基础，每股资产净值是投资者考虑公司经营安全性与发展前途的重要依据。

然而仅这样来认识股票价格的形成是不够的。由于股票投资收益的不确定性，以及不同的投资者对此不确定性的不同预期，由预期股利收入与市场利率所决定的股价往往只具有理论分析的意义。在现实的股票交易中，其成交价格的变化幅度实际上是很大的，其与股票每股未来收益与每股资产净值之间存在着不小的背离程度。这是因为股票价格作为一种非常特殊的价格，其运动有着独立的形式与独特的规律。这个规律与一般商品的价格规律是不同的，不能用通常的价格理论来解释股票价格的运动。影响股票价格的因素是各种各样的，一般把这些因素分为两大类：一是基本因素，二是技术因素。

1.基本因素

影响股价的基本因素，是指证券市场以外的经济与政治等因素，能够对股票发行公司的发展前景、经营状况、市场份额、产品销售、成本费用、利润多少以及股利分配政策构成直接影响，因而会在长期趋势中影响股价的变动，是股价长期走势的决定性因素。

基本因素中，经济因素又是影响股价的最基本因素，包括宏观经济因素、行业因素与公司因素等。宏观经济因素是指宏观经济环境对整个股市所有股票价格的影响，既包括经济周期波动这种纯粹的经济因素，又包括政府经济政策及特定的财政金融行为等混合因素。而行业因素是指某一行业经济状况对该行业股票价格的影响，主要包括行业寿命周期、行业景气变动与产业政策倾斜等因素。公司因素是指某公司经济状况对该公司股票价格的影响，包括公司的盈利能力、经营状况、财务状况、股利分配政策以及公司股票的扩股与分割等。

所谓政治因素，指那些对股票价格具有一定影响力的政治事件以及政府某种政策措施。国际国内政治局势的稳定与否对股市会产生重大的影响。一般来说，政局稳定对股市发展有利，促使股价稳定上涨。一旦政局动乱，或发生政府换届与足以引起政府下台的丑闻等事件，股价会随之猛跌；另外，战争也是影响股市的重要因素，如朝鲜战争、海湾战争等都曾引起全球股市猛跌。第二次世界大战期间，战争进程的变化完全左右了全球股票市场的行情走势。除此之外，各国政府的发展计划、对经济的干预和控制、各种法案、预算开支、关税变动等政策措施的出台，都会在很大程度上对股价产生影响。

2.技术因素

影响股价的技术因素，指证券市场内部本身因素，这是股价波动的决定因素。

在股票市场上，股价经常是以不规则的、波浪式的曲线形式变动。有时候，股票实际价格与运用各种基本因素分析出来的结果差距很大。比如，在宏观的经济、政治因素并未出现异常变动的情况下，一些公司盈利状况、财务状况也都表现良好时，股价却突然下跌。这说明，除来自证券市场以外的基本因素外，证券市场自身也会对股价产生影响。尤其从短期来看，股市的短期波动主要是由技术因素引起的。这些技术因素可以从如下三个方面加以概括。

（1）市场供求。股票同其他商品一样，当供不应求时，股价就上涨，当供过于求时，股价就下跌。股票的供给取决于上市股票的数量，而需求则取决于社会资金量对股票投资的需求，也就是通常所说的上市总盘子与市场资金面的相互对比。

除了投资性的真实供求关系外，尚有投机性的虚假供求关系，即看涨与看跌的对立关系存在。在股市变动中，看涨者做多头，看跌者做空头，双方都是通过赌博性变动而获利。但是，多空双方资金实力的对比往往又会反过来影响到行情的变化。如，多方资力雄厚，买盘剧增则推动行情上扬；若空方资力雄厚，卖盘增多将促使行情下滑。这也就是资金雄厚的机构投资者或个人大炒家操纵股市的根本原因。大庄家买进，造成股票需求，股价上涨；反之，大户抛出股票供给增加，引起股价下跌。而这些大投机者正是利用这种人为的供求关系而形成有利于自己的形势。这种人为因素对股市供求关系的影响，尤其在个别种类股票的价格波动中表现激烈。

除此之外，信用交易方式也是影响股市供求关系从而引起股价波动的重要因素，投机者可以通过大规模地借入资金炒股或者借入股票做大量卖出，买空卖空通过虚假的多空较量而加剧股价的短期波动。

（2）投机与操纵。不正当的投机操作是影响股价短期波动的又一重要因素。一般来讲，股票市场的投机主体往往是各种机构大户，他们利用其雄厚的资金实力强行哄抬或压市，联手控制大盘走势或做庄于某只股票，尤其是各发行者直接参与炒作自己发行的股票，更是对股价波动起着决定作用。

对股市的操纵表现看两种方式：一是凭借资金实力打压股价以利低位吸筹建仓，然后抬高股价人为制造上升趋势，诱使众人跟进以利自己高位派发；二是发行公司尽可能谋求自己股票价格保持高水准的价位，以利于增资。股价之所以能够被一部分人操纵自如，是因为大部分已发行股票均握在安定的、分散的股东手中，而在市场实际处于流通的股票比率较小。

（3）市场性与大众心理。市场性即市场流通性，各种股票都有不同的市场性。一只股票是否可以随时出售，在市场上的经历如何，以及其股东的分布，经营人的信用状况等，这一切究竟能为一般人了解到何种程度，将决定该股票的市场性，股票的价格亦将受其左右。因此，经营业绩即便完全相同的不同公司的股票，股价也可能各异。一般来讲，大公司信誉较好，知名度高，股票的市场性也较高。当然，由于大公司股票数量多，流通筹码多，机构大户操纵所需的资金量太大，因而炒作困难，而使这种股票价格一般来说比较平稳。

大众心理对股市价格变动往往产生不可估量的影响。一般来讲，信誉高且具代表性的所谓龙头股往往受到投资者的青睐而股价坚挺，即使有时候该股票收益状况有所变动而出现下降的情况，但由于人心的向往也会使这类股价始终坚挺。股市上，一有风吹草动往往会影响投资者心理而产生股价的狂涨或狂跌，股市操纵者正是利用大众的心理状态而采取制造和散布谣言等方式来达到自己控市的目的。心理因素对股市的影响还表现为当股市持续上涨或持续下跌一段时间；后所出现的疯抢或恐慌性抛售行为。一旦心理支撑失去平衡，投资者在股市的行为也将失去理智，所谓从众心理就是如此，这在一定程度上对股市的短期波动会起到推波助澜的作用。

二、债券市场价格的影响因素

债券的交易价格是随债券市场的供求状况不断变化的，因此，市场的供求关系对债券价格的变动有着直接的决定性影响。当市场上的债券供过于求时，债券价格必然下跌；反之，债券价格则上涨。影响债券供求关系，从而引起债券行市变动的因素较为复杂，除政治、战争、灾害等因素外，主要还有以下几方面原因。

1.国内利率水平

债券是一种债权债务凭证，偿还本息是发行企业事前承诺的，因企业业绩变化而出现个别股票逆整个市场行情变动的情况并不突出。债券是典型的利率商品，债券行市作为利率体系的一环，会顺应一般利率水平变动。在债券市场上，因各种因素作用不同，债券会出现价格变动幅度的差异，但所有债券都会按市场利率的变动朝同一方向变动。

2.债券的市场价格同市场利率呈反方向变动

若市场利率上升，债券价格就下跌。这是因为若市场利率上升，超过债券利率时，投资者宁愿选择利率相对较高、收益较多的其他金融产品，债券需求降低，出现供大于求，债券价格趋跌；反之，若市场利率低于债券利率，则促使人们看好债券投资，债券价格就会上涨。不过需要指出的是，债券行市主要还不是反映现实利率水平的高低，而更重要的是产生于对利率将来变化的预期之中。当人们预期市场利率将提高时，就会先行抛售债券，导致债券价格下跌；当人们预期市场利率将降低时，就会抢先购入债券，导致债券价格上升。

3.物价

国内物价对债券行市的影响从以下两个方面起作用。其一，当物价上涨的速度较快时，人们出于保值的考虑，纷纷将资金投资于房地产或其他可以保值的物品，债券购买的需求减弱，从而会引起债券价格的剧跌。其二，当物价急剧上升时，国家的中央银行会采取提高官定利率等金融控制措施，平抑物价，促成整个金融市场利率水平的提高，债券利率也应提高，债券交易价格会随之下降；反之，物价变动平稳时，中央银行可能会放宽金融政策，促成金融市场利率水平的下降，债券利率也会下降，债券价格随之提高。

4.国际利率水平

随着债券市场的不断开放，国内外资金的交流愈加活跃，国际利率水平对债券行市产生影响。当国际利率上涨，尤其是经济发达国家利率上升与国内利率差距拉大时，本国投资者为了有效使用资金，便会积极向利率高的国家的债券投资，其结果，导致国内的债券供求变化，给债券行市带来消极影响；反之，本国和外国的利率差距缩小时，外国投资者向本国债券的投资增加，引起本国市场对债券需求的增加，债券价格上涨。

5.汇率

汇率的变动可通过各种渠道影响到债券行市。当本国货币升值时，其影响主要表现在：①本国货币升值不利于出口，从而产生景气变化、资本需求减少、利率水平下降等连锁反应，其结果债券利率也会下降；②本国货币升值使以赚取外汇差价为目的的外国投资者对本国债券的投资活动趋于活跃，而本国投资者为避免遭受汇价差额损失而控制对外国债券的投资，资金的流出量减少，其结果是债券需求好转，形势对债券行市有利；③当本国货币过度升值时，中央银行为抑制继续升值，会采取低利率政策，控制资本流入和促进资本输出，这也会使债券的实际利率下降；④当本国货币升值时，外国资金不断流入，会使本国金融形势趋于缓和，导致债券实际利率下降；同样的道理，当本国货币贬值时，则会出现相反的情况，使得债券利率上升。

6.新发债券的发行量

发行新债券增加流通市场的供给，如果对于这种供给需求减少的话，会使债券行市承受压力。因此，若新债券的发行量适中，发行条件较优越，那么新债券就会顺利地被吸收，成为行市的有利因素；相反，当发行量过大，且发行条件不利时，则会出现债券滞销的现象，而对行市带来不利影响。

7. 投机操纵

在债券交易中进行人为的投机操纵，会造成债券行情的较大变动。特别是在初建证券市场的国家，由于市场规模较小，人们对于债券投资还缺乏正确的认识，加之法规不够健全，因而使一些实力雄厚的投机者有机可乘，以哄抬或压低价格的方式造成市场供求关系的变化，影响债券价格的涨跌。

第二节　宏观经济运行与证券投资

一、国民生产总值对证券市场的影响

国民生产总值（GNP）是分析和预测国民经济状况的最基本工具，是衡量整个经济活动水平的最常用、同时也是综合性最强的经济指标。该指标反映了在一个特定时间内（通常为一年）国民经济各部门、各地区所生产的全部商品和劳务的市场价值。

从长期看，在上市公司的行业结构与该国产业结构基本一致的情况下，股票平均价格的变动与国民生产总值的变化趋势是相吻合的。如果国民生产总值增长快，说明该国经济发展较快，整个经济中大多数企业的经营状况良好，企业的利润率上升，人们对股票价格普遍看好。世界各国股市的发展历史也证实了股票价格变动与国民生产总值变化之间的一致性。

美国在1897～1976年间，国民生产总值的平均年增长率为5%，同期道·琼斯工业股票平均指数的平均年增长率为4.7%。在这79年中，国民生产总值并不是直线上升；中间有几次下降，如在1929～1933年、1937年、1970年、1974年，与此一致，这些年的道·琼斯工业股票平均指数也明显表现出下降。

国民生产总值由四个部分组成，用公式表示为：

$$Y=C+I+G+N_x$$

式中，Y 为国民生产总值；C 为个人消费开支；I 为国内总投资；G 为政府购买；N_x 为净出口。

人均国民生产总值和其各个组成部分的变化可以看出整个经济活动水平和不同行业生产形势的变动情况。

（1）个人消费开支 C。个人消费开支反映了个人或非盈利性组织所购买或作为收入的商品与劳务的市场价值。个人消费开支主要用于购买耐用消费品、非耐用消费品和劳务。比较起来，耐用消费品行业与经济形势的联系和相互影响，比非耐用消费品与劳务行业都强，主要原因之一是市场对耐用消费品的需求波动性较大。对证券投资者来说，了解经济形势对个人消费开支的整体水平及其构成的影响，以及个人消费开支的变化对各种有关行业的影响是非常必要的。

（2）国内总投资 I。国内总投资由固定资本投资和企业库存两部分组成。固定资本投资是企业、非盈利组织和个人对固定资本物品的投资，包括企业厂房、机器设备、运输工具等，其功能是为以后的产品生产提供新的生产能力。固定资本投资和经济周期有着密切的联系，固定资本投资的大量增加，是经济由复苏转向高涨的最重要标志。对单个行业来说，固定资本投资的增加会带动其他行业的发展，如汽车工业投资和生产的大幅度增加会推动石油、钢铁、电子、化工和橡胶等行业的进一步繁荣和发展。企业库存反映了企业所持有实物存货的货币价值。企业库存包括原材料、各种半成品和制成品，企业的库存变动与经济周期也有密切的联系。一个国家的经济危机通常是产品生产过剩的危机，其特点是商品的产量超过了市场的有效需求量，从而造成商品销售困难，库存大量积压。因此，库存的不断积压是经济危机出现、发展的一个标志。在经济高涨阶段，企业库存也可能增加，但它不是由于产品的销售困难所造成的，而是由于生产与市场发展的需要，或由于通货膨胀与投机等原因，企业人为地购进商品，增加库存，以期保值或投机所造成的。从某种意义上说，经济高涨阶段库存的增长既是经济高涨的一个标志，同时也是经济危机条件逐渐成熟的标志。因此，库存变动指标是预测经济行情时较有预兆性的指标。

（3）政府购买 G。政府购买与开支反映了政府在经济生活中的作用，其主要用途为军事采购与国际开支，社会基础设施、公用事业、文教科学、社会福利等支出，以及国有企业的建设、重点行业的扶持等支出。政府开支的增减及其各种用途之间比例的变化对有关企业的发展会产生重要的影响。

（4）净出口 N_x。净出口是出口减去进口而得出的国内商品与劳务的净输出。一般说来，净出口额的增长会推动出口企业的生产和销售，并带动其他与外贸企业有联系的行业的发展，从而对国民经济的发展起到乘数的推动作用。相反，净出口额的减少会影响外贸出口企业的生产和销售活动，并进一步影响到有关行业的生产，对经济的发展产生不利的影响。

二、经济周期与股价变动的关系

从各国过去股票市场的情况看，股票价格的变动大体与经济周期相一致。在经济繁荣时期，公司经营状况好，获利多，可分配的股利多，股票有吸引力，价格将上升；在经济萧条时期，公司销售状况差，难以盈利，可分配的股利少甚至不能分配股利，股票投资没有吸引力，股价自然将下跌。但是，股票市场的走势和经济周期在时间阶段上并不同步，通常前者比后者会超前几个月。这是由于如下几方面的原因造成的。

其一，在经济走出低谷逐渐向复苏阶段过渡时，萧条时期投资者的信心丧失，股票市场依然消沉。但随着复苏迹象的明朗，投资者有了一线希望，各种原来认为可能盈利的预测开始变成现实，于是公司又逐渐提出增资计划，增资又使股利增加成为现实。另一方面是利率的动向。在复苏阶段，强大的资金需求尚未开始，利率水平仍然停留在萧条时期的水平上，仍然很低。复苏可能比较迟缓，但对股票价格的影响却很大。因为预期的股利增加，而利率变动不大，甚至会降低。如果政府采取积极的刺激政策，放松银根，降低利率，则股票价格会更快地提高，股价的上升速度比实际的经济复苏速度要快。

其二，当经济进入繁荣时期的初期，预期公司盈利会提高，金融借贷业务越来越多，利率水平也会提高，但因为有增加股份收益的可能，股票价格也会提高。到繁荣时期的中期，利率大幅上升，公司的设备投资也增加，股份收益增加的期望越来越大，于是股价趋高。这时，股价的上升不仅要看增资的情况，而且要看增资后事实上能否增加收益。到了繁荣时期的最后阶段，由于银根紧缩，利率上升，同时也由于工资成本趋高、买进原料困难、贷款利率提高等原因，人们对股份收益的增加开始不再抱以希望，故在危机出现之前，股票价格就已下降。

其三，在危机阶段，股票价格急剧下跌。首先是公司增资之后并未出现预期的收益，相反普遍产生亏损。另一方面，公司频繁倒闭，加上金融紧缩，银行贷款更加不易，利率顺势上升，因而股票价格进一步跌落。

其四，在萧条时期，投资者仍然担心公司没有盈利甚至可能亏损，对购买股票仍然没有热情。另一方面，经济处于不景气，虽然此时利率不会再提高，但预期股份收益也不会高，所以，股票价格仍然会在低水平上徘徊。

三、通货膨胀对证券市场的影响

通货膨胀对股票价格的影响是复杂的。在通货膨胀时期，那些拥有较大库存产成品企业，其生产成本是按原来物价水平计算的，而这些产品却可按较高价格出售，企业利润因此增加，所以通货膨胀对这些企业的股价将产生有利的影响。撇开存货因素，对于消耗材料的企业，原材料价格的上升可通过产品的加价出售而得到补偿，通货膨胀对这些企业的利润没什么影响。

上述看法曾经较为流行，当时人们通常把持有股票看作是防止通货膨胀损失的较好保值方法。但近来人们已开始认识到，就对付通货膨胀而言，股票作为保值工具并不理想。在1966～1982年间，美国股票价格以每年3%的比率上升，而消费物价指数的年增长率却为6.2%，而且，企业的税后收益增长也落后于物价水平上涨的幅度。其中的一个重要原因是税收政策在通货膨胀时期不利于企业。通常在计算利润时，企业对源于存货的原材料成本是按其购进时的低价计算，而不是以重置成本计价，这些企业不过是因为原材料的价格上升而获得账面利润。这种利润是虚假的，但现行的税收制度却必须对这些利润征税。另外，为保持企业必要的存货量，企业还将以高价购入原材料以充实库存；企业固定资产折旧在通货膨胀时期也只能按原始成本而不是按重置成本计算。这样，通货膨胀时期的税收是被高估的，多付的税款必然减少股东可得的税后利润，促使股价下跌；而且，过高的通货膨胀还会使人们预期未来企业经营环境恶化，预期政府的反通货膨胀政策会使整个经济衰退，从而导致股价下挫。

四、汇率变动对证券市场的影响

汇率变动对证券市场的影响主要是针对那些从事进出口贸易的股份公司。汇率变动通过对公司盈利状况的影响反映在股价的升降上，其影响主要表现在以下几点。

（1）若公司的产品有相当大的部分销售国外市场，当汇率提高，则产品在国外市场的竞争力受到削弱，公司盈利下降，股价下跌。例如，日元汇价大幅提高使日本汽车制造业的股票曾一度受挫。

（2）若公司的某些原料依赖进口，产品主要在国内销售，当汇率提高，公司进口原料成本降低，盈利上升，该公司的股价趋于上涨。

此外，如果某国汇率趋于上涨，那么国际资金就会向该国转移。其中部分资金将进入股市，股市行情也可能因此而上涨。

第三节　宏观经济政策与证券投资

一、货币政策与证券市场

货币政策是政府调控宏观经济的基本手段之一，由于社会总供给和总需求的平衡与货币供给总量与货币需求总量的平衡相辅相成，因而宏观经济调控的重点必然落脚于货币供给量。一般说来，紧缩的货币政策有助于抑制通货膨胀，防止经济过热，但也可能造成经济发展停滞，人们收入下降，投资萎缩；反之，则有利于推动经济增长，促进社会繁荣，但也可以导致货币贬值，社会经济秩序失衡。在我国，前些年中央银行货币政策手段主要依靠贷款规模控制，并结合运用中央银行再贷款、利率和法定存款准备金率等。当中央银行要放松银根，则采取扩大贷款、降低利率、降低存款准备金率等手段；反之，则采取收紧贷款、提高利率、提高存款准备金率等手段。目前，我国的中央银行，即中国人民银行已开始转向完全运用经济调控手段，而逐步取代贷款规模等行政调控方式。

中央银行的货币政策对证券行市的影响，可以从三个方面加以分析。

1.利率

中央银行调整基准利率的高低，对证券价格产生影响。一般来说，利率下降时，股票价格就上升，而利率上升时，股票价格就下降。究其原因有两方面。一方面，利率低，可以降低公司的利息负担，直接增加公司盈利，证券收益增多，价格也随之上升；利率高，公司筹资成本也高，造成公司利润下降，证券收益减少，价格因此降低。另一方面，利率降低，人们宁可选择股票投资方式而减少对固定利息收益金融品种的投资，同时，从事证券投机者能够以低利率借到所需资金，会增大股票需求，造成股价上升；反之，若利率上升，一部分资金将会从证券市场转向银行存款，致使股价下降。除这两方面原因之外，利率还是人们借以折现股票未来收益、评判股票价值的依据。当利率上升时，投资者评估股票价值所用的折现率也会上升，股票价值因此会下降，从而股票价格相应下降；反之则股价上升。

美国在1978年也曾出现过利率和股票价格同时上升的情形。当时出现这一反常现象的主要原因是：其一，当时许多金融机构对美国政府维护美元在世界上的地位和控制通货膨胀的能力抱有信心；其二，因为当时股票价格已经下跌到最低点，远远偏离了股票的实际价值，从而使外国资金大量流入美国证券市场，引起股票价格上涨。这种利率和股票价格同时上升的现象，至今为止还是很少见的。

利率对股票价格的影响一般比较明显，反应也比较迅速。因此要把握住股票价格的走势，首先要对利率的变化趋势进行全面掌握。有必要指出的是，利率政策本身是中央银行货币政策的一个组成内容，但利率的变动同时也受到其他货币政策因素的影响。如果货币供应量增加、中央银行贴现率降低、中央银行所要求的银行存款准备金比率下降，就表明中央银行在放松银根，利率将呈下降趋势；反之，则表示利率总的趋势在上升。

2.中央银行的公开市场业务对证券价格的影响

当政府倾向于实施较为宽松的货币政策时，中央银行就会大量购进有价证券，从而使市场上货币供给量增加。这会推动利率下调，资金成本降低，从而企业和个人的投资和消费热情高涨，生产扩展，利润增多，这又会推动股票价格上涨，反之，股市行情将下跌。我们之所以特别强调公开市场业务对证券市场的影响，还在于中央银行的公开市场业务的运作是直接以国债的买卖为操作对象，从而直接关系到国债市场的供求变动，影响到国债行市的波动。

3. 货币政策的综合影响

在通常情况下，宽松的货币政策能刺激企业的生产积极性，企业筹借资金容易，社会总需求旺盛，促使整个社会投资增加，生产扩大，企业经营效果提高，直接增加公司盈利而使投资者得到丰厚的回报，故而引起股价的上涨。而经济的发展与股市的上扬又会反过来进一步增强大众的投资信心，看好后市而大量买进，促使股市进一步上扬。另一方面，银根的放松又使社会游资充裕，这也会增加对股票的需求，有利于股市上扬。反之，紧缩的货币政策则通过投资、生产的萎缩以及资金的紧缺而导致股市下跌。

二、财政政策与证券市场

财政政策是当代市场经济条件下国家干预经济、与货币政策并重的一项手段，它是通过国家高度财政预算、税收政策和财政支出进行的。

国家的财政收支是通过影响国民经济的各个方面、商业景气进而作用于证券价格的。财政支出占国民收入的比重的大小，以及政府采取的是积极财政还是紧缩财政，对经济景气具有不同的影响。

如为后者，政府财政在保证各种行政与国防开支外，并不从事大规模的投资；如为前者，政府积极投资于能源、交通、住宅等建设，从而刺激相关产业如水泥、钢材、机械等行业的发展。如果政府以发行公债方式增加投资的话，对景气的影响就更为深远。因此，在积极财政及发行公债从事投资的场合，企业的环境相对宽松，收益会明显增加。

财政支出对证券价格的影响，可从以下两方面加以分析。其一，财政支出增加，刺激经济的发展，利率下降，可能促使股市上升；财政支出减少，则会降低需求，造成经济不景气，使股价下跌。其二，财政收支出现巨额赤字时，虽然扩大了需求，但却增加了经济的不稳定因素，推动通货膨胀加剧，物价上涨，有可能使投资者对经济的预期不乐观，反而造成股价下跌。

财政预算政策、税收政策除了通过预算安排的松紧、课税的轻重影响到财政收支的多少，进而影响到整个经济的景气外，更重要的是对某些行业、某些企业带来不同的影响。如果财政预算对能源、交通等行业在支出安排上有所侧重，那么这些行业就会发展迅速一些。同样，如果国家对某些行业、某些企业实施税收优惠政策，诸如减税、避免重复征税等措施，那么这些行业及其企业就会处于有利的经营环境，且税后利润也会较多，自然这些行业及其企业的股票价格会随之上扬。针对证券投资收入的所得税的征收情况对于证券市场具有更直接的影响。一些新兴股市的国家为了发展股票市场，在一个时期中免征股票交易所得税，这显然有利于股市的行情上涨。另外，电子商务税收政策对财政收入也有较大影响。

三、收入政策与证券市场

为了明确范围，首先需要说明，这里的"收入"仅指个人工资和非工资所得。所谓收入政策，是国家为实现宏观调控总目标，针对居民收入水平高低、收入差距大小在分配方面制定的原则和方针。收入政策、财政政策和货币政策是调节和稳定宏观经济的三大政策手段，三者必须相互配合。财政政策和货币政策相似，都是通过变动总需求影响经济发展速度，以利解决失业和通货膨胀问题。收入政策则不同，它是通过政府制定工资收入标准，或者采取劝说企业限制工资收入的提高，甚至实施工资和价格管制的方式，以对失业和通货膨胀问题施加作用。但另一方面，收入政策也可以通过货币政策和财政政策来实现，采取变动货币供给松紧，改变财政预算、税率税种来改变居民收入水准和收入差别的目的。收入政策目标包括收入总量目标和收入结构目标。收入总量目标着眼于国家宏观经济供求总量均衡，着重处理积累与消费、人们近期生活水平改善和国家长远经济发展的关系，以及失业和通货膨胀的问题；收入结构目标着眼于处理各种收入的比例，以解决公共消费和私人消费、不同居民群体之间收入差距等问题。

收入政策影响着社会大众的收入高低、分配格局和消费储蓄比重，因此对证券市场势必具有重要的影响。

我国在20世纪80年代初期，由于长期实行的是高度集中计划体制下的重积累、轻消费、平均主义的低收入政策，人们的货币收入只能保证基本的生活开支，即使进行储蓄，也是为了预防性的消费需要，而几乎没有个人投资的意图，因此人们对于扣除现时消费后的剩余货币收入，都是选择银行存款的方式。正是由于在这种收入政策背景，我国的国债发行也只有采取按人摊派认购的方式，而不具有市场认购的成分。随着改革开放的进展，在我国的社会经济生活中，计划经济逐渐向市场经济转化。农村实行联产承包，企业从放权让利开始；自主经营权日益增大，多种经济成分开始出现，国家的经济有了迅速的发展，居民的收入也有了大幅度的提高。在改革开放初期，我国收入政策的重点，是在防止个人收入增长过快，避免造成需求过度和通货膨胀的前提下，强调打破"大锅饭"的平均主义分配方式，适当拉开居民收入差距，鼓励一部分人先富起来，允许多种收入形式的出现，以提高经济效益。正是由于我国居民整体收入水准的提高和一部分人已经富裕了起来，人们开始有了对个人财富进行保值、增值的需求，单一的银行存款方式已不再能满足人们的储蓄、投资需求。所以，在20世纪80年代后期国债流通市场运转起来之后，股票市场、企业债券市场也随之开始活跃起来。

经过三十多年的改革和经济快速发展，我国的国民收入格局已发生了极大的变化，积累资金和建设资金的来源已从政府储蓄为主转为居民储蓄为主。一方面，在证券市场尚没有充分发展的背景下，这导致银行存款的比重过大和银行信用的过分突出。而这种情形的后果是企业的负债率过高，不利于企业的健康发展和国家的宏观调控，因而需要适当提高直接融资的比重。而另一方面，在加快发展证券市场的同时，也应该考虑到我国居民当前的收入水平和收入差距状况。在多数人财力仍有限、承受力不强的情形下，进一步扩大股票市场的同时，也应大力发展风险性较小的投资基金，以及完善健全国债市场和企业债券市场。

四、产业政策与证券市场

产业政策是指政府将宏观管理深入到社会再生产过程中，对产业结构变化进行定向干预指导的方针和原则，它包括产业结构政策、产业组织政策、产业技术政策和产业贸易政策。

产业结构政策是以产业间和产业内部的资源配置为主要对象的产业政策，其目的主要是实现产业结构的高效化、合理化。政府对重点产业和新兴产业的发展采取一系列政策，其中重点是投资政策，以此来支持促进产业结构的调整。产业组织政策是以促成或限制某一些产业的市场行为，寻求最有利于资源合理配置的市场秩序而采取的一系列政策。这一政策的核心是在充分发挥市场机制的同时，最有效地利用规模经济，促进重点发展产业内的企业开展竞争，同时又防止过度竞争，促成生产要素的合理流动，充分发挥规模经济的优势。产业技术政策是促进某些产业及产品在技术上达到或接近某种水平或标准的一系列政策措施，推动产品的研究开发、更新换代和择优汰劣；产业贸易政策是规定本国产业在国际竞争、国际分工、进出口等方面的一系列政策措施，它主要包括进出口限制政策，振兴出口创汇产业政策，外商政策等。

产业政策与证券市场的关系表现在以下两个方面。一方面，政府的产业政策借助于证券市场的投资、融资行为来实施。比如，根据产业政策的投资导向，政府可以利用自己的审批权力安排重点企业债券，优先安排某些行业、企业的股票发行上市，通过国债的发行筹集资金来源，然后分配到某些基础产业部门。这些行为都是以投资增量的表现形式来达到产业结构的调整、转型和合理化。而对于产业存量结构，企业也可以借助证券市场进行产权转让，通过兼并、收购和资产重组方式实现社会资源的有效合理配置。另一方面，国家的产业政策也是人们从事证券投资的依据，投资者在选择证券品种时，不能不考虑国家的产业政策内容。

产业政策对证券市场的影响尤其以股票市场最为突出。依据我国现行政策规定，股票的发行要优先保证能源、交通、通信、原材料等基础产业部门的发展需要，股票发行额度要优先分配给大中型国有企业，以促进这些企业的转制和现代企业制度的建立。而从投资者的角度看，如果选择的股票符合国家的产业政策，一般来讲，这些产业的上市公司会具有较好的发展前景、较为宽松的融资条件以及不错的产品市场需求，容易获得配股的资格以及容易获得政府给予的其他优惠政策。正是基于上述原因，这些股票的增值潜力和股份上扬空间往往更大。

第四节　新兴市场选股方法和阶段决策思路

一、三阶梯选股法

三阶梯选股法是笔者集20年股票投资的理论研究和实践经验的结晶。这一方法主要针对新兴市场进行股票的选择，主要是应用于从战略上对股票进行精选，在我国证券市场的投资活动中具有十分重要的实际应用价值和借鉴意义。其具体描述如下。

1. 第一阶梯：复权

在大智慧操作软件中，通过对月线（上市时间较长的股票）或周线（上市时间较短的股票）的复权，来观察其股价是否处于相对底部区域。

具体操作：从全部上市公司中选择10%左右的股票。在我国证券市场可以选择250只左右的股票，或者从各行业中选取3～5只股票。

2. 第二阶梯：坐轿

从第一阶梯复权选出的股票中查阅机构严重被套的重仓股票。选出20只左右。机构成本与现价差距越大越好，被套时间越长越好。

3. 第三阶梯：题材分类

从第二阶梯20只股票中按题材分类。

（1）宏观题材。这类题材包括如人民币升值、防通货膨胀概念等，适合中长线投资。

（2）微观题材。这类题材包括如公司近期利好等，适合短线投资。

（3）重组与兼并。它是永恒的主题。

在具体应用时必须注意以下几点。

（1）总股本不能太大。一个机构深陷其中，总股本1亿以下最好。几个机构被套，总股本1亿至3亿左右为好。

（2）应用波浪理论、形态理论、技术指标等理论和方法，用周K线和月K线图判断是否处于底部区域。

（3）机构成本分析。机构买入时间，买入平均价格，税费，时间成本。

（4）股东进出和持股人数分析。

（5）投资前景与题材分析。

（6）管理层分析与实地考察调研。

二、买入股票和卖出股票的方法

买入股票的方法在前几章已经进行了研究。这种战术上的股票买入，可应用如K线理论中的希望之星、阳吃阴以及量价时的关系，技术指标（包括KDJ，MACD，RSI，BOLL）等理论和方法，用日K线并结合60分钟、30分钟、10分钟、5分钟K线图判断并买入。

卖出股票的方法，也是战术上的股票卖出，同样应用如K线理论中的黄昏之星、阴吃阳以及量价时的关系，技术指标（包括KDJ，MACD，RSI，BOLL）等理论和方法，用日K线并结合60分钟、30分钟、10分钟、5分钟K线图判断并卖出。

在买入和卖出股票的过程中，必须同时考虑宏观面、政策面、行业面以及公司的状况与发展情景，特别要注意机构进出情况和散户进出情况，注意技术指标的背离、交叉、滞后和盲点。

另外，值得我们思考的一个问题是：什么是股市永恒的主题？答案就是——兼并重组。在中国股票市场上，什么股票最容易被兼并重组？答案就是，股本不大，价格不高的亏损股票容易被机构看中，最好的股票只代表以前最好，不代表今后也好，较差的股票只代表以前较差，不代表今后也差，要学会辩证地看待问题和分析问题。

三、股票投资阶段决策思路

新兴股票市场，是机构与机构、机构与散户、散户与散户的博弈，多算者胜，少算者败。多听，多看，多思，谋定而后动，才能最终战胜绝大部分对手，成为最后的赢家之一。

了解自己的习惯爱好、交易心态与交易风格以及风险承受能力，正确选择市场和时机才能帮助自己成功。具体地说，主要包括以下几个方面。

1. 正确判断趋势

牛市有牛市的特征，熊市有熊市的特征，这些特征是原始和长久的。牛市操作，熊市休息，继续细分为6种状态：①牛市中的熊市，投入的资金比例是50%；②牛市中的牛市，投入的资金比例是100%；③熊市中的牛市，投入的资金比例分是50%；④熊市中的熊市，投入的资金比例是10%；⑤平衡市中的牛市，投入的资金比例是50%；⑥平衡市中的熊市，投入的资金比例是30%。交易的主要利润都是在牛市获得的，而一旦熊市来临，好好休息是最佳选择。

2. 震荡时期

大盘稳健但能量不足时是小盘股的活跃期，因大盘能量不能满足规模性热点的施展，所以个股行情"星星点火"，其中又以小能量下小盘股行情更为靓丽。由于小能量难以满足行情的持续性，故小盘股行情往往涨势较迅捷，持续周期较短，适于短线操作。

3. 调整时期

大盘调整时是庄股的活跃周期。由于市场热点早已湮灭，庄股则或因主力受困自救，或是潜在题材趁疲弱市道超前建仓，虽不能照亮整个市场，也能使投资大众不至于绝望。

4. 急跌时期

大盘波段性急跌是大盘指标股的活跃期。急跌后能令大盘迅速复位的，必然是能牵动全局的指标股。因为低价股护盘的成本低，是大机构的标准配置。

5. 调整结束时期

大波段调整进入尾声后是超跌低价股的活跃期。因为前期跌幅最大的超跌低价股风险释放最干净，技术性反弹要求最强烈。由于大势进入调整的尾声，尚未反转，新的热点难以形成，便给了超跌低价股的表现机会。

6. 牛市确立时期

牛市行情确立是高价股的活跃期。高价股是市场的"贵族阶层"，位居市场最顶层，在大盘进入牛市阶段后，需要它们打开上档空间，为市场的中低价股创造出空间。

7. 休整时期

大盘休整性整理是题材股的活跃期。因为休整期市场热点分散，个股行情开始涨跌无序，增量资金望而却步，只能运用题材或概念来聚拢市场的视线，聚集有限的资金，吸引市场开始分散的能量。

8. 年（中报）公布时期

年（中报）公布期及前夕是高公积金、高净资产值股票的活跃周期。因为这样的上市公司有股本扩张的需求和条件，有通过高分红来降低每股净资产值的需要。在股市开始崇尚资本利得和低风险稳定收益后，高分红已经成为市场保值性资金的需要。

另外，选定股票后，只要庄家不出逃，一定要坚持高抛低吸，做到每卖必赚。只有这样，你才会成为真正在中国股市赚钱的1%甚至1‰中的投资者。

第五节　宏观分析与案例研究

一、浪潮软件（600756）投资案例分析

如图10-1所示是浪潮软件的日线图，从图上可以看出均线趋势良好涨幅不大，可考虑买入。

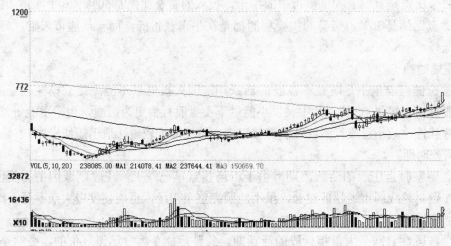

图10-1　浪潮软件的日线图

如图10-2所示是浪潮软件的周线图，从图上可以看出，其趋势已经改变，所有均线已上翘，明显处于底部区域。

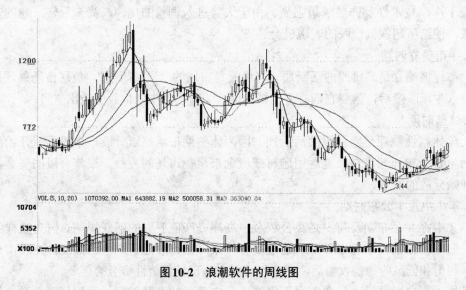

图10-2　浪潮软件的周线图

如图10-3所示是浪潮软件的月线图，从图上可以看出：股价处于底部，成交量放大资金吸纳明显，买入时机显现。

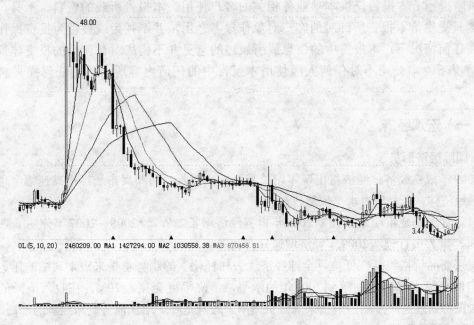

图10-3　浪潮软件的月线图

复权：通过对月线复权，来判断浪潮软件（600756）股价是否处于相对底部区域。

坐轿：某机构重仓股票，均价为14元左右，持有量2600万股，严重被套。被套时间5年。机构获利价格为16.8元以上，第一目标位可能上涨到18～20元。

题材：公司1月23号预计2008年净利润增长50%以上。

股本情况：总股本1.855亿，流通股1.55亿。

战术买入该股票的时机为：最低点3.44元，出现周十字星，后出现周中阳线则买入，即：希望之星后买入，量价时的关系分析，技术指标（包括KDJ，MACD，RSI，BOLL）等理论和方法的分析，结合60分钟、30分钟、10分钟、5分钟K线图判断和分析，得出结论——买入。

这只股票是在给研究生上课时讲的三阶梯法案例，事实也已经证明本人的研究、分析和操作的正确性，学生们也获得了较大的收益。

二、××机构2009年度投资策略分析报告

宏观经济和企业盈利继续处于下降周期中，政府投资拉动经济将逐步发挥作用，2009年一季度起宏观数据有望环比回升。

由于基础货币投放巨大，债券收益率可能走向历史最低点，股市在资金面宽松、政策面回暖以及估值水平趋向合理的背景下，吸引力将逐步显现。

股票市场投资方面，由于波动性可能变大，2009年上半年将以防守策略为主，可以配

以逆周期行业采取波段操作。在第一季度后，建议关注政策刺激下早周期行业的交易性机会。

风险提示：本报告仅供本项业务相关的客户使用。本报告所载的资料、工具、意见及推测只提供给本报告所针对的客户对象作参考之用，并不视为或被视为投资操作的建议。在任何情况下，本报告中的信息或所表述的意见并不构成对任何人的投资建议。在任何情况下，本公司不对任何人因使用本报告中的任何内容所引致的任何损失负任何责任。

（一）宏观经济

1.国际经济形势

2009年成熟经济体经济将出现零增长甚至是负增长，而新兴市场经济减速幅度可能大于成熟经济体，但是绝对水平依然较高。

国际货币基金组织最新预期2009年世界经济增长2%，较2008、2007年分别下降1.5%和2.8%。世界银行预测2009年经济增速只有1%。

大宗商品价格维持在低位，全球经济"去杠杆化"的趋势将带来短期通缩的压力。企业部门的负债水平如果回落到2004年的水平，下降幅度会接近20%。在收入下降的打击下，居民将通过进一步减少消费来降低负债率。政府是唯一增加债务刺激经济的部门。

2.国内经济形势

从目前国内经济状况来看，2008年下半年以来经济下滑，发电量连续数月负增长。

2009年国内消费实际增长约10%，名义增长约11%，对GDP贡献4%。投资实际增长13%，对GDP贡献3%。出口实际增长–3%，进口实际增长–4%，净出口对GDP贡献0.1%。总体来说，2009年GDP增长约7%。

在物价方面，经济下滑和食品价格下跌带动CPI（居民消费价格指数）迅速下滑，2008年12月CPI已经下降到2%。考虑到资源价格改革，预计2009全年CPI约1%，并且CPI迅速下降很可能出现在春节之后，部分月份甚至可能出现负值。由于经济下滑，大宗商品价格大幅回落，预计2009年PPI（生产者消费价格指数）可能在2%左右。

但由于全球粮食库存很少，小的不利气候影响可能造成粮价波动较大，CPI高于预期，而全球政府刺激经济的政策和地缘政治变化，有可能会影响大宗商品价格，进而影响PPI。

从政策刺激来看，积极财政政策和适度宽松货币政策的实施，将延缓中国经济的下滑。中央2008年4万亿元的财政刺激，再加上地方配套投资，是此次全球金融危机中最为庞大的政府救市措施，而要执行的"适度宽松的货币政策"，这在多年以来是最积极的。

随着贸易顺差增加、准备金率下调、央票的到期、央行继续降息等，市场将会存在大量流动性，而银行贷存比还很低，货币信贷具有较强的扩张能力。同样的货币信贷增速，由于物价下降，实际的货币信贷更宽松。货币信贷增速超过名义GDP（国内生产总值）增速，资本市场的流动性很充沛。中央经济工作会议定调经济工作的任务是保增长、扩内需、调结构，其中保增长居于首位。

财政政策方面，要较大幅度增加公共支出，保障重点领域和重点建设支出，支持地震灾区灾后恢复重建，实行结构性减税，优化财政支出结构；货币政策方面，要发挥货币政策反周期调节和保障流动性供给的重要作用，促进货币信贷供应总量合理增长。

目前陆续推出和将来可能出台的政策有：①进一步降息；②加大货币信贷供给；③人民币汇率不再主动升值，甚至贬值；④加大"三农"支出，如提高粮食收购价格，增加对农民的补贴，加大农村基础设施投入；⑤加大消费性财政支出，如医疗改革、教育投入、社保制度完善、加大消费补贴（家电下乡）等；⑥进一步采取针对消费的减税政策等，如提高个人所得税起征点；⑦房地产政策放松。鼓励居民购房，取消二套房限制，政府出资购买商品房，放松对开发商贷款的限制，所得税抵免等；⑧对出口比重高的行业提供财政和金融支持。进一步提高出口退税，完善中小企业融资的机制。

政府的财政政策可以避免经济下滑过快过猛，在2009年2季度后使经济增长率短暂回升。下半年中国经济能否复苏关键在于出口，如果主要经济体经济能够企稳，企业对出口的预期逐渐稳定，经济可能会企稳。

（二）债券市场

1.基本面分析

在货币政策适度宽松、投资回报率维持低位的环境下，未来一段时间资金面所推动的债市行情还没有结束，短期收益率继续下降的空间还会存在，但市场进入中等风险区域，博取资本利得将是主要盈利手段，债券市场会迎来一段低利率时期，一直到经济出现复苏。我们估计债券最低收益率水平要低于2005年，但能否突破2002年的低点还需要观察。2009年债券市场的风险因素有两个：GDP同比反弹和政府投资。宏观经济可能会在2009年下半年出现同比增速企稳的状况，从而对债券市场的信心造成冲击，导致债券市场收益率的波动。另外，如果政府投资规模过大，也将对债券市场造成重大影响。我们估计政府投资对债券的影响应该要到2010年1季度，甚至2季度以后。如果说GDP、CPI的同比反弹将会导致收益率水平在低位波动的话，那政府投资将加剧收益率水平的波动幅度。

总体上说，2009年债券市场都将面临一个低利率环境，可转债和信用债也许是获得超额收益的最好机会，这需要更好的自下而上的挖掘。

2.供求关系分析

（1）央行票据（以下简称"央票"）停发将带来巨大的资金运用压力。央行释放流动性的首选是降低公开市场回笼力度。而如果央票停发的话，将造成市场供应大缺口。毕竟1～3年央票占债券托管量的20%，截至2008年12月，央票的持仓量达到商业银行债券总投资的45%，是商业银行最大的持仓券种。

（2）债券供应。从国债的供应来看，考虑到积极财政政策带来的财政支出增加，预计增加6000多亿元，而财政收入受政策性减税和经济增长放缓企业效益下降影响，预计减少3000亿元。我们初步预计2009年赤字规模增加到9000亿元，占GDP总量2.5%。如果扣除2006、2007年累计中央预算调节基金1500亿元，赤字也有7500亿元。考虑到2009年国债兑付7000亿元（利息支出1400亿元计入财政支出），通过铁道部发行准国家信用债1500亿元，预计国债总发行量有望达到13000亿元，净发行6000亿元。

自2008年10月份中期票据恢复发行以来，已注册尚未发行额度有1300多亿元，包括铁道部600亿元和中国石油600亿元。中期票据很可能和企业债一样作为支持投资的品种获得大力发展，预计增量在2500亿元。而中期票据对短融和企业债的挤出效应将导致这两个品种的总量和今年持平。同时银行补充资本而新增的次级债和混合债约1000亿元左右。

（3）债券需求。

① 央票到期。2007年上半年有1.3万亿元央票到期，从央行操作来看，市场资金面将非常充裕。

② 银行。银行在经济下滑阶段的借贷行为和宏观货币政策刺激共同的结果很可能是贷款增长同比变化不大，但银行体系存贷差继续扩大。如果贷款增速按15%，M2增速按17%估计，明年新增加贷余资金3万亿元。如果按商业银行超储率平均在4%而准备金继续下调6%～8%的话，将释放出2.7万亿至3.6万亿元资金。银行体系富余资金5.7万亿至6.6万亿元，按富余资金70%投入债券市场来计算，2009年银行可投债券资金为4万亿元，2010年银行可投债券资金为5万亿元左右。

③ 保险。明年预计央行会继续调低存贷款基准利率，因此保险公司会随之降低银行存款的配置比例而增加债券投资。

在预期明年处于减息周期和股市连续弱势的局面下，同时考虑保险公司再投资的风险，我们认为保险公司明年对债市的投资力度仍会很大。按净保费60%以上投资债券市场，每月新增债券投资规模在400亿元，全年在5000亿元的规模，和2009年基本持平。

④ 基金公司。目前基金公司债券投资接近上限。根据3季报，股票基金债券投资达到2800亿元，占净值18%，其中央票1840亿元，占净值11.9%。而债券基金和货币基金的杠杆比例分别达到107%和103%。基金公司明年的需求应该更多来自债券到期后的再投资，不会继续提高存量债券的持仓比例。总之，明年债券市场的资金面将是"宽货币"带来短期机会和"宽信贷"带来的长期风险共存。

3. 估值分析

经过连续的降息，国债市场已经有所高估，债券收益率接近底部区域。从相对估值看，进入中等风险区域，市场以博取资本利得为主要盈利手段。从相对期限来看，长期国债仍具有相对优势；未来超额收益可能来自于可转债和信用债。

4. 投资策略

目前债券市场的主要影响因素，短端取决于基准利率，主要看货币政策调整的幅度和速度；长端取决于通胀预期，主要看物价回落的程度和信贷增长的情况。我们认为目前债券市场仍有投资机会，建议目前保持较高的久期。但高估值使得债市风险上升，中长债供应增加以及股市和新股发行都将加剧市场波动性。因此，当前应提高投资组合流动性，提高交易头寸占比，进行波段操作，并随着市场上涨逐步降低组合久期。

当前仍可采取哑铃型组合，然而伴随收益率曲线的下行，将来构建子弹型组合可获得更高的静态收益。

2009年1季度债券市场可能会预期经济的最悲观面，物价指数的下行和经济的回落将完全被市场考虑在内。同时，2009年1季度到期央票量巨大，加之外贸顺差的未对冲量，债市资金面极其宽裕，这也是我们可能预期的2009年最大一波上涨。而后债市的上涨大部分取决于资金面状况和降息力度，债市将进入高风险区域。因此，需强调风险控制。

基于对债券市场的分析，在久期策略上，目前仍可保持5年左右的较高久期，同时强调风险控制，随着利率的进一步下降，应降低久期至3年以内。在收益率曲线策略上，当前可以构建哑铃型组合，未来伴随收益率的下降，尤其是短端收益的大幅下降，子弹型组合表现将更好。

（三）股票市场

1. 企业盈利分析

由于企业盈利周期与宏观经济周期存在着紧密的相关关系，而且因为产业链的上下游传导呈现出周期轮动的内在规律，使得下游需求端成为整个企业盈利周期的关键所在。这表现为在企业盈利的上升周期中，下游需求增长拉动中上游产业繁荣，而在下降周期中，下游的收缩倒逼中上游产业同步收缩。

这就很容易理解，目前国内原材料价格大幅下跌，而产能利用率大幅回落的根本原因在于下游的需求急剧收缩。今年以来，房地产销量下降30%以上，而作为出口型经济，外贸订单已经迅速萎缩，11月份的出口增速超预期达到−2.2%。而且欧美经济危机还在向新兴经济体蔓延。代表着总需求的重要指标——发电量的增速也持续下降，10月份达到−4%，11月份更是跌至−9.6%，远远超过1998年的下降水平。显然，下游的需求严重不足，带动企业盈利走入了下行周期。

企业盈利周期与库存周期存在着天然的反向关系，在产能过剩的经济危机面前，库存开始下降将是判断企业盈利走向回升的主要依据。但从近来数据来看，钢铁、煤炭、汽车、机械及其他工业制成品的库存还在大幅增加，并成为企业成本开支大幅上升的重要原因。以制造业（127家样本公司）为例，3季度存货/单季销售成本为1.14，已经接近2004年以来的高点。

由于竞争环境恶化，产品价格出现下跌，企业的现金流压力变大，企业销售条件变差（商业信用成本上升），这进一步抑制了需求。而经济整体的收缩是周期波动的结果，其恢复是一个渐进的过程（内外部均是如此），财政政策发挥作用有一定的滞后性，未来1～2个季度，是生产企业消化库存（含渠道）的关键时期，企业盈利将进一步恶化。政策刺激带来的基建投资、转移支付以及房地产等内需的企稳，加上国际经济的逐步趋于稳定带来的外部需求回稳，将是企业盈利企稳的前提。我们的判断是，2009年2季度应当是一个重要的时间窗口，房地产、原材料（钢铁、有色等）、制造业、煤炭等行业的库存于2009年2～3季度才有望逐步消化。

由于制造业库存的处理和银行业坏账及会计处理上存在较大的不确定性，我们对于2009年上市公司盈利增长的判断具有一定的弹性。自下而上的研究表明，2009年银行业盈利增速为−10%，有色、钢铁行业为−30%，制造业为−30%。而正增长的行业有：交通运输增长8%，零售增长12%，建筑增长15%。按此预测，整个上市公司盈利将下滑10%左右。如果考虑盈利结构和税收，那么整个上市公司盈利将下降15%左右。

中期来看，此次经济危机发源于美国，继而蔓延至全球，2009年的外部宏观环境比1998年亚洲金融危机期间和2001年网络泡沫破灭期间更差，所幸的是各国政府的刺激政策很及时，将减缓2009年经济的下滑速度。

2. 估值分析

2008年A股市场的下跌，除了因为上市公司业绩预期回落的因素外，2007年形成的高估值向下回归也是重要的原因。A股的估值在1600点位置可以企稳，它是市场结束下跌从而进入新阶段的标志。

从日本和中国台湾市场在20世纪90年代初的股市泡沫破灭全过程来看，企业盈利的下滑导致的估值回升，使得泡沫破灭中动态估值先回落、再回升，最后达到稳定，随着经济的复苏，动态估值再度下行并随着股市的活跃而再度回升。这样的变化趋势有助于我们依据股市整体估值的转变来确定市场的价值投资区域。

日本股市1990年初见顶回落，日经225指数从4万点回落到2009年的7450点，期间跌幅超过80%，而股市整体估值市盈率（PE）和市净率（PB）由高点的52倍、4.1倍分别下跌至低点位置的41倍和1.4倍。我们根据股指的估值水平，推算1989年高点时整体ROE为7.9%，而1992年低点时为3.57%，简单测算相当于1991～1992两年间企业盈利整体下降40%～50%。而这些数据都远差于中国目前的水平。

按照FED估值方法，通过股票市场与债券市场的估值比较来看，2009年，在持续降息的预期下，长期国债收益率有望进一步走低，股票市场的吸引力将持续保持高位。相比于10年期国债，当前的A股市场已经具有一定的长期吸引力。从历史估值的角度来看，目前A股市场的PE估值水平处于低位，但PB水平为1.9倍，仍高于历史低点1.5倍。

总体来说，由于2008年政府降息、市场利率下降，货币政策宽松，社会整体流动性将进一步向好，市场可能走出资金推动的估值提升的阶段性"牛市"。

3. 市场及资金面分析

由于政府及时出台了保增长、稳股市的政策，A股市场将走过大幅下滑的阶段，这是市场短期有所好转的主要因素。但从政府历次大规模的救市行动来看，"政策救市＋企业盈利＋国际环境"是保证救市持续有效的重要条件，而这一条件在A股市场历史上的四次救市中，唯有"5.19"行情最成功。当时，政府推出了包括改革股票发行体制、保险资金入市以及连续降息等政策，对于重起一波牛市起到了关键作用。

从实际情况看，由于全球央行大幅放松货币政策，资金相对充裕，政策救市条件之一的国际环境将逐步恢复稳定，而由于中国政府大量增加公共开支刺激需求、4万亿投资计划与更大规模的地方配套投资计划，从力度来说超过了历史上的1998年和当前各国刺激经济的计划。对于市场资金面而言，粗略地看，投资者由于投资环境变差而离开市场的意愿较强，但通过我们比较历史上的基金赎回潮发现，在2005年10月至2006年上半年，2004年初发行的大规模基金出现了赎回的高峰，而此时基金的净值由低点的0.88元回升至0.95元以上，赎回的最高峰在净值回归至1～1.03元附近。本轮牛市形成的基金规模膨胀最快的时期在2007年下半年至年底，其间基民持有的成本为2.5～3元，而今年以来，基民的净值亏损率普遍在28%～40%，而离指数最高点亏损率超过46%，因此，基民回归成本的上涨幅度大约需要40%～70%，亏损率大的投资者则需上涨100%才会达到成本线。依照前面研究的规律，市场至少需要上涨50%左右才会出现较大的基金赎回压力，也即3000点以上时才会出现大规模赎回的可能性，而在此之前，尤其是股指震荡时期，基金行业面临的资金流出将会较小。从市场资金的另一方面需求来看，大小非的减持是2008年市场下跌的重要做空动力，从中登公司的数据来看，A股累计减持的大小非合计达272亿股，假设均价12元，相当于3200亿元市值。A股当前均价约7元，2009年初已经解禁但尚未减持的"小非"市值约1700亿元，"大非"4800亿元，扣除国企大小非和IPO股东后，2009和2010年减持意愿较大的市值分别达3900亿元和3200亿元。

从资金供给来看，资金来源是共同基金和个人投资者，其他的机构投资者如社保、保险、私募等由于所披露信息的不完整而暂不预期。在共同基金方面，股票型和混合型基金的资产净值合计1.5万亿左右，仓位在70%和60%，潜在资金供给3800亿元。而在个人投资者方面，目前托管的保证金余额8000亿元，曾接近1.5万亿元，潜在资金供给7000亿元以上。

由于整体货币供给不会太紧，一旦市场预期企稳，个人投资者通过基金和直接入市的潜在能力较大。但是，"大小非"可减持的量仍然较大，这将长期压制A股的估值水平。

4.投资策略

基于对于国际国内宏观经济的基本面分析，中国经济自2007年底开始的回落周期还处于下降阶段，且持续时间可能较长。

如果经济的走向是A曲线，那么增长的动力应该还是出口，内需还是很难发挥作用，而出口目前来看并不乐观。而如果经济的走向B曲线，那么将存在局部的经济热点，宏观经济会在调整中积蓄力量。而无论如何，宽松货币政策和财政刺激政策将起到一定作用，托住宏观经济的下行空间以确保8%的目标达成。我们的基本判断是，中国经济2009年沿着B曲线发展的可能性应该更大。

在这种宏观观点的背景下，2009年的A股市场可以采取三种投资策略来应对经济的变化。三种投资策略的相机使用，将建立在对宏观经济的变化的即时判断上。当经济处于下行周期中，适合采用防守策略，估值合理的防守型行业是组合构建的基础资产；而由于政府强力投资刺激经济，宏观经济出现局部热点并有一定程度回暖时，采取逆周期策略，选择受益于基础建设的行业；当货币政策走向宽松，早周期行业的阶段性反弹，或者整体经济向A方向发展，出现全面反转，这时采取早周期策略，关注早周期行业的核心资产。

（1）防守型策略。使用防守型策略关注消费类行业，这是由于消费在经济周期大幅下滑阶段的稳定性较强。在经济下行的初期，消费增长会随经济增长停滞而明显放缓，随着经济增长的稳定和预期的明朗，消费有望较快回归正常水平。行业配置上，我们关注医药、零售、软件信息技术等行业。

医保扩容进一步保证行业稳定增长，未来行业年增长率有望达到20%。优势公司通过产品研发和销售体系建设，保持相对领先的市场地位和业绩增长。

预计零售业2009年的净利率有望保持平稳或小降，但资产周转率有所下降，行业整体ROE（净资产收益率）有小幅下降10% ～ 10.4%，但仍高出历史平均60%以上，部分公司外延增长较好，仍能保持较高ROE。

软件行业的估值水平相对大盘的溢价创出新低，估值风险较小，而且行业增长趋势仍然没有明显变坏，估值收缩反映市场对于未来过于担忧。我们可以通过自下而上的分析，选择部分增长依然明确的成长性公司。

（2）逆周期策略。政府的政策刺激将可能带来经济的短期回稳，基建投资拉动立竿见影，但之后增速迅速下降。这期间宏观经济的局部"牛市"将带给市场比较明显的阶段性机会。关注基建受益的板块，如水泥、机场建设、电网建设，但对制造业仍保持谨慎，因为2008年上半年，制造业利润将因为PPI持续回落而出现明显的负增长，下半年逐步触底回升，2009年积极关注机械、设备等制造行业。

在原材料工业中，水泥最先受益于基本建设，这有别于钢铁行业最先受益于房地产业。其中的主要原因在于，水泥行业的下游需求中，政府投资拉动占64%，房地产只占22%，由于2009～2010年大规模基建而需求增长前景较好。钢铁行业就不同，43.8%的需求在于房地产，而基建仅占13.2%，房地产行业投资下降的压力较大，钢铁行业下游普遍受损。

国家加大电网投资，2009年增速达到37%，高电压等级增长迅速、高电压等级设备增长较快，部分优势企业市场份额寻求快速上升。而且由于原材料价格大幅下跌，企业的毛利率2009年将明显上升，盈利能力大幅提高。

（3）早周期策略。早周期行业目前的状况还不太明朗，但由于政府政策的力度很大，会出现早周期行业的复苏，针对房地产、银行等行业的扶持政策连续出台，早周期行业的投资将会成为行之有效的策略。

房地产的亮点在于政策松绑，未来将会有二套房政策进一步放松、陆续降息的期待。但是，政府未来三年投资9000亿元推进保障性住房建设力度，这会对现有的房地产市场形成基础效应。剔除廉租房影响（3000万平方米/年），经济适用房年完工量为8000万平方米，约占商品房销量的20%，局部市场的供求局面将受到明显的负面影响。限价房推进力度可能也会加大，进一步会分流商品房的销售。总之，房地产行业2009年将面临巨大的经营压力，销量、房价均不乐观。但是部分股票跌幅较大，部分公司还是存在反弹的机会。

当前国内银行业的ROE达到24%，处于历史最高点，未来影响银行利润率的坏账、利差等因素在2009年将继续朝着不利的方向发展。如果ROE回归至2005年的14%（均值16%），相当于盈利较2008年下降40%，则行业PE由10倍上升至16倍，目前的市场已经隐含了较大的盈利下降预期（估值处于历史低点）。但是，由于全球均采取财政刺激的方式挽救经济，2009年出现周期性方向改变的可能也是存在的，这可能是2009年1季度后需要关注和考虑的。

由于政府投资拉动经济将逐步发挥作用，1季度起宏观数据环比回升。基础货币投放巨大，债券收益率走向历史低点，股市的吸引力将逐步显现。关注银行贷款的变动和实体经济的动向，及时判断政府投资会否缩短经济衰退的时间周期，关注在政策刺激下早周期行业的交易性机会，积极进行配置此类行业。

三、摩根大通财务报表分析

美国金融风暴席卷全球，并由此引发美国乃至世界各地的经济衰退。美国前任财务部长保尔森预测在2009年将会出现比大萧条更严重的情况。虽然美国金融业动荡不安，但是我们通过分析摩根大通财务报表后不得不承认，摩根大通也有很多值得中国银行界借鉴的地方。本文针对美国银行业的问题，运用净资产收益率分解法等分析方法，对摩根大通集团2001～2007年的财务报表进行分析，了解到一家银行的健康发展要依靠很多内部和外部的因素。自身的经营实力和公司结构以及国家的政策和监管等都是银行发展所必须要考虑的前提。通过分析说明这一银行界大鳄的发展过程和经验，给中国的银行业发展提供一些有益启示和参考，这对我国银行业的发展具有十分重要的现实意义。

（一）摩根大通集团（J.P.Morgan Chase & Co.）简介

摩根大通集团是世界上历史最悠久的金融服务性公司之一，该公司一直致力于为美国以及世界各地的公司、机构及政府客户提供最满意的服务。在2007年12月31日，摩根大通集团拥有超过1.56万亿美元的资产；其自有资本额以及存款金额使之位列美国乃至世界银行业前三。这一切都让摩根大通集团成为金融服务业当之无愧的领军人物。2000年，当时的大通曼哈顿银行收购了JP摩根，成立了摩根大通集团。这一跨时代的并购开启了银行业崭新的一页。

摩根大通集团，实际上是一系列美国大型银行并购的结果。它包括大通曼哈顿银行和摩根大通，第一银行、贝尔斯登以及华盛顿共同基金。如果追溯得更远，那么摩根大通集团的前身还包括化学银行、第一芝加哥银行、底特律国民银行以及德州商业银行等。

（二）分析基础说明

本文所使用的财务报表均为摩根大通集团合并的财务报表。该财务报表反映了包括摩根大通集团在内的几个经济实体的财务状况。除摩根大通集团外，该财务报表所包括的其他的公司均为摩根大通的控股公司，摩根大通集团拥有这些公司大部分的投票权。摩根大通集团旗下主要的银行类子公司包括了摩根大通银行以及大通银行USA；而集团旗下的非银行类子公司则主要是JP摩根证券。

（三）摩根大通集团经营状况分析

表10-1是从摩根大通集团的资产负债表中所截取的2001 ～ 2007年的总资产、总负债以及银行资本的情况。

表10-1　摩根总资产、总负债以及银行资本统计表　　单位：百万美元

项目	2001年	2002年	2003年	2004年	2005年	2006年	2007年
总资产	693575	758800	770912	1157248	1198942	135152	1562147
总负债	651926	716494	724758	1051595	1091731	123573	1438926
股东权益	41099	42306	46154	105653	107211	115790	123221

1. 资产状况分析

从表10-1中我们不难看出，从2000年摩根大通集团正式成立到2007年这七年时间里，摩根大通集团的总资产从最初成立时的0.69万亿美元增长到了超过1.56万亿美元，增长了125.23%，年平均环比增长速度为14.49%。

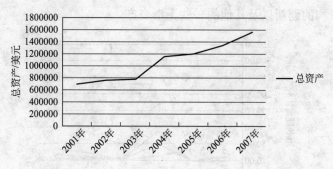

图10-4　2001 ～ 2007年摩根大通集团总资产变动图

图10-4清楚地表明了总资产的变化走势。摩根大通集团的资产在2003 ～ 2004年度以及2006 ～ 2007年度曾两次出现了快速的增加。这两次快速增长背后的原因是什么？究竟

为什么摩根大通集团总资产会有这种高速的发展？通过表10-2可以分析摩根大通集团历年来的资产变动情况。

表10-2　摩根大通集团的资产增长速度统计表

项　　目	环比增长速度
现金以及银行间应收账款	10.05%
银行间存款	−1.74%
出售的联邦基金以及逆回购协议下所购入的证券	17.87%
借入证券	14.90%
交易性资产	12.05%
证券	6.14%
净贷款	15.68%
权责发生制下计提的利息以及应收账款	9.00%
厂房和设备	6.77%
商誉	32.58%
抵押服务权	4.63%
购进的信用卡关系	28.19%
其他的无形资产	110.21%
其他资产	6.80%
总资产	14.49%

摩根大通集团的资产构成当中，最主要的三项分别是贷款、交易性资产以及无形资产。其中，贷款和交易性资产的总量增长较快，但是在总资产中的比例相对稳定。无形资产所占比重虽然只有10%左右，但是其增长速度非常惊人。

图10-5给出了一个更加直观的说明。从图中我们可以看出，交易性资产的增长速度低于总资产增长速度，贷款总量的增长与总资产增长速度相近，无形资产的增长速度则大大高于总资产增长速度。因此，我们可以得出结论：摩根大通集团的资产在2001～2007年的快速膨胀应主要应归功于其放贷总量的增加，品牌知名度的扩大，并购产生的协同效应，其下属各种研究机构的创新以及其他的一些无形资产。

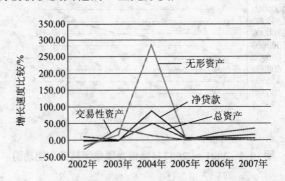

图10-5　2002～2007年摩根大通集团资产增长速度变动图

摩根大通集团历年来的资产情况，资产构成，负债与银行资本统计表（略），资产增长速度，资料如表10-2中所列。

2.负债与银行资本状况分析

根据资料分析，摩根大通集团的负债和银行资本在这七年间均呈现出良好的上升趋势。负债总额从6500亿增加到了超过14300亿美元。银行资本从400亿美元增加到了超过1200亿美元。具体如图10-6和图10-7所示。

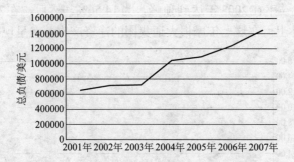

图10-6　2001～2007年摩根大通集团银行总负债情况

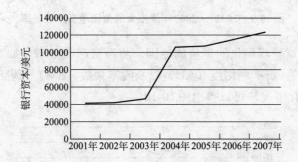

图10-7　2001～2007年摩根大通集团银行资本增长情况

摩根大通集团负债的增长主要是源于存款的增长，而这部分的增长又主要源于美国国内的付息存款的增长。从2001～2007年，摩根大通集团在美国国内的付息存款额从1050亿美元增加到了3378亿美元，几乎是原来的3倍。国内存款总额从2900亿美元增加到了超过7400亿美元。图10-8很好地说明了三者之间有着极强的相关性。

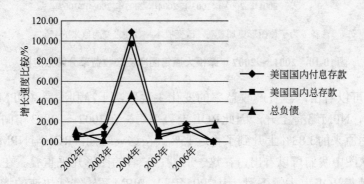

图10-8　美国国内付息存款、美国国内总存款、总负债增长速度比较

银行资本的增长是由于资本公积的迅速增加。2004年的一年时间里，摩根大通集团的资本公积从130亿美元增加到了超过720亿美元，为当年的银行资本增长贡献了99.65%！

（四）摩根大通集团盈利性指标分析

1. 净资产收益率（ROE）

图10-9显示了摩根大通集团在2001～2007年中的净资产收益率。在这七年中，摩根大通集团的净资产收益率在2003年达到顶峰，为14.56%。然后，在2004年又大幅度下降至4%左右。但是总体上，在这七年摩根大通集团的净资产收益率呈现上升趋势。

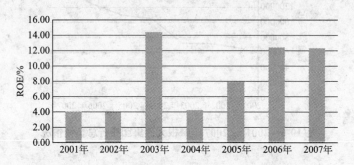

图10-9　2001～2007年摩根大通集团净资产收益率

下面我们来分析这种戏剧化的走势的原因。将净资产收益率作如下的分解，即将之分解为净利润率（NPM）、资产利用度（AU）以及股本乘数（EM）三者的乘积。分别研究后三者在研究期间的变化情况，可以得出图10-10。

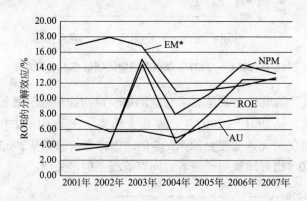

注释：为了使图形更加直观，改变股本乘数使之变为原来的1%。

图10-10　2001～2007年摩根大通集团净资产收益率分解效应图

从图10-10可以看出，净资产收益率的变化主要取决于净利润率（NPM）的变化。在2001～2002年，NPM略有上升，因此ROE走势平稳。在2002～2003年间，NPM出现大幅度上升——由原来的3.83%上升到了将近15%。在这一时期，ROE与NPM的走势几乎是完全一致的。从图中我们可以看出，在这一时期，二者的图形几乎重叠。在2004年，NPM又直线下降，使得ROE也大幅下滑。从2005年起，NPM开始继续快速的增长，在2006年达到顶峰后随即出现缓慢下降；而ROE也表现出了相同的走势。

2.资产收益率（ROA）

图10-11标明了2001～2007年摩根大通集团的资产收益率变化情况。与净资产收益率一样，ROA也在2003年达到了一个峰值，然后又在2004年迅速回落。由于ROE等于ROA和股本乘数（EM）的乘积，因此我们自然可以把ROA分解成NPM和AU二者的乘积。具体的分解如图10-12所示。

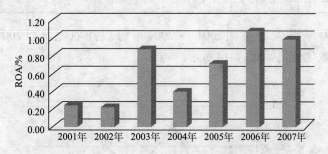

图10-11　2001～2007年摩根大通集团资产收益率

从图10-12我们可以看出，虽然ROA和NPM之间的关系没有ROE和NPM之间的关系那么密切，但是资产收益率的变化在某种程度上仍然可以由净利润率的变化来解释。在2002～2003年间，资产利用度（AU）没有改变，但是NPM大幅上升，这使得ROA也出现了上升的态势。

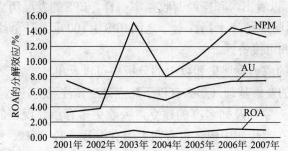

图10-12　2001～2007年摩根大通集团ROA分解效应图

3.净经营收益率（Net Operating Margin）

如图10-13所示在2001～2007年，摩根大通集团的净经营收益率波动很大，在2003年上升了近一个百分点后随即回落，然后在2006年达到这七年来的最高水平。但是总的说来，该公司的净经营收益率仍然有着明显的上升趋势，增加了超过290%，年平均增长率超过25%。

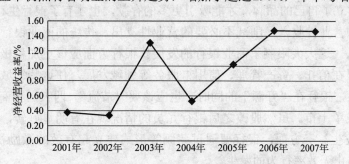

图10-13　2001～2007年摩根大通集团净收益率

4.每股净收益（EPS）

每股净收益的年增长变化如表10-3所示。

表10-3　2001～2007年摩根大通集团每股净收益

项目	2001年	2002年	2003年	2004年	2005年	2006年	2007年
EPS/美元	0.83	0.81	3.32	1.59	2.43	4.16	4.51

表10-3所示为摩根大通集团2001～2007年每股净收益。以2001年的EPS为基期（100），构建的指数化变化如图10-14所示。

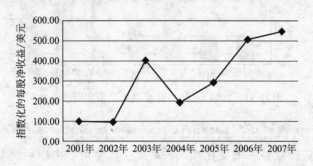

图10-14　2001～2007年摩根大通集团指数化的每股净收益

从图10-14我们可以看出，和净经营收益率一样，EPS的发展历史也是在2003年冲高，然后在2004年回落后随即稳步上扬。七年之间EPS由100点上升至约550点，其骄人的业绩证明了自身的实力和可投资性。

从摩根大通集团的成长发展史和以上的分析中可以看出，一家商业银行或者银行控股公司如果想要有良好的发展基础，那么有以下几点是应该注意的。

首先，注重品牌形象以及知名度的建立，吸收更多存款。现在的商业银行不计其数，就算是在金融行业尚在起步的中国，也有四大国有银行，即工商银行、农业银行、中国银行、建设银行以及招商、光大、民生等民营的商业银行。在当前我国货币市场利率没有放开的情况下，要吸引更多的存款，银行方面可能更多要依靠的是自己的服务和品牌。一个例子是招商银行的信用卡。现在所有的银行都推出了不同种类的信用卡，市场竞争异常激烈。招商银行虽然只是一家民营的股份制银行，信用程度和营业网点数量均比不上国有银行，但是凭借着其良好的服务质量和人性化的信用卡设计，使得现在招商银行几乎成为了信用卡的代名词。虽然这个例子不一定恰当，但是这足以说明品牌在吸引客户方面的重要作用。只有建立了自己的品牌，才能吸引更多的存款，也才有了银行生存和发展的基础。

其次，增加营业性收入，削减不必要的营业性支出。传统的商业银行往往将营业收入局限于利息收入，这大大限制了商业银行的发展。银行方面应该更加积极主动地寻找利润来源。银行可以在信托、资产管理、信用卡服务等领域发展，使这些领域成为银行利润新的增长点。当然，银行在"开源"的同时，也应该要"节流"。四大国有商业银行中，现均已通过股改完成了上市。虽然股改之后银行冗员的情况现在有明显好转，但是效率低下的情况还是时有发生。一方面，银行要通过薪酬等形式建立起有效的激励机制；另一方面，银行也应该要防止无效率行为的发生。

　　一家银行的健康发展要依靠很多内部和外部的因素。自身的经营实力和公司结构以及国家的政策和监管等都是银行发展所必须要考虑的前提。现在，金融风暴席卷全球，一些美国的独立的投资银行在一夜之间不复存在，而这些由过去的投行演变而来的银行控股公司又给早已经竞争异常激烈的银行界增加了新的挑战。中国的银行要想有真正、可持续的发展，就必须要走出国门，走向世界，成为真正的国际化的银行。但是，要想达到这一步，前路漫漫。虽然今天的中国各大银行还有很多问题需要解决，但是我相信，在全球金融大洗牌的过程中，中国的银行一定可以找到自己的位置，为自身以后的发展奠定坚实的基础。

第十一章　投资组合理论与实践

学习本章的目的是了解投资组合理论、资本资产定价模型、套利定价模型（APT）、有效市场理论以及行为金融理论等，掌握投资组合理论等分析方法。

第一节　投资理论概述

一、投资理论的产生与发展

现代投资组合理论主要由投资组合理论、资本资产定价模型、APT模型、有效市场理论以及行为金融理论等部分组成。它们的发展极大地改变了过去主要依赖基本分析的传统投资管理实践，使现代投资管理日益朝着系统化、科学化、组合化的方向发展。

1952年3月，美国经济学家马科维茨（Markowitz）1952年首次提出投资组合理论，该理论包含两个重要内容：均值－方差分析方法和投资组合有效边界模型、其后托宾、夏普、林特勒等人进行了积极的补充和发展。在发达的证券市场中，马科维茨投资组合理论早已在实践中被证明是行之有效的，并且被广泛应用于组合选择和资产配置。

1963年，威廉·夏普（William Sharp）提出了可以对协方差矩阵加以简化估计的单因素模型，极大地推动了投资组合理论的实际应用。

20世纪60年代，夏普、林特和莫森分别于1964年、1965年和1966年提出了资本资产定价模型（CAPM）。该模型不仅提供了评价收益——风险相互转换特征的可运作框架，也为投资组合分析、基金绩效评价提供了重要的理论基础。

1976年，针对CAPM模型所存在的不可检验性的缺陷，罗斯提出了一种替代性的资本资产定价模型，即APT模型。该模型直接导致了多指数投资组合分析方法在投资实践上的广泛应用。

二、投资组合思想

1.传统投资组合的思想

（1）不要把所有的鸡蛋都放在一个篮子里面，否则将覆巢无完卵。

（2）组合中资产数量越多，分散风险越大。

2.现代投资组合的思想

（1）最优投资比例。组合的风险与组合中资产的收益之间的关系有关。在一定条件下，存在一组使得组合风险最小的投资比例。

（2）最优组合规模。随着组合中资产种数增加，组合的风险下降，但是组合管理的成本提高。当组合中资产的种数达到一定数量后，风险无法继续下降。

3.现代投资理论主要贡献者

托宾（James Tobin）：1981年诺贝尔经济学奖得主，美国哈佛大学博士，耶鲁大学教授。主要贡献：流动性偏好、托宾比率分析、分离定理。

马科维茨（Harry Markowitz）：1990年诺贝尔经济学奖得主，曾在兰德公司工作。主要贡献：投资组合优化计算、有效疆界。

夏普（William Sharp）：1990年诺贝尔经济学奖得主，曾在兰德公司工作，美国加州大学洛杉矶分校博士，华盛顿大学、斯坦福大学教授。主要贡献市场均衡模型。

林特勒（John Lintner）：美国哈佛大学教授。主要贡献：市场均衡模型。

三、马科维茨的投资组合思想

马科维茨经过大量观察和分析认为，若在具有相同回报率的两个证券之间进行选择的话，任何投资者都会选择风险小的。这同时也表明，投资者若要追求高回报必定要承担高风险。同样，出于回避风险的原因，投资者通常持有多样化投资组合。马科维茨从对回报和风险的定量研究出发，系统地研究了投资组合的特性，从数学上解释了投资者的避险行为，并提出了投资组合的优化方法。

一个投资组合是由组成的各证券及其权重所确定。因此，投资组合的期望回报率是其成分证券期望回报率的加权平均。除了确定期望回报率外，估计出投资组合相应的风险也是很重要的。投资组合的风险是由其回报率的标准差来定义的。这些统计量是描述回报率围绕其平均值变化的程度，如果变化剧烈则表明回报率有很大的不确定性，即风险较大。

投资组合的方差与各成分证券的方差、权重以及成份证券间的协方差有关，而协方差与任意两证券的相关系数成正比。相关系数越小，其协方差就越小，投资组合的总体风险也就越小。因此，选择不相关的证券应是构建投资组合的目标。另外，由投资组合方差的数学展开式可以得出：增加证券可以降低投资组合的风险。

基于回避风险的假设，马科维茨建立了一个投资组合的分析模型，其要点如下。

（1）投资组合的两个相关特征是期望回报率及其方差。

（2）投资将选择在给定风险水平下、期望回报率最大的投资组合，或在给定期望回报率水平下风险最低的投资组合。

（3）对每种证券的期望回报率、方差和与其他证券的协方差进行估计和挑选，并进行数学规划，以确定各证券在投资者资金中的比重。

四、投资组合理论的应用

投资组合理论为有效投资组合的构建和投资组合的分析提供了重要的思想基础和一整套分析体系，其对现代投资管理实践的影响主要表现在以下三个方面。

（1）马科维茨首次准确地定义了风险和收益这两个投资管理中的基础性概念，考虑以风险和收益作为描述合理投资目标缺一不可的两个要件。马科维茨用投资回报的期望值（均值）表示投资收益（率），用方差（或标准差）表示收益的风险，解决了对资产的风险衡量问题，并认为典型的投资者是风险回避者，他们在追求高预期收益的同时会尽量回避风险。据此，马科维茨提供了以均值方差分析为基础的最大化效用的一整套组合投资理论。而之前的投资者尽管也会顾及风险因素，但由于不能对风险加以有效的衡量，也就只能将注意力放在投资的收益方面。

（2）投资组合理论阐述了分散投资的合理性。在马科维茨之前，尽管人们很早就对分散投资能够降低风险有一定的认识，但从未在理论上形成系统的认识。

投资组合的方差公式说明投资组合的方差并不是组合中各个证券方差的简单线性组合，而是在很大程度上取决于证券之间的相关关系。单个证券本身的收益和标准差指标对投资者可能并不具有吸引力，但如果它与投资组合中的证券相关性小甚至是负相关，它就会被纳入组合。当组合中的证券数量较多时，投资组合的方差的大小在很大程度上更多地取决于证券之间的协方差，单个证券的方差则会居于次要地位。因此投资组合的方差公式对分散投资的合理性提供了理论上的解释和有效分散投资的实际指导。

（3）有效投资组合概念。自马科维茨发表其著名的论文以来，投资管理已从过去专注于选股，转为专注于分散投资和组合中资产之间的相互关系上来。投资组合理论已将投资管理的概念扩展为组合管理。从而也就使投资管理的实践发生了革命性的变化。投资组合理论已被广泛应用到了各主要资产类型的最优配置中。

五、投资组合理论的局限性

马科维茨的投资组合理论为有效地分散投资提供了理论依据和分析框架，但在实际运用中，也存在着一定的局限性。

（1）马科维茨模型所需要的基本输入包括证券的期望收益率、方差和两证券之间的协方差。当证券的数量较多时，基本输入所要求的估计量非常大，从而也就使得马科维茨的运用受到很大限制。因此，马科维茨模型目前主要被用在资产配置的最优决策上。

（2）统计数据误差带来的解的不可靠性。马科维茨模型需要将证券的期望收益率、期望的标准差和证券之间的期望相关系数，作为已知数据，进行基本输入。如果这些数据没有估计误差，马科维茨模型就能够保证得到有效的证券组合。但由于期望数据是未知的，需要进行统计估计，因此这些数据就不会没有误差。由于统计估计误差，会使一些资产类别的投资比例过高而使另一些资产类别的投资比例过低。输入数据的微小改变会导致资产权重的很大变化。

（3）重新配置的高成本。如果对输入数据进行重新估计，用马科维茨模型就会得到新的资产权重的解，新的资产权重与上一季度的权重差异可能很大。这意味着必须对资产组合进行较大的调整，资产比例的调整会造成交易成本的上升。

六、投资组合理论在我国证券市场的应用

我国股票市场的投资者在投资决策中主要进行技术分析和基本分析，而这两种分析方法都是注重单只证券，基本上忽略了利用不同证券收益的相关性分散风险。我国股票市场运用投资组合理论进行决策分析的意义就是利用不同证券收益的相关性分散风险。利用投资组合有效边界可以在市场综合指数较大幅度地偏离了投资组合有效边界时取得较好投资效果。

第二节　投资组合与资产选择理论

一、均值方差参数法

投资组合就是将各种不同资产组合在一起。投资者在可能选择的众多资产中，选择怎样的资产组合是至关重要的问题。

马科维茨以前的投资理论认为未来投资收益是确定可预测的，只要投资者将资金集中投资于预期收益最大的资产，一定时间后就可使其财富最大化。但大多数情况下，各种资产的未来收益是不确定的，投资者在进行资产选择时必须考虑期望收益的大小与其实现的可能性，必须考虑未来收益的风险性。

一般来说，风险偏好的回避者更愿意选择风险较小的资产，风险偏好者则愿意接受虽然实现的可能性低但预期收益大的资产。风险中立者只关心期望收益的大小而不考虑风险因素。所以，不确定性下的投资决定主要受投资对象收益期望值和风险的影响。马科维茨提出的投资者资产选择行为是以投资组合的期望收益和风险两个参数综合考虑的分散投资理论，并指出投资者为回避风险，不是将其资金集中投资于单一资产，而是投资于由各种资产构成的组合，进行分散投资。

如何测度期望收益与风险，在组合投资理论中，是将各资产的收益作为依一定概率变动的随机变量，并在决定概率分布的各参数中只注意均值与方差。由于这两个参数满足投资收益与风险的分布特征，因此，以收益的数学期望值和方差分别作为测度期望收益和风险尺度的分析方法就称之为参数法。在不确定性的收益和风险中进行选择，投资组合理论用均值——方差来刻画这两个关键因素。

均值是指投资组合的期望收益率，它是单只证券的期望收益率的加权平均，权重为相应的投资比例。股票的收益包括分红派息和资本增值两部分。方差是指投资组合的收益率的方差。我们把收益率的标准差称为波动率，它描述了投资组合的风险。在证券投资决策中应该怎样选择收益和风险的组合，是投资组合理论研究的中心问题。

投资组合理论研究"理性投资者"如何选择优化投资组合。理性投资者是指他们在给定期望风险水平下使期望收益最大化，或者在给定期望收益水平下使期望风险最小化。因此把上述优化投资组合在以波动率为横坐标，收益率为纵坐标的二维平面中描绘出来，形成一条曲线。这条曲线上有一个点，其波动率最低，称之为最小方差点。这条曲线在最小方差点以上的部分就是著名的马科维茨投资组合有效边界，对应的投资组合称为有效投资组合。在波动率—收益率二维平面上，任意一个投资组合要么落在有效边界上，要么处于有效边界之下。因此，有效边界包含了全部帕雷托最优投资组合，理性投资者应该在有效边界上选择投资组合。

二、投资者的资产选择原则

以收益的均值与方差作为资产选择的原则，是以期望效用最大化理论为依据的。期望效用最大化理论认为投资者满足一定理性原则的行为并不是要使财富的未来价值最大化，而是与财富未来价值相关的效用函数的期望值最大化。如果效用函数是财富的二次函数，其收益为正态分布的情况下，效用函数的期望值就是投资组合收益的均值与方差的函数。所以，期望效用最大化原则与均值方差参数法的投资原则是同质的。

为了将均值方差参数法和效用理论联系起来，现在假定投资者通过持有投资组合而使期望效用最大化，且效用函数是财富的二次函数并呈正态分布。

在上述假定条件下，分析投资组合的期望收益、风险及投资者的效用之间的关系，对于风险回避者，投资于期望收益相同而风险小或风险相同但期望收益大的投资组合可能提高投资者的期望效用。在图11-1中，曲线上的任意期望收益和方差构成的投资组合其期望效用都相同，因此，对于投资者来说是无差别的，故称作无差异曲线。无差异曲线越是在左上方，投资组合的效用就越大。

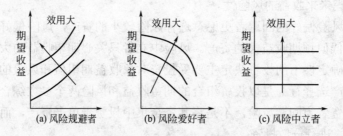

图11-1　投资者的无差别曲线

三、投资机会集合与有效投资组合

投资者以各自的主观概率为基础，以收益的均值与方差参数法来评价各种投资对象资产，所依据的是这些资产所组成的各种组合的期望收益和风险大小。投资机会集合是投资者可能利用的全部投资组合的领域，它与资产选择原则同样，也可用参数来表现。

1.风险资产的投资机会集合

风险资产是指将来不确定实际收益的资产。风险资产所构成的投资组合的期望收益由所组入的资产及其组入比例来决定，投资组合的风险大小（标准差）及构成，则依赖于组入的资产间的收益变动的相关关系。收益呈反方向变动的资产或者说呈无关变动的资产组入的投资组合的风险，由于一方的收益增加另外一方的收益减少，而得到相互抵消，比同方向变动的资产组入的投资组合的风险要小。收益变动呈完全相反方向的资产以一定比例组入的投资组合中，由于各种收益变动完全相抵消，因此，投资组合的风险为0。

以两种风险资产构成的投资组合的期望收益和风险（标准差）的关系来描述两资产收益变化的相关性（实线部分）。相关系数是表示两种资产收益变动的相关程度，取值在+1、−1之间。相关系数在完全同方向变动时为+1，完全反方向变动时为−1，变动完全无关时为0。

如图11-2所示，图中A点表示全部投资于A资产时的全部投资组合，B点表示投资于资产B时的投资组合。由两点连接所形成的曲线上各点表示以各种各样的比例分散投资于A和B所构成的投资组合。相关系数为+1时，随着投资比例由集中投资于资产A逐渐向资产B扩大，投资组合的期望收益和风险的关系就表示为由AB两点连接的直线。所以，对应于各资产的投资比例，投资组合的期望收益、风险值的大小也按一定比例变化。两资产的相关系数小于1时，不同投资比例的投资组合的期望收益与风险的关系就可由双曲线来描述。相关系数越靠近，双曲线位置就越靠左。

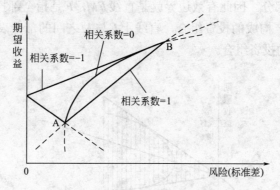

图11-2　两种资产组合的风险与收益

在现货交易的情况，一般投资A和B比例是不同的，即使比例相同，由于两资产收益的相关程度不同，投资组合的风险程度也有很大差异。相关系数越接近−1，投资组合的风险就越小。

在期货交易的情况下，如果从证券公司借入股票并出售，一定时间后购回对冲，即卖空的情况下则不同，如卖空A、买入B，收益的相关系数越接近+1，投资组合的风险越小。

由于经济景气状况对资产收益产生的影响是共同的，因此资产收益间的负相关性是很小的，收益呈完全相反方向变动的资产理论上是不存在的，因此前述两资产的例子向多数资产扩展时，风险资产构成的投资机会集合如图11-3所示。

期望收益相同风险最小或风险相同期望收益最大的投资组合即为有效组合，风险回避者偏好的就是有效投资组合。风险资产组合的投资机会，从图11-3中可以看出AB边界线上的组合就是有效组合，在投资机会集合中这部分称作有效边界。AB以外的边界线上或内侧的投资组合由于不被风险回避者所选择，所以都是无效投资组合。

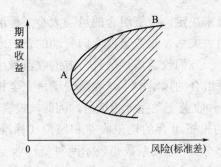

图11-3　风险资产组合的投资机会

2.风险资产与安全资产结合的投资机会集合

如果在风险资产的投资机会集合中加入安全资产，其投资机会集合也是应该研究的问题。安全资产是指银行存款等将来收益确定的资产。如图11-4所示，安全资产收益为 R 与风险资产 C 构成投资组合，由于安全资产的风险为0，其投资组合线就如图中 FC 连接的直线所示。如果将银行存款看成是安全资产，在可以以与贷款利率相同的利率借入资金的情况下，大于直线 FC 中 C 点的部分就是将期初资金再加上借入资金全部投资于风险资产 C 所构成的投资组合。所以，投资机会集合就是由 F 开始向风险资产所构成的投资机会集合两条直线连接所围成的部分。因此有效边界就是直线 FM，F 是指全部投资于安全资产，M 则是全部投资于风险资产构成的投资组合，直线上 F 与 M 之间的部分表示安全资产与风险资产以各种比例，构成的投资组合。

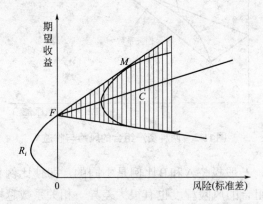

图11-4　风险资产与安全资产结合的投资机会集合

3.最优投资组合的决定与分离定理

风险资产与安全资产结合的投资机会，其有效边界就是直线 FM，直线 FM 之间的部分表示安全资产与风险资产以各种比例构成的投资组合，其最优投资组合怎样决定需要进一步分析。风险回避者从有效投资组合中选择能获得最大的期望效用的资产，它可由与有效边界相交的无差别曲线群中表示最大效用的点求得。对图11-5中所描述的无差别曲线的投资者来说，交点 G 就是最优投资组合。在不能借入的条件下，与风险相对应的极端场合，不可能在投资机会集合中求出交点，仅由各种各样的风险资产的投资组合 M 或者仅由安全资产构成的投资组合 F 对于其投资者来说是最优投资组合。根据导入的效用函数所描述的无差别曲线与有效边界的交点上投资于安全资产与风险资产的投资比率来决定，如风险资产C，风险资产组合内的最优构成是与效用函数的形状及财富初期值相独立的，即如图11-5中的G点，无论在有效边界上的哪一点，风险资产的相互构成比都不变。这就是组合资产选择中的分离定理。

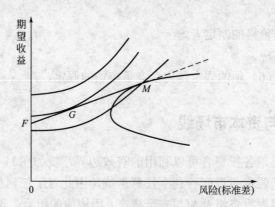

图11-5 风险回避者最优投资组合

完全由风险资产构成的投资组合与由风险资产和安全资产构成的投资组合相比，其投资资金的分配决定是完全不同的。

综上所述，最优投资组合从有效投资组合中选择能获得最大的期望效用的资产，它是有效边界与无差异效用曲线相交的点。投资组合的风险大小，依赖于所组入的资产的风险大小和收益变动的相关性，只要增加所组入的资产数就可以获得分散投资效果。伴随着构成投资组合的资产数量的增加，由于在投资组合整体风险中单个资产的风险所占的比例变小，与单个资产的相关系数相关的比例就增大。所以，如果希望风险尽可能地小，就须尽可能在投资组合中组入收益变动不相关的资产。即使相关程度相同，所组入的资产数越多，投资组合整体风险就越小，投资的效果越好。

第三节 均衡价格理论

一、夏普—林特勒模型

市场由众多投资者构成，不同的投资者进行投资抉择的行为标准不同，对同一证券给出的价格不一样。因此对市场价格的研究必须扩展到对市场整体行为的研究。考察市场整体时，市场中的价格决定，首先要求设定市场及投资者形态的模型。设定能真实地反映现实的模型过于复杂。因此，首先需要建立简单均衡模型来考察其价格，夏普—林特勒模型即为市场简单均衡模型。

这里我们用夏普—林特勒模型来说明证券市场价格的决定机制。

模型中有如下几项假设条件。

（1）投资者依据两参数的组合理论进行决策。即，选择同一风险类别中具有最大期望收益、同一期望收益率中最小风险的资产。

（2）存在安全资产，借贷没有限制。

（3）投资者之间的预期完全一致。

（4）资产无限可分。

（5）交易费用为零。

（6）各投资者就是价格的制定者。

（7）资产量充分供应。

其中，第（4）～（6）项的假定是完全竞争市场的假定。

二、市场组合与资本市场线

以上述假定为前提，各投资者可以利用的有效边界，就如图11-6所示。在此，投资者的预期完全一致，由于假定可以同一利率任意借贷，因此对于任何投资者来说其有效边界也都一致，即投资者根据投资组合 M 与安全资产 R 所构成的组合，选择的都是 RMZ 上效用最大的点。所以，风险资产混合的投资组合 M 是投资者所需要的唯一的风险资产的组合。在市场均衡中，在对安全资产的需求一致的条件下，就必须持有市场上全部存量证券。由于 M 是按市场价值的比例组入了全部证券的组合，因此均衡条件下该最优风险资产组合 M 就被称作市场组合。

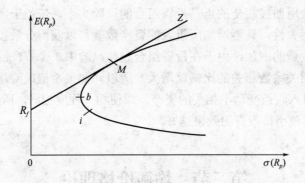

图11-6　资本市场线

设证券 i 的收益率为 R_i，在市场组合 M 中所占的比例为 X_{iM}，市场组合 M 的收益率、期望收益率和方差就可定义如下：

$$R_M = \sum_{i=1}^{n} X_{iM} R_i$$

$$ER_M = \sum_{i=1}^{n} X_{iM} E(R_i)$$

$$\sigma^2(R_M) = \sum_{i=1}^{n} \sum_{j=1}^{n} X_{iM} X_{jM} R \rho_{ij} \sigma(R_i) \sigma(R_j)$$

式中，n 为市场中全部的证券数；X_{iM} 的总和为1；ρ_{ij} 为 R_i 和 R_j 的相关系数，两个随机变量的标准差和相关系数的乘积，即是协方差COV(i, j)。

由于均衡状态下，投资者根据分离定理在$R_f MZ$直线上选择由市场组合与安全资产构成的组合，该直线$R_f MZ$称之为资本市场线（Capital Market Line）。因此，均衡状态下位于该直线上的组合都是有效组合，其风险与期望收益$E(R_p)$呈线性关系。资本市场线的斜率表示的是风险与期望收益率间的均衡，由于要减少风险所必须支付的成本就称作风险的价格，这时的风险就是标准差。因此，资本市场线可以式（11-1）表示：

$$E(R_p) = R_f + \frac{E(R_M) - R_f}{\sigma(R_M)} \sigma(R_p) \tag{11-1}$$

式中，$[E(R_M) - R_f]/\sigma(R_M)$为风险的价格，即均衡状态下市场评价的风险价格。

三、资本资产定价模型（CAPM）与证券市场

夏普与林特勒导出了均衡状态下任意证券收益率的资本市场线模型，即对于任意证券，有式（11-2）成立：

$$E(R_i) = R_f + COV(R_i, R_M) \frac{E(R_M) - R_f}{\sigma(R_M)\sigma(R_M)} \tag{11-2}$$

在此，$COV(R_i, R_M)$是证券i与市场组合收益率间的协方差。式（11-2）表示任意证券的期望收益率等于安全资产的收益率与风险溢价之和。这时证券i的风险可以用$COV(R_i, R_M)/\sigma(R_M)$来测度，每单位风险的价格等于$[E(R_M) - R_f]/\sigma(R_M)$。

所以，投资组合的风险溢价可用$[E(R_M) - R_f]/\sigma(R_M)$与$COV(R_i, R_M)/\sigma(R_M)$的乘积来表示。该式称作证券市场线，如图11-7所示。

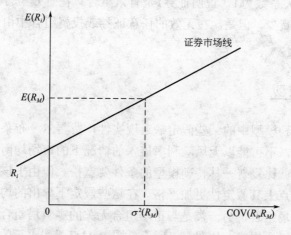

图11-7　证券市场线

然而，当R_i为有效组合时，由于R_i与R_j间的相关系数为1，$COV(R_i, R_M)/\sigma(R_M)$就等于$\sigma(R_i)$，证券市场线就与资本市场线一致。所以，在夏普—林特勒模型中，资本市场线是证券市场线的特例。

式（11-2）表示如下：

$$E(R_i) = R_f + \beta_i[E(R_M) - R_f] \tag{11-3}$$

式中，β_i是测度证券与市场整体的相对风险。

根据定义，市场组合的β为1。由此，β大于1，就说明风险比市场平均风险大且期望收益率也大；相反，β为负的证券，说明其收益的变动与市场变动相反。由这样的证券组成的投资组合可以积极地减少风险。但是，现实中的β值其稳定性很低，β值为负的证券也难以见到。

由式（11-2）与式（11-3）表示的证券市场线在表示市场所具有的证券的收益与风险的关系的同时，也表示着均衡状态下证券价格的决定。所以，该证券市场线及其背后包含的假定的理论称之为资本资产定价模型。夏普—林特勒模型是这一理论中的最基本的模型，其揭示的结论是均衡状态下对证券的期望收益率产生着重要影响的是β系数，期望收益率与β呈线性关系。

四、系统风险

如果独立地对证券i进行评价，其风险就是收益率的标准差$\sigma(R_i)$，称作总风险。与其相对应的是在资本资产定价模型中所表示的风险$COV(R_i, R_M)/\sigma(R_M)$。总风险的一部分随着证券组合的形成，因分散化而得到消除，但就资本资产定价模型（CAPM）中表示的风险是分散投资所无法消除的风险，$COV(R_i, R_M)/\sigma(R_M)$也可写作$\rho\sigma(R_i)$。在此，$\rho$是$R_i$和$R_M$的相关系数。由于分散化所消除的风险可以由总风险减去$\rho\sigma(R_i)$求得，即$(1-\rho)\sigma(R_i)$，称为非系统风险，分散化无法消除的风险则称之为系统风险。系统风险是市场风险，非系统风险是各证券自身固有的风险。

根据相关系数的定义，ρ的取值范围在–1和1之间，非系统风险则在0以上。所以，非系统风险为0时，相关系数为1，说明证券i是有效组合。在有效组合条件下，由于投资分散化，总风险并不会减少，但是，在无效的任意证券或投资组合中由于分散投资总风险必定会减少。

五、布莱克模型

由于夏普—林特勒模型中的某些假定缺乏现实性，费雪尔·布莱克导出在不存在安全资产的情况下，也即，不可能以无风险利率借入的情况下的市场均衡模型。由于假定安全资产不存在，该模型就比夏普—林特勒模型的条件要宽松。但由于该假定风险资产的卖空没有限制，故在这一点上其假定性更加严格。在这些假定下导出的均衡状态下投资者的组合有两类。一类是市场组合，另一类是与市场组合无关的零贝塔组合。由此，有效组合就由市场组合与零贝塔组合构成，如图11-8所示。图中AMZ弧线表示的就是有效组合，组合中各证券的期望收益率可以式（11-4）表示；

$$E(R_i) = E(R_Z) + [E(R_M) - E(R_j)] \tag{11-4}$$

式中，$E(R_j)$是零贝塔组合期望收益率；且由于Z与市场组合的收益率无关，市场风险方差为正，因此仍然有非系统风险存在。

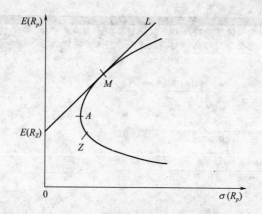

图11-8　安全资产不存在时的投资组合

除布莱克模型之外，还有米切尔·布雷思朗（Michael Brennan）模型。该模型是放松了以无风险利率借贷的限制，即借贷利率不同的条件下的均衡模型。放松这个限制的理由在于在借贷市场上中介人需要征收手续费，借入的利率就要比贷出的利率高。此外，他还求导出考虑利息税和资本税的模型。

布莱克—斯科尔斯（雪尔·布莱克和米伦·斯科尔斯）及马顿（罗伯特·马顿）针对夏普—林特勒的单一期限模型求导出多期限模型，以及放松投资者的期望收益相同条件的模型。

一个模型的重要意义在于它能够解释现实中可观察的现象，用于各种预测活动中。由于资本资产定价模型是事前预测模型，为了对实证数据进行分析，就势必要对模型进行修正。市场模型通过假定实际数据的发生过程，以求证其是实证可能的模型。

市场模型是根据任意证券i与市场组合的收益率间呈两参数的正态分布的假定求出的，由于现实中收益率数据的分布是正态分布，可以得到与具有无限分散的稳定分析相近的结果。所以，由于推断值的无偏性，在市场模型基础上根据最小二乘法来进行推断就比较合适。

综上所述，由于所有证券的误差项的加权和等于零，运用市场组合就可以将全部的非系统风险消除。即使不是市场组合，只要是由多种证券构成的组合，就可以将非系统风险降到很小的程度，即具有分散投资的效果。

另外，套利定价模型（APT），是描述资本资产价格形成机制的一种方法，是用来研究证券价格是如何决定的。虽然APT理论上很完美，但是由于它没有给出都是哪些因素驱动资产价格，这些因素可能数量众多，只能凭投资者经验自行判断选择，此外每项因素都要计算相应的β值，而CAPM模型只需计算一个β值，所以在对资产价格估值的实际应用时，CAPM比APT使用地更广泛。

第四节　基金与券商的投资组合案例

一、基金的投资组合（500009）

1.基金安顺基本资料（图11-9）

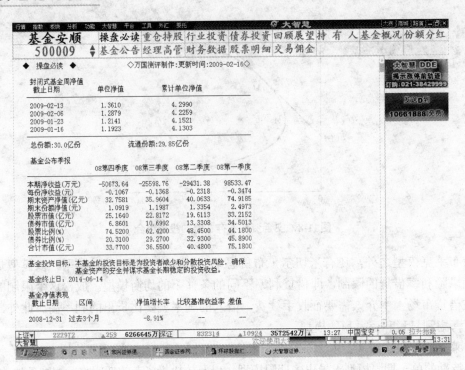

图 11-9　基金安顺的基本资料

注：资料来源——大智慧。

2.基金安顺投资组合（图 11-10）

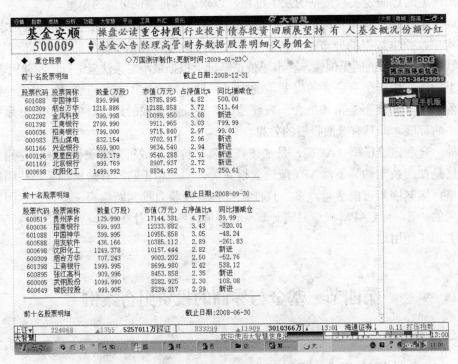

图 11-10　基金安顺的投资组合

注：资料来源——大智慧。

3.基金安顺走势图（图11-11）

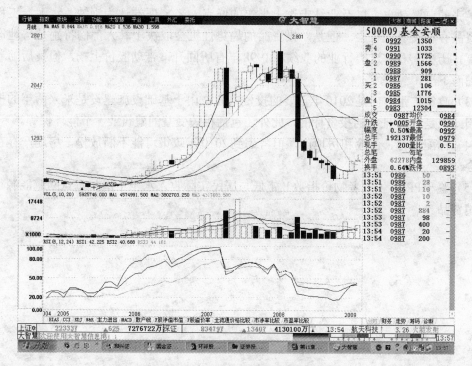

图11-11　基金安顺的走势图

注：资料来源——大智慧。

二、××证券的行业配置方向

××证券认为：配置的基本方向是成本压力缓解、而需求端能够保持较为稳定的行业，以及未来能够提前于实体经济见底的行业。在基本的业绩趋势之外，政策方向将是2010年的重要投资方向。

在分析之前，几个关键性的判断或者假设需要作出。

2010年上半年通缩而下半年呈现再通胀预期。主要判断如下。

（1）2010年美国经济将会触底，但仍然保持较低水平，在此情形下，出口行业与部分制造业投资持续低迷。

（2）扩张性财政拉动基建投资，但整体投资回暖需要等待私人部门特别是房地产市场回暖。在基本的分析情景中，××证券预期这一情形在2010年仍不会出现。

（3）实体经济和盈利水平的最低点在2010年上半年出现。

（4）为了避免总需求的过度收缩，政策可能不断超出预期。

根据以上判断，××证券认为2010年上半年与下半年的配置稍有不同。主要意见如下。

（1）在2010年上半年的通缩环境下，配置组合仍然应该保持一定的防御性，超配需求下滑但成本下滑更快的行业，比如电力、食品饮料；超配需求与成本保持刚性的行业，比如医药、电信。

（2）而在2010年下半年的再通胀预期中，可以适度提高周期类行业的配置比重。考虑财政扩张的刺激效果，以及业绩走过上半年的低点，××证券认为钢铁、水泥、工程机械等投资品存在交易性机会。但是，投资品的趋势性机会取决于私人部门特别是房地产的投资恢复。历史上看，这类行业的业绩在1998年有所回升，带动股价上扬，但其后随着投资的萎缩而下滑。

（3）政策扩张方向是2010年重要的投资方向。由于基础设施建设是未来两年的投资重点，因此也是××证券的投资标的，此外还包括相关受益的建筑业、节能环保等。

（4）标配银行、保险和房地产，但考虑到2010年政策可能不断放松，房地产存在交易性机会。

（5）鉴于PPI（生产者物价指数）走低与居民实际收入水平下滑，重点回避能源行业与可选消费品。

第十二章　证券法规与实践

本章主要阐述和分析证券法和投资基金管理办法中基金的法律责任，并通过案例使读者掌握证券相关法规。

第一节　《证券法》概述

《中华人民共和国证券法》（以下简称《证券法》）于1998年12月29日第九届全国人民代表大会常务委员会第六次会议通过，2004年8月28日第十届全国人民代表大会常务委员会第十一次会议《关于修改〈中华人民共和国证券法〉的决定》对其进行修正，2005年10月27日第十届全国人民代表大会常务委员会第十八次会议再次修订，现在的《证券法》已日趋成熟和完善。

《证券法》的主要内容是：证券发行与交易、证券上市、持续信息公开、禁止的交易行为、上市公司的收购、证券交易所与证券公司、证券登记结算和服务机构、证券业协会、证券监管机构、法律责任、附则等。

制定《证券法》的目的是为了规范证券发行和交易行为，保护投资者的合法权益，维护社会经济秩序和社会公共利益，促进社会主义市场经济的发展。凡在中华人民共和国境内，股票、公司债券和国务院依法认定的其他证券的发行和交易，适用《证券法》；《证券法》未规定的，适用《中华人民共和国公司法》和其他法律、行政法规的规定。

政府债券、证券投资基金份额的上市交易，适用《证券法》；其他法律、行政法规另有规定的，适用其规定。证券衍生品种发行、交易的管理办法，由国务院依照《证券法》的原则规定。证券的发行、交易活动，必须实行公开、公平、公正的原则。证券发行、交易活动的当事人具有平等的法律地位，应当遵守自愿、有偿、诚实信用的原则。证券的发行、交易活动，必须遵守法律、行政法规；禁止欺诈、内幕交易和操纵证券市场的行为。证券业和银行业、信托业、保险业实行分业经营、分业管理，证券公司与银行、信托、保险业务机构分别设立。国家另有规定的除外。国务院证券监督管理机构依法对全国证券市场实行集中统一监督管理。国务院证券监督管理机构根据需要可以设立派出机构，按照授权履行监督管理职责。在国家对证券发行、交易活动实行集中统一监督管理的前提下，依法设立证券业协会，实行自律性管理。国家审计机关依法对证券交易所、证券公司、证券登记结算机构、证券监督管理机构进行审计监督。

第二节　证券发行和证券交易

一、证券发行

公开发行证券，必须符合法律、行政法规规定的条件，并依法报经国务院证券监督管理机构或者国务院授权的部门核准；未经依法核准，任何单位和个人不得公开发行证券。

设立股份有限公司公开发行股票，应当符合《中华人民共和国公司法》规定的条件和经国务院批准的国务院证券监督管理机构规定的其他条件，向国务院证券监督管理机构报送募股申请和下列文件：公司章程；发起人协议；发起人姓名或者名称，发起人认购的股份数、出资种类及验资证明；招股说明书；代收股款银行的名称及地址；承销机构名称及有关的协议。依照证券法规定聘请保荐人的，还应当报送保荐人出具的发行保荐书。法律、行政法规规定设立公司必须报经批准的，还应当提交相应的批准文件。

公司公开发行新股，应当符合下列条件：具备健全且运行良好的组织机构；具有持续盈利能力，财务状况良好；最近三年财务会计文件无虚假记载，无其他重大违法行为；经国务院批准的国务院证券监督管理机构规定的其他条件。上市公司非公开发行新股，应当符合经国务院批准的国务院证券监督管理机构规定的条件，并报国务院证券监督管理机构核准。

公司公开发行新股，应当向国务院证券监督管理机构报送募股申请和下列文件：公司营业执照；公司章程；股东大会决议；招股说明书；财务会计报告；代收股款银行的名称及地址；承销机构名称及有关的协议。依照《证券法》规定聘请保荐人的，还应当报送保荐人出具的发行保荐书。

公司对公开发行股票所募集资金，必须按照招股说明书所列资金用途使用。改变招股说明书所列资金用途，必须经股东大会做出决议。擅自改变用途而未作纠正的，或者未经股东大会认可的，不得公开发行新股。

公开发行公司债券，应当符合下列条件：股份有限公司的净资产不低于人民币三千万元，有限责任公司的净资产不低于人民币六千万元；累计债券余额不超过公司净资产的百分之四十；最近三年平均可分配利润足以支付公司债券一年的利息；筹集的资金投向符合国家产业政策；债券的利率不超过国务院限定的利率水平；国务院规定的其他条件。公开发行公司债券筹集的资金，必须用于核准的用途，不得用于弥补亏损和非生产性支出。

上市公司发行可转换为股票的公司债券，除应当符合第一款规定的条件外，还应当符合本法关于公开发行股票的条件，并报国务院证券监督管理机构核准。

申请公开发行公司债券，应当向国务院授权的部门或者国务院证券监督管理机构报送下列文件：公司营业执照；公司章程；公司债券募集办法；资产评估报告和验资报告；国务院授权的部门或者国务院证券监督管理机构规定的其他文件。依照证券法规定聘请保荐人的，还应当报送保荐人出具的发行保荐书。有下列情形之一的，不得再次公开发行公司债券：前一次公开发行的公司债券尚未募足；对已公开发行的公司债券或者其他债务有违约或者延迟支付本息的事实，仍处于继续状态；违反《证券法》规定，改变公开发行公司债券所募资金的用途。发行人依法申请核准发行证券所报送的申请文件的格式、报送方式，由依法负责核准的机构或者部门规定。发行人向国务院证券监督管理机构或者国务院授权的部门报送的证券发行申请文件，必须真实、准确、完整。为证券发行出具有关文件的证券服务机构和人员，必须严格履行法定职责，保证其所出具文件的真实性、准确性和完整性。发行人申请首次公开发行股票的，在提交申请文件后，应当按照国务院证券监督管理机构的规定预先披露有关申请文件。国务院证券监督管理机构设发行审核委员会，依法审核股票发行申请。证券发行申请经核准，发行人应当依照法律、行政法规的规定，在证券公开发行前，公告公开发行募集文件，并将该文件置备于指定场所供公众查阅。发行证券的信息依法公开前，任何知情人不得公开或者泄露该信息。发行人不得在公告公开发行募集文件前发行证券。

国务院证券监督管理机构或者国务院授权的部门对已作出的核准证券发行的决定，发现不符合法定条件或者法定程序，尚未发行证券的，应当予以撤销，停止发行。已经发行尚未上市的，撤销发行核准决定，发行人应当按照发行价并加算银行同期存款利息返还证券持有人；保荐人应当与发行人承担连带责任，但是能够证明自己没有过错的除外；发行人的控股股东、实际控制人有过错的，应当与发行人承担连带责任。股票依法发行后，发行人经营与收益的变化，由发行人自行负责；由此变化引致的投资风险，由投资者自行负责。发行人向不特定对象发行的证券，法律、行政法规规定应当由证券公司承销的，发行人应当同证券公司签订承销协议。

证券承销业务采取代销或者包销方式。证券代销是指证券公司代发行人发售证券，在承销期结束时，将未售出的证券全部退还给发行人的承销方式。证券包销是指证券公司将发行人的证券按照协议全部购入或者在承销期结束时将售后剩余证券全部自行购入的承销方式。公开发行证券的发行人有权依法自主选择承销的证券公司。证券公司不得以不正当竞争手段招揽证券承销业务。证券公司承销证券，应当同发行人签订代销或者包销协议，载明下列事项：当事人的名称、住所及法定代表人姓名；代销、包销证券的种类、数量、金额及发行价格；代销、包销的期限及起止日期；代销、包销的付款方式及日期；代销、包销的费用和结算办法；违约责任；国务院证券监督管理机构规定的其他事项。

证券公司承销证券，应当对公开发行募集文件的真实性、准确性、完整性进行核查；发现有虚假记载、误导性陈述或者重大遗漏的，不得进行销售活动；已经销售的，必须立即停止销售活动，并采取纠正措施。向不特定对象发行的证券票面总值超过人民币五千万元的，应当由承销团承销。承销团应当由主承销和参与承销的证券公司组成。证券的代销、包销期限最长不得超过九十日。证券公司在代销、包销期内，对所代销、包销的证券应当保证先行出售给认购人，证券公司不得为本公司预留所代销的证券和预先购入并留存所包销的证券。股票发行采取溢价发行的，其发行价格由发行人与承销的证券公司协商确定。股票发行采用代销方式，代销期限届满，向投资者出售的股票数量未达到拟公开发行股票数量百分之七十的，为发行失败。发行人应当按照发行价并加算银行同期存款利息返还股票认购人。公开发行股票，代销、包销期限届满，发行人应当在规定的期限内将股票发行情况报国务院证券监督管理机构备案。

二、证券交易

证券交易当事人依法买卖的证券，必须是依法发行并交付的证券。非依法发行的证券，不得买卖。依法发行的股票、公司债券及其他证券，法律对其转让期限有限制性规定的，在限定的期限内不得买卖。依法公开发行的股票、公司债券及其他证券，应当在依法设立的证券交易所上市交易或者在国务院批准的其他证券交易场所转让。证券在证券交易所上市交易，应当采用公开的集中交易方式或者国务院证券监督管理机构批准的其他方式。证券交易当事人买卖的证券可以采用纸面形式或者国务院证券监督管理机构规定的其他形式。证券交易以现货和国务院规定的其他方式进行交易。

证券交易所、证券公司和证券登记结算机构的从业人员、证券监督管理机构的工作人员以及法律、行政法规禁止参与股票交易的其他人员，在任期或者法定限期内，不得直接或者以化名、借他人名义持有、买卖股票，也不得收受他人赠送的股票。任何人在成为前款所列人员时，其原已持有的股票，必须依法转让。证券交易所、证券公司、证券登记结算机构必须依法为客户开立的账户保密。为股票发行出具审计报告、资产评估报告或者法律意见书等文件的证券服务机构和人员，在该股票承销期内和期满后六个月内，不得买卖该种股票。为上市公司出具审计报告、资产评估报告或者法律意见书等文件的证券服务机构和人员，自接受上市公司委托之日起至上述文件公开后五日内，不得买卖该种股票。证券交易的收费必须合理，并公开收费项目、收费标准和收费办法。证券交易的收费项目、收费标准和管理办法由国务院有关主管部门统一规定。

上市公司董事、监事、高级管理人员、持有上市公司股份百分之五以上的股东，将其持有的该公司的股票在买入后六个月内卖出，或者在卖出后六个月内又买入，由此所得收益归该公司所有，公司董事会应当收回其所得收益。但是，证券公司因包销购入售后剩余股票而持有百分之五以上股份的，卖出该股票不受六个月时间限制。公司董事会不按照前款规定执行的，股东有权要求董事会在三十日内执行。公司董事会未在上述期限内执行的，股东有权为了公司的利益以自己的名义直接向人民法院提起诉讼。公司董事会不按照第一款的规定执行的，负有责任的董事依法承担连带责任。

申请证券上市交易，应当向证券交易所提出申请，由证券交易所依法审核同意，并由双方签订上市协议。证券交易所根据国务院授权的部门的决定安排政府债券上市交易。申请股票、可转换为股票的公司债券或者法律、行政法规规定实行保荐制度的其他证券上市交易，应当聘请具有保荐资格的机构担任保荐人。

股份有限公司申请股票上市，应当符合下列条件：股票经国务院证券监督管理机构核准已公开发行；公司股本总额不少于人民币三千万元；公开发行的股份达到公司股份总数的百分之二十五以上；公司股本总额超过人民币四亿元的，公开发行股份的比例为百分之十以上；公司最近三年无重大违法行为，财务会计报告无虚假记载。证券交易所可以规定高于前款规定的上市条件，并报国务院证券监督管理机构批准。国家鼓励符合产业政策并符合上市条件的公司股票上市交易。

申请股票上市交易，应当向证券交易所报送下列文件：上市报告书；申请股票上市的股东大会决议；公司章程；公司营业执照；依法经会计师事务所审计的公司最近三年的财务会计报告；法律意见书和上市保荐书；最近一次的招股说明书；证券交易所上市规则规定的其他文件。

股票上市交易申请经证券交易所审核同意后，签订上市协议的公司应当在规定的期限内公告股票上市的有关文件，并将该文件置备于指定场所供公众查阅。签订上市协议的公司除公告前条规定的文件外，还应当公告下列事项：股票获准在证券交易所交易的日期；持有公司股份最多的前十名股东的名单和持股数额；公司的实际控制人；董事、监事、高级管理人员的姓名及其持有本公司股票和债券的情况。

上市公司有下列情形之一的，由证券交易所决定暂停其股票上市交易：公司股本总额、股权分布等发生变化不再具备上市条件；公司不按照规定公开其财务状况，或者对财务会计报告作虚假记载，可能误导投资者；公司有重大违法行为；公司最近三年连续亏损；证券交易所上市规则规定的其他情形。

上市公司有下列情形之一的，由证券交易所决定终止其股票上市交易：公司股本总额、股权分布等发生变化不再具备上市条件，在证券交易所规定的期限内仍不能达到上市条件；公司不按照规定公开其财务状况，或者对财务会计报告作虚假记载，且拒绝纠正；公司最近三年连续亏损，在其后一个年度内未能恢复盈利；公司解散或者被宣告破产；证券交易所上市规则规定的其他情形。

公司申请公司债券上市交易，应当符合下列条件：公司债券的期限为一年以上；公司债券实际发行额不少于人民币五千万元；公司申请债券上市时仍符合法定的公司债券发行条件。对证券交易所作出的不予上市、暂停上市、终止上市决定不服的，可以向证券交易所设立的复核机构申请复核。

发行人、上市公司依法披露的信息，必须真实、准确、完整，不得有虚假记载、误导性陈述或者重大遗漏。经国务院证券监督管理机构核准依法公开发行股票，或者经国务院授权的部门核准依法公开发行公司债券，应当公告招股说明书、公司债券募集办法。依法公开发行新股或者公司债券的，还应当公告财务会计报告。上市公司和公司债券上市交易的公司，应当在每一会计年度的上半年结束之日起二个月内，向国务院证券监督管理机构和证券交易所报送记载以下内容的中期报告，并予公告：公司财务会计报告和经营情况；涉及公司的重大诉讼事项；已发行的股票、公司债券变动情况；提交股东大会审议的重要事项；国务院证券监督管理机构规定的其他事项。

上市公司和公司债券上市交易的公司，应当在每一会计年度结束之日起四个月内，向国务院证券监督管理机构和证券交易所报送记载以下内容的年度报告，并予公告：公司概况；公司财务会计报告和经营情况；董事、监事、高级管理人员简介及其持股情况；已发行的股票、公司债券情况，包括持有公司股份最多的前十名股东的名单和持股数额；公司的实际控制人；国务院证券监督管理机构规定的其他事项。

发生可能对上市公司股票交易价格产生较大影响的重大事件，投资者尚未得知时，上市公司应当立即将有关该重大事件的情况向国务院证券监督管理机构和证券交易所报送临时报告，并予公告，说明事件的起因、目前的状态和可能产生的法律后果。下列情况为前款所称重大事件：公司的经营方针和经营范围的重大变化；公司的重大投资行为和重大的购置财产的决定；公司订立重要合同，可能对公司的资产、负债、权益和经营成果产生重要影响；公司发生重大债务和未能清偿到期重大债务的违约情况；公司发生重大亏损或者重大损失；公司生产经营的外部条件发生的重大变化；公司的董事、三分之一以上监事或者经理发生变动；持有公司百分之五以上股份的股东或者实际控制人，其持有股份或者控制公司的情况发生较大变化；公司减资、合并、分立、解散及申请破产的决定；涉及公司的重大诉讼，股东大会、董事会决议被依法撤销或者宣告无效；公司涉嫌犯罪被司法机关立案调查，公司董事、监事、高级管理人员涉嫌犯罪被司法机关采取强制措施；国务院证券监督管理机构规定的其他事项。

上市公司董事、高级管理人员应当对公司定期报告签署书面确认意见。上市公司监事会应当对董事会编制的公司定期报告进行审核并提出书面审核意见。上市公司董事、监事、高级管理人员应当保证上市公司所披露的信息真实、准确、完整。

发行人、上市公司公告的招股说明书、公司债券募集办法、财务会计报告、上市报告文件、年度报告、中期报告、临时报告以及其他信息披露资料，有虚假记载、误导性陈述或者重大遗漏，致使投资者在证券交易中遭受损失的，发行人、上市公司应当承担赔偿责任；发行人、上市公司的董事、监事、高级管理人员和其他直接责任人员以及保荐人、承销的证券公司，应当与发行人、上市公司承担连带赔偿责任，但是能够证明自己没有过错的除外；发行人、上市公司的控股股东、实际控制人有过错的，应当与发行人、上市公司承担连带赔偿责任。

依法披露的信息，应当在国务院证券监督管理机构指定的媒体发布，同时将其置备于公司住所、证券交易所，供社会公众查阅。国务院证券监督管理机构对上市公司年度报告、中期报告、临时报告以及公告的情况进行监督，对上市公司分派或者配售新股的情况进行监督，对上市公司控股股东和信息披露义务人的行为进行监督。证券监督管理机构、证券交易所、保荐人、承销的证券公司及有关人员，对公司依照法律、行政法规规定必须作出的公告，在公告前不得泄露其内容。证券交易所决定暂停或者终止证券上市交易的，应当及时公告，并报国务院证券监督管理机构备案。

禁止证券交易内幕信息的知情人和非法获取内幕信息的人利用内幕信息从事证券交易活动。证券交易内幕信息的知情人包括：发行人的董事、监事、高级管理人员；持有公司百分之五以上股份的股东及其董事、监事、高级管理人员，公司的实际控制人及其董事、监事、高级管理人员；发行人控股的公司及其董事、监事、高级管理人员；由于所任公司职务可以获取公司有关内幕信息的人员；证券监督管理机构工作人员以及由于法定职责对证券的发行、交易进行管理的其他人员；保荐人、承销的证券公司、证券交易所、证券登记结算机构、证券服务机构的有关人员；国务院证券监督管理机构规定的其他人。

证券交易活动中，涉及公司的经营、财务或者对该公司证券的市场价格有重大影响的尚未公开的信息，为内幕信息。下列信息皆属内幕信息：《证券法》第六十七条第二款所列重大事件；公司分配股利或者增资的计划；公司股权结构的重大变化；公司债务担保的重大变更；公司营业用主要资产的抵押、出售或者报废一次超过该资产的百分之三十；公司的董事、监事、高级管理人员的行为可能依法承担重大损害赔偿责任；上市公司收购的有关方案；国务院证券监督管理机构认定的对证券交易价格有显著影响的其他重要信息。

证券交易内幕信息的知情人和非法获取内幕信息的人，在内幕信息公开前，不得买卖该公司的证券，或者泄露该信息，或者建议他人买卖该证券。持有或者通过协议、其他安排与他人共同持有公司百分之五以上股份的自然人、法人、其他组织收购上市公司的股份，证券法另有规定的，适用其规定。内幕交易行为给投资者造成损失的，行为人应当依法承担赔偿责任。

禁止任何人以下列手段操纵证券市场：单独或者通过合谋，集中资金优势、持股优势或者利用信息优势联合或者连续买卖，操纵证券交易价格或者证券交易量；与他人串通，以事先约定的时间、价格和方式相互进行证券交易，影响证券交易价格或者证券交易量；在自己实际控制的账户之间进行证券交易，影响证券交易价格或者证券交易量；以其他手段操纵证券市场。操纵证券市场行为给投资者造成损失的，行为人应当依法承担赔偿责任。禁止国家工作人员、传播媒介从业人员和有关人员编造、传播虚假信息，扰乱证券市场。禁止证券交易所、证券公司、证券登记结算机构、证券服务机构及其从业人员，证券业协会、证券监督管理机构及其工作人员，在证券交易活动中作出虚假陈述或者信息误导。各种传播媒介传播证券市场信息必须真实、客观，禁止误导。

禁止证券公司及其从业人员从事下列损害客户利益的欺诈行为：违背客户的委托为其买卖证券；不在规定时间内向客户提供交易的书面确认文件；挪用客户所委托买卖的证券或者客户账户上的资金；未经客户的委托，擅自为客户买卖证券，或者假借客户的名义买卖证券；为牟取佣金收入，诱使客户进行不必要的证券买卖；利用传播媒介或者通过其他方式提供、传播虚假或者误导投资者的信息；其他违背客户真实意思表示，损害客户利益的行为。欺诈客户行为给客户造成损失的，行为人应当依法承担赔偿责任。

禁止法人非法利用他人账户从事证券交易；禁止法人出借自己或者他人的证券账户。依法拓宽资金入市渠道，禁止资金违规流入股市。禁止任何人挪用公款买卖证券。国有企业和国有资产控股的企业买卖上市交易的股票，必须遵守国家有关规定。证券交易所、证券公司、证券登记结算机构、证券服务机构及其从业人员对证券交易中发现的禁止的交易行为，应当及时向证券监督管理机构报告。

第三节　上市公司的收购

一、收购

投资者可以采取要约收购、协议收购及其他合法方式收购上市公司。通过证券交易所的证券交易，投资者持有或者通过协议、其他安排与他人共同持有一个上市公司已发行的股份达到百分之五时，应当在该事实发生之日起三日内，向国务院证券监督管理机构、证券交易所做出书面报告，通知该上市公司，并予公告；在上述期限内，不得再行买卖该上市公司的股票。投资者持有或者通过协议、其他安排与他人共同持有一个上市公司已发行的股份达到百分之五后，其所持该上市公司已发行的股份比例每增加或者减少百分之五，应当进行报告和公告。在报告期限内和作出报告、公告后二日内，不得再行买卖该上市公司的股票。

报告和公告应当包括下列内容：持股人的名称、住所；持有的股票的名称、数额；持股达到法定比例或者持股增减变化达到法定比例的日期。

通过证券交易所的证券交易，投资者持有或者通过协议、其他安排与他人共同持有一个上市公司已发行的股份达到百分之三十时，继续进行收购的，应当依法向该上市公司所有股东发出收购上市公司全部或者部分股份的要约。收购上市公司部分股份的收购要约应当约定，被收购公司股东承诺出售的股份数额超过预定收购的股份数额的，收购人按比例进行收购。收购人发出收购要约，必须事先向国务院证券监督管理机构报送上市公司收购报告书，并载明下列事项：收购人的名称、住所；收购人关于收购的决定；被收购的上市公司名称；收购目的；收购股份的详细名称和预定收购的股份数额；收购期限、收购价格；收购所需资金额及资金保证；报送上市公司收购报告书时持有被收购公司股份数占该公司已发行的股份总数的比例。收购人还应当将上市公司收购报告书同时提交证券交易所。

二、收购期限

收购人在报送上市公司收购报告书之日起十五日后，公告其收购要约。在上述期限内，国务院证券监督管理机构发现上市公司收购报告书不符合法律、行政法规规定的，应当及时告知收购人，收购人不得公告其收购要约。收购要约约定的收购期限不得少于三十日，并不得超过六十日。

在收购要约确定的承诺期限内，收购人不得撤销其收购要约。收购人需要变更收购要约的，必须事先向国务院证券监督管理机构及证券交易所提出报告，经批准后，予以公告。收购要约提出的各项收购条件，适用于被收购公司的所有股东。采取要约收购方式的，收购人在收购期限内，不得卖出被收购公司的股票，也不得采取要约规定以外的形式和超出要约的条件买入被收购公司的股票。采取协议收购方式的，收购人可以依照法律、行政法规的规定同被收购公司的股东以协议方式进行股份转让。

以协议方式收购上市公司时，达成协议后，收购人必须在三日内将该收购协议向国务院证券监督管理机构及证券交易所作出书面报告，并予公告。在公告前不得履行收购协议。采取协议收购方式的，协议双方可以临时委托证券登记结算机构保管协议转让的股票，并将资金存放于指定的银行。采取协议收购方式的，收购人收购或者通过协议、其他安排与他人共同收购一个上市公司已发行的股份达到百分之三十时，继续进行收购的，应当向该上市公司所有股东发出收购上市公司全部或者部分股份的要约。但是，经国务院证券监督管理机构免除发出要约的除外。

收购期限届满，被收购公司股权分布不符合上市条件的，该上市公司的股票应当由证券交易所依法终止上市交易；其余仍持有被收购公司股票的股东，有权向收购人以收购要约的同等条件出售其股票，收购人应当收购。收购行为完成后，被收购公司不再具备股份有限公司条件的，应当依法变更企业形式。在上市公司收购中，收购人持有的被收购的上市公司的股票，在收购行为完成后的十二个月内不得转让。收购行为完成后，收购人与被收购公司合并，并将该公司解散的，被解散公司的原有股票由收购人依法更换。收购行为完成后，收购人应当在十五日内将收购情况报告国务院证券监督管理机构和证券交易所，并予公告。

收购上市公司中由国家授权投资的机构持有的股份，应当按照国务院的规定，经有关主管部门批准。

第四节　证券交易所与证券公司

一、证券交易所

证券交易所是为证券集中交易提供场所和设施，组织和监督证券交易，实行自律管理的法人。证券交易所的设立和解散，由国务院决定。设立证券交易所必须制定章程。证券交易所章程的制定和修改，必须经国务院证券监督管理机构批准。证券交易所必须在其名称中标明证券交易所字样。其他任何单位或者个人不得使用证券交易所或者近似的名称。

证券交易所可以自行支配的各项费用收入，应当首先用于保证其证券交易场所和设施的正常运行并逐步改善。实行会员制的证券交易所的财产积累归会员所有，其权益由会员共同享有，在其存续期间，不得将其财产积累分配给会员。证券交易所设理事会。证券交易所设总经理一人，由国务院证券监督管理机构任免。

有《中华人民共和国公司法》第一百四十七条规定的情形或者下列情形之一的，不得担任证券交易所的负责人：（一）因违法行为或者违纪行为被解除职务的证券交易所、证券登记结算机构的负责人或者证券公司的董事、监事、高级管理人员，自被解除职务之日起未逾五年；（二）因违法行为或者违纪行为被撤销资格的律师、注册会计师或者投资咨询机构、财务顾问机构、资信评级机构、资产评估机构、验证机构的专业人员，自被撤销资格之日起未逾五年。

因违法行为或者违纪行为被开除的证券交易所、证券登记结算机构、证券服务机构、证券公司的从业人员和被开除的国家机关工作人员，不得招聘为证券交易所的从业人员。进入证券交易所参与集中交易的，必须是证券交易所的会员。投资者应当与证券公司签订证券交易委托协议，并在证券公司开立证券交易账户，以书面、电话以及其他方式，委托该证券公司代其买卖证券。证券公司根据投资者的委托，按照证券交易规则提出交易申报，参与证券交易所场内的集中交易，并根据成交结果承担相应的清算交收责任；证券登记结算机构根据成交结果，按照清算交收规则，与证券公司进行证券和资金的清算交收，并为证券公司客户办理证券的登记过户手续。证券交易所应当为组织公平的集中交易提供保障，公布证券交易即时行情，并按交易日制作证券市场行情表，予以公布。

未经证券交易所许可，任何单位和个人不得发布证券交易即时行情。

因突发性事件而影响证券交易的正常进行时，证券交易所可以采取技术性停牌的措施；因不可抗力的突发性事件或者为维护证券交易的正常秩序，证券交易所可以决定临时停市。证券交易所采取技术性停牌或者决定临时停市，必须及时报告国务院证券监督管理机构。证券交易所对证券交易实行实时监控，并按照国务院证券监督管理机构的要求，对异常的交易情况提出报告。证券交易所应当对上市公司及相关信息披露义务人披露信息进行监督，督促其依法及时、准确地披露信息。证券交易所根据需要，可以对出现重大异常交易情况的证券账户限制交易，并报国务院证券监督管理机构备案。

证券交易所应当从其收取的交易费用和会员费、席位费中提取一定比例的金额设立风险基金。风险基金由证券交易所理事会管理。风险基金提取的具体比例和使用办法，由国务院证券监督管理机构会同国务院财政部门规定。证券交易所应当将收存的风险基金存入开户银行专门账户，不得擅自使用。

证券交易所依照证券法律、行政法规制定上市规则、交易规则、会员管理规则和其他有关规则，并报国务院证券监督管理机构批准。

证券交易所的负责人和其他从业人员在执行与证券交易有关的职务时，与其本人或者其亲属有利害关系的，应当回避。

按照依法制定的交易规则进行的交易，不得改变其交易结果。对交易中违规交易者应负的民事责任不得免除；在违规交易中所获利益，依照有关规定处理。

在证券交易所内从事证券交易的人员，违反证券交易所有关交易规则的，由证券交易所给予纪律处分；对情节严重的，撤销其资格，禁止其入场进行证券交易。

二、证券公司

1.设立证券公司应具备的条件

设立证券公司，必须经国务院证券监督管理机构审查批准。未经国务院证券监督管理机构批准，任何单位和个人不得经营证券业务。设立证券公司，应当具备下列条件：有符合法律、行政法规规定的公司章程；主要股东具有持续盈利能力，信誉良好，最近三年无重大违法违规记录，净资产不低于人民币二亿元；有符合本法规定的注册资本；董事、监事、高级管理人员具备任职资格，从业人员具有证券从业资格；有完善的风险管理与内部控制制度；有合格的经营场所和业务设施；法律、行政法规规定的和经国务院批准的国务院证券监督管理机构规定的其他条件。

2.经营范围

经国务院证券监督管理机构批准，证券公司可以经营下列部分或者全部业务：证券经纪；证券投资咨询；与证券交易、证券投资活动有关的财务顾问；证券承销与保荐；证券自营；证券资产管理；其他证券业务。

证券公司必须在其名称中标明证券有限责任公司或者证券股份有限公司字样。证券公司经营范围不同注册资本不一样，最低限额为人民币五千万元至五亿元。证券公司的注册资本应当是实缴资本。国务院证券监督管理机构根据审慎监管原则和各项业务的风险程度，可以调整注册资本最低限额，但不得少于前款规定的限额。

国务院证券监督管理机构应当自受理证券公司设立申请之日起六个月内，依照法定条件和法定程序并根据审慎监管原则进行审查，作出批准或者不予批准的决定，并通知申请人；不予批准的，应当说明理由。证券公司设立申请获得批准的，申请人应当在规定的期限内向公司登记机关申请设立登记，领取营业执照。证券公司应当自领取营业执照之日起十五日内，向国务院证券监督管理机构申请经营证券业务许可证。未取得经营证券业务许可证，证券公司不得经营证券业务。证券公司设立、收购或者撤销分支机构，变更业务范围或者注册资本，变更持有百分之五以上股权的股东、实际控制人，变更公司章程中的重要条款，合并、分立、变更公司形式、停业、解散、破产，必须经国务院证券监督管理机构批准。证券公司在境外设立、收购或者参股证券经营机构，必须经国务院证券监督管理机构批准。

国务院证券监督管理机构应当对证券公司的净资本，净资本与负债的比例，净资本与净资产的比例，净资本与自营、承销、资产管理等业务规模的比例，负债与净资产的比例，以及流动资产与流动负债的比例等风险控制指标作出规定。证券公司不得为其股东或者股东的关联人提供融资或者担保。

3.对证券公司高管的基本要求

证券公司的董事、监事、高级管理人员，应当正直诚实，品行良好，熟悉证券法律、行政法规，具有履行职责所需的经营管理能力，并在任职前取得国务院证券监督管理机构核准的任职资格。

有《中华人民共和国公司法》第一百四十七条规定的情形或者下列情形之一的，不得担任证券公司的董事、监事、高级管理人员：因违法行为或者违纪行为被解除职务的证券交易所、证券登记结算机构的负责人或者证券公司的董事、监事、高级管理人员，自被解除职务之日起未逾五年；因违法行为或者违纪行为被撤销资格的律师、注册会计师或者投资咨询机构、财务顾问机构、资信评级机构、资产评估机构、验证机构的专业人员，自被撤销资格之日起未逾五年。因违法行为或者违纪行为被开除的证券交易所、证券登记结算机构、证券服务机构、证券公司的从业人员和被开除的国家机关工作人员，不得招聘为证券公司的从业人员。国家机关工作人员和法律、行政法规规定的禁止在公司中兼职的其他人员，不得在证券公司中兼任职务。

国家设立证券投资者保护基金。证券投资者保护基金由证券公司缴纳的资金及其他依法筹集的资金组成，其筹集、管理和使用的具体办法由国务院规定。证券公司从每年的税后利润中提取交易风险准备金，用于弥补证券交易的损失，其提取的具体比例由国务院证券监督管理机构规定。证券公司应当建立、健全内部控制制度，采取有效隔离措施，防范公司与客户之间、不同客户之间的利益冲突。证券公司必须将其证券经纪业务、证券承销业务、证券自营业务和证券资产管理业务分开办理，不得混合操作。证券公司的自营业务必须以自己的名义进行，不得假借他人名义或者以个人名义进行。证券公司的自营业务必须使用自有资金和依法筹集的资金。证券公司不得将其自营账户借给他人使用。证券公司依法享有自主经营的权利，其合法经营不受干涉。证券公司客户的交易结算资金应当存放在商业银行，以每个客户的名义单独立户管理。具体办法和实施步骤由国务院规定。证券公司不得将客户的交易结算资金和证券归入其自有财产。禁止任何单位或者个人以任何形式挪用客户的交易结算资金和证券。证券公司破产或者清算时，客户的交易结算资金和证券不属于其破产财产或者清算财产。非因客户本身的债务或者法律规定的其他情形，不得查封、冻结、扣划或者强制执行客户的交易结算资金和证券。

4.交易记录

证券公司办理经纪业务，应当置备统一制定的证券买卖委托书，供委托人使用。采取其他委托方式的，必须作出委托记录。客户的证券买卖委托，不论是否成交，其委托记录应当按照规定的期限，保存于证券公司。

证券公司接受证券买卖的委托，应当根据委托书载明的证券名称、买卖数量、出价方式、价格幅度等，按照交易规则代理买卖证券，如实进行交易记录；买卖成交后，应当按照规定制作买卖成交报告单交付客户。证券交易中确认交易行为及其交易结果的对账单必须真实，并由交易经办人员以外的审核人员逐笔审核，保证账面证券余额与实际持有的证券相一致。证券公司为客户买卖证券提供融资融券服务，应当按照国务院的规定并经国务院证券监督管理机构批准。

证券公司办理经纪业务，不得接受客户的全权委托而决定证券买卖、选择证券种类、决定买卖数量或者买卖价格。证券公司不得以任何方式对客户证券买卖的收益或者赔偿证券买卖的损失作出承诺。证券公司及其从业人员不得未经过其依法设立的营业场所私下接受客户委托买卖证券。证券公司的从业人员在证券交易活动中，执行所属的证券公司的指令或者利用职务违反交易规则的，由所属的证券公司承担全部责任。证券公司应当妥善保存客户开户资料、委托记录、交易记录和与内部管理、业务经营有关的各项资料，任何人不得隐匿、伪造、篡改或者毁损。上述资料的保存期限不得少于二十年。证券公司应当按照规定向国务院证券监督管理机构报送业务、财务等经营管理信息和资料。国务院证券监督管理机构有权要求证券公司及其股东、实际控制人在指定的期限内提供有关信息、资料。证券公司及其股东、实际控制人向国务院证券监督管理机构报送或者提供的信息、资料，必须真实、准确、完整。

国务院证券监督管理机构认为有必要时，可以委托会计师事务所、资产评估机构对证券公司的财务状况、内部控制状况、资产价值进行审计或者评估。具体办法由国务院证券监督管理机构会同有关主管部门制定。证券公司的净资本或者其他风险控制指标不符合规定的，国务院证券监督管理机构应当责令其限期改正。逾期未改正，或者其行为严重危及该证券公司的稳健运行、损害客户合法权益的，国务院证券监督管理机构可以区别情形，对其采取下列措施：①限制业务活动，责令暂停部分业务，停止批准新业务；②停止批准增设、收购营业性分支机构；③限制分配红利，限制向董事、监事、高级管理人员支付报酬、提供福利；④限制转让财产或者在财产上设定其他权利；⑤责令更换董事、监事、高级管理人员或者限制其权利；⑥责令控股股东转让股权或者限制有关股东行使股东权利；⑦撤销有关业务许可。

证券公司整改后，应当向国务院证券监督管理机构提交报告。国务院证券监督管理机构经验收，符合有关风险控制指标的，应当自验收完毕之日起三日内解除对其采取的前款规定的有关措施。

证券公司的股东有虚假出资、抽逃出资行为的，国务院证券监督管理机构应当责令其限期改正，并可责令其转让所持证券公司的股权。在该股东按照要求改正违法行为、转让所持证券公司的股权前，国务院证券监督管理机构可以限制其股东权利。证券公司的董事、监事、高级管理人员未能勤勉尽责，致使证券公司存在重大违法违规行为或者重大风险的，国务院证券监督管理机构可以撤销其任职资格，并责令公司予以更换。证券公司违法经营或者出现重大风险，严重危害证券市场秩序、损害投资者利益的，国务院证券监督管理机构可以对该证券公司采取责令停业整顿、指定其他机构托管、接管或者撤销等监管措施。在证券公司被责令停业整顿、被依法指定托管、接管或者清算期间，或者出现重大风险时，经国务院证券监督管理机构批准，可以对该证券公司直接负责的董事、监事、高级管理人员和其他直接责任人员采取以下措施：通知出境管理机关依法阻止其出境；申请司法机关禁止其转移、转让或者以其他方式处分财产，或者在财产上设定其他权利。

第五节　证券登记结算、服务机构和证券业协会

一、证券登记结算机构

证券登记结算机构是为证券交易提供集中登记、存管与结算服务，不以营利为目的的法人。设立证券登记结算机构必须经国务院证券监督管理机构批准。

设立证券登记结算机构，应当具备下列条件：①自有资金不少于人民币二亿元；②具有证券登记、存管和结算服务所必须的场所和设施；③主要管理人员和从业人员必须具有证券从业资格；④国务院证券监督管理机构规定的其他条件。证券登记结算机构的名称中应当标明证券登记结算字样。证券登记结算采取全国集中统一的运营方式。证券登记结算机构章程、业务规则应当依法制定，并经国务院证券监督管理机构批准。证券持有人持有的证券，在上市交易时，应当全部存管在证券登记结算机构。证券登记结算机构不得挪用客户的证券。证券登记结算机构应当向证券发行人提供证券持有人名册及其有关资料。证券登记结算机构应当根据证券登记结算的结果，确认证券持有人持有证券的事实，提供证券持有人登记资料。证券登记结算机构应当保证证券持有人名册和登记过户记录真实、准确、完整，不得隐匿、伪造、篡改或者毁损。

证券登记结算机构应当采取下列措施保证业务的正常进行：具有必备的服务设备和完善的数据安全保护措施；建立完善的业务、财务和安全防范等管理制度；建立完善的风险管理系统。证券登记结算机构应当妥善保存登记、存管和结算的原始凭证及有关文件和资料。其保存期限不得少于二十年。证券登记结算机构应当设立证券结算风险基金，用于垫付或者弥补因违约交收、技术故障、操作失误、不可抗力造成的证券登记结算机构的损失。证券结算风险基金从证券登记结算机构的业务收入和收益中提取，并可以由结算参与人按照证券交易业务量的一定比例缴纳。证券结算风险基金的筹集、管理办法，由国务院证券监督管理机构会同国务院财政部门规定。证券结算风险基金应当存入指定银行的专门账户，实行专项管理。证券登记结算机构以证券结算风险基金赔偿后，应当向有关责任人追偿。证券登记结算机构申请解散，应当经国务院证券监督管理机构批准。投资者委托证券公司进行证券交易，应当申请开立证券账户。证券登记结算机构应当按照规定以投资者本人的名义为投资者开立证券账户。投资者申请开立账户，必须持有证明中国公民身份或者中国法人资格的合法证件。国家另有规定的除外。证券登记结算机构为证券交易提供净额结算服务时，应当要求结算参与人按照货银对付的原则，足额交付证券和资金，并提供交收担保。在交收完成之前，任何人不得动用用于交收的证券、资金和担保物。结算参与人未按时履行交收义务的，证券登记结算机构有权按照业务规则处理前款所述财产。证券登记结算机构按照业务规则收取的各类结算资金和证券，必须存放于专门的清算交收账户，只能按业务规则用于已成交的证券交易的清算交收，不得被强制执行。

二、证券服务机构

投资咨询机构、财务顾问机构、资信评级机构、资产评估机构、会计师事务所从事证券服务业务，必须经国务院证券监督管理机构和有关主管部门批准。从事证券服务业务的审批管理办法，由国务院证券监督管理机构和有关主管部门制定。

投资咨询机构、财务顾问机构、资信评级机构从事证券服务业务的人员，必须具备证券专业知识和从事证券业务或者证券服务业务二年以上经验。认定其证券从业资格的标准和管理办法，由国务院证券监督管理机构制定。投资咨询机构及其从业人员从事证券服务业务不得有下列行为：①代理委托人从事证券投资；②与委托人约定分享证券投资收益或者分担证券投资损失；③买卖本咨询机构提供服务的上市公司股票；④利用传播媒介或者通过其他方式提供、传播虚假或者误导投资者的信息；⑤法律、行政法规禁止的其他行为。有前款所列行为之一，给投资者造成损失的，依法承担赔偿责任。

从事证券服务业务的投资咨询机构和资信评级机构，应当按照国务院有关主管部门规定的标准或者收费办法收取服务费用。证券服务机构为证券的发行、上市、交易等证券业务活动制作、出具审计报告、资产评估报告、财务顾问报告、资信评级报告或者法律意见书等文件，应当勤勉尽责，对所依据的文件资料内容的真实性、准确性、完整性进行核查和验证。其制作、出具的文件有虚假记载、误导性陈述或者重大遗漏，给他人造成损失的，应当与发行人、上市公司承担连带赔偿责任，但是能够证明自己没有过错的除外。

三、证券业协会

证券业协会是证券业的自律性组织，是社会团体法人。证券公司应当加入证券业协会。证券业协会的权力机构为全体会员组成的会员大会。证券业协会章程由会员大会制定，并报国务院证券监督管理机构备案。证券业协会履行下列职责：①教育和组织会员遵守证券法律、行政法规；②依法维护会员的合法权益，向证券监督管理机构反映会员的建议和要求；③收集整理证券信息，为会员提供服务；④制定会员应遵守的规则，组织会员单位的从业人员的业务培训，开展会员间的业务交流；⑤对会员之间、会员与客户之间发生的证券业务纠纷进行调解；⑥组织会员就证券业的发展、运作及有关内容进行研究；⑦监督、检查会员行为，对违反法律、行政法规或者协会章程的，按照规定给予纪律处分；⑧证券业协会章程规定的其他职责。证券业协会设理事会。理事会成员依章程的规定由选举产生。

第六节　证券监督管理机构

一、证券监督管理机构的职责

国务院证券监督管理机构依法对证券市场实行监督管理，维护证券市场秩序，保障其合法运行。国务院证券监督管理机构在对证券市场实施监督管理中履行下列职责：①依法制定有关证券市场监督管理的规章、规则，并依法行使审批或者核准权；②依法对证券的发行、上市、交易、登记、存管、结算，进行监督管理；③依法对证券发行人、上市公司、证券公司、证券投资基金管理公司、证券服务机构、证券交易所、证券登记结算机构的证券业务活动，进行监督管理；④依法制定从事证券业务人员的资格标准和行为准则，并监督实施；⑤依法监督检查证券发行、上市和交易的信息公开情况；⑥依法对证券业协会的活动进行指导和监督；⑦依法对违反证券市场监督管理法律、行政法规的行为进行查处；⑧法律、行政法规规定的其他职责。国务院证券监督管理机构可以和其他国家或者地区的证券监督管理机构建立监督管理合作机制，实施跨境监督管理。

二、证券监督管理机构的监管措施

国务院证券监督管理机构依法履行职责，有权采取下列措施：①对证券发行人、上市公司、证券公司、证券投资基金管理公司、证券服务机构、证券交易所、证券登记结算机构进行现场检查；②进入涉嫌违法行为发生场所调查取证；③询问当事人和与被调查事件有关的单位和个人，要求其对与被调查事件有关的事项作出说明；④查阅、复制与被调查事件有关的财产权登记、通信记录等资料；⑤查阅、复制当事人和与被调查事件有关的单位和个人的证券交易记录、登记过户记录、财务会计资料及其他相关文件和资料，对可能被转移、隐匿或者毁损的文件和资料，可以予以封存；⑥查询当事人和与被调查事件有关的单位和个人的资金账户、证券账户和银行账户，对有证据证明已经或者可能转移或者隐匿违法资金、证券等涉案财产或者隐匿、伪造、毁损重要证据的，经国务院证券监督管理机构主要负责人批准，可以冻结或者查封；⑦在调查操纵证券市场、内幕交易等重大证券违法行为时，经国务院证券监督管理机构主要负责人批准，可以限制被调查事件当事人的证券买卖，但限制的期限不得超过十五个交易日，案情复杂的，可以延长十五个交易日。

国务院证券监督管理机构依法履行职责，进行监督检查或者调查，其监督检查、调查的人员不得少于二人，并应当出示合法证件和监督检查、调查通知书。监督检查、调查的人员少于二人或者未出示合法证件和监督检查、调查通知书的，被检查、调查的单位有权拒绝。国务院证券监督管理机构工作人员必须忠于职守，依法办事，公正廉洁，不得利用职务便利牟取不正当利益，不得泄露所知悉的有关单位和个人的商业秘密。国务院证券监督管理机构依法履行职责，被检查、调查的单位和个人应当配合，如实提供有关文件和资料，不得拒绝、阻碍和隐瞒。国务院证券监督管理机构依法制定的规章、规则和监督管理工作制度应当公开。国务院证券监督管理机构依据调查结果，对证券违法行为作出的处罚决定，应当公开。国务院证券监督管理机构应当与国务院其他金融监督管理机构建立监督管理信息共享机制。国务院证券监督管理机构依法履行职责，进行监督检查或者调查时，有关部门应当予以配合。国务院证券监督管理机构依法履行职责，发现证券违法行为涉嫌犯罪的，应当将案件移送司法机关处理。国务院证券监督管理机构的人员不得在被监管的机构中任职。

第七节　法律责任

一、擅自发行证券的法律责任

根据《证券法》的规定，未经法定机关核准，擅自公开或者变相公开发行证券的，责令停止发行，退还所募资金并加算银行同期存款利息，处以非法所募资金金额百分之一以上百分之五以下的罚款；对擅自公开或者变相公开发行证券设立的公司，由依法履行监督管理职责的机构或者部门会同县级以上地方人民政府予以取缔。对直接负责的主管人员和其他直接责任人员给予警告，并处以三万元以上三十万元以下的罚款。发行人不符合发行条件，以欺骗手段骗取发行核准，尚未发行证券的，处以三十万元以上六十万元以下的罚款；已经发行证券的，处以非法所募资金金额百分之一以上百分之五以下的罚款。对直接负责的主管人员和其他直接责任人员处以三万元以上三十万元以下的罚款。发行人的控股股东、实际控制人指使从事上列违法行为的，依照上述规定处罚。

证券公司承销或者代理买卖未经核准擅自公开发行的证券，责令停止承销或者代理买卖，没收违法所得，并处以违法所得一倍以上五倍以下的罚款；没有违法所得或者违法所得不足三十万元的，处以三十万元以上六十万元以下的罚款。给投资者造成损失的，应当与发行人承担连带赔偿责任。对直接负责的主管人员和其他直接责任人员给予警告，撤销任职资格或者证券从业资格，并处以三万元以上三十万元以下的罚款。

二、承销证券的法律责任

根据《证券法》的规定，证券公司承销证券，有下列行为之一的，责令改正，给予警告，没收违法所得，可以并处三十万元以上六十万元以下的罚款；情节严重的，暂停或者撤销相关业务许可。给其他证券承销机构或者投资者造成损失的，依法承担赔偿责任。对直接负责的主管人员和其他直接责任人员给予警告，可以并处三万元以上三十万元以下的罚款。有以下严重情节的，撤销任职资格或者证券从业资格：进行虚假的或者误导投资者的广告或者其他宣传推介活动；以不正当竞争手段招揽承销业务；其他违反证券承销业务规定的行为。

保荐人出具有虚假记载、误导性陈述或者重大遗漏的保荐书，或者不履行其他法定职责的，责令改正，给予警告，没收业务收入，并处以业务收入一倍以上五倍以下的罚款；情节严重的，暂停或者撤销相关业务许可。对直接负责的主管人员和其他直接责任人员给予警告，并处以三万元以上三十万元以下的罚款；情节严重的，撤销任职资格或者证券从业资格。

三、信息披露的法律责任

根据《证券法》的规定，发行人、上市公司或者其他信息披露义务人未按照规定披露信息，或者所披露的信息有虚假记载、误导性陈述或者重大遗漏的，责令改正，给予警告，并处以三十万元以上六十万元以下的罚款。对直接负责的主管人员和其他直接责任人员给予警告，并处以三万元以上三十万元以下的罚款。

发行人、上市公司或者其他信息披露义务人未按照规定报送有关报告，或者报送的报告有虚假记载、误导性陈述或者重大遗漏的，责令改正，给予警告，并处以三十万元以上六十万元以下的罚款。对直接负责的主管人员和其他直接责任人员给予警告，并处以三万元以上三十万元以下的罚款。发行人、上市公司或者其他信息披露义务人的控股股东、实际控制人指使从事上列违法行为的，依照上述规定处罚。发行人、上市公司擅自改变公开发行证券所募集资金的用途的，责令改正，对直接负责的主管人员和其他直接责任人员给予警告，并处以三万元以上三十万元以下的罚款。

发行人、上市公司的控股股东、实际控制人指使从事以上违法行为的，给予警告，并处以三十万元以上六十万元以下的罚款。对直接负责的主管人员和其他直接责任人员依照上述规定处罚。

上市公司的董事、监事、高级管理人员、持有上市公司股份百分之五以上的股东，违反证券法第四十七条的规定买卖本公司股票的，给予警告，可以并处三万元以上十万元以下的罚款。

四、非法经营证券业务的法律责任

根据《证券法》的规定，非法开设证券交易场所的，由县级以上人民政府予以取缔，没收违法所得，并处以违法所得一倍以上五倍以下的罚款；没有违法所得或者违法所得不足十万元的，处以十万元以上五十万元以下的罚款。对直接负责的主管人员和其他直接责任人员给予警告，并处以三万元以上三十万元以下的罚款。

未经批准，擅自设立证券公司或者非法经营证券业务的，由证券监督管理机构予以取缔，没收违法所得，并处以违法所得一倍以上五倍以下的罚款；没有违法所得或者违法所得不足三十万元的，处以三十万元以上六十万元以下的罚款。对直接负责的主管人员和其他直接责任人员给予警告，并处以三万元以上三十万元以下的罚款。

五、《证券法》规定的其他相关的法律责任

（1）违反《证券法》规定，聘任不具有任职资格、证券从业资格的人员的，由证券监督管理机构责令改正，给予警告，可以并处十万元以上三十万元以下的罚款；对直接负责的主管人员给予警告，可以并处三万元以上十万元以下的罚款。

（2）法律、行政法规规定禁止参与股票交易的人员，直接或者以化名、借他人名义持有、买卖股票的，责令依法处理非法持有的股票，没收违法所得，并处以买卖股票等值以下的罚款；属于国家工作人员的，还应当依法给予行政处分。

（3）证券交易所、证券公司、证券登记结算机构、证券服务机构的从业人员或者证券业协会的工作人员，故意提供虚假资料，隐匿、伪造、篡改或者毁损交易记录，诱骗投资者买卖证券的，撤销证券从业资格，并处以三万元以上十万元以下的罚款；属于国家工作

人员的，还应当依法给予行政处分。

（4）为股票的发行、上市、交易出具审计报告、资产评估报告或者法律意见书等文件的证券服务机构和人员，违反本法第四十五条的规定买卖股票的，责令依法处理非法持有的股票，没收违法所得，并处以买卖股票等值以下的罚款。

（5）证券交易内幕信息的知情人或者非法获取内幕信息的人，在涉及证券的发行、交易或者其他对证券的价格有重大影响的信息公开前，买卖该证券，或者泄露该信息，或者建议他人买卖该证券的，责令依法处理非法持有的证券，没收违法所得，并处以违法所得一倍以上五倍以下的罚款；没有违法所得或者违法所得不足三万元的，处以三万元以上六十万元以下的罚款。单位从事内幕交易的，还应当对直接负责的主管人员和其他直接责任人员给予警告，并处以三万元以上三十万元以下的罚款。证券监督管理机构工作人员进行内幕交易的，从重处罚。

（6）违反《证券法》规定，操纵证券市场的，责令依法处理非法持有的证券，没收违法所得，并处以违法所得一倍以上五倍以下的罚款；没有违法所得或者违法所得不足三十万元的，处以三十万元以上三百万元以下的罚款。单位操纵证券市场的，还应当对直接负责的主管人员和其他直接责任人员给予警告，并处以十万元以上六十万元以下的罚款。

（7）违反法律规定，在限制转让期限内买卖证券的，责令改正，给予警告，并处以买卖证券等值以下的罚款。对直接负责的主管人员和其他直接责任人员给予警告，并处以三万元以上三十万元以下的罚款。

（8）证券公司违反《证券法》规定，为客户买卖证券提供融资融券的，没收违法所得，暂停或者撤销相关业务许可，并处以非法融资融券等值以下的罚款。对直接负责的主管人员和其他直接责任人员给予警告，撤销任职资格或者证券从业资格，并处以三万元以上三十万元以下的罚款。

（9）违反《证券法》第七十八条第一款、第三款的规定，扰乱证券市场的，由证券监督管理机构责令改正，没收违法所得，并处以违法所得一倍以上五倍以下的罚款；没有违法所得或者违法所得不足三万元的，处以三万元以上二十万元以下的罚款。

（10）违反《证券法》第七十八条第二款的规定，在证券交易活动中作出虚假陈述或者信息误导的，责令改正，处以三万元以上二十万元以下的罚款；属于国家工作人员的，还应当依法给予行政处分。

（11）违反《证券法》规定，法人以他人名义设立账户或者利用他人账户买卖证券的，责令改正，没收违法所得，并处以违法所得一倍以上五倍以下的罚款；没有违法所得或者违法所得不足三万元的，处以三万元以上三十万元以下的罚款。对直接负责的主管人员和其他直接责任人员给予警告，并处以三万元以上十万元以下的罚款。证券公司为上列违法行为提供自己或者他人的证券交易账户的，除依照上述规定处罚外，还应当撤销直接负责的主管人员和其他直接责任人员的任职资格或者证券从业资格。

（12）证券公司违反《证券法》规定，假借他人名义或者以个人名义从事证券自营业务的，责令改正，没收违法所得，并处以违法所得一倍以上五倍以下的罚款；没有违法所得或者违法所得不足三十万元的，处以三十万元以上六十万元以下的罚款；情节严重的，暂停或者撤销证券自营业务许可。对直接负责的主管人员和其他直接责任人员给予警告，撤销任职资格或者证券从业资格，并处以三万元以上十万元以下的罚款。

证券公司违背客户的委托买卖证券、办理交易事项，或者违背客户真实意思表示，办理交易以外的其他事项的，责令改正，处以一万元以上十万元以下的罚款。给客户造成损失的，依法承担赔偿责任。

（13）证券公司、证券登记结算机构挪用客户的资金或者证券，或者未经客户的委托，擅自为客户买卖证券的，责令改正，没收违法所得，并处以违法所得一倍以上五倍以下的罚款；没有违法所得或者违法所得不足十万元的，处以十万元以上六十万元以下的罚款；情节严重的，责令关闭或者撤销相关业务许可。对直接负责的主管人员和其他直接责任人员给予警告，撤销任职资格或者证券从业资格，并处以三万元以上三十万元以下的罚款。

（14）证券公司办理经纪业务，接受客户的全权委托买卖证券的，或者证券公司对客户买卖证券的收益或者赔偿证券买卖的损失作出承诺的，责令改正，没收违法所得，并处以五万元以上二十万元以下的罚款，可以暂停或者撤销相关业务许可。对直接负责的主管人员和其他直接责任人员给予警告，并处以三万元以上十万元以下的罚款，可以撤销任职资格或者证券从业资格。

（15）按照本法规定履行上市公司收购的公告、发出收购要约、报送上市公司收购报告书等义务或者擅自变更收购要约的，责令改正，给予警告，并处以十万元以上三十万元以下的罚款；在改正前，收购人对其收购或者通过协议、其他安排与他人共同收购的股份不得行使表决权。对直接负责的主管人员和其他直接责任人员给予警告，并处以三万元以上三十万元以下的罚款。

（16）收购人的控股股东，利用上市公司收购，损害被收购公司及其股东的合法权益的，责令改正，给予警告；情节严重的，并处以十万元以上六十万元以下的罚款。给被收购公司及其股东造成损失的，依法承担赔偿责任。对直接负责的主管人员和其他直接责任人员给予警告，并处以三万元以上三十万元以下的罚款。

（17）从业人员违反《证券法》规定，私下接受客户委托买卖证券的，责令改正，给予警告，没收违法所得，并处以违法所得一倍以上五倍以下的罚款；没有违法所得或者违法所得不足十万元的，处以十万元以上三十万元以下的罚款。

（18）从业人员违反规定，未经批准经营非上市证券的交易的，责令改正，没收违法所得，并处以违法所得一倍以上五倍以下的罚款。证券公司成立后，无正当理由超过三个月未开始营业的，或者开业后自行停业连续三个月以上的，由公司登记机关吊销其公司营业执照。证券公司违反《证券法》第一百二十九条的规定，擅自设立、收购、撤销分支机构，或者合并、分立、停业、解散、破产，或者在境外设立、收购、参股证券经营机构的，责令改正，没收违法所得，并处以违法所得一倍以上五倍以下的罚款；没有违法所得或者违法所得不足十万元的，处以十万元以上六十万元以下的罚款。对直接负责的主管人员给予警告，并处以三万元以上十万元以下的罚款。

证券公司违反《证券法》第一百二十九条的规定，擅自变更有关事项的，责令改正，并处以十万元以上三十万元以下的罚款。对直接负责的主管人员给予警告，并处以五万元以下的罚款。

证券公司违反《证券法》规定，超出业务许可范围经营证券业务的，责令改正，没收违法所得，并处以违法所得一倍以上五倍以下的罚款；没有违法所得或者违法所得不足三十万元的，处以三十万元以上六十万元以下罚款；情节严重的，责令关闭。对直接负责的主管人员和其他直接责任人员给予警告，撤销任职资格或者证券从业资格，并处以三万元以上十万元以下的罚款。

证券公司对其证券经纪业务、证券承销业务、证券自营业务、证券资产管理业务，不依法分开办理，混合操作的，责令改正，没收违法所得，并处以三十万元以上六十万元以下的罚款；情节严重的，撤销相关业务许可。对直接负责的主管人员和其他直接责任人员给予警告，并处以三万元以上十万元以下的罚款；情节严重的，撤销任职资格或者证券从业资格。

证券公司提交虚假证明文件或者采取其他欺诈手段隐瞒重要事实骗取证券业务许可的，或者在证券交易中有严重违法行为，将不再具备经营资格的，由证券监督管理机构撤销证券业务许可。

（19）股东、实际控制人违反规定，拒不向证券监督管理机构报送或者提供经营管理信息和资料，或者报送、提供的经营管理信息和资料有虚假记载、误导性陈述或者重大遗漏的，责令改正，给予警告，并处以三万元以上三十万元以下的罚款，可以暂停或者撤销证券公司相关业务许可。对直接负责的主管人员和其他直接责任人员，给予警告，并处以三万元以下的罚款，可以撤销任职资格或者证券从业资格。

（20）实际控制人违反规定，为其股东或者股东的关联人提供融资或者担保的，责令改正，给予警告，并处以十万元以上三十万元以下的罚款。对直接负责的主管人员和其他直接责任人员，处以三万元以上十万元以下的罚款。股东有过错的，在按照要求改正前，国务院证券监督管理机构可以限制其股东权利；拒不改正的，可以责令其转让所持证券公司股权。证券服务机构未勤勉尽责，所制作、出具的文件有虚假记载、误导性陈述或者重大遗漏的，责令改正，没收业务收入，暂停或者撤销证券服务业务许可，并处以业务收入一倍以上五倍以下的罚款。对直接负责的主管人员和其他直接责任人员给予警告，撤销证券从业资格，并处以三万元以上十万元以下的罚款。违反证券法规定，发行、承销公司债券的，由国务院授权的部门依照证券法有关规定予以处罚。

（21）证券公司、证券交易所、证券登记结算机构、证券服务机构，未按照有关规定保存有关文件和资料的，责令改正，给予警告，并处以三万元以上三十万元以下的罚款；隐匿、伪造、篡改或者毁损有关文件和资料的，给予警告，并处以三十万元以上六十万元以下的罚款。

（22）未经证券监督管理机构批准，擅自设立证券登记结算机构的，由证券监督管理机构予以取缔，没收违法所得，并处以违法所得一倍以上五倍以下的罚款。

（23）机构、财务顾问机构、资信评级机构、资产评估机构、会计师事务所未经批准，擅自从事证券服务业务的，责令改正，没收违法所得，并处以违法所得一倍以上五倍以下的罚款。

（24）结算机构、证券服务机构违反本法规定或者依法制定的业务规则的，由证券监督管理机构责令改正，没收违法所得，并处以违法所得一倍以上五倍以下的罚款；没有违法所得或者违法所得不足十万元的，处以十万元以上三十万元以下的罚款；情节严重的，责令关闭或者撤销证券服务业务许可。

（25）证券监督管理机构或者国务院授权的部门有下列情形之一的，对直接负责的主管人员和其他直接责任人员，依法给予行政处分：①对不符合证券法规定的发行证券、设立证券公司等申请予以核准、批准的；②违反规定采取证券法第一百八十条规定的现场检查、调查取证、查询、冻结或者查封等措施的；③违反规定对有关机构和人员实施行政处罚的；④其他不依法履行职责的行为。

（26）管理机构的工作人员和发行审核委员会的组成人员，不履行《证券法》规定的职责，滥用职权、玩忽职守，利用职务便利牟取不正当利益，或者泄露所知悉的有关单位和个人的商业秘密的，依法追究法律责任。证券交易所对不符合证券法规定条件的证券上市申请予以审核同意的，给予警告，没收业务收入，并处以业务收入一倍以上五倍以下的罚款。对直接负责的主管人员和其他直接责任人员给予警告，并处以三万元以上三十万元以下的罚款。

（27）阻碍证券监督管理机构及其工作人员依法行使监督检查、调查职权未使用暴力、威胁方法的，依法给予治安管理处罚。违反《证券法》规定，构成犯罪的，依法追究刑事责任。违反证券法规定，应当承担民事赔偿责任和缴纳罚款、罚金，其财产不足以同时支付时，先承担民事赔偿责任。违反法律、行政法规或者国务院证券监督管理机构的有关规定，情节严重的，国务院证券监督管理机构可以对有关责任人员采取证券市场禁入的措施。所谓证券市场禁入，是指在一定期限内直至终身不得从事证券业务或者不得担任上市公司董事、监事、高级管理人员的制度。

依照《证券法》收缴的罚款和没收的违法所得，全部上缴国库。当事人对证券监督管理机构或者国务院授权的部门的处罚决定不服的，可以依法申请行政复议，或者依法直接向人民法院提起诉讼。

第八节　基金的法律责任

基金管理人、基金托管人在履行各自职责的过程中，违反本法规定或者基金合同约定，给基金财产或者基金份额持有人造成损害的，应当分别对各自的行为依法承担赔偿责任；因共同行为给基金财产或者基金份额持有人造成损害的，应当承担连带赔偿责任。

违反《投资基金管理办法》第四十五条规定，动用募集的资金的，责令返还，没收违法所得；违法所得五十万元以上的，并处违法所得一倍以上五倍以下罚款；没有违法所得或者违法所得不足五十万元的，并处五万元以上五十万元以下罚款；对直接负责的主管人员和其他直接责任人员给予警告，并处三万元以上三十万元以下罚款；给投资人造成损害的，依法承担赔偿责任；构成犯罪的，依法追究刑事责任。

未经国务院证券监督管理机构核准，擅自募集基金的，责令停止，返还所募资金和加计的银行同期存款利息，没收违法所得，并处所募资金金额百分之一以上百分之五以下罚款；构成犯罪的，依法追究刑事责任。

违反《投资基金管理办法》规定，未经批准，擅自设立基金管理公司的，由证券监督管理机构予以取缔，并处五万元以上五十万元以下罚款；构成犯罪的，依法追究刑事责任。

未经国务院证券监督管理机构核准，擅自从事基金管理业务或者基金托管业务的，责令停止，没收违法所得；违法所得一百万元以上的，并处违法所得一倍以上五倍以下罚款；没有违法所得或者违法所得不足一百万元的，并处十万元以上一百万元以下罚款；给基金财产或者基金份额持有人造成损害的，依法承担赔偿责任；对直接负责的主管人员和其他直接责任人员给予警告，并处三万元以上三十万元以下罚款；构成犯罪的，依法追究刑事责任。

基金管理人、基金托管人违反《投资基金管理办法》规定，未对基金财产实行分别管理或者分账保管，或者将基金财产挪作他用的，责令改正，处五万元以上五十万元以下罚款；给基金财产或者基金份额持有人造成损害的，依法承担赔偿责任；对直接负责的主管人员和其他直接责任人员给予警告，暂停或者取消基金从业资格，并处三万元以上三十万元以下罚款；构成犯罪的，依法追究刑事责任。基金管理人、基金托管人将基金财产挪作他用而取得的财产和收益，归入基金财产。但是，法律、行政法规另有规定的，依照其规定。

基金管理人、基金托管人有《投资基金管理办法》第二十条所列行为之一的，责令改正，没收违法所得；违法所得一百万元以上的，并处违法所得一倍以上五倍以下罚款；没有违法所得或者违法所得不足一百万元的，并处十万元以上一百万元以下罚款；给基金财产或者基金份额持有人造成损害的，依法承担赔偿责任；对直接负责的主管人员和其他直接责任人员给予警告，暂停或者取消基金从业资格，并处三万元以上三十万元以下罚款；构成犯罪的，依法追究刑事责任。

基金管理人、基金托管人有《投资基金管理办法》第五十九条第一项至第六项和第八项所列行为之一的，责令改正，处十万元以上一百万元以下罚款；给基金财产或者基金份额持有人造成损害的，依法承担赔偿责任；对直接负责的主管人员和其他直接责任人员给予警告，暂停或者取消基金从业资格，并处三万元以上三十万元以下罚款；构成犯罪的，依法追究刑事责任。

基金管理人、基金托管人有上述行为，运用基金财产而取得的财产和收益，归入基金财产。但是，法律、行政法规另有规定的，依照其规定。

基金管理人、基金托管人有《投资基金管理办法》第五十九条第七项规定行为的，除依照《中华人民共和国证券法》的有关规定处罚外，对直接负责的主管人员和其他直接责任人员给予警告，暂停或者取消基金从业资格，并处三万元以上三十万元以下罚款；给基金财产或者基金份额持有人造成损害的，依法承担赔偿责任。

基金管理人、基金托管人违反《投资基金管理办法》规定，相互出资或者持有股份的，责令改正，可以处十万元以下罚款。

基金信息披露义务人不依法披露基金信息或者披露的信息有虚假记载、误导性陈述或者重大遗漏的，责令改正，没收违法所得，并处十万元以上一百万元以下罚款；给基金份额持有人造成损害的，依法承担赔偿责任；对直接负责的主管人员和其他直接责任人员给予警告，暂停或者取消基金从业资格，并处三万元以上三十万元以下罚款；构成犯罪的，依法追究刑事责任。

为基金信息披露义务人公开披露的基金信息出具审计报告、法律意见书等文件的专业机构就其所应负责的内容弄虚作假的，责令改正，没收违法所得，并处违法所得一倍以上五倍以下罚款；情节严重的，责令停业，暂停或者取消直接责任人员的相关资格；给基金份额持有人造成损害的，依法承担赔偿责任；构成犯罪的，依法追究刑事责任。

基金管理人或者基金托管人不按照规定召集基金份额持有人大会的，责令改正，可以处五万元以下罚款；对直接负责的主管人员和其他直接责任人员给予警告，暂停或者取消基金从业资格。基金管理人、基金托管人违反本法规定，情节严重的，依法取消基金管理资格或者基金托管资格。

基金管理人、基金托管人的专门基金托管部门的从业人员违反本法第十八条规定，给基金财产或者基金份额持有人造成损害的，依法承担赔偿责任；情节严重的，取消基金从业资格；构成犯罪的，依法追究刑事责任。

证券监督管理机构工作人员玩忽职守、滥用职权、徇私舞弊或者利用职务上的便利索取或者收受他人财物的，依法给予行政处分；构成犯罪的，依法追究刑事责任。违反投资基金管理办法规定，应当承担民事赔偿责任和缴纳罚款、罚金，其财产不足以同时支付时，先承担民事赔偿责任。

依照《投资基金管理办法》规定，基金管理人、基金托管人应当承担的民事赔偿责任和缴纳的罚款、罚金，由基金管理人、基金托管人以其固有财产承担。依法收缴的罚款、罚金和没收的违法所得，应当全部上缴国库。

第九节　证券类犯罪的定性和防范建议

一、致罪因素与定性

由于证券市场中资金的流动性强，市场价格对信息的反应灵敏、波动性大，市场参与者获利的周期短，"金钱的诱惑成为作用最广泛的致罪因素"，导致证券犯罪时有发生。

证券市场中的违规行为，从其行为构成、主观犯意以及对社会造成的危害等方面看，有些已构成犯罪，《证券法》明确规定"构成犯罪的，依法追究刑事责任"。然而，在专门惩罚犯罪的《中华人民共和国刑法》（以下简称"《刑法》"）中有时却无法找到相应的追究条款。刑事法律与证券法律在立法上存在脱节。

证券犯罪涉及大量的数据处理，形形色色的单据书证，而且多是专业人员利用电子计算机作案，在取证上存在困难。而且在公安机关的现有法律文书中只有对银行的查询单及冻结单，没有针对证券公司的查询及冻结单，在调取证券公司的书证中存有不便。

涉及证券类犯罪案件过程中，由于证券类犯罪涉及面较广，往往会出现定性不准的情况。例如，在侦办某证券有限责任公司涉嫌非法吸收公众存款专案过程中开始是以涉嫌挪用资金罪对该案立案的，倘若排除侦办方略考虑的可能，仔细分析便可发现定性有欠准确。根据2000年6月30日"最高人民法院关于如何理解《刑法》第272条规定的'挪用本单位资金归个人使用或者借贷给他人'问题的批复"，公司、企业或者其他单位的非国家工作人员，利用职务上的便利，挪用本单位资金归本人或者其他自然人使用，或者挪用人以个人名义将所挪用的资金借给其他自然人和单位，构成犯罪的，应当依照《刑法》第272条第一款的规定定罪处罚。而某证券公司通过委托理财募集的资金全部被另一公司控制使用，不是被某个人控制使用，并不能依据上述司法解释的规定以挪用资金罪论处。

二、证券类犯罪的防范建议

建立证券监管、防范与打击的联动机制，证券监管机构在发现问题时，要及时与公安部门联系。对违规有可能涉嫌犯罪的行为要及时进行调查取证，对有证据证明有转移或隐匿违法资金的，要及时申请司法部门予以冻结。要形成多层次全方位的证券监管机构的统一协调机制。证监会与银监会之间，证监会与证券交易所之间，司法机关与证监会之间，要明确如何协调一致地对证券市场行使监督管理职能。

加强对证券公司的管理，尽快建立证券犯罪案例信息库，以适应我国证券市场的快速发展，满足预防和惩治证券犯罪的需要。

第十节　证券法规相关案例与分析

本节从外国银行减持我国某银行H股看进一步完善《证券法》的必要性。

2009年初，在香港特区市场上，中资银行股遭到境外持有者大量抛售，其中以某外国银行一日内向市场出售50多亿股外国某行H股最为引人注目。虽然某外国银行所减持的我国某行H股原本于2008年10月27日已经解禁，但该外国银行于2008年11月增持了190多亿股外国某行H股，而根据中国法律的规定，持有上市公司股权5%以上的大股东，在购入股票后的六个月内不能出售所持股份。

我国某银行认为该外国银行此举的主要原因是其自身财务遇到了困难。但如果该外国银行的财务状况真有问题，那么在2008年11月，该外国银行大可不必行使认购期权，或只需部分行使认购期权即可。该外国银行的低价增持和高价套现，这显然是一种"套利"行为，这正是《证券法》所禁止的。

《证券法》第二条明确规定：在中华人民共和国境内，股票、公司债券和国务院依法认定的其他证券的发行和交易，适用本法。这也就是说，《证券法》的法律效力仅限于境内，而香港作为我国的特别行政区，有其独立的立法体系。因此有法律界人士认为，只要该外国银行的减持不与香港特区法律相抵触，那么减持行为就无可厚非。但该外国银行2008年11月对我国某银行H股的增持是依据与我国某公司2005年6月签订的《股份及期权认购协议》来行权的。该外国银行减持固然只要符合香港特区法律就可以了，但我国某银行与我国某公司有遵守内地法律的义务，它们完全可以在协议中依据《证券法》的上述规定对该外国银行提出约束。由于证券市场已经日益国际化，证券的跨境发行和交易已成为常态，所以，进一步完善我国的证券法律制度很有必要。

参考文献

[1] 马文波.证券投资学研究对象、内容和方法初探.中小企业管理与科技，2011，7：72.

[2] 蒲涛.切线在均线系统中的应用研究.金融经济，2011，7：72.

[3] 赵金.羊群效应与波浪理论发散性分析.中国商界，2011，2：33.

[4] 李林生　基于GDP与波浪理论的上证综指预测.金融经济，2011，3：97.

[5] 李林生.基于波浪理论的美国经济周期和道琼斯工业指数分析.中南民族大学学报，2011，7：25.

[6] 蒲涛，蒲适.新兴市场选股方法和思路.金融经济，2011，10：68.

[7] 吴晓求.证券投资学.北京：中国人民大学出版社，2004.

[8] 王军旗.证券投资理论与实务.北京：中国人民大学出版社，2005.

[9] 博迪等.投资学.朱宝宪等译.北京：机械工业出版社，2001.

[10] 陈永生.投资学.成都：西南财经大学出版社，2004.